darkwind

1. Mécanique infernale

Couverture : studio Bayard Éditions

Publié avec l'autorisation de Scholastic Inc.,
557 Broadway, New York, NY 10012, USA.
Initialement publié sous le titre *The Dark Unwinding*.

18, rue Barbès, 92128 Montrouge Cedex
ISBN : 978-2-7470-3936-9
Dépôt légal : mai 2015
Première édition

Loi n° 49-956 du 16 juillet 1949 sur les publications destinées à la jeunesse

Sharon Cameron

Darkwind

1. Mécanique infernale

Traduit de l'anglais (États-Unis)
par Vanessa Rubio-Barreau

bayard

À ma mère, qui aurait été fière

Poisson automate

Détail du mécanisme, balancier et stabilisateur par rotation

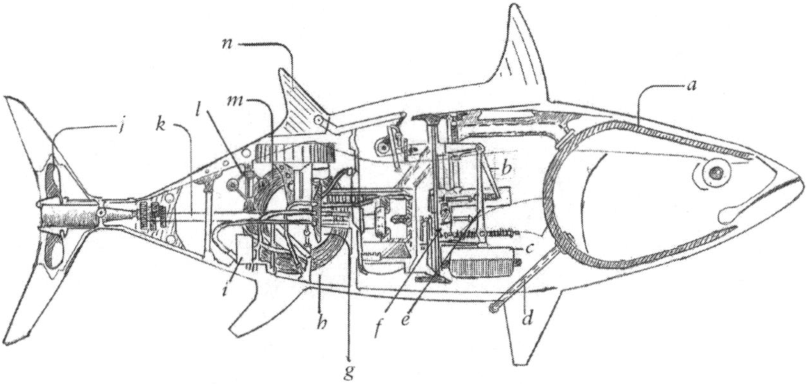

a.	réservoir d'air	i.	chambre à vanne
b.	arbre de rotation	j.	hélice
c.	masse de balancier	k.	arbre de commande
d.	tube de remplissage	l.	régulateur de vitesse
e.	balancier	m.	stabilisateur par rotation (gyroscope)
f.	bielle et manchon de raccordement	n.	levier de commande (nageoire)
g.	manifold de vanne		
h.	compartiment du moteur		

I

Juin 1852

Un soleil éclatant et un ciel bleu azur n'étaient pas les conditions idéales pour envoyer un oncle à l'asile. Ainsi en avais-je décidé quatre heures plus tôt, tandis que les kilomètres de route défilaient sous les roues de la voiture à cheval. Dans mon idée, les nuages auraient dû s'amonceler, noirs, grondants et menaçants pour décharger des torrents de pluie sur les arbres. Mais ils paressaient sans but, touffes de duvet d'oie égarées, jetant leurs ombres frêles sur la lande qu'ils survolaient. J'ai détaché mes yeux de la fenêtre. Le ciel était vraiment sans cœur.

Des perles de sueur coulaient dans mon cou, la banquette vide qui me faisait face tressautait au rythme des roues. L'intérieur de la voiture était écarlate et confiné, comme le petit salon de tante Alice où je tenais les comptes de la famille.

– Katharine..., avait commencé ma tante.

Elle était perchée au bord du canapé violet, caressant la tête d'un carlin rondouillard, qu'elle laissait laper du thé dans sa soucoupe. Le chien me vouait une haine presque égale à celle que me témoignait sa maîtresse.

– Katharine, avait-elle dit, j'ai une mission pour vous, une tâche que vous me semblez fort bien placée pour accomplir.

« Oui, ma tante, avais-je pensé. Je suis toujours la mieux placée pour effectuer toutes les corvées. Y a-t-il une bonne à houspiller, un autre collier à mettre au clou ? Ou bien mon cousin Robert a-t-il souillé le cabinet d'aisances ? »

– Votre oncle Tulman, le frère aîné de mon défunt George, a perdu l'esprit, j'en ai bien peur.

J'avais attendu, en me demandant si on comptait maintenant sur moi pour remettre de l'ordre dans un cerveau humain. Tante Alice avait posé sa soucoupe pour tirer un papier de son sac. Le chien avait couiné.

– Cette lettre est pour le moins préoccupante. Non seulement votre oncle a refusé de recevoir Mme Hardcastle, mais il lui a fait peur au point qu'elle a craint pour sa vie. Elle a été obligée de prendre la fuite. Elle m'apprend également qu'il a entrepris de grands travaux à Darkwind, de coûteux aménagements qui vident les caisses du domaine. Ce qui expliquerait, bien entendu, pourquoi il rechigne à augmenter, même légèrement, la pension qu'il verse à notre famille. Si nous ne réagissons pas...

Elle avait couvé d'un œil aimant son fils unique, affalé sur le tapis, gigantesque bébé aux proportions d'adulte, les joues gonflées de caramel.

– ... il ne restera plus rien pour le pauvre Robert à sa majorité.

J'avais refermé le livre de comptes. J'aurais bien proposé d'augmenter le revenu disponible de la famille en limitant la dose quotidienne de confiseries de ce « pauvre Robert », mais j'ai préféré garder cette suggestion pour moi. Ma mission se limitait à noter à l'encre les chiffres et les signes de soustraction ; je n'avais rien à dire sur le montant ni sur l'origine de ces chiffres. Pas encore.

– J'ai consulté mon avocat, avait annoncé ma tante, et en raison de... la nature délicate de la situation, il m'a conseillé que quelqu'un – de préférence un membre de la famille – se rende au domaine pour constater l'incapacité de votre oncle. Et ce, bien entendu, sans susciter plus de remous ou de scandale que nécessaire.

Elle avait pris le chien dans ses bras pour l'embrasser, en me jetant un regard en biais à travers sa frange d'anglaises.

– Or vous êtes, Katharine, la discrétion incarnée.

Ce n'est qu'à cet instant que j'avais pris conscience du danger qui me guettait.

– Mais, ma tante, m'étais-je empressée de répondre, ne souhaitez-vous pas plutôt régler cette affaire en personne ? Il s'agit de l'héritage de notre Robert, tout de même.

J'avais espéré toucher son point faible, mais elle avait beaucoup d'avance sur moi.

– Votre réaction me surprend, Katharine. Robert sera votre seule source de revenus lorsque j'aurai disparu, cela vous concerne donc davantage que moi.

Elle câlinait le chien qui se débattait dans ses bras.

– Et vous oubliez que nous entrons en pleine saison mondaine. Je ne pourrais, bien évidemment, jamais quitter Londres en saison, enfin.

C'est ce qu'elle avait sous-entendu qui m'avait réduite au silence. Je n'avais en effet nul autre espoir de subsistance que de m'en remettre à la charité de mon obèse de cousin et aucune invitation qui puisse me retenir à Londres. Effectivement, mon avenir me préoccupait davantage que sa fascination pour l'argent, et elle le savait.

Voilà pourquoi je me retrouvais ballottée dans cette voiture qui filait vers le manoir de Darkwind, avec ma malle ficelée à l'arrière, une lettre de présentation dans ma valise et, en tête, l'ordre de déclarer mon oncle dément. Cependant, depuis cette conversation, j'avais réfléchi à ma situation et à l'héritage de mon cousin. Tante Alice avait beau être rusée, son fils Robert était un idiot, dont l'esprit ne risquait pas de s'affûter sous la tutelle de sa mère. Si je pouvais conserver mon poste de comptable, une fois Robert majeur et riche, il était si aisément manipulable que je n'aurais aucun mal à me ménager un revenu confortable me conférant une certaine indépendance au sein du monde où je vivais. Cela faisait deux semaines que j'en rêvais. Le gros Robert hériterait, j'allais m'en assurer.

Tout à coup, le cocher a basculé dans une ornière et le cahot a fait claquer ma mâchoire. Par deux fois, j'avais eu la bouche en sang avant de comprendre qu'il ne fallait pas garder sa langue entre les dents au cours d'un voyage en voiture à cheval. Les nids-de-poule, avais-je appris à mes dépens, arrivaient sans prévenir. J'ai planté mes pieds fermement au sol en m'adossant bien à la banquette pour amortir les secousses tandis que la berline penchait, puis brusquement le soleil a disparu et nous avons plongé dans une nuit soudaine.

J'ai cligné les yeux dans l'obscurité complète. J'avais imaginé que le vent et la tempête seraient plus appropriés pour accomplir ma tâche, mais je n'avais pas envisagé une éclipse apocalyptique. J'ai tendu la main, cherchant à tâtons la poignée de la fenêtre, qui est redevenue visible presque aussitôt, éclairée par une lumière crue et jaune. J'ai passé la tête au-dehors.

Nous étions dans un tunnel arrondi, assez large pour laisser passer deux attelages côte à côte. Les parois et la voûte étaient de brique, illuminées par des globes de verre où brûlait une flamme de gaz. Les lumières artificielles brillaient à intervalles réguliers tout le long de cet interminable souterrain.

– Cocher ? Où sommes-nous ? ai-je lancé.

S'il m'a répondu, le vacarme des sabots et des roues ne m'a pas permis de l'entendre.

J'ai refermé la fenêtre. Je détestais les imprévus. Et, même si dix-sept années d'expérience de la vie m'avaient appris à supporter ce que je n'aimais pas, ça ne me plaisait pas plus. Les becs de gaz défilaient, tout flous, sous mes yeux. J'en ai compté trois cent vingt-six par la fenêtre de gauche avant que la berline ne penche, à nouveau plongée dans l'obscurité, puis débouche à l'air libre.

La route donnait sur une allée de gravier circulaire. Derrière nous s'ouvrait la bouche du tunnel, comme figée dans une expression de surprise, au milieu d'une colline vert-gris. Devant nous se dressait un mur de pierre grège, qui semblait de plus en plus haut à mesure que nous approchions. Le manoir de Darkwind. La demeure a rempli mon petit carré de vitre de ses pierres, ses fenêtres à meneaux et ses massifs de buis avant que je ne sois plaquée en arrière sur la banquette. La berline s'était arrêtée. J'ai ouvert la porte et je suis descendue, valise et chapeau à la main, sans même attendre le cocher.

Trois rangées de fenêtres s'alignaient au-dessus de celle qui était au niveau de mes yeux. Vingt-cinq à peu près sur la droite. Celles de gauche étaient plus difficiles à dénombrer car entremêlées de baies et de lucarnes. J'apercevais une cheminée toutes les cinq fenêtres environ. En supposant que les conduits des différents étages se rejoignaient, cela faisait au moins cinq pièces par cheminée. Mes yeux ont parcouru la ligne du toit. D'un seul regard, je comptais déjà treize cheminées. Cet endroit était une monstruosité.

J'ai sursauté en sentant une main sur mon coude, mais ce n'était que le cocher, un vieil homme chaleureux, avec une touffe de cheveux gris et des dents assorties.

– Dois-je détacher la malle, mademoiselle ?

– Oui, descendez-la, s'il vous plaît. Merci.

Le gravier crissait sous ses pieds, entre les mauvaises herbes. C'est alors que j'ai remarqué le silence absolu des lieux, si l'on exceptait la brise légère et le pépiement des oiseaux. L'arrivée de notre voiture n'avait suscité aucune réaction dans la demeure. J'ai gravi les marches du perron, posé la valise à mes pieds, saisi le lourd heurtoir de métal et frappé.

Rien.

Le vieil homme a laissé échapper un grognement et j'ai entendu ma malle cogner le sol avec plus de force qu'il n'en aurait fallu pour le bien de son contenu. J'ai essuyé la rouille qui tachait mon gant et j'ai frappé à nouveau.

– Tout va bien, mademoiselle ?

Je me suis retournée. Le cocher était remonté sur son siège, les rênes en main ; ma malle gisait là où elle était tombée. « Quel lâche ! » ai-je pensé. Je suis descendue du perron pour lui tendre une pièce. Il a touché sa casquette, fouetté les chevaux, puis dans une gerbe de gravillons, a décampé pour s'engouffrer dans le trou à flanc de colline.

Le silence revenu, je suis remontée lentement jusqu'à la porte. Je regrettais de ne plus être dans la berline, filant sous la lumière crue des becs de gaz vers ailleurs, un ailleurs que j'aurais choisi. Je me suis alors demandé quelle portion de l'héritage du Gros Robert était dilapidée ainsi à éclairer inutilement ce tunnel. J'ai saisi le heurtoir afin de frapper à nouveau. Comme il n'y avait toujours pas de réponse, j'ai posé mon gant rouillé sur la poignée et j'ai poussé. La porte a grincé en pivotant sur ses gonds.

Je suis entrée dans un vestibule étroit et haut de plafond. Des rideaux de damas rose obstruaient les deux fenêtres longilignes qui encadraient la porte, teintant les flots de lumière d'un éclat rosé, assorti aux lambris des murs et aux tapis couvrant le sol. Cette couleur agressait presque autant les yeux que le silence profond perturbait les oreilles.

– Bonjour ? ai-je lancé.

Ma voix s'est éteinte dans l'atmosphère trop rose et confinée. J'ai refermé la porte derrière moi.

Des empreintes nettes se dessinaient sur le sol poussiéreux, féminines d'après leur taille et leurs talons étroits. Elles partaient de la porte et serpentaient entre des meubles bâchés, disposés ici et là dans le plus grand désordre. Ma valise à la main, j'ai entrepris de laisser mes traces à mon tour.

Tout au fond de la pièce, où le soleil ne pénétrait pas, un gigantesque escalier se dressait dans l'obscurité. À côté se trouvait une porte, encadrée d'un filet de lumière. Je l'ai ouverte et je me suis retrouvée dans un couloir sans fenêtre, étouffant, éclairé au gaz. Je suis passée devant une enfilade de portes couleur cerise trop mûre, progressant vers le cœur de la maison, avec une impression de suffocation grandissante. Le couloir se terminait sur une porte fermée, donnant sur une autre pièce, également sans fenêtre, dont l'unique chandelier jetait ombres et lueurs sur d'innombrables horloges, et rien d'autre.

Celles-ci étaient entassées sur des tables, par terre, couvraient le moindre centimètre carré. Anciennes ou récentes, simples ou ouvragées, dorées, cuivrées, en chêne, en teck, en bois de rose ou en acajou, toutes parfaitement astiquées. Celles qui étaient en pied étaient disposées dos à dos ou côte à côte, dessinant d'étroits couloirs dans le fouillis. L'une avait les phases de la lune gravées sur le verre de son cadran, une autre était ornée de petites figurines en bois qui tournaient au fil des secondes, mais toutes égrenaient leur tic-tac, agitaient leur balancier, dans un mélange de rythmes étourdissant. Je me suis faufilée dans l'un des passages sinueux, en m'efforçant de rester concentrée malgré le vacarme. La puissante odeur d'huile et de cire me prenait à la gorge.

Un tintement métallique a retenti sur ma droite. J'ai levé la tête vers un haut cabinet laqué noir, suivant des yeux ses motifs dorés à la feuille jusqu'à l'angelot perché au sommet et, au-dessus, la cage qui pendait du plafond. Un oiseau empaillé aux plumes colorées y était perché. J'ai alors remarqué qu'un cadran d'horloge formait le fond de la cage. Sous mes yeux, les rouages se sont mis en action et l'oiseau a déployé les ailes avec un petit cliquetis. Il était cinq heures. J'ai pivoté sur moi-même : effectivement autour de moi, toutes les aiguilles pointaient sur le cinq...

L'horloge à angelot a sonné avec la puissance d'un gong, l'oiseau a chanté et un véritable concert de clochettes, de carillons et de sifflements a ébranlé la pièce. Je me suis bouché les oreilles et j'ai filé à travers ce labyrinthe de pendules, déterminée à fuir cette cacophonie à tout prix. J'ai ouvert la première porte que j'ai trouvée, une grosse porte métallique, et, une fois de l'autre côté, j'ai dû la pousser à deux mains pour la refermer. Les sonneries se sont tues peu à peu, ponctuées par le claquement de la porte, et leurs derniers échos discordants me sont parvenus étouffés.

J'ai alors regardé autour de moi. Je me trouvais dans une pièce aux murs de pierre qui avait tout d'une chapelle, avec son plafond voûté, ses colonnades, et le silence qui y régnait, contrastant avec le fracas des horloges. Les fenêtres en ogive, cette fois sans rideaux, voilaient le soleil par leur saleté. Je me suis efforcée de reprendre mon souffle, laissant l'air frais pénétrer mes poumons, tandis que mes bottines claquaient sinistrement sur les dalles de pierre. J'ai tendu la main pour toucher la colonne la plus proche. La surface était irrégulière, érodée. Cette pièce était bien plus ancienne, et de plusieurs siècles, que les précédentes.

C'est alors que, percevant la fraîcheur de la pierre à travers mon gant, j'ai eu la plus étrange impression. Comme si le temps s'était inversé, comme si, en passant dans la salle aux horloges, j'avais remonté le temps pour déboucher dans cet endroit hostile. J'ai laissé retomber ma main. Je ne comprenais pas où je me trouvais et je n'aimais pas ça. Un courant d'air a effleuré ma nuque, et à nouveau mes bottines ont joué une mélodie menaçante sur le sol, rompant le silence des lieux. Dans la pénombre, j'ai entendu l'écho de mes pas accompagné d'un petit gloussement étouffé.

J'ai fait volte-face, le cœur battant, cherchant à localiser ce rire qui semblait venir de devant et de derrière, de partout à la fois. Alors que je me retournais à nouveau, je me suis figée. Une jeune femme se tenait à quelques mètres de moi, sans fard, hors d'haleine, vêtue de ma robe grise. Elle me fixait de ses grands yeux écarquillés depuis un miroir au cadre doré adossé au mur. J'ai relâché mon souffle, reconnaissant mes bottines, ma valise et même mes cheveux ébouriffés. Mais j'ai également repéré deux yeux noirs, brillant dans un visage blême, juste au-dessus de mon épaule.

J'ai hurlé, plaquant aussitôt la main sur ma bouche, et je me suis retournée tandis que l'écho de mon cri me retentissait aux oreilles, moqueur. Un petit homme était assis à une table, entre deux colonnes. Sur sa tête, était posé de biais un chapeau d'ecclésiastique comme il s'en faisait trente ans auparavant. Ses yeux noirs dansaient quand il souriait, mais je voyais bien maintenant que leur éclat était celui du verre. Son visage de porcelaine était fêlé, ce qui donnait un air taquin à son sourire. J'ai fait un pas en arrière. Quoi qu'il en soit, ce n'était pas ce petit homme qui avait ri.

– Il y a quelqu'un ? ai-je crié, scrutant le vide.

Les colonnes soutenaient une galerie et, tout au fond, dans la pénombre d'une alcôve, je distinguais une porte. Elle était ouverte, et battait doucement à la faveur des courants d'air.

J'ai posé ma valise pour me recoiffer de la main. Il y avait forcément quelqu'un de vivant, un être de chair et de sang dans ce manoir, ne serait-ce que pour remonter toutes ces horloges. Et ce quelqu'un, commençais-je à soupçonner, venait de me jouer un tour.

J'ai laissé le pasteur sourire à sa table et mes bottines claquantes m'ont portée jusqu'au fond de la pièce, où j'ai poussé une porte pour m'engouffrer dans un couloir saumon, mon chapeau pendant au bout de ses rubans. J'ai tourné à droite, monté une petite volée de marches, traversé d'un bon pas une pièce fuchsia aux meubles couverts de draps, comme les autres, puis j'ai pris à nouveau à droite et je me suis retrouvée devant un dilemme : à droite ou à gauche ? Une porte a claqué sur ma droite, je suis donc partie dans cette direction, ma jupe balayant un tapis couleur de roses fanées. J'ai tourné au bout du couloir et ouvert la première porte que j'ai croisée.

L'inévitable couleur rose de cette pièce était atténuée par des taches de fumée, des plâtres émiettés et la douce lueur orangée d'un feu. Des casseroles en cuivre et des grappes d'oignons pendaient du plafond, dans un nuage de vapeur qui floutait le contour des meubles. Cependant, j'ai aperçu une femme rondelette en robe de chambre bleu pastel, debout, les pieds écartés, devant un poêle qui aurait eu besoin d'être astiqué. Elle venait de flanquer un coup de cuillère sur la tête du gamin qui lui faisait face.

– ... tu vas directement aller au coin pour la peine, Davy...

Elle a alors levé les yeux et est restée bouche bée.

– Qui diable êtes-vous ?

II

L'enfant m'a fixée de ses deux grands yeux d'encre frangés de longs cils et a souri. Puis il a fait quatre pas pour s'accroupir devant l'âtre, posant sur ses genoux un gros lapin couleur fauve, comme une sorte de chat haut sur pattes. C'était donc lui, les gloussements de rire, ai-je pensé.

– Eh bien, qui vous êtes? a répété la femme.

Je me cramponnais à ma valise.

– Veuillez avoir l'amabilité de prévenir mon oncle que sa nièce, Katharine Tulman, est arrivée. Il n'y avait personne pour m'accueillir à la porte, malheureusement.

Le garçon cajolait son animal tandis que la femme m'observait, sa cuillère dégoulinante à la main. Soit elle était dure d'oreille, soit elle avait le cerveau aussi ramolli que mon oncle. Optant pour la première hypothèse, je me suis raclé la gorge et j'ai repris plus fort:

– Pourriez-vous, s'il vous plaît, informer mon oncle Frederick Tulman que sa nièce, Katharine, est arrivée ?

– Qui ? a couiné la femme.

Je me suis tournée vers le garçon.

– Tu peux me conduire à M. Tulman, s'il te plaît ?

Le gamin m'a de nouveau fixée de ses grands yeux, tout en continuant à caresser son lapin, imperturbable. Il n'a pas répondu.

– Mais c'est l'heure de la récréation, a rétorqué la femme.

Je l'ai dévisagée sans comprendre.

– C'est la récréation de M. Tully. On ne peut pas le déranger pendant sa récréation.

Je n'ai pas trouvé de repartie convenable. De la vapeur s'échappait d'une casserole sur le feu, et, juste derrière, j'ai aperçu une bouilloire.

– C'est le thé de M. Tulman que vous préparez ?

La femme m'a toisée comme si j'étais un insecte rampant sur son dessert.

J'ai haussé le ton :

– J'ai dit : vous préparez le thé ?

Elle a jeté un bref coup d'œil à la bouilloire.

J'ai posé ma valise, en me demandant si j'allais devoir envoyer toute la maisonnée à l'asile.

– Eh bien, dans ce cas, j'en veux bien une tasse, merci. J'ai voyagé toute la journée et je suis éreintée. Je prendrai du lait et du sucre – un demi, pas plus –, ainsi qu'un toast beurré, merci.

J'ai descendu trois marches, j'ai tiré une chaise et je me suis installée à table.

Ça l'a sortie de sa transe. Son étonnement de me voir surgir dans sa cuisine s'est changé en panique. La cuillère est tombée avec fracas par terre et elle s'est ruée sur la table, les pans de sa robe de chambre volant derrière elle. Elle s'est emparée du pot à lait et du sucrier afin de les mettre hors de ma portée, contemplant ma chaise comme si elle espérait me la confisquer aussi.

Pendant ce temps, j'ai commencé à ôter un à un les doigts de mon gant gauche, en les tenant fermement pour maîtriser leur léger tremblement. « Allons bon, ai-je pensé, c'est ici son domaine, son royaume, et je suis l'envahisseur. Bien, bien... »

Nous sommes tous attachés à quelque chose. Pour tante Alice, c'était l'argent; pour Robert, le caramel; et pour cette femme, sa cuisine. Moi, ce que je plaçais au-dessus de tout, c'était le respect, et j'entendais qu'on m'en témoigne.

J'ai pris une profonde inspiration.

– Dès que vous vous serez occupée du thé, veuillez informer la gouvernante qu'il faut envoyer un homme chercher ma malle. Qu'elle la fasse monter immédiatement dans ma chambre, je vous prie. Et dites-lui que je me chargerai de déballer mes affaires.

La femme a relâché le sucrier en me jetant un regard en biais.

– Qui diable êtes-vous ?

– Je pourrais vous retourner la question, madame, mais j'éviterais pour ma part d'y mêler un juron. Cependant je vais m'efforcer d'oublier le vôtre. Je vous répète que je suis Katharine Tulman, la nièce de M. Tulman. Visiblement, vous n'avez pas été avertie de mon arrivée. J'en déduis que vous êtes la cuisinière ?

Elle a froncé les sourcils.

– Je travaille pour M. Tully. Je m'appelle Jefferies, Mme Jefferies.

Elle m'a regardée ôter un à un les doigts de l'autre gant, puis s'est approchée à pas lourds du poêle pour mettre la bouilloire à chauffer, sans cesser de me surveiller du coin de l'œil.

– Vous ne seriez pas... Vous ne seriez pas la fille à M. Simon ?

– Simon Tulman était mon père, en effet.

– Bah... M. Simon n'a pas mis les pieds ici depuis presque dix ans.

– Étant donné qu'il est mort voilà déjà seize ans, je dirais même que cela fait bien plus longtemps que ça.

Mme Jefferies a acquiescé, pensive, son double menton tressautant à mesure qu'elle tranchait le pain. Mais elle ne me quittait pas des yeux, pour s'assurer que je ne touche à rien. Elle a embroché le pain sur une pique en métal qu'elle a tendue au gamin. Il l'a tenue au-dessus des flammes en silence, continuant à caresser son lapin ravi de l'autre main.

– Et qu'est-ce qui vous amène chez nous maintenant, alors ? m'a-t-elle questionnée à voix basse.

J'ai récité mon texte :

– Je viens à Darkwind en tant que secrétaire de M. Tulman.

– Secrétaire ?

Pinçant les lèvres, elle est retournée face au poêle. Quant à moi, je gardais un œil sur le couteau à pain.

– Ça, c'est un coup d'Alice, cette petite...

Mme Jefferies a marmotté la suite dans sa barbe, croyant visiblement que le sifflement de la bouilloire couvrirait le mot peu flatteur qu'elle avait choisi pour désigner ma tante. Vu que je ne pouvais guère la contredire, je me suis tournée vers le gamin.

– Tu t'appelles David ?

Il a souri et une fossette est apparue dans sa joue gauche, mais il n'a rien répondu. Je me demandais comment il supportait d'être si près du feu. Il faisait une chaleur étouffante dans cette cuisine. Il a retourné le pain, exposant l'autre face aux flammes.

– Et tu joues souvent dans les salles inoccupées du manoir, David ?

Comme il ne réagissait pas, entièrement concentré sur la cuisson parfaite de ma tartine, j'ai décidé de ne pas insister. J'avais l'habitude de me retrouver dans une pièce avec une femme qui me méprisait, cela ne m'empêcha donc pas de reprendre un peu mes esprits. Je n'avais pas à avoir peur de meubles sous housse, d'un personnage en porcelaine ou d'une accumulation d'horloges. Ce gamin n'avait pas plus de neuf ou dix ans. Il n'avait peut-être pas voulu m'effrayer en riant ou, tout du moins, pas à ce point. Je ne tenais pas à ce qu'il reçoive un autre coup sur la tête.

– Il a un nom, ton lapin ? ai-je demandé.

La fossette est réapparue, mais toujours pas de réponse.

– Bertram, a annoncé Mme Jefferies en posant sans ménagement une tasse de thé sur la table. L'animal, on l'appelle Bertram.

J'ai fixé le thé fumant, sentant une goutte de sueur couler dans mon dos.

– Je prends du lait et un demi-sucre, si vous vous rappelez bien, madame Jefferies.

Celle-ci a saisi le pot à lait et m'en a versé une quantité insuffisante avant de le ranger hors de ma portée, puis elle a plongé un sucre entier dans la tasse et me l'a passée, avec le pain que le gamin avait fini de dorer posé sur une assiette.

– Beurré, je vous prie, madame Jefferies. Et je me demande si vous avez songé à ma malle.

Le garçon s'est relevé, a installé le lapin en travers de son épaule et a quitté la pièce sans un bruit par une porte qui s'ouvrait près du poêle. J'ai senti une bouffée d'air frais et aperçu un jardin clos.

– Il va chercher Lane, a expliqué Mme Jefferies. C'est lui qui s'occupera de votre malle, sauf que je ne sais pas bien ce qu'il pourra en faire. Nous n'avons pas de place pour vous, vous savez.

Vu les centaines de pièces que comptait la demeure, j'ai choisi de ne pas répondre et j'ai pris une gorgée de mon thé en ravalant mes larmes. Il ne faisait pas simplement chaud, dans cette cuisine, c'était une véritable étuve. J'ai reposé ma tasse, notant que Mme Jefferies n'avait aucunement l'intention de me fournir du beurre.

– Quand mon oncle dîne-t-il, madame Jefferies ?

– Dans une heure et dix-sept minutes. Et Dieu nous garde d'avoir ne serait-ce qu'une minute de retard.

J'ai haussé un sourcil. Ainsi mon oncle était un homme ponctuel, comme tante Alice. Par la fenêtre, j'ai jeté un coup d'œil au soleil qui baissait dans le ciel et j'ai retenu un soupir.

– Dans ce cas, vous feriez sans doute mieux de me conduire à lui maintenant.

En proie à une soudaine agitation dont la raison m'échappait totalement, Mme Jefferies a posé les mains sur ses larges hanches, sa poitrine se soulevant vivement. Elle a baissé la voix pour reprendre :

– Je sais pourquoi vous êtes là.

– Oh, j'en doute fort, madame Jefferies.

– Je le sais très bien et je ne vais pas vous faciliter les choses, mademoiselle, je vous le promets. Je vais vous compliquer la vie autant que possible.

Je l'ai dévisagée avec un intérêt renouvelé. Cheveux grisonnants, nez épaté, rides profondes soulignant des yeux délavés et... perspicaces. Le cerveau de cette femme fonctionnait parfaitement, en fin de compte. J'ai touillé mon thé, léchant mes lèvres ébouillantées. Il fallait que je voie mon oncle au plus vite. S'il avait un comportement suspect – possibilité qui n'était pas à écarter vu la réaction de Mme Jefferies –, j'aurais sur-le-champ la preuve qu'il me fallait. Il ne serait donc plus nécessaire de rester à Darkwind ne serait-ce qu'une nuit. Contre indemnité quelqu'un me reconduirait à l'auberge de Milton. Je pourrais le payer grassement ; tante Alice m'avait donné assez d'argent pour un séjour de deux semaines, au besoin. Ce plan m'a calmée immédiatement. J'ai souri à la cuisinière. Elle a plissé les yeux, juste au moment où la porte du jardin se rouvrait.

Le garçon et son lapin sont rentrés dans la cuisine, laissant sur le seuil un jeune homme avec une chemise tachée de cambouis. La crasse qui couvrait son visage laissait deviner qu'il devait avoir aux alentours de dix-huit ans. Ses yeux gris comme la pierre me fixaient.

– Alors, Lane, qu'est-ce que tu dis de ça? a demandé Mme Jefferies.

Il restait planté là, à la fois tendu et nonchalant, comme un félin, les bras le long du corps, ses cheveux bruns poisseux effleurant le linteau. Je me suis demandé s'il y aurait des traînées de gras sur la peinture.

– Je pense que tu as laissé attacher le porridge, tante Jeff, a-t-il répondu d'une voix grave.

Mme Jefferies a poussé un cri exaspéré en courant vers la casserole d'où s'échappait à présent une fumée noire, tandis que Davy se rasseyait à sa place en cajolant son lapin.

J'ai affronté le regard gris en redressant le menton.

– Je suis la nièce de M. Tulman, ai-je annoncé. Je souhaite le voir sans tarder, je vous prie.

J'ai entendu Mme Jefferies siffler devant son poêle, mais le jeune homme s'est contenté de me dévisager, le front plissé.

– Mais M. Tully...

– ... ne veut pas qu'on le dérange pendant sa récréation. Oui, c'est ce qu'on m'a dit.

J'ai coincé mes gants sous mon bras et je me suis levée.

– Conduisez-moi auprès de lui, s'il vous plaît. Tout de suite.

Mme Jefferies s'est mise à cracher comme si elle cherchait à éteindre le feu.

– Il n'en est pas question.

J'ai pivoté face à elle.

– Bien sûr que si.

– Vous n'avez pas à donner vos ordres dans ma cuisine, mademoiselle !

– Et vous, madame Jefferies, vous n'avez pas à porter une robe de chambre à cinq heures de l'après-midi.

Comme elle restait bouche bée, j'ai glissé un œil vers la porte. Lane fronçait carrément les sourcils maintenant et il n'avait plus les bras ballants, mais croisés. J'avais perdu la bataille. Mais je n'avais aucune intention de passer la nuit à Darkwind. J'ai effleuré du doigt la cuillère à sucre pour agacer Mme Jefferies.

– Alors peut-être que Davy voudra bien me dire où se trouve mon oncle.

– Ça, ça m'étonnerait.

Ce commentaire venait du pas de la porte.

Je me suis tournée vers le gamin en souriant.

– David, emmène-moi voir M. Tulman. Si tu m'obéis, alors je ne dirai rien de... de ce qui s'est passé tout à l'heure.

Le garçon a étreint son lapin. Il avait à nouveau le regard vide, sans expression.

– Je suis sûre que Mme Jefferies ne serait pas contente si je lui racontais ce que tu as fait cet après-midi. Montre-moi où est M. Tulman et je ne dirai rien.

J'ai tendu la main, mais il a reculé, s'approchant dangereusement du feu, le lapin serré contre son cœur. Lane a quitté le pas de la porte pour pénétrer dans la cuisine.

– Arrêtez, vous lui faites peur.

J'ai écarquillé les yeux.

En général, devant moi, soit les domestiques de tante Alice baissaient la tête, soit ils m'ignoraient, mais ils ne me rabrouaient certainement pas.

Néanmoins, je me suis contentée de répondre :

– Je lui propose un marché, je ne veux pas lui faire peur.

J'ai souri à nouveau au garçon.

– C'est toi, David, qui as voulu me faire peur.

– Qu'est-ce que vous racontez ? est intervenue Mme Jefferies.

– Alors, David, vas-tu me conduire à M. Tulman ?

Le gamin me fixait, les secondes passaient, puis sans prévenir il a fait un bond en arrière, comme si je l'avais menacé physiquement, et il s'est cogné dans la grille qui retenait les braises. Une gerbe d'étincelles a jailli. J'ai tendu la main, mais Lane avait déjà soulevé le garçon et le lapin pour les écarter des flammes.

– Je vous ai dit d'arrêter ! a-t-il crié d'une voix forte qui m'a cinglée comme une gifle.

Il a reposé l'enfant par terre, époussetant les cendres.

– Qu'est-ce qui vous prend de le terroriser comme ça ?

Des larmes silencieuses roulaient sur les joues de Davy. Je me suis empourprée. Je n'y comprenais rien mais, après mon expérience dans la chapelle, je trouvais ça vraiment injuste. J'ai désigné le garçon.

– Pourquoi vous ne lui demandez pas, à lui, ce qui lui a pris de me faire peur comme ça ?

– Je pourrais le lui demander autant que vous voulez, espèce de petite idiote, ça ne servirait à rien. Ce gamin est muet !

Mon regard s'est reposé sur Davy. À part sa respiration haletante, il pleurait sans bruit.

– Mais si… si ce n'est pas lui…

Dans ma tête, j'ai à nouveau entendu le gloussement étouffé qui résonnait sous la voûte de pierre. J'ai reculé d'un pas.

– Où est mon oncle ? ai-je demandé.

– C'est l'heure de la ré…

– M. Tully est dans son atelier, a répondu Lane, à l'autre bout du domaine.

– Il n'est pas… là ?

J'ai senti une pression sur ma nuque, impossible de savoir si c'était mes cheveux qui se hérissaient d'horreur ou bien ma propre main qui m'enserrait le cou.

– Alors qui y a-t-il d'autre dans le manoir ?

– Personne, a répondu Lane, le bras autour des épaules de Davy. Il n'y a pas de personnel, seulement tante Jeff et moi. Quant aux ouvriers, ils ne viennent pas par ici, à moins d'y être forcés.

J'ai fait encore un pas en arrière. Il y avait quelque chose qui clochait dans cette maison. Ce rire, ces larmes silencieuses.

– Emmenez-moi à Milton, ai-je murmuré. Je paierai.

– Je ne peux pas.

J'ai balayé la cuisine d'un regard affolé.

– Alors il n'y a qu'à demander à quelqu'un d'autre, je…

– Ça ne change rien, a répondu Lane. Pas le temps de retraverser la lande avant la nuit.

Son visage sale était brun et lisse, comme les pierres de la façade.

– Et il n'y a pas d'autre homme ni de cheval à deux kilomètres à la ronde.

III

Le soleil était à peine couché, mais dans ce couloir sans fenêtre, il aurait aussi bien pu être minuit. Il n'y avait pas d'éclairage au gaz, ici. À la lueur de ma chandelle crachotante, le dos de Lane se dessinait vaguement devant moi, tandis qu'il traînait ma malle sur une sorte de chariot plat en bois. Il l'avait hissé en haut des deux volées d'escalier, sans hâte ni effort. Il gardait le silence et les roses du tapis étouffaient le bruit de nos pas. Il s'est arrêté brusquement, je me suis cognée dans la malle.

– À vous de choisir.

J'ai scruté les lieux. Le long de ce couloir relativement court, j'ai cru compter six portes fermées dans la pénombre, toutes à gauche. Sur la droite, il n'y avait que des portraits, un face à chaque porte. « Comme des sentinelles », ai-je pensé. Les bras croisés, Lane ne me témoignait aucune hostilité, mais ne m'apportait aucune aide non plus. Je n'avais pas la moindre idée d'où je me trouvais ni de comment retourner à la cuisine. J'ai ouvert la porte la plus proche.

Les fenêtres donnaient plein ouest, sur les dernières lueurs que jetait le soleil couchant avant que les collines de la lande ne l'engloutissent. En plissant les yeux, j'ai distingué des étagères chargées de livres, un grand bureau et quelques fauteuils très poussiéreux. Deux autres portes reliaient de chaque côté la pièce à ses voisines. Ce n'était pas une chambre, plutôt une bibliothèque ou un bureau. J'ai refermé la porte, sous le regard d'un gentleman à favoris et collerette, et j'ai filé au bout du couloir. Une pièce en angle n'aurait sûrement qu'une porte latérale au lieu de deux. J'ai donc posé la main sur la dernière poignée.

– Y a des fuites, a annoncé Lane, rompant le silence. Et dans celle-ci aussi, a-t-il ajouté alors que je faisais un pas vers la porte suivante.

Avec un mouvement de jupons, j'ai fait volte-face pour me diriger vers l'autre extrémité du couloir et l'autre pièce en angle. J'ai tendu la main, mais il m'a coupée dans mon élan.

– Des souris.

J'ai haussé un sourcil, tournant néanmoins la poignée.

– Dans le lit, a-t-il précisé.

J'ai laissé retomber le bras, observant à nouveau le couloir, mais cette fois les tableaux et non les portes. Juste après la bibliothèque, j'ai remarqué le portrait d'une vieille femme. J'ai levé ma bougie pour mieux la regarder. Elle avait les cheveux gris, retenus tout simplement, mais très élégamment, par un bonnet de dentelle. Son visage était aussi impassible que celui des autres et pourtant... la plupart des femmes n'auraient jamais accepté qu'on peigne leurs rides, tout du moins pas de façon aussi réaliste. J'ai ouvert la porte qui lui faisait face.

Un lit massif en acajou se dressait non pas contre un mur mais au beau milieu de la pièce, drapé de velours et de satin rose pâle sur près de trois mètres, du baldaquin au sol. Des rideaux assortis cascadaient autour des quatre hautes fenêtres. Les derniers rayons du soleil faisaient scintiller la gigantesque toile d'araignée qui reliait deux chaises capitonnées au plafond lambrissé. Sur la gauche, une porte donnait accès à la pièce voisine, mais, sur la droite, il n'y avait qu'une armoire, abondamment ornée de visages et de feuillages sculptés, occupant le mur entier, de l'angle jusqu'à la cheminée de marbre. Pas de porte.

– Celle-ci, ai-je décidé.

J'ai entendu les roulettes du chariot grincer tandis qu'il pénétrait dans la pièce. J'ai posé ma chandelle sur une coiffeuse en bois peint et écarté l'un des lourds rideaux. Une odeur de moisi m'a chatouillé les narines tandis que je contemplais les rondes collines, l'herbe ondoyante, un ou deux arbres et le ciel rouge doré. Pas la moindre habitation, pas même une colonne de fumée révélant l'existence de voisins. Le doigt tendu, j'ai effleuré l'épaisse couche de poussière sur la vitre, et je me suis demandé si, en sondant sa profondeur, on pourrait calculer précisément le temps qu'elle avait mis à s'accumuler.

J'ai lâché la tenture pour me retourner face à la pièce. La malle était posée au centre, avec ma valise et mon chapeau par-dessus. Je me suis ruée vers la porte pour scruter le couloir à droite, à gauche. J'étais seule.

J'ai fermé la porte. J'y suis restée adossée un instant, puis j'ai couru chercher l'une des lourdes chaises capitonnées. Je l'ai tirée derrière moi, créant bosses et plis dans le tapis crasseux. Serrant les dents, je l'ai poussée de toutes mes forces contre la porte latérale, puis j'ai fait de même avec l'autre chaise, que j'ai calée contre la porte du couloir. Un peu rassérénée, j'ai repris mon souffle. Mon regard est alors tombé sur le bout de chandelle qui me restait. J'ai fouillé de fond en comble les sept tiroirs de la coiffeuse, et fait de même avec un guéridon et une vieille malle. J'ai brassé les vieilleries entreposées au fil des années avant de trouver une boîte sur le manteau de la cheminée, pleine de cierges blancs effilés, et, dans le pot en céramique à côté, un trousseau de clés. J'avais allumé les bougies et verrouillé les portes avant que le soleil n'ait disparu derrière les collines.

Les meubles paraissaient encore plus sombres à la lumière vacillante des chandelles, qui jetaient d'immenses ombres sur les murs. J'ai baissé les yeux vers mes mains, noires de crasse, puis vers ma robe. J'entendais encore tante Alice : « En flanelle grise, l'étoffe la plus pratique. Les taches ne se voient pas et c'est inusable... » En revanche, la qualité qui manquait à ce tissu, selon moi, c'était de mettre en valeur celle qui le portait. Mais il faudrait bien que cela fasse l'affaire pour le voyage de retour à Londres que j'étais déterminée à accomplir pas plus tard qu'en milieu de journée le lendemain, dès que j'aurais vu mon oncle et glané les informations nécessaires pour assurer l'héritage du Gros Robert.

Je me suis essuyé les mains dans les plis de ma robe, où la saleté ne se verrait pas, puis je l'ai ôtée, ainsi que mes trois jupons, et j'ai jeté le tout en travers de ma malle. J'ai tiré sur le lacet de mon corset et j'ai tout laissé tomber sur le sol, puis, une fois en chemise et fond de jupe, j'ai écarté les bras, enfin libérée, emplissant mes poumons entièrement pour la première fois depuis le matin.

Je me suis ensuite intéressée au lit. J'ai bien tenté de le pousser une fois, sachant pertinemment qu'il ne bougerait pas, car je redoutais de dormir avec autant d'espace vide derrière la tête. Le couvre-lit ne semblait pas trop poussiéreux, grâce au baldaquin qui le protégeait, mais il était néanmoins froid et humide sous la main. Espérant trouver du linge sec, j'ai voulu ouvrir l'armoire mais la porte était fermée. J'ai essayé une à une toutes les clés du trousseau, dont le fracas métallique résonnait dans le silence. À la sixième, la serrure a cliqueté.

Quand la porte s'est ouverte, un délicat parfum – cannelle et lys – s'est échappé de l'armoire. J'ai penché la tête en arrière pour contempler non pas le linge mais les robes, qui s'alignaient par dizaines sur des étagères montant jusqu'au plafond – des soieries couleur citron, lavande ou bouton de rose ressortaient sur le bois sombre, entrecoupées ici et là d'une étoffe blanche ou d'un lainage bleu-gris avec des manches en dentelle crème. Aucune n'évoquait le brouillard jaunâtre ni la brique pleine de suie, il n'y avait rien de pratique et passe-partout, rien de Londres dans toutes ces robes. Elles étaient d'un autre monde.

Une petite échelle pliante était arrimée à l'étagère du bas et, comme une enfant devant un jouet tout neuf, je n'ai pu résister à l'envie de la déplier afin de me percher sur le troisième barreau. J'ai tendu les bras vers un satin qui n'était ni vert ni bleu, mais entre les deux, une nuance que je n'avais vue qu'une fois, dans un tableau des mers du Sud. J'ai tiré sur la robe, libérant l'étoffe soyeuse, qui s'est déployée, scintillant à la lueur de la bougie telle une cascade d'eau pure.

Un gémissement a fendu les airs, si près de moi que j'ai failli en tomber de l'échelle. Mais ce n'était que le vent qui mugissait dans la cheminée, un bruit que j'avais pourtant entendu des centaines de fois. Le temps devait être en train de changer, au-dehors. Je suis descendue, fascinée par cette robe chatoyante. Je savais que j'aurais dû aller me coucher. J'aurais besoin de tous mes esprits le lendemain matin, et le sommeil risquait d'être long à venir dans cette chambre. Je le savais, et pourtant j'ai passé la robe par-dessus ma tête, pressée de l'enfiler. J'ai noué le ruban autour de ma taille, puis j'ai pris un coin des rideaux de velours pour essuyer le miroir de la coiffeuse, et y contempler mon reflet flou.

La robe m'allait parfaitement, à croire qu'elle était faite pour moi. La taille était haute, à la mode d'autrefois, soulignée par un galon qui montait pour border l'encolure également. La jupe tombait en longs pans fluides, sans décoration d'aucune sorte, jusqu'à mes pieds. Mes bottines paraissaient bien miteuses en comparaison... mais pas moi ! J'ai porté la main à mon visage, qui n'avait plus ce teint terne que lui donnait la flanelle, mais avait pris un éclat de pêche et d'ivoire. J'ai ôté mes épingles à cheveux pour libérer mes boucles châtains, illuminées de reflets auburn. Je n'avais jamais été belle, et ne le serais jamais, mais le changement était... saisissant.

Je suis vite retournée à l'armoire, j'ai replié l'échelle et déniché une clé qui ouvrait le premier tiroir sous les étagères. Le vent a mugi à nouveau dans la cheminée, une plainte sourde et déchirante que je n'ai presque pas entendue dans mon excitation. Le tiroir était rempli de chaussures, de délicates ballerines de teintes variées, et il y avait également une boîte de gants longs, de nombreuses paires qui montaient bien au-dessus du coude, un peu jaunies, mais en bon état. J'ai ôté mes bottines en hâte pour glisser les pieds dans des ballerines ivoire ornées de fleurs bleu-vert brodées sur les côtés et j'en ai presque ri. Elles m'allaient parfaitement. Alors, j'ai remonté mes cheveux en chignon, en laissant quelques boucles encadrer mon visage, puis j'ai tournoyé sur moi-même, savourant le froufrou de la robe. Enfin j'ai ouvert le dernier tiroir, dans l'espoir d'y trouver des chapeaux, et j'y ai plongé la main.

J'ai senti quelque chose de doux et froid chatouiller mes doigts. C'est alors que je me suis aperçue qu'il s'agissait de cheveux humains, châtain foncé et frisés. Les boucles s'entremêlaient, choses mortes jetées au fond d'un cercueil. J'ai retiré vivement la main. Le tiroir était rempli de tresses, nouées avec du ruban bleu comme les mers du Sud et, à la lueur de ma chandelle, j'ai aperçu des reflets auburn illuminer le châtain.

J'ai fait un bond en arrière, portant la main à mes propres boucles aux reflets roux, refermant le tiroir d'un coup de pied. J'ai reculé, suffoquée par la même horreur que lorsque j'avais vu l'enfant pleurer sans un bruit dans la cuisine. Ces cheveux au fond du tiroir... c'étaient les miens. D'une certaine manière, c'étaient les miens. Le vent mugissait de plus en plus fort dans la cheminée, et soudain un gémissement strident, tel un cri d'animal blessé, a résonné derrière la fenêtre. J'ai fait volte-face. Un autre hurlement, puis encore un autre ont retenti, me transperçant les tympans, résonnant dans mon crâne, de plus en plus sinistres. Je me suis jetée sur le lit, les genoux repliés contre ma poitrine, clouée par la peur au panneau d'acajou. La plainte du vent, les hurlements au-dehors ne s'interrompaient que pour reprendre de plus belle, redoublant d'intensité. J'ai fermé les yeux et, pour la première fois, j'ai laissé mes larmes couler.

Au septième coup de l'horloge, le lendemain matin, j'étais à la table de la cuisine, vêtue de ma robe de flanelle grise, sans une boucle qui dépassait, chapeau, gants et valise à mes côtés, en train de beurrer ma quatrième tartine. L'armoire était soigneusement fermée à clé, la robe bleu-vert à l'intérieur, les chaises, à leur place et le couvre-lit, bien tiré. À part ma malle et quelques traces dans la poussière, la pièce, je l'espérais, avait déjà oublié mon existence. J'aurais tant souhaité pouvoir faire de même.

La porte s'est ouverte et Mme Jefferies, correctement vêtue d'une robe de calicot et d'un bonnet de dentelle, est entrée. En me voyant, elle s'est figée net, son panier de carottes en équilibre sur la hanche. Elle était bouche bée. Je me suis retenue de soupirer, l'état de surprise perpétuelle de cette femme était lassant.

– Vous avez déniché la cuisine, a-t-elle constaté.

– Bien sûr.

En réalité, cela m'avait pris une demi-heure, mais là n'était pas la question. J'ai posé le couteau à beurre. Si je n'avais pas trouvé le sommeil durant la nuit, j'avais en revanche trouvé un plan. Et il n'y avait pas une seconde à perdre, surtout si je voulais passer la nuit à Milton.

– Madame Jefferies, ai-je commencé, je vous dois des excuses. Je ne me suis pas comportée hier comme je l'aurais souhaité, j'étais hélas épuisée par le voyage et, de fait, fort irritable.

Elle m'a laissée poursuivre, méfiante.

– Mais je pense que nous serons toutes les deux d'accord qu'il vaudrait mieux que je voie mon oncle au plus vite. Sinon, si je rentre à Londres sans l'avoir rencontré, ma tante sera furieuse et me renverra... ou viendra en personne.

J'étais ravie de voir l'horreur se peindre sur son visage à cette pensée.

– Une fois que j'aurai vu mon oncle, je repartirai, dès cet après-midi si on peut me trouver une voiture, ce qui nous arrangerait toutes les deux, je crois.

Mme Jefferies m'a dévisagée un instant.

– C'est sensé, ce que vous dites, a-t-elle marmonné à contrecœur, et Lane est du même avis. Pas la peine de repousser... l'inévitable. Il va vous emmener voir M. Tully dès que... dès que possible.

– M'emmener où, madame Jefferies ? me suis-je étonnée. Mon oncle ne dort-il pas au manoir ?

Elle a haussé les épaules en posant son panier sur le buffet, grattant d'un doigt boudiné la terre accrochée aux carottes.

– En général, il dort à l'atelier. On lui a installé un canapé exprès. M. Tully n'aime pas s'éloigner de ses jouets.

– Mais à quoi « joue »-t-il exactement dans son atelier ?

Elle a haussé à nouveau les épaules.

– Vous verrez bien.

Et elle s'est concentrée sur ses carottes, déployant des efforts colossaux pour ne pas surveiller mes faits et gestes. Je me suis redressée, le dos bien droit, avant de demander :

– Y a-t-il des loups à Darkwind, madame Jefferies ?

Elle s'est retournée pour me jeter un regard méprisant.

– Vous êtes pas bien, mademoiselle ! Y a pas de loups en Angleterre.

J'ai baissé les yeux vers mon pain beurré. Elle avait raison, évidemment. Mais c'était la seule explication que j'avais pu trouver aux cris inhumains qui avaient retenti toute la nuit.

La porte s'est ouverte sur Lane, dont la silhouette se découpait dans la lumière du soleil. Il était propre, cette fois, le teint couleur thé noyé de lait. Il est resté planté là à m'attendre, sans un mot. J'ai plié ma tartine en deux, je l'ai emballée dans mon mouchoir, puis j'ai glissé le tout dans ma valise avant de prendre mes gants.

– Vous pouvez laisser vos bagages ici, m'a-t-il dit. Je vous ai trouvé une voiture. Vos affaires seront chargées quand vous serez prête à partir.

– Et ma malle ?

– La malle aussi.

Je me suis levée, me préparant pour la rencontre avec mon oncle, épreuve qui me permettrait de rentrer à Londres et d'oublier tout ça. J'ai pivoté vers la cuisinière.

– Eh bien, au revoir, madame Jefferies.

Elle est restée penchée sur son buffet, le dos tourné, sans me répondre.

Ce n'est qu'une fois sortie de la cuisine, lorsque j'ai senti le soleil chaud et la rosée fraîche sur ma peau, que j'ai compris. Mme Jefferies n'avait pas voulu se montrer grossière. Elle était en train de pleurer.

IV

Nous avons traversé un potager clos, étonnamment bien tenu, où s'alignaient en rangées nettes choux, laitues et haricots, et un carré de terre fraîchement remuée où Mme Jefferies avait dû cueillir les carottes.

À nouveau, je me suis retrouvée à suivre le dos de Lane. J'ai entraperçu une silhouette qui se cachait vite dans une serre de verre et d'acier, un lapin pendant mollement en travers de son épaule. J'ai baissé les yeux vers le gravier, mal à l'aise, jusqu'au bout de l'allée. Lane a ouvert une porte dans le mur d'enceinte du jardin.

La lande s'étendait tout autour de nous, avec ses hautes herbes, sa terre chaude et son soleil rayonnant. Les fleurs des champs dodelinaient dans la brise, égayant le gris-vert de points jaunes. Lane, une casquette rouge vissée sur la tête, foulait à grands pas le sentier qui s'enfonçait entre les tiges ondoyantes. Je peinais à le suivre, entravée par mes volumineux jupons. J'ai effrayé au passage une famille de linottes, qui a pris son envol. Lane a gravi une petite colline et disparu de l'autre côté.

Je me suis arrêtée au sommet, déjà essoufflée, les joues rougies par l'effort. En contrebas, un ruisseau zigzaguait entre les collines, scintillant au soleil. À un peu moins d'un kilomètre, je distinguais un village, bâtiments de pierre et chaumières agglutinés, séparés par de petites bandes de jardin. J'ai froncé les sourcils. Pourquoi personne ne m'avait-il prévenue de son existence ? S'il était trop tard pour regagner Milton, j'y aurais peut-être trouvé une auberge la veille au soir ? J'ai isolé ce qui me semblait représenter un quart du village, dénombré les toits de chaume et multiplié par quatre. En dehors des bâtiments plus imposants, qui devaient être publics, le village comptait approximativement soixante-douze maisons.

La casquette rouge était déjà au bas de la colline, dans un virage du sentier. J'ai ouvert la bouche, puis je me suis ravisée. Je n'avais aucune idée du nom de famille de Lane.

– Monsieur Jefferies ? ai-je tenté en me remémorant qu'il avait appelé la cuisinière « tante Jeff ».

La casquette rouge est réapparue à la sortie du virage et Lane m'a rejointe au sommet de la colline en quelques secondes, bondissant comme un chat. J'ai tendu le doigt.

– Comment s'appelle ce village, monsieur Jefferies ? J'ignorais que...

– C'est Moreau.

J'ai dû faire une drôle de tête, car il s'est raclé la gorge, agacé.

– Pas le village. Moi, je m'appelle Moreau.

– Mais Mme Jefferies...

– C'est la sœur de ma mère. La famille de mon père est d'origine française.

Je lui ai lancé un regard de sous le large bord de mon chapeau. Moreau... ça pouvait venir de « maure ». Alors peut-être n'était-ce pas seulement le grand air qui brunissait sa peau. Avait-il le teint plus pâle en hiver ? Je me suis retournée vers le paysage.

– Et comment s'appelle le village ?

Lane a ôté sa casquette et l'a tordue dans ses mains, d'humeur soudain ombrageuse. Le silence commençait à devenir pesant lorsqu'il a finalement lâché :

– Il n'a pas vraiment de nom.

– Ça alors ! Et pourquoi donc ?

– Parce que ce n'est pas un vrai village... Il fait partie du domaine.

J'ai plissé le front. Il n'y avait pas de ferme à Darkwind, à ma connaissance, et, si cette petite ville hébergeait les domestiques, ils me semblaient bien nombreux pour une propriété si mal entretenue.

– Mais que font ces gens ici ?

Sous mes yeux ébahis, sa mâchoire serrée est sortie et rentrée à plusieurs reprises dans un mouvement de scie, avant qu'il finisse par articuler :

– C'est pour l'usine à gaz.

Comment avais-je pu être aussi bête ! Voilà ce qui alimentait tous les éclairages.

– Mon oncle a fait construire sa propre usine à gaz ? me suis-je étonnée.

Ses dents ont grincé à nouveau.

– Oui.

– Et où est-elle ? Je ne vois pas de fumée.

– Derrière la colline, au bord de l'eau. Il y a beaucoup de vent par ici.

J'ai acquiescé, tandis que mon esprit tentait de donner sens à tout ça.

– Mon oncle paie des hommes pour faire fonctionner une usine et il leur a construit un village. C'est bien ça ?

Lane a croisé les bras, évitant mon regard.

– Combien d'ouvriers font tourner cette usine, monsieur Moreau ?

– Quatre ou cinq, je dirais.

– Mais il y a plus de soixante-dix maisons, là-bas.

Ses yeux gris se sont posés sur moi, me jaugeant, comme la veille.

– Bon, d'accord, plutôt une vingtaine.

– Et combien d'hommes mon oncle emploie-t-il en tout ?

Il a remis sa casquette sur sa tête et a dévalé lestement la pente, sans un mot de plus.

– Combien, monsieur Moreau ?

– Vous lui demanderez vous-même !

La soudaine bourrasque qui m'avait apporté sa réponse aurait emporté mon chapeau s'il n'avait été soigneusement attaché sous mon menton. J'ai rassemblé mes jupons dans une main et j'ai pressé le pas, laissant mon chapeau pendre dans mon dos au bout de ses rubans.

Nous avons marché longtemps. Ou plutôt il marchait, je courais. Dévalant la colline, traversant le village sous les yeux curieux des enfants qui s'amusaient devant l'école, affrontant le regard surpris d'une femme qui trayait sa vache, longeant le quai et les docks, où était amarrée une barge pleine de charbon. Nous avons croisé des chiens, des voitures, des ânes et des hommes – surtout des hommes qui discutaient, se hélaient, vaquaient gaiement à leurs occupations jusqu'à ce qu'ils me remarquent. Ma présence, semblait-il, les faisait taire instantanément.

Nous sommes sortis du village, toujours au pas de charge. Lane a fini par ralentir en arrivant à l'un des plus impressionnants bâtiments que j'aie jamais vus. Trois étages de pierre grise, un toit d'ardoise, deux énormes cheminées de brique crachant une fumée blanche dans le ciel. Leurs ombres me désignaient comme deux doigts tendus. Lane est passé à l'arrière de l'usine et s'est arrêté devant une porte vert foncé. Il a tiré sur une chaîne, faisant tinter une petite cloche. Et, pour la première fois depuis notre conversation au sommet de la colline, il s'est tourné vers moi.

– Ça ne va pas ?

J'ai voulu répondre, mais impossible d'émettre un son. Je n'avais pas l'habitude de courir et il faisait une telle chaleur sous cette robe, j'étouffais. J'ai tiré sur le tissu trempé de l'encolure, hors d'haleine. La porte s'est ouverte.

– Eh bien, qu'est-ce que vous lui avez fait ?

C'était une question enjouée, lancée par un homme bien mis et très anglais, mais je n'ai entendu qu'un écho étouffé, tournoyant comme les taches noires qui voletaient devant mes yeux.

En revenant à moi, je me suis retrouvée allongée sur un lit bas, dans la pénombre d'une pièce peinte en rose. Les rideaux étaient tirés, mais la fenêtre ouverte laissait la brise me rafraîchir un peu tandis que quelqu'un m'appliquait un mouchoir mouillé sur le front. Un visage est apparu au-dessus de moi.

– Je ne pensais pas que le soleil cognait si fort. C'est étrange. Vous vous sentez mieux ?

C'était l'homme que j'avais entendu en arrivant. Ses longs favoris blonds bien taillés encadraient des yeux bleus et ronds, dans un visage qui semblait plus jeune que sa voix ne l'aurait laissé supposer. Il portait une redingote marron sur un pantalon de coupe moderne.

– Oui, ça va mieux, merci, ai-je répondu, préférant omettre que j'avais des crampes à l'estomac.

J'ai ôté le mouchoir mouillé pour m'asseoir. Le jeune homme me contemplait avec un regard franc et ouvert tandis que je m'efforçais de me recoiffer. Mon chapeau, ai-je constaté, gisait à terre.

– Où est M. Moreau ?

– Il est allé prévenir M. Tully. Vous avez de la chance, vous savez, c'est bientôt l'heure de la récréation. Au fait, je m'appelle Ben Aldridge. Quant à vous, nous savons tous qui vous êtes, mademoiselle Tulman.

J'allais lui demander pourquoi quand j'ai perçu des cris indistincts, qui filtraient par une porte close, juste derrière M. Aldridge. Je me suis empressée de me relever, et d'arranger ma jupe, alors que les voix se rapprochaient. Tante Alice m'avait fait une description précise des fous qui peuplaient les asiles – les yeux exorbités, la bave aux lèvres –, monstruosités humaines que les dames bien nées payaient pour voir. Je me suis redressée, le cœur battant. Les cris s'étaient changés en hurlements, juste derrière la porte. J'ai tendu la main pour prendre appui sur le dossier d'une chaise.

La porte s'est ouverte brusquement, cognant dans le mur derrière. J'ai tressailli, cramponnée à ma chaise, mais personne n'est apparu sur le seuil. Au-delà, je ne distinguais que la lueur d'une lampe à gaz. J'ai jeté un regard interrogateur à M. Aldridge, et, quand je me suis retournée vers la porte, j'ai aperçu un seul œil, très bleu, qui m'observait. Une courte barbiche blanche est apparue en dessous, puis un petit homme tout entier, vêtu d'une redingote noire. Il s'est avancé vers moi comme si on le poussait par derrière, fixant mes pieds, et s'est arrêté à quelques centimètres de moi. Je suis restée pétrifiée.

– C'est elle, Lane ? a-t-il chuchoté. C'est celle-là ?

J'ai entendu M. Moreau confirmer tout bas, sans toutefois savoir d'où provenait sa voix. Je ne pouvais détacher mon regard du petit homme. Ses yeux d'un bleu intense se sont levés vers moi, lentement, à croire qu'il s'attendait à découvrir un démon ou une gargouille. Puis, tandis qu'ils s'attardaient sur mon visage, ses mains ont surgi pour saisir l'une des miennes. J'ai retenu mon souffle, mais il a simplement porté ma main à sa bouche pour y déposer un baiser puis l'a vite relâchée, les yeux à nouveau rivés au sol, mais le sourire aux lèvres, désormais, comme un rayon de soleil dans un ciel chargé. J'imagine que mon visage exprimait la stupéfaction la plus totale.

– La petite de Simon, a-t-il dit en se balançant d'avant en arrière, sur ses talons. La petite de Simon. Mais vous avez trop trop, beaucoup trop trop pour être la petite fille de Simon, non ? Vous avez combien ?

– Dix-sept, ai-je murmuré.

Il était toujours bien trop près de moi.

– Lane ! s'est-il écrié.

J'ai sursauté.

– Ai-je une nièce de dix-sept ans ?

– Oui, a répondu la voix de M. Moreau derrière la porte.

Le vieil homme s'est détendu.

– Alors tout est comme il faut. Lane sait toujours ce qu'il faut. Où est ton père, ma nièce ?

M. Moreau a répondu avant moi :

– Simon est parti, monsieur Tully.

Un nuage est passé sur le visage de mon oncle, ombrageant son sourire ensoleillé.

– J'oublie, j'oublie trop de choses.

Il a secoué la tête.

– Et tu es trop silencieuse. Je n'aime pas le silence. Ça laisse trop de place pour les vilaines pensées. Dis-moi, petite nièce...

Ses yeux vifs se sont posés sur moi.

– ... tu aimes les jouets ?

Ben Aldridge observait la scène, les mains dans les poches, l'air curieux. J'ai jeté un regard à Lane, pour qu'il m'éclaire.

– Je suis un peu vieille pour jouer..., ai-je commencé d'une voix hésitante.

Lane a froncé ses sourcils sombres.

– ... mais j'adore les jouets, bien sûr, ai-je poursuivi. J'aime beaucoup les jouets, vraiment.

Mon oncle s'est à nouveau illuminé.

– Vous vous souvenez, monsieur Tully, je vous ai dit que la demoiselle ne se sentait pas très bien, lui a rappelé Lane, appuyé à l'encadrement de la porte, en me fixant de ses yeux gris. Un autre jour, peut-être.

J'ai croisé son regard et je l'ai soutenu.

– Au contraire, mon oncle, je me sens très bien. J'aimerais beaucoup voir vos jou...

– C'est l'heure ! a-t-il hurlé si bien que j'ai sursauté à nouveau.

Il se tenait raide comme la justice.

Il m'a pris le bras pour me tirer vers la porte dont Lane bloquait l'ouverture.

– Puis-je venir aussi, monsieur Tully ?

C'était Ben Aldridge qui avait posé la question. Mon oncle s'est figé net.

– On n'est pas samedi, a-t-il répliqué d'une voix grincheuse.

Il m'a lâchée et a foncé vers la porte comme si Ben Aldridge risquait de le pourchasser ou de l'attraper par les basques de sa redingote. Lane s'est écarté pour le laisser passer tandis que Ben Aldridge m'adressait un sourire en coin.

– J'espère toujours qu'il aura oublié quel jour on est. On ne perd rien à essayer...

J'allais suivre mon oncle, mais Lane a tendu le bras pour me retenir. Il sentait le savon et, bizarrement, le métal.

– Ne touchez à rien et ne demandez pas comment ça fonctionne, m'a-t-il avertie dans un murmure.

– Comment ça, monsieur... ?

– Ne touchez à rien, compris ?

Mon oncle nous a hélés :

– Vite, Lane ! C'est l'heure ! Pressez-la un peu !

Il s'est redressé, baissant le bras qui faisait barrière.

Je l'ai contourné, aussi agacée qu'abasourdie, pour pénétrer dans un étroit couloir. Mon oncle a passé la tête dans l'entrebâillement d'une porte, sur la gauche, me cherchant de ses grands yeux bleus. Je l'ai suivi et je me suis immobilisée sur le seuil.

La pièce était immense, même pour Darkwind. Le soubassement des murs était en stuc, ponctué de globes lumineux, surmonté de colonnades en brique et d'un enchevêtrement de tuyaux et d'échelles en fer qui grimpaient jusqu'à un plafond si haut qu'il disparaissait dans l'ombre. Je distinguais une sorte de battement sourd. Non seulement je l'entendais, mais je le percevais également à travers la semelle de mes bottines.

J'ai balayé la salle du regard : de grandes tables maculées de peinture, des morceaux de bois ou de métal aux formes bizarres, deux coussins gisant sur le sol jonché de débris. Puis mes yeux ont atteint le fond de la pièce et sont restés fixés sans comprendre sur la foule silencieuse éclairée par les globes lumineux. Des gens, des animaux, des créatures que je ne pouvais identifier, seuls ou en groupe, dans différentes positions, assis, debout ou la main levée, formaient un tableau surnaturel. La flamme vacillante des becs de gaz dansait sur leurs visages de cire ou de porcelaine.

J'ai cherché mon oncle des yeux, je l'ai trouvé dans l'un des rares coins libres, les mains jointes dans le dos, sautillant sur place.

– Alors, petite nièce, n'est-ce pas merveilleux ? N'est-ce pas juste comme il faut ?

Cette installation était tellement étrange que je ne savais qu'en penser. Alors que je m'approchais, les yeux rivés sur un paon aux plumes d'un turquoise chatoyant, mon oncle s'est rué sur moi.

– Je sais lequel je vais te montrer !

Il m'a tirée par la manche et j'ai trébuché piteusement, passant devant le paon pour me mêler à la foule silencieuse. J'ai vu des visages défiler, des sourires peints qui m'ont rappelé celui du petit pasteur, puis mon oncle s'est arrêté de façon abrupte devant une petite fille. De taille réelle, elle était assise devant un piano-forte miniature, les yeux clos. Ses mains de cire reposaient avec grâce sur les touches, un ruban de satin bleu ornait ses cheveux châtain-roux ondulés. Elle avait l'air perdue dans ses rêves.

Mon oncle s'est agenouillé à côté de moi et a passé la main sous l'instrument. J'ai entendu un cliquetis, un léger vrombissement... puis j'ai retenu mon souffle tandis que les paupières de la fillette s'ouvraient lentement. Elle a cligné les yeux, sa tête s'est inclinée, tournée face au clavier, puis son corps s'est penché en avant et ses petites mains se sont mises à jouer, chaque doigt enfonçant une touche pile au bon moment. Un menuet s'est échappé du piano-forte. Je me suis assise par terre, dans le nuage de flanelle grise de ma robe, les yeux rivés sur la petite fille qui hochait la tête et se balançait en rythme, emportée par sa mélodie. Mon oncle s'est assis à côté de moi.

– Est-ce... est-ce comme une horloge ? ai-je soufflé.

Lane s'est raclé la gorge quelque part dans notre dos, pour me rappeler son avertissement, mais je n'avais pas pu m'empêcher de poser la question.

– Une horloge ? a répété mon oncle. Oh oui, oui. Comme une horloge. C'est amusant, une horloge. Il faut toujours bien les remonter. Mais les jouets, c'est encore mieux.

J'avais déjà entendu parler d'automates mus par des mécanismes d'horloge, mais jamais je n'aurais imaginé qu'ils puissent paraître à ce point vivants.

Mon oncle a tiré sur sa redingote.

– J'ai bien envie de te dire un secret. Je peux ? Oui ? Non ? Oh, je crois que oui !

Il s'est penché à mon oreille.

– Elle s'appelle Marianna ! a-t-il annoncé d'une voix forte.

J'ai contemplé à nouveau ses cheveux bouclés, aux reflets roux, retenus par un nœud d'un bleu si particulier... un bleu des mers du Sud. Cette enfant était donc la mère de mon oncle, ma grand-mère, que je n'avais jamais rencontrée. J'ai levé la main pour caresser la tête de la petite fille, vérifier s'il s'agissait de vrais cheveux – je le savais, j'avais vu les nattes dans l'armoire – mais un grondement menaçant dans mon dos m'a arrêtée. Ma main est retombée sur mes genoux tandis que mon oncle continuait à faire la conversation :

– Marianna dit que, quand les gens partent, il ne faut pas les oublier. Et moi, j'oublie, j'oublie beaucoup trop. Mais Marianna sait ce qu'il faut faire, alors je n'ai qu'à faire comme elle dit, et je me souviens. Je lui ai donné pas trop d'années pour qu'elle puisse jouer jouer jouer sans que jamais ses doigts soient fatigués. Les gens sont fatigués quand ils ont trop d'années, et Marianna aime tellement jouer. Moi, j'aime...

– Mon oncle, l'ai-je coupé, c'est vous... qui avez fait ça ?

Il a tiré sur les pans de sa redingote en secouant la tête.

– Non. Pas ce jouet-là, non. Pas toutes les pièces. Je ne fais que le dessin et les chiffres. Ensuite Lane prend mes dessins, me rapporte les pièces et je mets tout en place pour que ce soit comme il faut. Mais ce jouet n'est pas sorti de ma tête. Non. Il est sorti de la tête de quelqu'un d'autre. Mais ils ne m'ont pas expliqué comment.

La petite poupée représentant ma grand-mère s'est interrompue, puis a recommencé son morceau sous les yeux ravis de mon oncle.

– J'ai bien envie de te montrer avec quoi je joue en ce moment. C'est sorti de ma tête. Tout, tout est sorti de ma tête. Lane ? Lane ! On va montrer ça à ma petite nièce !

Il m'a aidée à me relever et m'a entraînée à sa suite. Tandis que je retraversais la foule d'automates, je n'ai pas pu m'empêcher de me demander combien parmi eux représentaient des personnes « parties », comme ma grand-mère. Tout en me tirant par la manche, oncle Tulman fredonnait un air qui se mêlait, discordant, à la jolie musique du pianoforte.

– D'abord, les petits, les grands ensuite. D'abord, les petits, les grands ensuite, d'abord... Attendez !

Il s'est figé net, et moi aussi.

– Lane !

Ce dernier est apparu, telle une ombre au crépuscule.

– À l'envers, Lane ! Il faut qu'on le fasse à l'envers. Les grands d'abord, les petits ensuite ! Les grands d'abord, les petits ensuite ! Vite, vite !

J'ai levé les yeux vers Lane. Il avait l'air tellement crispé que je me suis demandé s'il avait mal quelque part. Mais il a suivi mon oncle qui parcourait la pièce en gambadant comme un enfant qui sort de l'école.

Oncle Tulman s'est arrêté devant une grande statue qui devait faire deux fois et demie ma taille, couchée sur le côté, toute seule dans un coin. C'était un dragon, enroulé autour d'une haute tour blanche, comme on en voit dans les contes de fées. J'ai tout de suite vu pourquoi elle gisait à terre. La base de la tour était en pointe comme un crayon bien taillé, une pointe pas plus large que la paume de ma main. Impossible qu'elle tienne debout. Un tube en ébonite en sortait, la reliant à un trou au centre d'une sorte de socle rond et plat.

Mon oncle m'a lâchée pour empoigner une roue métallique arrimée au mur. Quand il l'a tournée, le dragon s'est mis à siffler comme une bouilloire géante. Un léger cliquetis accompagnait le sifflement, puis ils se sont tus progressivement jusqu'à ce qu'on n'entende plus que le menuet au piano, le ronronnement continu du sol sous mes semelles et un étrange vrombissement. Lane a tiré doucement sur le haut de la tour, je pensais qu'il voulait la relever, mais elle s'est redressée d'elle-même, lente et majestueuse, sans intervention humaine. J'ai renversé de plus en plus la tête en arrière pour suivre sa progression, jusqu'à ce que la pointe aille se loger pile dans le socle.

Quel spectacle extraordinaire que cette tour qui se dressait toute seule, en équilibre sur sa pointe, avec ce dragon aux yeux rouges qui me regardait, perché à trois mètres du sol !

Mon oncle sautillait sur place, battant des mains, quand un nuage de vapeur s'est échappé des naseaux du dragon, couvrant le son du piano-forte.

– C'est amusant, n'est-ce pas, petite nièce ? C'est merveilleux, pas vrai ?

Mon cœur cognait à mes tempes. Je comprenais vaguement la mécanique des horloges, des engrenages et des rouages qui faisaient bouger ma grand-mère comme par magie. Mais ça, c'était impossible !

– Maintenant, le meilleur ! Le meilleur ! Regarde, petite de Simon !

Mon oncle s'est jeté sur la statue et l'a poussée de toutes ses forces. Voyant le dragon vaciller, je me suis mordu la lèvre, sûre qu'il allait s'écraser par terre... et il est bien tombé, mais doucement, lentement, comme retenu par une ficelle. Il a fini par effleurer les dalles, y laissant quelques écailles vertes, puis est remonté de lui-même, défiant les lois de la pesanteur.

J'ai reculé d'un pas, portant la main à ma gorge.

– Ce n'est pas de la magie, a affirmé Lane, juste derrière moi.

Il était juché sur un bureau en désordre, en train de contempler mon oncle.

– Ce n'est qu'une machine. Je ne peux pas vous expliquer comment elle fonctionne car je l'ignore moi-même. Mais c'est juste une machine.

– Et... vous... l'avez aidé à fabriquer ça ?

– Je l'ai peinte.

J'ai regardé mon oncle replier la statue, tout en essayant de reprendre une contenance.

– Et combien d'autres hommes mon oncle emploie-t-il pour l'aider à faire ces... choses ?

Les yeux gris se sont fixés sur moi et se sont transformés en pierre.

– Il est temps de changer de jeu, a décrété Lane.

Il a sauté du bureau et a rejoint mon oncle.

Je suis restée là où j'étais tandis qu'il ressassait une histoire de « petites choses » et de « petites choses qui deviennent grandes » sur fond de vrombissement du dragon, le tout ponctué par les notes du menuet. Moi, je réfléchissais. Il y avait non seulement une usine à gaz, mais des machines à vapeur et une fonderie. Il y avait forcément une fonderie, pour le métal et...

C'est alors que j'ai observé plus attentivement le bureau. Au milieu de la paperasse, j'ai repéré le croquis du paon, avec une foule d'engrenages, de rouages et de mécanismes étranges gribouillés à l'intérieur. Je l'ai pris pour l'examiner à la lumière. Les chiffres se mêlaient à des lettres tordues comme des hiéroglyphes dans un langage mathématique que je ne comprenais pas. Un déclic s'est fait dans mon esprit.

– Mon oncle ! ai-je crié. Oncle Tulman ! Vous vous servez des chiffres pour construire vos machines ?

Ma question a résonné, puis s'est éteinte contre le métal et la brique. J'ai relevé la tête. Mon oncle fixait le papier que j'avais à la main de son regard bleu impénétrable, les veines des tempes gonflées. Son bras a eu une sorte de sursaut et, avant que j'aie pu réagir ou même réaliser ce qui se passait, un objet a volé dans les airs pour venir s'écraser sur le bureau, juste à côté de moi. Je suis restée plantée là, stupéfaite, ma robe couverte d'éclats de verre. Le menuet continuait, imperturbable.

– Non ! a hurlé mon oncle, écarlate, tremblant comme un diable. Non, non, non !

Lane s'est interposé entre nous, bras écartés, et m'a lancé par-dessus son épaule :

– Reposez ça, vite.

J'ai lâché le dessin du paon comme s'il me brûlait les mains, les yeux écarquillés, mais mon oncle se jetait déjà sur moi.

Dans sa hâte, il a renversé une boîte à outils dont le contenu s'est répandu sur le sol avec un fracas assourdissant. Lane a juste eu le temps de l'arrêter, l'immobilisant dans ses bras.

– Allez-vous-en ! m'a-t-il crié. Pour l'amour du ciel, filez !

Mon oncle se débattait, crachant des phrases inintelligibles, les bras tendus vers moi.

J'ai filé.

V

J'ai quitté la pièce en courant, claqué la porte verte pour faire taire les hurlements de mon oncle et laisser derrière moi la vision de ses mains crispées. Je me suis adossée contre le battant, les yeux clos, le temps que mes jambes se raffermissent, que ma respiration se calme, tout en m'efforçant de remettre de l'ordre dans mes pensées. Après ce que j'avais vu dans l'atelier, la présence d'un village entier sur le domaine ne me semblait plus aussi surprenante. Puisqu'il y avait des machines, une usine à gaz, une fonderie, il y avait forcément des charpentiers et des maçons pour les construire, des ouvriers pour assurer leur fonctionnement, d'autres pour apporter combustibles et fournitures... sans compter les kilomètres de tuyaux qu'il avait fallu fabriquer et installer. Et tout cela pour que mon oncle puisse s'amuser avec ses jouets. Des jouets incroyables, certes, mais des jouets quand même.

J'ai rouvert les yeux. L'avocat de tante Alice avait été parfaitement clair. La folie pouvait non seulement être attestée par le témoignage de la famille et le rapport d'un médecin, mais aussi par la mauvaise gestion d'un domaine. Vu ce que ces «jouets» devaient coûter, on pouvait se demander si le Gros Robert hériterait du moindre penny. L'avocat voudrait sûrement connaître avec précision le nombre d'hommes que mon oncle employait. J'allais le découvrir avant de quitter cet endroit au plus vite. J'ai voulu tirer sur les rubans de mon chapeau... mais il avait disparu. Peu importait. J'ai passé la main dans mes cheveux, puis j'ai filé dans le village.

Le premier cottage que j'ai croisé dans la rue principale était petit, en pierre blanchie à la chaux, avec des roses rouges et jaunes encadrant la porte. Une jeune fille qui devait avoir environ deux ans de moins que moi, un foulard noué autour de la tête à la gitane, était en train de désherber le potager, pendant que, à l'arrière, une femme plus âgée, que je supposais être sa mère, profitait de la chaleur pour étendre son linge. Quand j'ai poussé le portail, la plus jeune a relevé la tête.

– Excusez-moi. Pourriez-vous m'indiquer, s'il vous plaît, combien d'hommes travaillent actuellement sur...

– Je sais qui vous êtes, m'a-t-elle coupée, vous êtes la sorcière qui veut faire enfermer M. Tully.

Elle a souri de toutes ses dents, plissant son nez constellé de taches de rousseur.

– Maman dit que vous devez être une *hum-hum* sans cœur, pourtant vous m'avez pas l'air sans cœur et encore moins l'air d'une *hum-hum*... En même temps, ça ne se voit pas forcément tout de suite. J'ai entendu dire que vous aviez flanqué la frousse à ce pauvre Davy, mais il est bizarre, le gamin. Et paraît-il que vous vous êtes baladée dans le manoir toute seule...

Elle s'est penchée vers moi, les yeux comme des soucoupes.

– Y a de quoi perdre la boule de se retrouver dans cette grande baraque toute seule, pas vrai ? Moi, je tiendrais pas une seconde, c'est sûr. Mais bon, en même temps, on peut pas savoir. Z'avez pas perdu la boule, quand même, hein ?

J'ai cligné les yeux, hébétée.

– Enfin, peu importe, ça arrive souvent dans le coin, de toute façon. Il paraît que vous êtes allée dans l'atelier de M. Tully. J'ai collé mon nez contre la vitre, une fois, quand j'étais toute petiote, mais ça énerve M. Tully alors on évite. Personne veut risquer de l'énerver, M. Tully. On...

Apparemment, pour placer un mot avec cette fille, il fallait lui couper la parole.

– Excusez-moi, ai-je répété, plus fort, cette fois. Comment vous appelez-vous ?

Ses yeux se sont encore élargis.

– Eh bien, Mary, tiens. Mary Brown.

– Et vous vivez ici depuis combien de temps, mademoiselle Brown ?

Elle s'est esclaffée :

– *Mademoiselle* Brown ! Ben, ça alors ! Ça fait six ans que je vis ici, depuis qu'ils ont construit les cottages, et personne m'a jamais appelée autrement que Mary ! Sauf à l'hospice des travailleurs[1]... Çà, on m'en a donné, des noms d'oiseau, là-bas ! Mon père est arrivé le premier, ma mère après, alors mon père...

J'ai jeté un regard vers l'arrière de la maison. Cette fille était une mine d'informations et je craignais que la matrone occupée à étendre des sous-vêtements à froufrous ne vienne interrompre notre conversation.

– Mademoiselle Brown, il fait très chaud aujourd'hui, peut-être pourrait-on s'asseoir à l'ombre ? ai-je proposé.

Le visage de Mary s'est éclairé. Elle s'est ruée vers un banc, niché au milieu des roses, près de la porte, et s'est affalée dessus. Elle lissait sa jupe en y laissant de grandes traînées de terre. Je me suis assise à côté d'elle en souriant. J'allais commencer doucement, pour ne pas assécher le puits tout de suite.

– Vous habitez ici depuis la construction du village, n'est-ce pas, mademoiselle Brown ? Il y a environ six ans, c'est bien ça ?

– Oui, mademoiselle. Le petit Tom n'était pas encore né quand...

– Et avant, où vivait votre famille ?

– À l'hospice des travailleurs de Saint-Léonard, mademoiselle.

– Combien étiez-vous, à venir de cet hospice ?

1. À l'époque victorienne ont été fondées au Royaume-Uni des *workhouses* (littéralement « maisons de travail ») où les indigents vivaient et travaillaient dans des conditions de misère et de maltraitance extrêmes (NDT).

Mary a froncé le nez, faisant disparaître ses taches de rousseur dans les plis de son visage.

– Je ne sais pas vraiment, mademoiselle. Vous voyez, on...

Si cette fille ne savait même pas combien de membres comptait sa famille, elle me faisait perdre mon temps.

– Juste une estimation, mademoiselle Brown, ça sera suffisant...

– Ça veut dire que ma réponse ne doit pas forcément être juste, alors ?

Comme j'acquiesçais, elle a continué à réfléchir tout haut :

– Eh bien, j'imagine qu'on devait être à peu près trois cents.

J'ai écarquillé les yeux.

– Trois cents ?

– Oh oui, mademoiselle. Peut-être même plus. On...

– Vous voulez dire que trois cents personnes de l'hospice de Saint-Léonard sont venues s'installer à Darkwind ?

Mary s'est mise à pouffer.

– Oh non, mademoiselle ! Dites pas de bêtises. On n'est pas tous de Saint-Léonard ! Y en a qui venaient d'autres hospices, surtout de Londres, je pense, mais je me souviens pas trop parce que j'étais toute petiote. La seule chose que j'ai pas oubliée, c'est la puanteur et comment maître Babcock tapait sur la table avec sa canne en argent et...

– Qui est ce Babcock ?

Mary a paru surprise.

– Bah, maître Babcock, l'avocat, mademoiselle.

J'ai noté le nom dans un coin de ma mémoire.

– Maître Babcock, c'est lui qui est venu nous chercher, tiens ! Je m'étais faufilée dans le grand réfectoire pour essayer de trouver maman, vu qu'on n'avait pas le droit de voir nos parents à Saint-Léonard et que mon petit frère, il était trop triste et je voulais le dire à maman, quand maître Babcock, il est monté sur la table où ils servaient le porridge. Il a tapé dessus avec sa canne en argent en disant que tous ceux qui voulaient mieux gagner leur vie n'avaient qu'à se ranger devant lui. Alors mon père y est allé et on a noté son nom dans un petit carnet, puis il est revenu chercher ma mère, et ma mère est revenue nous chercher, mes frères et moi, avant qu'ils puissent nous vendre. Et, maintenant, c'est mon père qui fait voguer les bateaux sur la rivière.

Pendant que Mary reprenait son souffle, j'ai contemplé les environs, admirant les pâquerettes au bord du sentier. J'étais entrée dans un hospice de travailleurs, une fois. Un endroit où on cachait la pauvreté en l'emprisonnant derrière des murs en brique couverts de suie, une misère à laquelle le gros sac de vieilles chemises de Robert que j'avais apporté ne changerait pas grand-chose. Mary me dévisageait d'un œil critique.

– Je suis surprise que vous sachiez rien de tout ça. On l'apprend à l'école pourtant.

Ignorant l'affront, j'ai repris :

– Et maintenant, selon vous, il y a combien de personnes qui vivent dans ce village, mademoiselle Brown ?

– Ben, je ne peux pas vous dire. J'ai jamais compté sur mes doigts et, de toute façon, j'aurais pas eu assez de doigts pour compter. J'en ai juste le bon nombre, comme vous l'avez sûrement remarqué. Quand les gens ont des doigts en trop, ça se voit tout de suite. Pour le village d'en haut, il faudrait les doigts des mains et les doigts des pieds pour les compter, maintenant que les bébés ont grandi et ont eux-mêmes eu des bébés, vu que c'est ainsi que va le monde, je suis sûre que vous...

– Attendez, l'ai-je coupée, sourcils froncés dans un effort pour discerner les informations utiles du bavardage. Vous avez dit « village d'en haut » ? C'est là où nous nous trouvons en ce moment ?

– Mon Dieu, mademoiselle ! Vous savez même pas où vous êtes alors ? On est au village d'en bas, le nouveau. Le village d'en haut est par là-bas...

Elle a désigné la rivière.

– À environ un kilomètre.

Elle a secoué la tête sous son fichu.

– Pour la nièce de M. Tully, vous y connaissez pas grand-chose, quand même. Mais j'imagine que c'est pas de votre faute si vous êtes pas très...

– Et le village d'en haut est aussi grand que celui-ci ?

– Je viens de vous dire que les bébés avaient eu des bébés, non ? Le village d'en haut existe depuis pas mal de temps. Nous, au village d'en bas, on est les nouveaux, c'est comme ça qu'ils nous appellent, les...

– Ils sont plus de trois cents ?

– Plutôt six, je dirais. Leurs bébés, ils auront jamais connu l'hospice...

J'en avais assez entendu. Je me suis levée.

– Je vous remercie, mademoiselle Brown. J'ai grandement apprécié notre petite conversation, vous vous êtes montrée très serviable.

Mary a écarquillé les yeux, bouche bée, puis j'ai tourné les talons, longé les pâquerettes, franchi le portail blanc et j'ai repris ma route. Les pensées tournaient dans ma tête, comme un problème de mathématiques sans fin. Je suis passée devant de nombreux cottages, une petite église bordée d'un cimetière. J'ai entendu le vacarme d'une forge, une mère qui appelait son enfant, j'ai vu des moutons brouter dans leur pré, je me suis faufilée au milieu d'un troupeau d'oies caquetantes, j'ai senti la bonne odeur du pain chaud. Neuf cents personnes. Je me demandais si mon père était au courant de tout ça. Tante Alice l'ignorait, c'était sûr. Elle voulait bien donner les chemises tachées de sauce de Robert aux pauvres, mais pas son héritage !

Mes pas m'ont menée au sentier qui serpentait sur la colline, les hautes herbes bruissaient contre ma jupe. Quand j'expliquerais au juge tout ce que j'avais vu, oncle Tulman serait envoyé tout droit à l'asile. La loi protégeait les héritiers. Le domaine reviendrait au Gros Robert et, en attendant sa majorité, tante Alice gérerait ses biens. Je me suis arrêtée. Dès que tante Alice serait à la barre, elle renverrait hommes, femmes, enfants... jusqu'à la dernière Mary Brown du village.

À mesure que je gravissais la pente, je réalisais ce que ça voulait dire. Ils avaient dû comprendre bien avant moi ce que ma présence impliquait, dès que j'avais posé un pied dans le domaine. Leur vie à Darkwind ne tenait qu'à un fil, un fil qui était relié à ma main. J'ai rassemblé mes jupes, afin de presser le pas, les jambes encore flageolantes – pas tout à fait remise d'avoir grimpé et descendu cette colline pour la dernière fois. Tout prenait sens, enfin : l'hostilité de Lane, les larmes de Mme Jefferies, même les insultes de la mère de Mary. Neuf cents personnes risquaient de retourner à l'hospice, ou pire. Pourtant, si je laissais s'effriter ce qui restait de l'héritage du Gros Robert, je pouvais dire adieu à toute velléité d'indépendance. Je mourrais à petit feu, asphyxiée par le velours écarlate du salon de tante Alice.

J'ai relevé la tête. J'avais raté le chemin menant au potager. Darkwind se dressait face à moi, dans toute son immensité, ses pierres ocre me renvoyaient les rayons du soleil en plein visage. Une brise violente soulevait mes cheveux dans mon dos. J'ai pris un chemin pavé, puis j'ai franchi une sorte d'arche et là, au loin, j'ai aperçu l'allée, avec sur ma gauche l'entrée du tunnel à flanc de lande, et sur ma droite le manoir, le parc, et ses dizaines de roseraies en terrasses. Une voiture était stationnée devant la maison, avec ma malle à l'arrière et un jeune cocher qui paressait à l'avant, en m'attendant. Pour me conduire à Londres, retrouver tante Alice, son avocat et le juge.

Le vent avait presque complètement défait mon chignon lorsque le garçon m'a enfin aperçue, figée telle une statue devant l'arche de pierre. Il s'est brusquement redressé et a soulevé son chapeau, mais je ne lui ai pas répondu. J'étais plantée là, comme les herbes sous mes semelles. Le cocher s'est agité, tenant les rênes lâches dans sa main. Poussée par une soudaine bourrasque, j'ai dévalé la pente jusqu'à la porte du manoir et saisi la poignée.

– Vous pouvez détacher le cheval, ai-je lancé par-dessus mon épaule. Nous n'en aurons pas besoin aujourd'hui.

La poignée rouillée était grumeleuse, mais le contact froid du métal m'a rappelé la pierre glacée de la chapelle. Le gloussement léger a résonné dans ma tête, bientôt rejoint par la plainte sinistre qui avait déchiré la nuit sous mes fenêtres.

J'ai tourné les talons.

– Et quand ça sera fait, ai-je ajouté, filez au village d'en bas me chercher Mary Brown.

*

* *

– Seigneur ! a soufflé Mary, les yeux brillants.

Après avoir hissé la malle en haut des deux volées d'escalier puis l'avoir poussée dans le couloir des portraits, nous nous tenions sur le seuil de la chambre.

– J'ai jamais rien vu d'aussi chic, ni d'aussi sale. Je...

Elle continuait à jacasser – faisant preuve d'une volubilité qui rivalisait avec celle de mon oncle – tandis que je contemplais la chambre, gagnée par un sentiment d'irréalité qui m'engourdissait progressivement. Quelques heures auparavant à peine, j'avais quitté cette pièce en pensant ne jamais y remettre les pieds, et voilà que j'y revenais. Maintenant qu'elle avait un nom, « la chambre de Marianna » – je l'avais déduit des cheveux auburn noués d'un ruban turquoise – ne m'effrayait plus. C'était tout ce qui était au-dehors qui me donnait la chair de poule. J'ai fermé la porte, tourné la clé dans la serrure en observant Mary d'un œil sceptique. Je l'avais entraînée ici par pure lâcheté, en réalité, pour éviter de me retrouver seule. Mais, maintenant qu'elle était là, je ne savais que faire d'elle.

– Mademoiselle Brown..., ai-je commencé.

Elle s'est tournée face à moi, les mains sur les hanches.

– Appelez-moi Mary. Quelqu'un qui vous a aidée à monter une malle tout en haut de l'escalier d'un manoir hanté, faut l'appeler par son nom de baptême, vraiment.

J'ai choisi de ne pas mettre en doute sa logique. Mais elle me regardait avec sympathie, une expression rare parmi tous ces gens qui m'épiaient. De plus, cette fille était une vraie mine d'informations.

– Mary, ai-je repris, je... je me demandais... La nuit dernière, j'ai dormi dans cette chambre et j'ai entendu... un bruit... et...

Mary s'est jetée sur le lit, le menton dans les mains, fascinée.

– ... un bruit un peu comme...

Je me suis mordu les lèvres.

– Un bruit de chaînes ? a-t-elle proposé.

J'ai secoué la tête.

– Des murmures ? Des craquements ? Des pas alors qu'y avait personne ?

– Non, plutôt... un hurlement.

Mary a froncé le nez.

– Mon Dieu, mademoiselle, vous voulez dire un trouillovent ?

Je l'ai dévisagée, perplexe, imaginant ogres et démons. Son visage s'est décomposé.

– Un trouillovent, c'est rien que... du vent, mam'zelle ! Ça arrive quand il y a un fort vent du nord, et par ici c'est souvent. Diablement fort, même. Mon père dit que c'est un vieux mot parce que le vent doit mugir sur les collines depuis bien longtemps, mais, avec le tunnel de M. Tully, c'est comme si Dieu soufflait dans une canette de bière vide, qu'y dit, mon père...

J'ai fermé les yeux. Le vent. J'avais tremblé comme une fillette à cause du vent. Mary s'est mise à arpenter la pièce sans cesser de parler, ouvrant les rideaux et les portes de l'armoire.

– Il a même dit que c'est de là que vient le nom de la maison... « Darkwind », ça viendrait de « dark winds », les « vents sombres », ou quelque chose comme ça. Mais vous inquiétez pas, y va vous arriver d'autres aventures, je vous le promets, parce que ça serait trop bête d'avoir rien à raconter à vos petits-enfants... Oh !

J'ai rappliqué aussitôt, alertée par son cri. Elle avait ouvert la porte menant à la pièce voisine, celle que j'avais bloquée avec une chaise la veille. J'ai découvert une pièce entièrement consacrée à l'hygiène et aux soins du corps. Le sol et une partie des murs étaient recouverts de marbre lisse, et une énorme baignoire, une baignoire où l'on pouvait presque s'allonger entièrement, occupait tout un pan de la pièce, avec un robinet juste au-dessus.

Le robinet était relié à un haut cylindre orné de roses peintes avec, à la base, une petite porte munie d'une poignée métallique en forme de fleur. Je l'ai ouverte, découvrant du charbon et des cendres : le système servait vraisemblablement à chauffer l'eau afin qu'on puisse prendre un bon bain sans avoir à faire des allers-retours entre la cuisine et la chambre avec une bouilloire.

Mary, elle, se tenait, subjuguée, devant ce que ma tante aurait certainement appelé « un cabinet d'aisances », même si je n'en avais jamais vu de semblable chez elle. Il était surmonté d'un autre cylindre arrimé au mur, d'où pendait une petite chaîne terminée par une poignée : quelle tentation ! Les yeux de Mary ont croisé les miens, j'ai haussé les épaules. Aussi a-t-elle saisi la poignée, un sourire victorieux aux lèvres, et tiré de toutes ses forces.

Un gargouillis soudain, comme une cascade, m'a fait sursauter tandis que de l'eau couleur rouille se déversait dans la cuvette. Mary – qui s'était plaquée contre le mur, paniquée – est revenue pas à pas, méfiante.

– Oh, l'eau n'est pas bonne, mam'zelle ! Quel dommage !

J'ai fixé le fond de la cuvette, regrettant d'avoir passé tant de temps à chercher un pot de chambre le matin.

– Attendez, ai-je dit. J'ai une idée.

Je me suis approchée du lavabo surmonté d'un second robinet, que j'ai tourné. L'eau a coulé orange foncé quelques minutes, puis s'est peu à peu éclaircie pour prendre une couleur boueuse, et enfin devenir parfaitement claire.

– Vous voyez, c'est juste les tuyaux qui...

Mais Mary ne m'écoutait pas. Elle était à quatre pattes, en train de regarder sous le lavabo.

– Où ça part ? Où elle va, toute cette eau, mam'zelle ?

Je n'avais pas la réponse.

*

* *

Mary était elle-même un véritable trouillovent, je m'en suis vite aperçue : elle faisait un vacarme du tonnerre en se faufilant partout. Elle a déniché une cuvette et des chiffons – des rideaux arrachés dans une autre chambre, j'imagine – et a entrepris de nettoyer tables et étagères, et même de frotter le parquet avec vigueur. J'ai décroché les rideaux poussiéreux du baldaquin et je les ai traînés à travers la salle de bains, puis une autre petite pièce, jusqu'à la bibliothèque que j'avais découverte la veille. J'ai étendu les pans de tissu sur une corde que Mary avait prise sur un matelas infesté de souris, puis je les ai battus pour les dépoussiérer à l'aide d'un parapluie défraîchi. J'étais ravie de taper sur quelque chose. Je comptais les *tchac-tchac-tchac* rythmés contre l'épais velours rose, laissant mon esprit se remplir de chiffres et de poussière jusqu'à ce qu'il n'y ait plus la place pour la moindre pensée.

Au crépuscule, les fenêtres étaient ouvertes, les rideaux remis à leur place et retournés, et un feu brûlait dans l'âtre. La température avait chuté, si bien que Mary et moi, nous étions assises au coin du feu, les cheveux ébouriffés et le visage noir de poussière, en train de finir le pain, le fromage et le thé que j'avais discrètement remontés de la cuisine déserte, avec du petit bois et quelques morceaux de charbon. Je fixais les braises, piquant du nez. L'épuisement m'avait plongée dans un brouillard mental qui faisait écran aux pensées angoissantes telles que les héritages, les hospices de travailleurs, et les disparus au visage de porcelaine.

– Vous devriez rentrer chez vous, Mary. Votre mère va s'inquiéter, ai-je affirmé, oubliant que, au départ, je l'avais fait venir pour ne pas dormir seule dans ce manoir.

– Soyez pas bête, mam'zelle, a-t-elle rétorqué, la bouche pleine. Je lui ai déjà dit que je reviendrais pas ce soir, et j'ai bien fait, vous voyez, parce que, si j'étais rentrée finalement, ça l'aurait surprise, d'accord, mais elle ne se serait pas fait de souci ; alors que, si je n'étais pas rentrée, elle...

– Mais pourquoi, l'ai-je coupée – ce qui commençait à devenir une habitude –, pourquoi pensiez-vous ne pas rentrer ?

Elle a répondu, atterrée par mon manque de vivacité :

– Comment voulez-vous que je sois à votre service si je reste dans mon lit, hein ?

– À mon service ?

– Ben oui, ils ont dit que vous étiez arrivée toute seule, donc vous avez pas de femme de chambre, et donc il vous en faut une. Et moi, je sais faire tout ça. Ma mère était lavandière dans une grande maison, autrefois, et la dame avait une femme de chambre, et la femme de chambre racontait tout à ma mère, et du coup, maman m'a tout raconté, vous voyez.

Le courant d'air qui filtrait sous la fenêtre faisait vaciller la flamme des chandelles, emportant mes velléités de protestation.

– Bon, c'est l'heure du bain. Les dames prennent des bains régulièrement, à ce que dit ma mère. Une fois par semaine au moins. Et je ne voudrais pas négliger mes devoirs, mam'zelle, pas question. Parce que c'est un travail sacrément important, de prendre soin d'une dame, a soupiré Mary.

Elle avait dû remplir la réserve d'eau et porter quelques braises de notre feu derrière la petite porte à fleurs parce que, moins de deux minutes plus tard, je trempais le pied dans une eau délicieusement chaude. Je me suis plongée dans le tub jusqu'au menton, luxe que je n'avais même jamais imaginé. Mes muscles raidis par la marche et le ménage se sont détendus immédiatement, et je me suis laissée dériver dans une léthargie encore plus profonde. J'ai vaguement cru entendre le parquet craquer, des pas lourds résonner dans le couloir des portraits, juste de l'autre côté du mur, puis des coups frappés à la porte de la chambre. Une voix grave a crié quelques mots qui ressemblaient à « Mary Brown ».

– Allez-vous-en, Lane Moreau, a répondu Mary sans ouvrir la porte. Ma dame prend son bain et désire être tranquille. Elle reçoit ses visites le matin. Si elle ne souhaite pas vous voir, vous n'aurez qu'à laisser votre carte pour...

J'ai enfoncé la tête sous l'eau, pour étouffer les sons. Quelques minutes plus tard, quand j'ai refait surface, les éclats de voix s'étaient tus. Mais, tandis que l'eau s'écoulait de mes oreilles, j'ai distingué le craquement du parquet, furtif et léger, comme si quelqu'un s'éclipsait discrètement dans le couloir à l'épais tapis rose.

VI

Un ciel d'aquarelle se déployait au-dessus de moi quand j'ai claqué la porte de la cuisine, posant un pied sur la terre souple du potager pour éviter de faire crisser le gravier du sentier. Je m'étais réveillée avant l'aube, reposée, l'esprit clair. Les sombres pensées qui m'avaient torturée sans fin la veille étaient maintenant bien ordonnées. Ce que tante Alice déciderait de faire des informations que je lui fournirais n'engageait ni ma responsabilité ni ma conscience. Et de toute façon elle apprendrait forcément tout cela un jour, de la bouche d'un autre si ce n'était de moi. Et mieux valait que ce soit de moi, surtout si je voulais continuer à tenir les comptes. Or ce dernier point était aussi essentiel à mes projets de liberté que de découvrir ce qu'il restait de l'héritage du Gros Robert. C'est pour cette raison que je m'étais subrepticement éclipsée. J'avais laissé Mary dormir blottie au bout de mon lit et volé la robe qu'elle avait posée sur une chaise. Tout en traversant le jardin trempé de rosée, j'ai noué son foulard autour de ma tête. Au moins, aujourd'hui, la largeur de ma robe grise ne me désignerait pas instantanément comme une étrangère et une ennemie.

Le village d'en bas était encore endormi, les ruelles, désertes, les quais, tranquilles. Loin d'en briser la quiétude, de temps à autre, le cri d'un coq ou le meuglement d'une vache renforçait l'impression de silence. Arrivée à l'atelier de mon oncle, j'ai actionné avec précaution la poignée de la porte verte. Celle-ci est restée close.

J'ai reculé d'un pas, stupéfaite d'être aussi stupéfaite. Pourquoi mon oncle aurait-il laissé son atelier ouvert, accessible à tous ? J'ai contourné le bâtiment à la recherche d'une autre entrée. Il n'y avait pas de deuxième accès sur cette façade, mais, du côté de la rivière, j'ai aperçu deux larges trappes pour les livraisons de charbon et une autre plus loin ; toutes les trois étaient verrouillées. Levant les yeux vers le ciel, j'ai constaté qu'il avait pâli et qu'une seule étoile y brillait : le jour pointait.

Vite, j'ai tenté d'ouvrir la fenêtre la plus proche... La vitre a coulissé ! J'ai réfléchi un instant et, après un bref coup d'œil vers les quais déserts, j'ai passé une jambe par-dessus le rebord, puis la seconde, et j'ai atterri lestement de l'autre côté. Après avoir épousseté la jupe de Mary en me promettant de ne pas raconter cet épisode à tante Alice, j'ai jeté un regard alentour.

Une gigantesque machine, haute de trois mètres au moins, se dressait au-dessus de ma tête, endormie pour l'instant et partiellement cachée à ma vue par un mur de brique sur lequel courait tout un réseau de tuyaux de cuivre poli. Mais moi, ce que je voulais voir, ce n'était pas les machines, c'était la paperasse. Des registres renfermant des chiffres incroyables, preuves des dépenses inconsidérées de mon oncle, m'épargneraient bien de la peine et de longues explications. Traversant l'immense salle au sol couvert de suie, j'ai pénétré dans un petit couloir, avec deux portes à gauche, deux à droite et une dans le fond, celle qui donnait dans le salon – par où j'étais entrée et repartie lors de ma première visite. Sans bruit, j'ai poussé la deuxième porte sur la droite et je me suis introduite dans l'atelier de mon oncle.

Je n'étais pas seule. À l'autre bout de la pièce, derrière les rangées de jouets d'oncle Tulman, un homme me tournait le dos, sous la faible lueur des lampes à gaz. Il était en bras de chemise et gilet, penché sur une sorte d'abreuvoir longeant le mur entier, que je n'avais pas remarqué la veille. Il a pivoté vers moi comme si j'avais crié, mais son visage paniqué s'est vite radouci lorsqu'il m'a reconnue. C'était Ben Aldridge. Il a posé un doigt sur ses lèvres avant de se retourner et je l'ai rejoint en silence. L'abreuvoir était effectivement rempli d'eau.

– Qu'est-ce que vous faites, monsieur Aldridge ?

– La même chose que vous, j'imagine, mademoiselle Tulman. Mais je vous saurais gré de bien vouloir parler à voix basse, votre oncle dort dans le salon et cela résonne terriblement.

Je l'ai toisé, perplexe.

– Vous vous introduisez souvent dans l'atelier de mon oncle sans sa permission ?

– Dès que j'en ai l'occasion, oui, mademoiselle Tulman.

Lorsqu'il souriait, ses yeux bleus pétillants dans son visage rougi par le soleil lui donnaient bizarrement un air plus juvénile que ne le laissait supposer sa voix – détail qui m'avait déjà frappée précédemment.

– J'étudie les sciences et il y a plus de savoir dans cet atelier que dans tous les cerveaux pensants de Cambridge réunis.

– Vous êtes allé à Cambridge ?

– J'en suis diplômé.

J'ai dû paraître surprise, parce qu'il a ajouté :

– C'est navrant que personne ne me croie quand je dis ça. J'ai eu beau me laisser pousser les favoris, ça n'a rien changé.

J'ai souri malgré moi et il a ri doucement.

– Je suis arrivé il y a trois mois, mademoiselle, juste après mes études, rendre visite à ma vieille tante, la dernière des domestiques des parents de M. Tulman à part Mme Jefferies. Hélas, elle était déjà morte à mon arrivée, mais je suis néanmoins resté, intrigué par ce que j'avais entendu dire au sujet de cet atelier. J'ai ensuite été autorisé à venir voir ces merveilles de mes propres yeux. Malheureusement, j'ai bien peur que votre oncle ne partage son savoir qu'à contrecœur.

– Et, du coup, vous vous faufilez ici au beau milieu de la nuit.

– Je n'ai guère le choix. Je dois partir prendre un poste d'enseignant dans quelques semaines, je n'ai donc pas beaucoup de temps devant moi.

Il s'est penché sur l'abreuvoir, les manches roulées jusqu'au coude et les avant-bras trempés, comme un gamin qui jouerait avec un bateau dans une mare.

– Et vous, qu'est-ce qui vous amène ici de si bon matin, mademoiselle Tulman ? J'ai appris que votre visite d'hier s'était mal terminée.

– Les registres de comptes. La comptabilité du domaine, ai-je expliqué.

Ben n'a rien répondu, mais son sourire s'est évanoui. Il a baissé les yeux vers l'abreuvoir et, au bout d'un moment, a repris :

– Dites-moi ce que vous pensez de ça.

Il a plongé les deux mains dans l'eau, brisant le reflet des lampes à gaz en étincelles ondoyantes, et en a tiré un poisson en métal d'un peu moins d'un mètre de long, peint en vert et bleu lumineux.

– Pour votre oncle, il s'agit d'un jouet, mademoiselle Tulman. Son mécanisme de propulsion, bien qu'astucieux, n'est pas d'une grande originalité. Les nageoires s'agitent, la queue remue, la carcasse protège l'ensemble de l'eau. Et comme n'importe quel poisson, lorsqu'il nage, ce jouet ne coule pas, cependant il ne remonte pas à la surface non plus, contrairement aux lois de la physique. Il poursuit sa course, toujours à la même profondeur. Qu'est-ce qui lui permet, à votre avis, de nager parallèlement à la surface de l'eau et du fond ?

J'ai effleuré du bout du doigt la nageoire bleue effilée.

– Pourtant il paraît si lourd... On s'attendrait à ce qu'il coule à pic.

– Des navires bien plus lourds parcourent les océans tous les jours.

Il avait adopté un ton professoral.

– Ils sont en bois, ai-je protesté, ce n'est pas pareil.

– Ah ! Mais, en ce moment même, le prince-président des Français est en train de faire construire un vaisseau entièrement en métal, mademoiselle Tulman, un navire blindé ne craignant pas les tirs de canon. Et il est censé voguer parfaitement. Mais vous avez raison, ce n'est pas pareil, parce que ce poisson ne se contente pas de flotter ou de couler comme un bateau. Il nage *sous* l'eau ! J'aimerais tant voir comment il se comporterait, confronté aux courants ou à la houle. Je le démonterais bien si je ne craignais d'être incapable de le reconstruire et de perdre ainsi la faveur de votre oncle si durement gagnée.

Je l'ai regardé replonger le poisson dans l'eau avec précaution.

– Nous vivons une époque formidable, mademoiselle. Nous sommes à l'orée d'une ère où plus rien ne pourra échapper à notre contrôle, pas même la lune, les étoiles ou la vie ! Votre oncle est un génie. Ce serait... un crime, vous savez, de le faire enfermer, de le laisser pourrir dans un asile d'aliénés.

– La décision ne m'appartient pas, me suis-je défendue. Je fais juste... ce qu'on me demande de faire, comme vous.

Soudain, je me sentais très lasse.

– Mais, à part son grand savoir, ne pensez-vous pas que mon oncle représente un danger pour les autres... ou pour lui-même ?

– Non, je ne crois pas. Bien sûr, il s'emporte facilement et il s'est fixé toutes sortes de règles strictes à respecter. Il considère ses créations comme ses propres enfants. Il les protège, de peur qu'on ne les lui arrache. Il a énormément de mal à accorder sa confiance à un autre être humain. Il a fallu des semaines pour qu'il accepte de me laisser pénétrer dans cette pièce deux samedis de suite. Et je n'ai toujours pas le droit de poser des questions ni de voir ses dessins.

Il s'est tourné vers moi.

– Alors que vous, il vous a fait confiance presque immédiatement.

J'ai revu l'expression de mon oncle au moment où je l'avais quitté.

– Je pense que ce n'est plus le cas.

– Vous devriez réessayer, mademoiselle, sincèrement. Tout comme je vais continuer à essayer de comprendre comment fonctionne ce poisson.

– Si vous venez ici pendant que mon oncle dort, monsieur Aldridge, alors pourquoi ne pas tout simplement chercher les croquis de fabrication de ce poisson ?

– Parce qu'ils n'existent pas ; en tout cas, pas à ma connaissance. Pas plus que les plans du dragon que vous avez vu hier.

Il a souri à nouveau.

– En général, votre oncle n'a pas besoin de coucher ses idées sur le papier. Les dessins sont destinés à la fonderie et ne représentent qu'une pièce ou une partie du mécanisme.

– Et les registres de comptes, monsieur Aldridge ?

Il a plissé le front.

– Cela me surprendrait au plus haut point que votre oncle ait ouvert un livre de comptes une seule fois dans sa vie.

Il s'est essuyé les mains sur son pantalon.

– Il faut y aller, mademoiselle Tulman. Le chien de garde de M. Tully va bientôt rappliquer.

– Son chien de garde ?

Il m'a prise par le coude pour me conduire vers la porte.

– Vous avez bien dû remarquer le chien de garde de votre oncle, quand même. Susceptible, ombrageux, l'air perpétuellement en colère ?

J'ai souri au portrait qu'il brossait de Lane, mais j'ai retiré mon bras.

– Je vais risquer de rester encore quelques minutes, si vous voulez bien. Je n'ai pas obtenu ce pour quoi j'étais venue.

Il a froncé brièvement les sourcils, puis a souri avec un signe de tête.

– Au plaisir de vous revoir, mademoiselle Tulman. Et surtout... soyez prudente.

Je me suis inclinée en retour, sans savoir contre qui il me mettait en garde : Lane ou mon oncle.

*

* *

J'ai fouillé la montagne de paperasse entassée sur le bureau, en vain. Le croquis du paon – qui paraissait complet à mes yeux de novice – avait été reposé à sa place et les éclats de verre balayés, mais il n'y avait pas de registres de comptes, pas de factures, rien qui puisse m'indiquer ni quelle part de l'héritage du Gros Robert avait été dépensée ni comment. Pourtant quelqu'un devait bien payer les ouvriers, commander le charbon, acheter les métaux nécessaires ainsi que des dizaines d'autres choses auxquelles je n'avais pas pensé. Et je doutais fort que ce soit mon oncle.

Je suis sortie de l'atelier. Des voix résonnaient dans la salle des machines. Des voix d'hommes. J'ai distingué le crissement d'une pelle sur le sol pavé. Je m'étais attardée trop longtemps. J'ai traversé le couloir sur la pointe des pieds et j'ai ouvert sans bruit la porte du salon pour jeter un coup d'œil à l'intérieur.

Les ombres matinales s'amassaient dans les coins telles des toiles d'araignée. Sur le petit sofa où je m'étais étendue la veille, mon oncle dormait, la couverture remontée jusqu'au menton, la respiration lente et profonde. Lane était couché par terre sur une courtepointe, les bras croisés derrière la tête, prêt à bondir même en plein sommeil. Mon chapeau était sur un meuble, juste à côté du canapé.

J'avais à peine posé les doigts sur le bord qu'on a tonné dans mon dos :

– Que faites-vous, mademoiselle Tulman ?

J'ai sursauté, reculant instinctivement. Puis j'ai saisi mon chapeau avant de me retourner. Lane se tenait devant moi, pieds nus, les cheveux en bataille, le menton ombré de barbe et la voix pâteuse.

– Je reprends mon chapeau, monsieur Moreau.

– Vous n'êtes pas venue jusqu'ici pour un chapeau.

Il a plongé ses yeux gris dans les miens, mais, cette fois, ils n'étaient pas de pierre. Ils étaient insondables et furieux, comme une tempête en pleine mer. J'ai ouvert la bouche pour protester, mais je n'avais finalement rien à dire.

– Pourquoi vous n'êtes pas partie ?

J'ai jeté un regard à mon oncle. Lane ne criait pas, mais il ne chuchotait pas non plus. Il a croisé les bras.

– Il ne risque pas de se réveiller. Pas après avoir été contrarié à ce point. Pourquoi avez-vous renvoyé la voiture ?

– Je ne suis nullement obligée de vous dire...

– Si, vous l'êtes.

J'ai serré mon chapeau contre ma poitrine. Mon oncle avait bougé et un coin de la couverture pendait maintenant dans le vide.

– Je suis juste venue reprendre mon chapeau, ai-je affirmé avant de tourner les talons pour me diriger vers la porte verte.

– Il ne va pas avec votre robe ! l'ai-je entendu crier dans mon dos tandis que le battant claquait.

Je suis restée sur le seuil, éblouie par la lueur de l'aube. La moutarde me montait peu à peu au nez. Tout ça n'était pas de mon fait et je ne saurais être tenue responsable des conséquences ; telle était la résolution que j'avais prise la veille au soir dans le lit de Marianna. Lane Moreau n'avait pas le droit de me traiter avec un tel mépris. En tant que nièce de M. Tulman, je méritais qu'il me témoigne un minimum de courtoisie. À Londres, une telle insolence l'aurait conduit à faire ses bagages et prendre la porte. J'ai redressé le menton, appuyé fermement sur la poignée et je suis retournée à l'intérieur.

Lane n'était pas là. Il n'y avait pas un bruit hormis le souffle régulier de mon oncle. En traversant la pièce, je l'ai observé. Il n'était pas simplement allongé sous la couverture, mais blotti à l'intérieur. L'étoffe tendue épousait les mouvements de sa respiration, le coin qui pendait avait été bordé avec soin. Sa chevelure blanche était en bataille, néanmoins son visage était paisible, confiant, comme celui d'un enfant bien emmailloté dans ses langes.

*

* *

J'avais senti un délicat fumet depuis le jardin, et, quand je suis entrée dans la cuisine, Mme Jefferies, avec son tablier blanc amidonné et ses cheveux tirés en chignon, a levé le nez de sa poêle grésillante. Elle a haussé les sourcils à la vue de la jupe sale de Mary, je suppose, mais a gardé ses remarques pour elle. La table était mise pour quatre, avec une nappe.

– Vous attendez de la compagnie, madame Jefferies ?

– Je pensais qu'on pourrait prendre un vrai petit déjeuner, c'est tout. À moins que vous ne vouliez pas, bien sûr.

Une vague lueur d'espoir a brièvement éclairé son visage.

– Lane ne va pas tarder.

Je n'ai rien répondu. Un repas entre eux deux ne risquait pas d'être une expérience plaisante, mais j'avais l'impression qu'à Darkwind, mieux valait saisir l'occasion de manger lorsqu'elle se présentait.

– Vous pensez que mon oncle sera réveillé à temps pour le petit déjeuner ?

– M. Tully ne vient pas manger au manoir, a répliqué Mme Jefferies, et, quand il y a des gens qui le contrarient, il...

Elle s'est interrompue pour reprendre un ton plus bas :

– Je crois qu'il n'est pas dans son assiette, ce matin, c'est tout. J'ai mis le couvert pour Davy, évidemment.

Je n'avais remarqué jusque-là ni la tête châtain du garçon au coin du feu, ni Bertram toujours placide à ses côtés.

Pendant que Mme Jefferies s'affairait aux fourneaux, j'ai posé mon chapeau sur la table et je me suis approchée de l'âtre. Je me suis penchée pour caresser le lapin du bout du doigt, mais Davy s'est empressé de le ramasser et s'est accroupi dans la cendre, me tournant le dos. Je me suis agenouillée.

– Davy, ai-je murmuré en espérant que le grésillement de la poêle suffisait à emplir les oreilles de Mme Jefferies et à couvrir mes mots. Je voulais te dire que j'étais désolée de t'avoir fait peur. J'étais complètement effrayée, moi aussi, l'autre jour, alors je sais ce que c'est.

Il a fait le dos rond, recroquevillé contre son lapin, mais à part ça, il n'a pas réagi.

*

* *

Lane est arrivé, toujours aussi sombre et muet, sans mentionner notre récente conversation et, dix minutes plus tard, je prenais le petit déjeuner le plus étrange de ma vie. Mme Jefferies nous a servi du bacon, du jambon, du thé et des toasts à la marmelade, ainsi qu'une tourte à la viande, dans le silence le plus complet, seulement ponctué par le cliquetis des tasses et soucoupes, et dans une atmosphère plus que tendue. Je m'en moquais. J'avais l'impression de ne pas avoir mangé depuis deux semaines. J'ai vidé ma seconde assiette aussi vite que la première, tandis que quatre paires d'yeux suivaient les allées et venues de ma fourchette, dont trois, j'imagine, me voulaient plus de mal que de bien – le lapin, lui, n'avait sûrement pas d'avis sur la question. Quand j'ai enfin reposé mes couverts avec un soupir de contentement, Mme Jefferies s'est raclé la gorge en fixant Lane. Il a brisé le silence.

– Tante Jeff et moi, nous avons le droit de savoir...

Il s'est interrompu pour, comme sa tante avant lui, rajuster son ton. La politesse, semblait-il, était maintenant à l'ordre du jour.

– Nous apprécierions de savoir quels sont vos projets, mademoiselle Tulman.

– Pouvez-vous nous dire... combien de temps il nous reste à peu près? a ajouté Mme Jefferies d'une voix tremblante.

Je comprenais maintenant le petit déjeuner, et même la nappe où je traçais des lignes avec l'ongle, comptant les rayures.

La balle était dans mon camp et je ne savais comment réagir. J'ai fini par lâcher:

– Je ne peux vous exposer mes projets, car rien n'est encore arrêté.

Lane s'est penché en avant.

– Alors vous êtes indécise.

J'ai fait encore quelques rayures. Il n'y avait aucune raison d'être indécise. Mes projets étaient parfaitement clairs, ou tout du moins ils auraient dû l'être. Pourtant il y avait encore tant de zones d'ombre. Par exemple, Robert hériterait-il d'une fortune ou d'un tas de ruines accompagné de neuf cents nécessiteux ? De plus, la vue du visage assoupi de mon oncle, le seul frère encore en vie de mon père, ma seule famille de sang en dehors du Gros Robert, m'avait perturbée.

– Alors passons un marché, s'est empressé de proposer Lane. Attendez un mois. Trente jours avant de retourner chez votre tante, et, ce temps écoulé, vous pourrez lui dire ce que vous voudrez.

– Et qu'est-ce qui aura changé dans un mois, monsieur Moreau ? l'ai-je questionné en le regardant bien en face. Même si, de retour à Londres, je prétendais que Frederick Tulman est un vieil homme respectable sur le point d'être anobli, ma tante finirait de toute façon par apprendre la vérité. Ça n'y changerait rien.

– Je sais, a-t-il répondu. Nous l'avons tous toujours su, d'une manière ou d'une autre. Que la famille viendrait, que la loi nous tomberait dessus, que M. Tully mourrait. Ça ne pouvait pas durer, à moins...

Il a plongé ses yeux gris dans les miens, son visage demeurant impassible.

– Vous pouvez nous faire gagner un peu de temps, peut-être même des années. Vous pourriez même finir par penser que ça vaut la peine de mentir.

Je me suis mordu la lèvre. Il ne pouvait pas s'imaginer la lente asphyxie qu'impliqueraient pour moi ces années d'attente. Mais soudain j'ai eu une idée : et si le Gros Robert possédait une véritable fortune ? Tante Alice était rusée, elle avait tout à fait pu m'en cacher l'étendue. Maintenant que j'y réfléchissais, il était évident qu'elle avait sciemment omis de me faire part de l'ampleur de l'héritage. Qu'importe ce que j'endurerais à Darkwind, il fallait que je retourne à Londres armée de cette information. Ce qui serait grandement à mon avantage.

Mme Jefferies se tamponnait les yeux tandis que Davy caressait son lapin de sa main potelée.

– Si jamais j'accepte ce plan, ai-je répondu lentement, alors il faudra tout me dire. Finis les secrets, les cachotteries, que cela serve votre cause ou non. Je ne peux pas... prendre une décision sans me baser sur des faits réels. Et, en échange de votre franchise, je vous accorde un mois. Est-ce que ce marché vous conviendrait ?

Lane s'est renfoncé dans sa chaise, sourcils froncés et bras croisés. Il a acquiescé d'un unique signe de tête.

– Alors je vais commencer par passer l'après-midi avec mon oncle, dans son atelier.

– Non, a-t-il riposté aussitôt, M. Tully n'a rien contre vous, mais... c'est son atelier et c'est lui qui fixe les règles. Il ne vous autorisera pas à revenir.

Cette fois, c'est moi qui ai froncé les sourcils. Mme Jefferies a posé la main sur le bras de Lane.

– Davy dit de la laisser.

Stupéfaite, j'ai tourné la tête vers elle, puis vers Davy, toujours aussi silencieux, qui frottait les oreilles de son lapin, ses grands yeux rivés sur la cuisinière.

– Et M. Tully, il a eu l'air de l'apprécier.

Elle m'a jeté un regard qui signifiait clairement qu'elle ne partageait pas ses goûts.

– ... alors peut-être que ça ira, a-t-elle ajouté.

– Je ne veux pas le perturber, est intervenu Lane.

Il m'a toisée.

– Dans l'atelier, nous suivons les règles de M. Tully. S'il refuse, il refuse.

– Davy dit qu'il ne faut pas s'inquiéter, a repris Mme Jefferies.

J'ai jeté un coup d'œil au garçon, sans comprendre.

Lane a jeté sa serviette sur la table.

– Très bien, dans ce cas.

– Merci, ai-je répondu. Et, d'ici demain, il me faudrait également l'adresse d'un certain maître Babcock.

Mme Jefferies s'est ratatinée tandis que les yeux gris de Lane me jaugeaient. Mais, malgré la férocité de son regard, j'avais l'impression que nous venions de nous serrer la main.

VII

Assise sur un coussin dans un coin de l'atelier, je contemplais mon oncle. Fascinée, je n'osais ouvrir la bouche de peur de l'interrompre ou de le contrarier. J'avais remis ma robe en flanelle grise – après une tirade de Mary qui aurait impressionné tante Alice. Mon oncle avait non seulement accepté que je sois présente, mais, à la surprise générale, il avait paru ravi, comme si la scène dramatique de la veille n'avait pas eu lieu.

Debout devant l'établi, Lane était censé peindre un petit carré de bois, mais ses yeux de pierre ne me quittaient pas, tels ceux d'une maman poule surveillant un faucon. Passer l'après-midi avec mon oncle ne servirait sans doute pas mes plans, je le savais. Je risquais même de m'attirer des ennuis si jamais j'enfreignais l'une ou l'autre de ses règles mystérieuses. Mais les gens, selon mon expérience, pouvaient comme les nombres être rangés en différentes catégories : les pairs et les impairs, des individus qui s'accordaient et d'autres non. Je ne parvenais pas à ranger mon oncle dans l'une ou l'autre de mes catégories. Cela m'agaçait.

Le pinceau de Lane tintait dans le pot de peinture tandis qu'oncle Tulman, assis en tailleur par terre, griffonnait sur une feuille de papier froissée des chiffres et des formes que je ne pouvais interpréter. Une lampe à gaz a émis un léger bruit, presque couvert par le vrombissement continu du moteur. Mon oncle a jeté sur le papier deux groupes de trois chiffres, l'un au-dessus de l'autre, puis a tracé une ligne et a écrit quatre autres chiffres en dessous, tout ça en quelques secondes.

– Vous calculez tout ça mentalement, oncle Tulman ? me suis-je étonnée.

Lane a secoué la tête avec véhémence en guise d'avertissement, mais mon oncle a levé les yeux, comme s'il était surpris de me trouver là.

– La petite de Simon ! s'est-il exclamé. Pourquoi tu n'es pas en train de jouer ?

Lane a froncé les sourcils, contemplant sa peinture, perplexe.

– Aujourd'hui, je regarde juste, mon oncle, ai-je prudemment répondu.

– Simon me regardait jouer. Aux horloges.

J'ai engrangé cette information sur mon père, que je n'avais jamais connu, tandis qu'il continuait à noircir frénétiquement la feuille. Au bout d'un moment, je l'ai questionné :

– Combien font vingt-cinq fois quinze, oncle Tulman ?

– Trois cent soixante-quinze, a-t-il répliqué sans lever sa plume, qui courait sur la page en dessinant des rouages.

Il m'a fallu quelques secondes pour vérifier sa réponse. J'ai lancé un regard à Lane ; il était immobile, les yeux rivés sur son pinceau.

– Cinquante fois cent vingt-cinq ?

– Six mille deux cent cinquante.

– Deux cent cinquante fois trois cents ?

– Soixante-quinze mille.

J'avais choisi des nombres que je pouvais facilement multiplier de tête, mais mon oncle me répondait avant même que j'aie commencé à calculer.

– Trois cent dix-huit fois huit cent six ?

– Deux cent cinquante-six mille trois cent huit.

– Neuf cent quarante-deux fois sept cent trois ?

– Six cent soixante-deux mille deux cent vingt-six.

Oncle Tulman était toujours penché sur sa feuille, où chiffres et lettres florissaient sous les dessins. J'éprouvais la même sensation que lorsque j'avais vu la tour et le dragon s'élever dans les airs. Ce qui se déroulait sous mes yeux me semblait impossible... et pourtant c'était vrai.

– Sept cent soixante-quatorze..., ai-je commencé.

Mais soudain mon oncle s'est levé d'un bond, serrant ses papiers contre sa poitrine.

J'ai tressailli.

– La récréation est terminée ! a-t-il décrété.

Il avait à peine prononcé ces mots que trois coups, clairs et précis, ont résonné à la porte. Lane a posé son pinceau, rebouché sa peinture. Jetant un regard par-dessus son épaule, mon oncle m'a aperçue, toujours sur mon coussin, et s'est mis à tirer anxieusement sur les pans de sa redingote. Ses feuilles se sont éparpillées sur le sol comme des gouttes de pluie.

Lane s'est empressé d'intervenir, d'une voix calme et posée :

– Elle peut prendre la tasse verte, monsieur Tully.

– La tasse verte ! Oui, oui, la verte ! J'avais oublié ! s'est-il écrié, son angoisse instantanément dissipée.

– Entrez !

Mme Jefferies a franchi la porte, toujours coiffée de son bonnet de dentelle, poussant un chariot qui cahotait sur les dalles. Je me suis demandé d'où elle sortait son service à thé. Je ne l'avais pas remarqué dans le petit salon de mon oncle. Lane m'a glissé dans un murmure :

– Asseyez-vous par terre. Pas là, c'est la place de M. Tully. Et mieux vaut que vous n'ouvriez pas la bouche.

Désireuse de me montrer obéissante, je me suis poussée en toute hâte pour laisser mon oncle s'installer là où je me trouvais, sans comprendre néanmoins ce qui distinguait cette place des autres. Mme Jefferies a étendu une nappe propre sur les pavés, comme pour un pique-nique, et a tiré du chariot des tartines – beurrées, ai-je remarqué –, du thé fumant et un pot de miel. Elle a versé le thé dans des tasses en porcelaine blanche, toutes ornées d'une rayure de couleur différente près du bord.

– Jaune pour Lane, rose pour moi et maintenant verte pour toi, ma chère nièce ! Voilà, tout est comme il faut. Encore des chiffres, ma petite !

Mme Jefferies a lancé un regard interrogateur à Lane, mais il s'est contenté de hausser les épaules. J'ai distrait mon oncle en lui demandant de multiplier ou de diviser tous les nombres qui me passaient par la tête tandis que la cuisinière, adossée au mur, sourcils froncés, ne quittait pas ma tasse des yeux. Peut-être ne supportait-elle pas que je touche sa vaisselle, comme la veille dans sa cuisine. J'avais bien envie de jouer avec la cuillère à miel, mais je me suis retenue. Le thé était délicieux. À l'orange, brûlant, fort et sucré, il m'a réchauffée de l'intérieur, irradiant jusqu'au bout de mes doigts et de mes orteils.

Je venais de finir ma deuxième tasse et j'en étais à la moitié de ma tartine quand soudain mon oncle s'est écrié :

– Le goûter est terminé !

Lane a soigneusement reposé sa tasse et sa cuillère. Et la vue de ce grand brun ombrageux – qui aurait été plus à l'aise à manier une arme qu'une tasse à thé à rayure jaune – m'a donné envie de pouffer. J'ai plaqué la main sur ma bouche, surprise de ma réaction, mais en même temps je m'en moquais. Je ne m'étais pas sentie d'humeur aussi joyeuse depuis des semaines, des années, même. Oncle Tulman a bondi sur ses pieds, ramenant ses bras bien droits le long du corps, et m'a regardée en face sans ciller.

– Bonne nuit ! a-t-il lancé. Bonne nuit ! a-t-il répété à l'adresse de Lane, puis de Mme Jefferies.

Puis, comme mû par un ressort, il a foncé dans l'atelier, claquant la porte derrière lui. La cuisinière a posé les mains sur ses hanches et s'est tournée vers moi pour me toiser.

– Vous avez donné une chambre à la Mary Brown ?

– Quoi ? ai-je demandé, les paupières lourdes.

– Mary Brown. Vous lui avez dit qu'elle pouvait dormir dans une des chambres ? Elle n'a pas arrêté de déplacer les meubles et de faire le ménage là-haut toute la journée.

J'ai bâillé.

– Je pense que Mary Brown peut prendre la chambre qu'elle veut.

Je me suis étirée, adressant un sourire radieux à Lane, qui n'a pas caché sa surprise.

– Eh bien, en tout cas, dites-lui de ne pas mettre les pieds dans ma cuisine, a répliqué Mme Jefferies.

Elle a débarrassé en marmonnant tandis que je me levais et époussetais ma jupe. Mon regard vagabond a suivi une échelle qui grimpait le long du mur, au-dessus des lampes à gaz, et s'enfonçait dans la pénombre du plafond. On devait voir l'atelier tout entier de là-haut. Les établis, les jouets, le sommet du crâne de Lane, à la manière d'un oiseau volant dans le ciel...

Je me suis aperçue que je m'étais mise en mouvement et que j'étais déjà au milieu de la pièce, la main tendue vers le premier barreau. J'ai saisi les plis de ma robe à la place, forçant mes pieds à s'immobiliser. À quoi pensais-je ? Je ne pouvais pas monter à cette échelle. C'était absurde. Lane était en train de remettre en ordre les papiers d'oncle Tulman et de ranger la peinture, alors j'ai lancé mes bras ballants d'avant en arrière en attendant qu'il ait fini, sans lâcher ma robe. *Frr frr frr*, murmurait le tissu, comme si je dansais. Lorsque Mme Jefferies s'est mise à pousser le chariot, j'ai renoncé à la tentation de l'échelle et j'ai filé de l'atelier vers le petit salon et la porte verte.

– Pas par ici, m'a stoppée la voix de Lane, toujours dans mon dos. Quand M. Tully dit bonne nuit après le thé, il est sérieux. Il doit déjà dormir.

Mme Jefferies est passée avec son chariot bringuebalant et j'ai regardé Lane abaisser un levier fiché dans le mur. Une à une, les lampes à gaz ont perdu de leur intensité avant de s'éteindre avec un petit *plop*. Puis il a verrouillé l'atelier. « Ben Aldridge doit également posséder une clé », ai-je pensé en me balançant sur mes talons.

– Qu'est-ce qu'il y a là-dedans ? ai-je demandé, la main sur la poignée de la porte voisine.

– Rien ! a riposté Lane avant de reprendre d'un ton radouci : Rien, ma chambre, c'est tout.

– Oh ! me suis-je exclamée avec un grand sourire. Pas touche, alors.

Mme Jefferies a poussé son chariot dans le couloir, s'est arrêtée devant une porte sur la gauche, et a entrepris de ranger le service à thé dans un panier posé sur le seuil. Lane a entrouvert la porte derrière elle, je n'ai vu que l'obscurité par l'entrebâillement.

– Par ici, m'a-t-il dit.

J'ai jeté un coup d'œil par-dessus son épaule. Un escalier de pierre s'enfonçait vers le sous-sol.

– Rapporte donc le panier à la maison, mon chou, lui a demandé Mme Jefferies. Je vais voir Davy.

Comme Lane acquiesçait, elle l'a fait pencher pour lui plaquer un gros baiser sur la joue, tout en me lançant un regard noir. Je me suis retenue de rire. Lane a pris le panier et le baiser sans rien dire, puis m'a fait signe de le suivre dans l'escalier. Je me suis engouffrée dans la pénombre, cramponnée à la rampe, sentant les yeux de la cuisinière rivés dans mon dos.

À mesure que je descendais, la clarté revenait et la température baissait. Au pied de l'escalier, je me suis retrouvée dans un souterrain éclairé de quelques rares becs de gaz sur des supports de fer forgé en forme de D, comme le tunnel par lequel j'étais arrivée en berline, sauf que celui-ci n'était pas en brique. Des tuyaux scellés à de grosses pierres grossièrement taillées reliaient les lampes entre elles, et le plafond était bas, irrégulier. J'ai tendu l'oreille : le goutte-à-goutte de l'eau suintant ici et là se mêlait au sifflement de l'éclairage et aux pas de Lane dans l'escalier. Lorsque je me suis retournée vers lui, l'étoffe de ma robe a émis un doux froufrou.

– Ça a l'air très ancien, ai-je remarqué.

– Oui, plus vieux encore que le manoir, la chapelle exceptée. Ce tunnel menait à la brasserie autrefois.

Il a rajusté les poignées du panier dans sa main et s'est remis en route. Je trottinais derrière lui afin de continuer à l'entendre.

– M. Tully l'emprunte pour aller et venir, enfin quand il va au manoir, ce qui n'arrive que le jeudi, maintenant.

Il m'a jeté un regard par-dessus son épaule.

– Vous feriez mieux de passer par là, vous aussi. Vous devriez éviter de traverser le village, en tout cas toute seule.

Je me suis vaguement demandé pourquoi tout en effleurant le mur humide du bout des doigts, et en comptant les becs de gaz à mesure que nous avancions. Vingt et un, vingt-deux, vingt-trois... La voix grave de Lane résonnait terriblement dans le tunnel. J'avais envie de l'entendre encore et encore.

– Pourquoi tout ce rose ? ai-je demandé.

Au bout d'un moment, il a répondu :

– La mère de tante Jeff lui aurait raconté que, quand il était petit, M. Tully n'arrêtait pas de pleurer et de se cogner la tête contre tout et n'importe quoi, si bien qu'on avait dû capitonner son berceau. Le seul endroit où il parvenait à se calmer était la chambre de sa mère et elle était...

– Rose ! ai-je deviné.

– Tout à fait. Du coup, Mme Marianna a fait repeindre toute la maison en rose. Je ne suis pas sûr que ça plaisait vraiment aux frères de M. Tully.

Lane s'est interrompu un instant.

– Votre père... Il ne vous a jamais parlé de M. Tully, en fait ?

– Je n'ai jamais pu discuter avec mon père, ai-je expliqué. Il est mort trop tôt.

Je sautais par-dessus les flaques en écartant les bras pour ne pas tomber.

– Mais je parie tout ce que vous voulez que tante Alice n'est pas au courant.

Lane a acquiescé.

– Mme Marianna a passé sa vie à cacher M. Tully.

– Oh, je pense tout simplement qu'oncle George n'a pas eu le courage d'aborder le sujet, ai-je affirmé. J'aurais fait pareil si j'avais été marié à tante Alice. C'est une méchante vieille bique.

Les flammes des becs de gaz crépitaient et ondoyaient telles des étincelles ; deux cent seize étincelles dansantes.

Je souriais quand je me suis aperçue que Lane s'était arrêté et légèrement tourné vers moi.

– Il n'y a pas grand-chose qu'on ne ferait pas pour M. Tully, m'a-t-il dit. Gardez bien ça en tête.

Ombre parmi les ombres du tunnel, sa silhouette agile se découpait dans la lueur faible des becs de gaz. Il a changé le panier de main et repris sa route. Je l'ai suivi, avec ma robe froufroutante. « Cent trente-trois, cent trente-quatre, cent trente-cinq... »

Il a monté une nouvelle volée de marches en pierre et, arrivé en haut, s'est penché pour franchir une petite porte. Je l'ai imité, et nous nous sommes retrouvés tout au bout de la chapelle, près de la cheminée. En me retournant, j'ai vu une ouverture dans le pan de mur – la porte était constituée de plaquettes de pierre collées sur un épais battant de bois. Quand Lane l'a refermée, elle s'est aussitôt fondue dans le mur.

– Ceux qui ont bâti le manoir de Darkwind autrefois devaient être des catholiques, a-t-il remarqué. De riches catholiques, souhaitant pouvoir fuir rapidement si besoin.

Un peu essoufflée, j'ai inspiré profondément, reconnaissant l'odeur des vieilles pierres. La pièce était beaucoup plus sombre que la dernière fois sans le soleil à travers les vitraux. Le miroir n'était qu'à quelques pas de moi, sur la gauche, et j'ai aperçu le pasteur, qui souriait derrière sa petite table, son visage craquelé luisant dans la pénombre. Je l'ai fixé, fascinée, incapable d'en détacher les yeux. J'ai fait un pas, en me prenant les pieds dans mes jupons.

– Attention, est intervenu Lane.

Pour la première fois, je l'ai entendu pouffer, un bruit de gorge très rauque.

– Vous savez qui c'est ? a-t-il demandé.

J'ai secoué la tête sans cesser d'avancer, la respiration haletante. La marche avait dû être plus éprouvante que je ne le pensais, car j'avais la tête qui tournait légèrement.

– C'est M. George, m'a annoncé Lane. Il tape sur la table et fait la grimace quand on tourne la clé, enfin avant... Maintenant il est cassé. M. Tully l'a habillé en pasteur parce que M. George lui disait tout le temps de faire ceci et de ne pas faire cela...

Il s'est esclaffé à nouveau.

Je me suis approchée lentement pour contempler feu l'époux de tante Alice, tandis que le rire de Lane résonnait, doux et fort à la fois, entre les murs de pierre.

– Tout ça parce que j'avais trouvé une calotte de pasteur, au milieu de la lande...

Doux et fort, son rire retentissait encore, et impossible de savoir si c'était vrai, ou juste dans ma tête. Tout tournait autour de moi, le visage de porcelaine grimaçait. L'angoisse est revenue me chatouiller le dos.

– La cargaison de charbon a été retardée, on ne pouvait plus faire fonctionner les machines, M. Tully s'est énervé et... bon, j'ai préféré le déplacer avant qu'il soit complètement cassé.

Le pasteur souriait toujours et j'ai distingué plus nettement son visage livide, une grande fêlure lui balafrait la joue et se déployait en craquelures plus fines, telle une toile d'araignée. La peur s'est agrippée à mon cou, m'empêchant de respirer.

– M. Tully dit que la chapelle est l'endroit idéal pour un pasteur, a ajouté Lane.

Son rire ondulait sur la pierre. Je ne pouvais pas bouger, pas tourner la tête, je ne sentais plus le sol sous mes pieds. Les yeux fendillés du pasteur plongeaient dans les miens et je restais plantée là, le cœur battant à mes oreilles, dans ma gorge. Je suffoquais, incapable de me libérer de son regard. Puis, avec une lenteur infinie, il a fermé les paupières et cligné ses yeux de verre.

J'ai détalé, contournant Lane, j'ai traversé la chapelle et filé dans le couloir, pour échapper à ces yeux abîmés, toute pensée rationnelle chassée par la terreur pure qui avait envahi mon esprit. Tant bien que mal, j'ai couru dans l'enfilade de couloirs, grimpé les deux volées de marches, foncé dans la galerie des portraits, puis tourné en hâte la poignée de la chambre de Marianna. J'ai claqué la porte derrière moi, hors d'haleine, les cheveux défaits. Les murs maculés de roses tournoyaient autour de moi. Mary était en train de faire du feu dans la cheminée. Je l'ai vue se relever, puis se relever encore et encore.

– Oh, Seigneur ! disait sa voix, résonnant à mes oreilles. Elle est complètement pompette... Pompette...

Le mot se répétait à l'infini dans ma tête.

– Ma mère m'a dit ce qu'il fallait faire dans ce cas-là. Là, appuyez-vous sur moi, mademoiselle. Je vais m'occuper de vous...

Je l'ai laissée me soutenir, son bavardage se dissolvait en sons inarticulés tandis qu'elle me couchait et me bordait, la couverture sous le menton. Le trouillovent a soufflé cette nuit-là, hurlant sous nos fenêtres. Toute tremblante et en sueur, je me suis recroquevillée sous les couvertures, comme si elles pouvaient me protéger de ce qui me hantait. J'ai contemplé les rideaux du lit, agités par des brises fantômes, jusqu'à ce que le sommeil emporte ces visions.

VIII

Je suis restée tard au lit le lendemain matin, après avoir congédié Mary d'un revers de main alors qu'elle tirait sur les couvertures et m'apportait du thé. J'avais l'esprit embrumé et un souvenir très flou de ma soirée. Cependant j'étais sûre d'y revoir Lane, le tunnel et une scène dans la chapelle... et les yeux du pasteur.

Je me suis tournée sur le côté, la tête calée sur l'oreiller. Je n'avais jamais accordé crédit à la prétendue « sensibilité de nerfs » des femmes, même si, il faut bien l'avouer, elle m'avait servi de prétexte à l'occasion. Mais, sinon, comment interpréter ma crise d'hier soir ? Ce cadre étrange et étranger, le fardeau des décisions que j'étais forcée de prendre, tout ça avait dû me submerger. Je ne pouvais pas avoir vu ce pasteur démantibulé cligner les yeux, c'était impossible, et donc, en toute logique, je ne l'avais pas vu. Cela me semblait très simple et tout à fait clair à la lumière de ce jour nouveau. J'ai repoussé les draps et, les membres las et lourds, je me suis traînée jusqu'à la coiffeuse.

Tout en démêlant mes cheveux, je me suis regardée dans le miroir, maintenant propre et étincelant. Ce reflet était celui d'une personne en pleine possession de ses moyens. J'ai passé la brosse dans mes cheveux jusqu'aux pointes, qui touchaient la banquette capitonnée. J'étais en train de les relever avec des épingles lorsque j'ai remarqué un petit rectangle de papier par terre. Quelqu'un avait dû le glisser sous la porte. On y avait noté en lettres capitales :

MAÎTRE ADOLPHUS BABCOCK, AVOCAT
WODEHOUSE, BABCOCK ET KNOTTS
15A, NORTH ADLEY STREET, HANOVER SQUARE
LONDRES

Lane avait donc tenu parole. Je n'osais imaginer ce qu'il avait pu penser lorsque j'avais fui la chapelle à toutes jambes la veille au soir. Mortifiée, j'ai préféré chasser cette idée de mon esprit.

– Mary !

Le tremblement du parquet m'a informée qu'elle arrivait avant que la porte de la salle de bains ne s'ouvre.

– Je suis contente de vous voir debout, mam'zelle. Vous vous... ?

– Mary, comment arrive le courrier, ici ?

– Le courrier ? Vous voulez dire les lettres, mam'zelle ? Parce que, si vous voulez dire les lettres, elles arrivent par bateau, et elles repartent par la rivière aussi, sauf qu'on n'a personne à qui écrire, nous autres, mais si vous...

– Quand part le bateau ?

– En fin de matinée, le jeudi, mam'zelle, comme toujours. Qu'est-ce que vous... ?

– Nous sommes jeudi ?

– Oui, mam'zelle. Je...

– Alors allez me chercher de l'encre, vite, Mary ! Il faut que j'écrive une lettre et je ne voudrais pas manquer le bateau. Mais apportez-moi d'abord une tasse de thé chaud, je vous prie. Je suis désolée, mais la première a refroidi.

– Ça, c'est sûr, mam'zelle. Je vais me dépêcher en vitesse. Vous devez avoir la tête comme une citrouille, si je puis me permettre. Mais j'ai du thé en réserve dans ma chambre pour ne pas être obligée de redescendre à la cuisine. Mme Jefferies est dans les choux, pour sûr, alors à mon avis, elle n'y verra que du feu. Je vous en prépare une tasse, puis je fonce chercher de l'encre.

Elle a filé, manquant de renverser une chaise dans sa hâte. Quant à moi, j'ai ouvert ma malle à la recherche de papier et d'une plume en me demandant ce qui lui laissait supposer que j'avais mal à la tête.

*

* *

Quand je me suis engagée sur le sentier qui descendait vers le village d'en bas (Mary était partie devant porter ma lettre au bateau), le premier homme que j'ai croisé m'a craché dessus. Ou plutôt il a craché par terre, mais en me regardant bien en face. J'ai poursuivi ma route, comme si je n'avais rien remarqué, sans tromper personne cependant, ni lui ni moi. Lane et Ben Aldridge étaient en grande conversation devant la porte verte, ils se sont tus dès qu'ils m'ont vue approcher.

– Bonjour ! ai-je lancé en les contournant pour pénétrer dans le sanctuaire de mon oncle avant qu'ils aient pu réagir.

Mon oncle n'était ni dans le salon ni dans l'atelier. La pièce était déserte, plongée dans la pénombre. Et, comme les moteurs ne tournaient pas, on entendait le sifflement du gaz. J'ai effleuré la tête d'un singe au poil dru, puis la veste en flanelle d'un garçon aux cheveux de blé, qui tenait une toupie. Ses yeux de verre me fixaient, impassibles. Il était immobile. Ils étaient tous immobiles. C'était normal, bien sûr, mais j'étais tout de même soulagée. Je me suis demandé : « Si je le remontais en actionnant sa clé, ferait-il tourner la toupie ? » Ce petit garçon... était-ce mon père ?

– Vous n'avez rien à faire ici, fit une voix grave, résonnant contre les murs.

Je m'étais doutée que Lane n'allait pas me laisser seule longtemps, mais son ton m'a hérissée. Ou bien étais-je gênée suite à mon comportement inexplicable de la veille ? J'ai passé la main dans les cheveux du garçon. Ils étaient vrais, évidemment.

– Où est mon oncle, monsieur Moreau ?

– C'est le jour où il remonte les horloges. Il reviendra quand il aura fini. Pourquoi... ?

– À quelle heure, exactement ?

Il a mis un moment à me répondre.

– Une heure et demie.

– Puisque nous savons tous les deux qu'il ne reviendra pas avant cette heure précise, pas une minute de plus ou de moins, j'ai devant moi près de trois heures pour faire ce qui me chante, monsieur Moreau.

– Elle a raison, vous savez, est intervenu Ben en passant la tête par la porte. Inutile d'essayer de la tenir à l'écart...

– C'est l'atelier de M. Tully, pas le sien, l'a coupé Lane d'une voix tranchante.

Je me suis retournée, délaissant la tête blonde du petit garçon.

– Dois-je vous rappeler, monsieur Moreau, que ni cet atelier ni la moindre parcelle de Darkwind ne vous appartient ? Je suppose que vous êtes salarié, comme tous les autres, n'est-ce pas ?

Un silence de mort a accueilli mes propos. Je suis restée plantée là, foudroyée par un accès de culpabilité. J'avais entendu tante Alice prononcer ces mots tout en fouillant dans les affaires d'une femme de chambre. Lane m'a jaugée longuement de son regard de granit, avant de tourner les talons et de quitter la pièce. Quelques secondes plus tard, j'ai entendu la porte claquer, et la petite cloche de devant se décrocher et tomber avec fracas.

Ben a secoué la tête.

– Vous avez raison, bien entendu, mais il n'est pas près de vous le pardonner.

Je me suis à nouveau absorbée dans la contemplation du gamin à la toupie, les yeux brûlants de larmes. Je savais parfaitement que Lane se considérait davantage comme un membre de la famille que comme un domestique, et que mon oncle partageait son sentiment. Restait une seule question : entre les deux, qui se considérait comme le père et qui, comme l'enfant ? J'ai appuyé mes index contre mes tempes. J'avais bien des défauts, mais jamais, au grand jamais, je n'aurais imaginé devenir comme tante Alice.

– Monsieur Aldridge, je...

J'ai raffermi ma voix avant de poursuivre :

– Je suis ravie de vous voir ce matin. Je me demandais si, par hasard, vous sauriez qui est chargé de payer les employés ? J'aimerais qu'on me présente cette personne, si possible.

Ben m'a répondu du seuil de l'atelier.

– C'est un comité qui s'occupe de tout ça, un pour chaque village, il me semble. Mais, en l'état actuel des choses, je ne suis pas certain que... qu'une telle rencontre serait souhaitable, mademoiselle Tulman. Pour le moment, tout du moins.

– Je vois, ai-je murmuré en repensant à l'homme au crachat.

Si je me sentais bien en me levant, contrairement à ce qu'avait supposé Mary, le mal de tête m'avait à présent gagnée.

– Allez-y, entrez dans l'atelier, monsieur Aldridge. Sortez le poisson, si vous voulez. Ni M. Moreau ni mon oncle ne risquent de revenir avant un moment.

– Mademoiselle Tulman, puis-je vous proposer une promenade le long de la rivière ?

Sans attendre ma réponse, il a traversé la pièce.

– On dirait que vous avez chaud, et l'air est plus frais sur la rive. Je suis sûr que ça vous fera du bien.

Il a souri en m'offrant le bras.

– Allons-y.

– Merci, monsieur Aldridge. Mais... pouvez-vous me donner un instant pour... mettre mon chapeau ?

– Bien sûr. Je vous attends dehors.

Dès que la porte de l'atelier s'est refermée, j'ai pris une profonde inspiration, en proie à la plus vive agitation. Je n'allais pas y arriver. Mais, après tout, qu'est-ce que ça pouvait me faire si tous les domestiques, tous les villageois, jusqu'à la dernière âme de Darkwind avaient une mauvaise opinion de moi ? Me haïssaient, même ? Ça ne changerait rien à ce que j'étais venue faire ici. Mais ça comptait malgré tout. À mes yeux. Et tout aurait été beaucoup plus facile si ça m'avait été complètement égal.

Je suis sortie de l'atelier en m'essuyant les joues. Je me demandais comment un regard pouvait si vite passer de l'orage à la pierre. Soudain, je me suis figée. Le couloir était plongé dans un silence lourd et épais, comme la poussière. Juste devant moi, une porte était légèrement entrouverte.

« Pas touche », me suis-je entendue dire. J'ai revu le sursaut de Lane quand j'avais posé la main sur la poignée. J'ai tendu l'oreille, mais il n'y avait rien que le silence et... le bourdonnement de la curiosité dans ma tête, le souffle de la tentation qui me murmurait aux oreilles. En deux pas, j'avais traversé le couloir et franchi le seuil.

Le soleil entrait à flots par deux fenêtres ouvertes, leurs rideaux de mousseline ondulant sous une brise à la fois chaude et fraîche. La pièce était très simple, avec ses murs de pierre nue, munis de crochets de fer forgé où étaient pendues des chemises de rechange et une veste. La paire de chaussettes reprisées gisant à terre, les bottines abandonnées au pied du lit, les draps froissés et le creux au milieu du matelas indiquaient que quelqu'un y avait dormi. J'ai vite détourné les yeux, le cœur battant, pour me concentrer sur l'autre côté de la pièce.

Il y avait un établi, mais pas de coulées de peinture, juste de petits outils affûtés, des amalgames de métaux et une substance ambrée qui, lorsque je l'ai touchée, s'est révélée être de la cire d'abeille. C'est alors que j'ai aperçu l'étagère. Sur le mur, au-dessus de l'établi, étaient alignées des figurines en argent poli, reflétant la lumière. Il devait y en avoir une dizaine – cheval, cerf, chien, chouette... –, finement ciselées. Chacune d'entre elles attirait mon regard, non seulement par la complexité de ses détails mais également par l'histoire qu'elle racontait. Le loup montrait les dents, muscles tendus, hérissé et menaçant, tandis que la chouette semblait tourner la tête vers moi. J'ai effleuré du bout du doigt un faucon, les ailes déployées en un plongeon spectaculaire, le plumage ébouriffé par un vent imaginaire. Les statuettes semblaient presque aussi vivantes que les jouets d'oncle Tulman.

Baissant les yeux, j'ai aperçu un carré de plâtre blanc sur l'établi, avec une silhouette ailée évidée en son milieu. Je l'ai pris dans mes mains, pour sentir les creux et les bosses, passer mon pouce sur l'empreinte minutieuse de chaque petite plume. Quelques gouttelettes d'argent durci maculaient le plâtre. J'ai jeté un coup d'œil au faucon. C'était donc Lane qui avait fabriqué ces figurines – sculptées dans la cire, moulées dans le plâtre, puis remplies de métal fondu. Je me suis imaginé la scène : seul dans sa chambre, son regard gris pour une fois ni furieux ni froid, simplement calme et assuré, il sculptait les ailes délicates. Il se racontait des histoires grâce à ces seuls objets. Difficile de concilier cette image avec la façon dont il me toisait.

J'ai reposé le moule avec précaution et reculé d'un pas. Maintenant je savais pourquoi il refusait que je pénètre dans sa chambre. Ce que j'avais vu était beaucoup plus intime que son lit défait ou ses vêtements épars. J'avais entraperçu le tréfonds de son âme. Cela, il ne me le pardonnerait jamais. C'était bien plus grave que ce que j'avais dit. J'ai regagné le couloir en hâte, laissant la porte se refermer derrière moi.

*

* *

J'ai trouvé Ben qui m'attendait dehors, comme promis, et nous nous sommes promenés le long de la rivière, quittant le village d'en bas et les quais mouvementés. Il avait raison : l'air frais m'apaisait.

– Je me demande si vous vous rendez bien compte de ce que vous avez sous les yeux, mademoiselle Tulman.

J'ai suivi son regard qui balayait ce que j'appelais jusque-là la rivière.

– Il s'agit d'un canal creusé par l'homme, fort habilement, et datant de plusieurs siècles. Il y a une écluse plus haut, à l'embranchement de la rivière...

Il a agité la main.

– ... à un peu moins d'un kilomètre et demi derrière nous, de sorte qu'on puisse vider le canal pour réparation et, tenez...

Il a ouvert le bras.

Le sentier descendait tandis que le canal demeurait au même niveau, de plus en plus haut au-dessus de nos têtes, bordé par une digue de pierre.

– Ce mur protège la partie basse du domaine depuis plus de deux cents ans.

Ben a souri d'un air contrit.

– Vous me pardonnerez mon enthousiasme, mademoiselle Tulman, mais je suis fasciné par ce canal depuis l'enfance.

J'ai essayé de lui répondre par un sourire, de ne pas paraître boudeuse ou indifférente à la seule personne qui me témoignait un peu de gentillesse. Puis j'ai enchaîné sur un autre sujet :

– Vous m'avez dit que votre tante avait été la gouvernante de Darkwind, il me semble, monsieur Aldridge ?

– Oui, ma tante Daniels, la sœur de mon père, une vieille fille.

– Et vous veniez la voir ici ?

Le sourire a fait apparaître de petites rides au coin de ses yeux.

– Oui, j'ai même vécu ici, mademoiselle. Deux ans.

– Ah oui ?

– Au village d'en haut. Il était tout neuf à l'époque et l'atelier était encore en construction. Je n'ai jamais croisé M. Tulman, bien entendu. Seules quelques personnes avaient accès au manoir. Mme Marianna nous avait déjà quittés et ce n'était pas facile de garder les domestiques. Mais la vieille Daniels est restée. Tout comme Mme Jefferies.

– Alors vous avez connu M. Moreau ?

L'idée de Ben et Lane enfants jouant ensemble me semblait un peu étrange, mais je venais de constater que j'ignorais beaucoup de choses à leur sujet.

– Je le voyais rarement. Il avait cinq ans de moins que moi et il tenait déjà compagnie à votre oncle. De toute façon, tante Daniels ne m'aurait jamais autorisé à le fréquenter. Je suis sûr qu'il...

Il s'est interrompu devant mon air surpris et a souri.

– Eh bien, oui, elle ne m'aurait jamais laissé le fréquenter parce que son père était un soldat français, mademoiselle Tulman. Jean Moreau avait combattu aux côtés de Napoléon Bonaparte aux quatre coins de l'Europe, jusqu'à la défaite française de Waterloo. Au village, nombreux étaient ceux qui avaient perdu un membre de leur famille sur le champ de bataille, vous pouvez donc imaginer leur réaction quand Mme Marianna a accepté que Jean Moreau vienne ici. Mais elle n'en a toujours fait qu'à sa tête, enfin c'est ce que disait ma tante Daniels.

– Cependant tout ressentiment semble avoir disparu, non, monsieur Aldridge ?

« Maintenant, la haine m'est réservée », ai-je pensé amèrement.

– Tout à fait, a-t-il confirmé. Peut-être qu'avec le temps, et la mort de Jean Moreau, ils ont absous le fils des péchés de son père. Mais pas à l'époque où je vivais ici. Mon père servait dans la Royal Navy, protégeant nos côtes de ces « sales grenouilles de Français », comme disait ma tante. Du coup, la situation était tendue entre nos familles. Puis on m'a envoyé à l'école. Mon séjour ici a été bref, mais il a marqué ma mémoire.

Je digérais cette avalanche d'informations tandis que nous marchions, suivant des yeux une petite barge qui progressait sur le canal au-dessus de nos têtes. Je me demandais quand même ce qu'il était venu fabriquer ici, ce soldat français. Et je me suis aussi fait la réflexion que, si la gouvernante Daniels était une vieille fille, donc non mariée, et la sœur du père de Ben, alors bizarrement Ben ne portait pas le nom de son père, comme il l'aurait dû en toute logique. Mais sans doute aurait-il été maladroit de le questionner à ce sujet. Il a tendu le doigt.

– Voilà l'usine à gaz, mademoiselle Tulman.

J'ai levé les yeux vers un élégant bâtiment de brique au bord du canal, suivant du regard la fumée de charbon qui s'échappait de ses hautes cheminées, emportée par le vent. Puis j'ai contemplé l'entrepôt qui le flanquait, une vision familière pour qui avait passé sa vie à Londres : énorme, avec ses murs de brique rouge et son toit métallique. Le bâtiment principal semblait minuscule en comparaison. Si l'on regardait attentivement, on pouvait voir le dôme métallique se gonfler légèrement, tendu sur ses supports en fer forgé, poussé de l'intérieur par les vapeurs de gaz.

Sans m'en rendre compte, j'avais remonté la pente, il n'y avait plus de digue le long du canal, nous étions à nouveau au même niveau que l'eau.

– Bien le bonjour, m'sieur Aldridge !

Je me suis retournée, découvrant un vieil homme qui menait sa vache sur le sentier. Quand il m'a aperçue, son sourire édenté s'est évanoui. Toutes ses rides ont pointé vers le bas et il a porté son regard au loin comme s'il venait d'apercevoir un tas de tripes ensanglantées ou de crottin de cheval, quelque chose de trop immonde pour qu'il puisse en supporter la vue. J'ai détourné la tête.

– Bonjour, monsieur Turner, a répondu Ben d'un ton grave, les mains dans le dos.

J'ai fixé les eaux mouvantes, tandis que la clochette de la vache s'éloignait sur le chemin.

– Je n'aimerais guère voir ma sœur ou quiconque de ma connaissance dans votre situation. Êtes-vous... certaine, mademoiselle Tulman, de vouloir accomplir la mission qui vous amène ici ?

J'ai battu des paupières.

– Je fais toujours ce que j'ai à faire, monsieur Aldridge, quelque désagréable que ce soit.

Trente jours, c'était le marché que j'avais conclu. Il m'en restait vingt-huit.

– Je... je vais rentrer, maintenant, si vous voulez bien m'excuser. La chaleur... vous comprenez.

– Mademoiselle Tulman, a-t-il poursuivi comme si de rien n'était, si jamais vous avez besoin de soutien ou de conseil, je suis là.

J'ai épongé mon front en sueur avec ma manche en flanelle grise, espérant que mon silence ne serait pas interprété comme un manque d'éducation. N'ayant pas l'habitude de ce genre de témoignage de sympathie, j'ignorais comment y répondre.

Arrivée en haut de la pente, j'ai aperçu Mme Jefferies en contrebas, qui filait par la porte du jardin. Elle avait son panier au creux d'un bras, et de l'autre s'est assurée que le portail se refermait sans bruit. Puis elle a regardé à gauche, à droite, puis encore à gauche, et s'est engouffrée à grands pas dans la lande, à une allure étonnante pour une femme de sa corpulence, sans jamais lever les yeux vers le sommet de la colline où je me trouvais.

J'étais ravie de la voir partir. J'ai dévalé la pente, pénétré dans le potager et je me suis plantée au milieu de son carré de choux. Au prix de multiples efforts, les mains terreuses, j'ai réussi à arracher un jeune chou, que j'ai déposé sur les marches de la serre, où j'espérais qu'un garçon ami des lapins le découvrirait. Il me restait vingt-huit jours à tenir ici, et j'étais déterminée à ne pas me transformer en tante Alice en si peu de temps. Quoi que je doive faire une fois qu'il serait écoulé.

IX

Le lendemain, j'étais de retour à l'atelier ; les moteurs à vapeur vibraient sous mes pieds ; oncle Tulman était à sa place habituelle, assis en tailleur sur un coussin, devant ses feuilles noircies de chiffres ; Lane peignait à son établi en silence, ses yeux gris évitant de croiser les miens.

– Vous pensez que je pourrais jouer aujourd'hui, mon oncle ? ai-je demandé.

Il a levé les yeux, débordant de joie.

– Oh oui ! Bien sûr ! Bien sûr, petite nièce !

Cela a attiré l'attention de Lane. Son pinceau s'est figé, dégoulinant de peinture.

– Pourquoi donc, monsieur Tully ?

À voir son air gêné, cette question lui avait échappé alors qu'il n'avait pas l'intention de l'exprimer tout haut.

– Parce qu'elle aime ça. Et elle aime les horloges ! Ma petite nièce sait s'y prendre avec les horloges, elle les remonte pile comme il faut.

J'ai quitté mon coussin sur le sol.

– Et si j'aidais monsieur Moreau à peindre, mon oncle ?

– Oui, oui ! Il va te montrer comment procéder, petite nièce. Montre-lui, Lane, pour qu'elle puisse le faire bien comme il faut.

Et il s'est replongé dans ses notes tandis que je m'approchais de l'établi en m'efforçant de prendre un air avenant.

– Il vous a laissée remonter les horloges..., a soufflé Lane.

Ce n'était pas une affirmation, plutôt une question.

J'ai gardé les yeux rivés sur son pinceau. J'étais demeurée dans le jardin assez longtemps la veille, après avoir déposé le chou pour Davy, pensant aux vingt-huit jours qui me restaient à tenir, ballottée par la brise, avant de rassembler mes jupes pour traverser le manoir jusqu'à la salle des horloges. Je m'étais tenue sur le seuil, à observer mon oncle. Il pépiait gaiement tout en remontant ses horloges, heureux, perdu dans son monde... quand soudain il s'était retourné, la barbe tout ébouriffée, en s'écriant :

– La petite de Simon !

Ensuite, nous avions joué à compter les tours de clé, une fois lui, une fois moi. Quand je tombais juste, il applaudissait. Cependant, lorsque je m'étais retrouvée perchée sur un tabouret, hissée sur la pointe des pieds pour remonter la pendule-cage à oiseau, je m'étais aperçue qu'il ne comptait plus. Il attendait, les yeux clos. Le petit oiseau avait siffloté, l'horloge voisine avait sonné le premier coup de midi, premier coup d'une cacophonie qui m'avait obligée à lâcher la clé pour me boucher les oreilles. Oncle Tully avait éclaté de rire, agitant les bras comme s'il pouvait nager dans le bruit.

– Écoute ! Écoute, petite nièce ! avait-il braillé pour couvrir le vacarme. Elles nous disent quand. Les horloges nous disent quand.

– Il vous a laissée remonter les horloges..., a répété Lane, me tirant de ma rêverie.

Levant la tête, j'ai croisé ses yeux gris qui maintenant me dévisageaient, sous leurs sourcils froncés, et je me suis aperçue que je souriais. Je me suis reprise et concentrée sur la peinture.

– Oui, ai-je confirmé. L'essentiel est de bien noter combien de tours donner à la clé, et de commencer par la tourner dans le sens des aiguilles d'une montre, avant l'inverse. Nous avons fait du bon travail et... je crois que mon oncle s'est bien amusé.

Lane étalait la peinture sur un carré de bois, à coups de pinceau assurés. Voilà encore quelqu'un que je ne parvenais pas à cerner. Et ça ne me plaisait pas. J'ai repensé au faucon d'argent, à ses plumes finement ciselées, en me demandant combien d'autres talents Lane cachait aux yeux du monde. Le silence s'éternisait.

– Eh bien, allez-vous me montrer comment faire ou vais-je rester plantée là jusqu'à demain ?

Il a posé son pinceau, mâchoires serrées, et m'a donné un morceau de bois identique au sien. Tout léger.

– Qu'est-ce que c'est ?

– Une écaille de dragon. Il en a perdu quelques-unes au cours de votre petite démonstration l'autre jour.

Il m'a tendu un pinceau, que j'ai trempé dans la peinture verte.

– L'essentiel, comme vous dites, est de ne pas faire de marques. S'il y a des traces, M. Tully va se mettre à les compter.

J'ai acquiescé. Je comprenais que ça puisse l'agacer. Je me suis attaquée à ma première écaille avec application tandis que mon oncle marmonnait au-dessus de ses papiers, en prenant garde à ne pas me salir, même si je me moquais de tacher cette robe, au fond. J'aurais aimé me moquer également de ce que Lane pensait de moi.

– Monsieur Moreau, seriez-vous disposé à m'emmener au village d'en haut, lundi après-midi ? Je n'y suis encore jamais allée.

Lane a continué à peindre sans répondre.

– J'espère que vous n'avez pas changé d'avis quant à notre marché, ai-je lancé.

– C'est vous qui semblez d'humeur changeante. On est en train de discuter, et puis, tout à coup, vous détalez en plein milieu de la conversation.

J'ai pris une profonde inspiration avant de poursuivre :

– Je me disais que lundi après-midi serait parfait, après avoir passé la matinée au bord de l'eau. Il me semble que, le lundi, mon oncle consacre sa journée à essayer de nouvelles choses et je lui ai dit hier que cela pourrait être intéressant de faire nager son poisson dans le canal. Cela pourrait même permettre de l'améliorer. M. Aldridge serait curieux d'assister aussi à l'expérience, je crois. Ils m'ont paru tous les deux assez... enthousiasmés par cette idée.

La voix de Lane a perdu un instant sa légère inflexion ironique pour prendre un ton fort convenable :

– Dans ce cas, je vais demander à M. Aldridge de vous faire visiter le village, mademoiselle Tulman. Ce sera le mieux. Je suis certain que vous comprenez que j'ai moi-même des obligations.

C'était une gifle assez peu habilement camouflée.

– Bien sûr, ai-je répondu en fixant mon écaille de dragon. Ce sera le mieux.

– C'est l'heure ! s'est soudain écrié mon oncle.

J'ai soupiré en reposant mon pinceau. Il y avait seize marques dans la peinture.

C'était la nuit, le ciel était constellé d'étoiles, je me tenais pieds nus sur le sentier du canal, avec l'armoire de Marianna juste devant moi, sur le quai. À la lumière des étoiles, l'eau était d'un bleu vif, bleu des mers du Sud. Et j'avais beau marcher sur de la terre, j'entendais les lames de parquet grincer légèrement sous mes pieds. Je me suis approchée du meuble en bois massif. Les visages sculptés sur les portes et les côtés discutaient entre eux à voix basse et s'adressaient parfois à moi, une conversation tout en grincements étouffés. Soudain, la porte de gauche s'est ouverte en grand et j'ai entraperçu l'obscurité de l'intérieur tandis que, sur la droite, les yeux de bois d'une nymphe à la bouche ouverte se tournaient vers moi. « Mam'zelle », a-t-elle sifflé doucement. Son visage d'acajou a pris les traits de Mary Brown.

– Mam'zelle, bon sang, réveillez-vous !

Je me suis redressée toute droite dans le lit de Marianna, ma chemise de nuit tirebouchonnée autour de mes jambes. Dehors, il faisait nuit, la porte de l'armoire était légèrement entrouverte et les yeux de Mary formaient deux mares sombres dans un paysage de taches de rousseur à la lueur de la chandelle qu'elle brandissait.

– Vous avez de la visite, mam'zelle ! Et Mme Jefferies a dit... Oh, vous ne devinerez jamais qui c'est !

Le bonnet de nuit de Mary tressautait à chacun de ses mots.

– Maître Babcock !

En moins d'un quart d'heure, j'étais habillée et je filais dans le couloir, bien réveillée après une brève dispute avec Mary au sujet de mes bottines. Elle les avait retrouvées dans la baignoire, toutes crottées de boue sèche, ce qui n'avait pu, selon elle, être causé que par une escapade hors du sentier sur le bord du canal – alors que j'étais sûre et certaine de ne pas avoir vagabondé de la sorte et que je les avais laissées au pied de mon lit dans un état respectable. Je ne comprenais pas pourquoi Mary ne voulait pas tout simplement avouer qu'elle m'avait emprunté mes chaussures. Après tout, je lui avais bien emprunté sa robe. Mais c'est boudeuse et pieds nus qu'elle m'a poussée dans le couloir, où je suis partie en boitillant dans ses bottines trop petites.

– Où allons-nous ? ai-je chuchoté, parlant à voix basse uniquement parce que nous étions dans l'obscurité.

– Petit salon ! a-t-elle décrété en tournant à gauche pour dévaler un escalier que je n'avais jamais emprunté.

Je me demandais ce que Mary fabriquait de ses journées à part nettoyer ma chambre.

Nous sommes arrivées dans le petit salon par le fond de la pièce et j'ai reconnu ce que j'avais pris pour l'entrée à mon arrivée. L'endroit était méconnaissable. La poussière avait disparu, ainsi que les housses qui couvraient les meubles. La couleur des murs était adoucie par la pénombre. Fauteuils et buffets avaient été disposés confortablement, cirés et polis, ils brillaient doucement à la lueur du feu. Les flammes éclairaient aussi l'homme le plus laid que j'aie jamais vu.

– Mademoiselle Katharine Tulman, a-t-il dit en s'approchant, la main tendue.

Il était petit et replet, avec un nez difforme, d'énormes bajoues et une tête trop petite pour son corps.

– Je voulais vous rencontrer depuis si longtemps et voilà qu'enfin, mon souhait est exaucé. J'ai vraiment de la chance.

Il m'a fait un baisemain, s'est incliné et m'a galamment offert une chaise. Je me suis assise sur le bord, en m'efforçant à la fois de masquer ma surprise et de cacher les chaussures non cirées de Mary sous ma jupe.

– Je suis ravie de faire votre connaissance également, maître Babcock, ai-je répondu avec sincérité. Bien que je ne puisse sans mentir affirmer que ce souhait remonte à plusieurs années. J'ai entendu mentionner votre nom pour la première fois il y a moins d'une semaine.

– Ah, a-t-il fait en installant son large séant sur le fauteuil qui me faisait face. Les hommes de la famille Tulman ont une malheureuse tendance à ne pas vivre vieux, une prédisposition qui a fait disparaître quiconque aurait pu vous parler de moi, j'en ai bien peur. En revanche, je connais votre nom depuis votre naissance, ma chère. En fait, j'étais même présent en ce jour mémorable, celui où vous êtes venue au monde et où votre mère l'a quitté.

Il a secoué tristement ses bajoues.

– La joie et la peine mêlées, mademoiselle Tulman. La joie et la peine mêlées.

J'ai réfléchi un instant avant de déclarer :

– Si j'ai bien compris, vous êtes l'avocat de la famille Tulman.

– Tout à fait.

– Et pourtant vous n'êtes pas l'avocat de Mme George Tulman.

– Non.

Il a eu un sourire affable.

– Vous représentez les intérêts du domaine de Darkwind depuis des années.

– Oui.

– Dans ce cas, peut-être pourrez-vous m'expliquer, maître Babcock, pourquoi entre huit et neuf cents personnes vivent et travaillent sur ces terres, venues pour la plupart des hospices de travailleurs de Londres ? Mon oncle, il me semble, ne vous a jamais demandé de les ramener ici.

Le feu de cheminée a pétaradé dans une gerbe d'étincelles et maître Babcock a éclaté d'un rire tonitruant, qui a secoué ses multiples mentons.

– Ça, c'est direct ! On parle tout de suite affaires sans tourner autour du pot. J'aime beaucoup, vraiment !

Il a pouffé.

– En effet, mademoiselle Tulman, nous sommes face à un problème, n'est-ce pas? Un joli petit problème, que nous avions anticipé, mais délicat à résoudre néanmoins. Alice Tulman a vraisemblablement eu vent que l'héritage de son fils ne serait peut-être pas ce qu'elle espérait et vous a envoyée mettre tout cela au clair. Mais les liquidités sont remplacées, mademoiselle, c'est en cours!

– Je ne vois pas bien comment, maître Babcock!

L'avocat s'est renfoncé dans son fauteuil pour m'observer, les doigts croisés sur son ventre rond. Malgré son air bonhomme, ses petits yeux durs brillaient dans les replis de son visage. J'étais contente, tout à coup, de ne pas me retrouver du mauvais côté de la barre face à cet homme, dans un tribunal. Il a commencé:

– J'aimerais que vous ayez une pensée pour votre grand-mère, mademoiselle Tulman. Une femme brillante, au destin singulier. En charge des propriétés des Tulman, non sur le papier, sans doute, mais dans les faits. Qui a eu trois fils – les plus jeunes l'ont rejetée et l'aîné, l'héritier de Darkwind, était – est – spécial, un fils incapable de diriger le domaine. Un fils qui...

– Maître Babcock, l'ai-je coupé, vous avez affirmé que l'argent allait être remboursé.

– Patience, ma chère. Je ne me laisse pas dévier de mon but si facilement. Vous n'avez rien contre recevoir quelques informations, je suppose?

Comme je haussais les épaules, il a poursuivi:

– Le problème auquel votre grand-mère a été confrontée était double: comment s'assurer que les besoins particuliers de son fils seraient couverts avant sa mort et comment s'assurer que les besoins particuliers de son fils seraient couverts après sa mort, alors que ses deux autres enfants n'étaient... pas très compréhensifs, dirons-nous.

– Elle avait peur que mon père, oncle George ou tante Alice ne mettent oncle Tulman à l'asile.

– Exactement. Alors Mme Marianna a échafaudé un plan. Un plan original sorti d'un esprit tout aussi original. Elle a proposé de créer un domaine qui ne dépende pas du revenu généré par le placement d'une grosse somme d'argent, mais un lieu vivant, prospère, qui pourrait produire les revenus nécessaires à sa propre subsistance, et en même temps fournir le cadre essentiel au bien-être de son enfant. C'était un investissement énorme, mais avec la perspective de restaurer un jour la fortune familiale à son niveau originel. Hélas, Mme Marianna nous a quittés avant d'avoir pu atteindre ce but. Et comme...

– Maître Babcock, les finances...

L'avocat a levé un index autoritaire.

– Et comme *et* Simon *et* George ont rejoint leur mère dans la tombe peu après, j'ai entrepris de poursuivre l'œuvre de votre grand-mère, mademoiselle Tulman. Cependant, si M. Tulman était déclaré incapable, s'il fallait mettre quelqu'un d'autre à la tête du domaine, quelqu'un... qui ne soit pas favorable au plan de votre grand-mère... alors tout tomberait à l'eau, n'est-ce pas ?

Il s'est renversé dans son fauteuil, me laissant la parole. Et, maintenant que je l'avais, j'ai préféré garder le silence, stupéfaite de l'attention qu'avait portée ma grand-mère à oncle Tully, négligeant l'intérêt de ses deux autres fils. Mais je me trompais, ai-je soudain réalisé. Le domaine de Darkwind irait tout de même au prochain héritier mâle en lice. Le Gros Robert était protégé. C'était moi qui me retrouverais sans rien. J'ai dévisagé l'avocat.

– Dans son plan, ma grand-mère avait-elle prévu de vider les hospices de travailleurs, maître Babcock ?

Il m'a adressé un large sourire en haussant ses épaules rondes.

– Non, ça, c'est mon idée, j'en ai bien peur. Nous avions à bâtir une usine à gaz, des ateliers, des fours, des moteurs, et des tuyaux ; de la pierre à extraire, des puits à creuser, des écoles à construire ainsi que des églises et un grand nombre de cottages. Il nous fallait de la main-d'œuvre. Pourquoi ne pas embaucher ceux qui avaient le plus besoin de travailler ? Et faire d'une pierre deux coups, mademoiselle Tulman. D'une pierre deux coups ! Et c'est une réussite. Un projet remarquable.

– Et mon père était-il… favorable à ce projet ?

Le sourire de l'avocat s'est évanoui.

– Très chère, je vais être honnête avec vous. Simon Tulman n'avait pas d'avis tranché sur la question, et ensuite le décès de son épouse bien-aimée, puis, juste après, celui de sa mère – avec qui il ne s'est jamais réconcilié – ont fortement assombri son humeur. C'est très grave de se sentir abandonné par un parent, même quand le parent en question n'a pas la moindre mauvaise intention. Mais je suis convaincu qu'il aurait approuvé mon action, au final. George Tulman, d'un tempérament très différent, a été délibérément tenu dans l'ignorance de cette affaire.

J'imaginais la tête de ma tante quand elle entendrait mon récit. Elle appellerait aussitôt sa femme de chambre, me tendrait son chien glapissant, et s'empresserait d'attacher son chapeau pour s'engouffrer dans le brouillard jaunâtre et filer chez son avocat personnel, les lèvres pincées. Elle tenterait de traîner maître Babcock en justice, ou même de le faire arrêter, mais quelque chose me disait que ce ne serait pas si facile. Maître Babcock était un homme intelligent, qui connaissait son métier. J'ai levé les yeux vers lui. Ses doigts pianotaient tranquillement sur son ventre rebondi.

– Des questions, mademoiselle Tulman ?

– Quand pensez-vous que le domaine aura reconstitué ses réserves ?

Il a allumé une bougie.

– Nous sommes déjà autosuffisants ! Surtout grâce aux exportations de figurines en porcelaine, peintes à la main, tout à fait ravissantes, et nous nous défendons pas mal dans le secteur des fers forgés décoratifs, quant aux cuivres...

– Combien de temps, maître Babcock ?

– Cinq ans.

Cinq ans. Et j'avais le pressentiment qu'il était plutôt optimiste. Dans la cheminée, le feu s'était calmé. J'ai entendu la cacophonie des horloges résonner à travers les murs. Quatre heures, lundi matin. Maître Babcock avait fait route la nuit entière et m'avait tirée du lit pour discuter de tout cela. Et brusquement, j'ai compris qu'il n'était pas venu en réponse à ma lettre. Car, au mieux, ma missive venait d'arriver à Londres. Quelqu'un avait dû lui écrire dès mon arrivée, et il avait accouru au galop, littéralement. Mme Jefferies, peut-être ? Impossible de le savoir, mais en tout cas elle était au courant de sa venue, car elle avait nettoyé le petit salon. Une fois de plus, j'ai croisé ses yeux scrutateurs.

– Qu'attendez-vous de moi, maître Babcock ? Vous n'avez pas chevauché toute la nuit pour me raconter l'histoire de ma famille.

– Non, en effet, très chère.

Il s'est rencogné dans son fauteuil.

– Vous êtes fort maligne. J'espère vous entraîner dans notre subterfuge. Je veux que vous teniez Alice Tulman à l'écart des affaires de Darkwind.

– Pendant cinq ans, ai-je complété.

– Jusqu'à ce que notre plan ait porté ses fruits. Quand Robert sera majeur, il recevra la rente qui lui est due. C'est prévu, et cela nous permettra peut-être de calmer un peu les choses, et quand tout sera... dévoilé, eh bien... « un bénéfice conséquent vaut mieux que de beaux discours », pour reprendre les mots de votre grand-mère. Il nous faut juste gagner un peu de temps.

– Et comment, au juste, espérez-vous que je puisse tenir ma tante dans l'ignorance pendant si longtemps ?

Il a pouffé.

– Là, c'est à vous de jouer, ma chère. Il n'y a qu'à lui mentir, tiens. Lui dire qu'il n'y a pas la moindre esquisse de preuve que votre oncle ne soit pas en pleine possession de ses moyens.

– Et si elle veut monter dans sa calèche pour venir vérifier elle-même ?

– Elle recevra une lettre lui annonçant que nous avons une épidémie de typhus. Ou de choléra. Très contagieux. Très dangereux.

J'ai haussé un sourcil.

– Et quand la quarantaine sera levée ?

– Si son envie de visiter Darkwind persiste, alors elle recevra une somptueuse invitation à passer plusieurs mois ailleurs. Votre tante se pavanerait comme un paon si son nom était associé à celui de certaines dames, des ladies qui vivent à l'autre bout du pays et qui me doivent une ou deux faveurs. Tout pour gagner du temps, mademoiselle Tulman.

Je me suis mordu la lèvre. Il me demandait de passer cinq ans dans le petit salon de tante Alice à jouer à cache-cache avec elle, tout en sachant pertinemment que je finirais par être découverte. Et alors elle n'aurait de cesse qu'elle ne se soit vengée, c'était sûr. Elle me couperait totalement les vivres et me laisserait sans le sou.

Maître Babcock a soupiré.

– Je vais vous demander d'y réfléchir, mademoiselle Tulman. Je vois bien que vous n'êtes pas dans des dispositions favorables. Mais pensez bien, ma chère, que, quelle que soit la manière dont ils sont arrivés ici, les villageois de Darkwind ne méritent pas d'être chassés de chez eux. Pas plus que votre oncle ne mérite d'être enfermé dans un asile de fous, simplement parce qu'il est né un peu différent de ses congénères.

Il s'est extirpé de son fauteuil.

– Je m'en vais. Ce fut un plaisir de vous rencontrer.

Je l'ai dévisagé, surprise.

– Vous repartez déjà ?

– Oui, à la minute même. La cour siège demain à midi et je vais devoir changer de monture plusieurs fois si je veux y être à temps. J'ai discuté avec Mme Jefferies et elle m'a informé de votre petit arrangement. Je reviendrai avant que les trente jours ne soient écoulés, afin de connaître vos intentions. Envoyez-moi un message au besoin.

Je me suis levée.

– Maître Babcock, j'ai encore une chose à vous demander.

Il s'est figé, un bras moulinant dans son dos dans un effort désespéré pour enfiler sa veste.

– Vos honoraires sont-ils payés sur les réserves de Darkwind ?

Je craignais qu'il ne s'offense de ma question, mais il a hoché la tête d'un air approbateur tout en se contorsionnant pour remettre son manteau, puis l'a boutonné à grand-peine, sourire aux lèvres.

– C'est fou ce que vous ressemblez à votre grand-mère, ma chère. J'espère ne pas me tromper.

Son visage s'est assombri.

– Mais croyez-moi, mademoiselle Tulman, quand je vous dis que servir votre tante ne serait pas... à votre avantage, et qu'un tel choix vous causerait plus de tort que de bien. C'est mon conseil. Tenez-en compte.

M. Babcock s'est incliné, mais je ne lui ai pas rendu son salut. J'essayais de déterminer s'il venait de me menacer. Il s'est dirigé vers la porte et s'est retourné vers moi avant de l'atteindre.

– Et ayez l'assurance, mademoiselle Tulman, que je n'ai pas touché un sou pour mes services depuis la mort de votre grand-mère.

Sur ce, il a posé un chapeau sur son crâne et a claqué la porte. Je me suis laissée tomber dans mon fauteuil, perdue dans cette immense pièce de cet immense manoir, à écouter le fracas de la voiture qui filait dans l'allée.

X

J'ai regardé le soleil se lever par la fenêtre de la chambre de Marianna, tout en cirant les bottines de Mary. Je me demandais ce que ce petit avocat difforme avait voulu dire par « un tel choix vous causerait plus de tort que de bien ». Il essayait de me faire peur, ai-je décidé, et tout ça au nom de ma grand-mère. Il prétendait que nous nous ressemblions, cependant je ne voyais pas comment cela était possible. Je n'avais jamais inspiré ni amour ni admiration à un autre être humain, et encore moins une loyauté inaltérable qui perdurerait par-delà la tombe. Quel genre de femme cela avait dû être ! Pourquoi avais-je donc été désignée pour détruire tout ce qu'elle avait tant peiné à construire ?

En soupirant, j'ai rangé mon chiffon et je me suis étirée. Maintenant que maître Babcock était parti, je me sentais épuisée, mais ce n'était pas la peine que je me recouche.

Je me suis rendue dans la salle de bains sur la pointe des pieds pour poser les bottines de Mary devant sa porte. Elle s'était aménagé un petit endroit à elle en installant un poêle et un lit dans la minuscule pièce entre la salle de bains et ce que j'appelais la bibliothèque. J'espérais qu'elle était en train de dormir et qu'en voyant ses chaussures propres, elle oublierait notre dispute. J'ai enfilé mes propres bottines, que j'avais trouvées cirées devant cette même porte, et je me suis faufilée dans le couloir – passant devant le portrait de mon ange gardien –, puis j'ai descendu l'escalier. C'était ce matin que nous devions essayer le poisson dans le canal. Je suis restée un moment sur le palier à hésiter sur le chemin à prendre : à gauche, par la cuisine, le jardin puis le village d'en bas ; ou bien à droite, par la chapelle, le pasteur et le souterrain.

J'ai décidé que ma grand-mère n'aurait pas été lâche et j'ai pris à droite, marchant d'un pas vif sans courir cependant, toute raide dans le silence glacé de la chapelle. J'ai ralenti un peu dans le tunnel, puis j'ai monté les marches qui menaient à l'atelier, j'ai traversé le salon de mon oncle et je suis sortie à l'air libre, soupirant de soulagement.

Le soleil était si brûlant que le ciel en paraissait flou, l'air était lourd. Mon oncle, Ben, Lane et Davy m'attendaient au bord du canal. On avait interrompu les chargements pour la matinée, l'endroit était donc désert – précautions que je n'avais pas pensé à prendre en proposant cette activité. J'avais oublié que mon oncle ne supportait pas le monde. Mais Ben semblait surexcité et son enthousiasme était contagieux. Même Lane, allongé sur la pelouse en appui sur les coudes, paraissait détendu, pour une fois. Davy avait une main sur le dos de Bertram qui grignotait l'herbe, et la tête sur le genou de Lane.

– Mademoiselle Tulman ! s'est écrié Ben en me faisant signe. Venez voir ça !

Oncle Tully, les deux pieds dans l'eau, trempait le bas de son pantalon. Il tenait le poisson tandis que Ben essayait de lui nouer une ficelle autour de la queue – en prenant garde à ne pas toucher le jouet.

– Pour s'assurer que notre poisson ne finira pas sa course au fond du canal, a-t-il expliqué. Quant à ça...

Il a agité un câble fin qui sortait du dos du poisson, muni de fanions colorés à intervalles réguliers.

– ... cela va nous indiquer si notre petit ami maintient sa profondeur.

J'ai souri à son visage rougi par le soleil, encadré de favoris clairsemés, et je me suis tournée vers mon oncle.

– Comment allez-vous ce matin, mon oncle ?

Il s'est penché vers moi sans lâcher le poisson.

– À merveille !

Sa voix tonitruante m'a fait sursauter.

J'ai entendu Lane pouffer.

Je me suis vite reprise.

– Je suis ravie que vous alliez à merveille, mon oncle. Tout le monde devrait toujours aller à merveille.

Pour tout avouer, c'était une réponse un peu mécanique, je n'avais même pas réfléchi au sens de ce que je disais. Mais mon oncle a pris un air sérieux pour me dévisager.

– Tu as raison, petite de Simon. Je pense que tu as raison. Tout devrait aller à merveille tout le temps. C'est ce que disait Marianna et tu le dis aussi. C'est vrai. Exactement. Il faut faire en sorte que les gens aillent à merveille autant que possible. C'est tout à fait juste, ma petite nièce. Tu l'as dit et Marianna aussi.

J'ai plongé les yeux dans le regard bleu de mon oncle, pensive, tandis que Ben finissait son nœud.

– Et voilà ! Maintenant, mademoiselle Tulman, puis-je vous demander de vous tenir là, sur le quai ? Nous allons lancer le poisson vers vous et, quand il approchera, je tirerai sur la corde pour le ralentir. Si vous pouviez attraper le petit câble pour m'aider à le sortir de l'eau sans le traîner dans la vase qui est au fond, je vous en serais très reconnaissant.

– Bien sûr, ai-je répondu en prenant place juste au bord du canal.

Lane observait la scène, sourcils froncés, inquiet de voir mon oncle marcher dans l'eau. Ben, sur le quai, tenait la ficelle tandis que mon oncle pataugeait au bord.

Ils se sont éloignés de quelques dizaines de mètres et mon oncle s'est aventuré plus profond, de l'eau jusqu'à la taille, les pans de sa redingote flottant derrière lui. Je lui ai fait signe de la place qu'on m'avait assignée. Ben, la ficelle à la main, était prêt à courir le long du quai pour suivre le poisson dans sa course. Lane a délicatement soulevé la tête de Davy et s'est mis debout, protégeant ses yeux du soleil avec sa casquette rouge. Dès qu'oncle Tulman a mis le poisson à l'eau, un tourbillon de bulles s'en est échappé et j'ai entendu Ben compter :

– Un, deux, TROIS...

Oncle Tulman a lâché le poisson à « deux », et celui-ci a filé comme une flèche, avec son petit drapeau surgissant de l'eau comme une nageoire. Il allait tellement vite que Ben a presque immédiatement lâché la corde. Le drapeau venait droit vers moi, libre de ses mouvements.

– Attrapez-le ! m'a crié Ben.

Je me suis jetée à genoux sur la rive, les bras tendus, mais j'étais engoncée, avec mes manches étroites et mes volumineux jupons. Le flot de bulles est passé juste devant moi. En voulant saisir le bateau, je me suis trop penchée et j'aurais fini la tête la première dans l'eau si l'on ne m'avait rattrapée par la taille. J'ai entendu un *plouf* de l'autre côté et j'ai tourné la tête tandis que Lane m'aidait à me relever. La tignasse trempée de Davy a surgi de l'eau, il tenait à bout de bras le poisson déchaîné, s'efforçant de ne pas le laisser échapper. Ben a sauté pour le rejoindre, le lui prendre et arrêter le mécanisme.

La chaleur des mains posées sur ma taille m'a brusquement quittée. Lane aidait Davy à sortir de l'eau qui, heureusement, n'était pas trop profonde.

– Bien joué, l'a-t-il félicité.

Tout dégoulinant sur le ponton de bois, Davy souriait, découvrant sa fossette.

– Vous avez vu ? m'a hélée Ben en couvant le poisson du regard. Deux fanions hors de l'eau pendant toute la course, pas la moindre variation de profondeur ! Il faudrait prévoir une corde plus longue la prochaine fois, munie d'une poignée de bois, plus facile à tenir, et puis prendre un peu d'avance...

– Non, non, non, NON !

Tous les regards se sont tournés vers la source du cri. Mon oncle remontait le quai à pas lourds, rouge de colère. Il agitait les bras en tous sens, les doigts crispés, aspergeant les environs au passage. Lane s'est précipité vers lui, mais je me suis interposée, les poings sur les hanches.

– Arrêtez ! ai-je ordonné d'un ton sévère.

Et oncle Tully a obéi. Il s'est figé net, son visage s'est détendu instantanément.

– M. Aldridge n'a pas voulu vous prendre votre poisson, il a juste fait en sorte d'éviter qu'il se perde.

J'ai pris le poisson trempé des mains de Ben pour le tendre à mon oncle.

– Je ne suis pas contente de vous voir dans cet état, oncle Tully, ce n'est vraiment pas merveilleux !

Il a plissé le front en considérant le jouet en métal mouillé entre ses mains.

– Tu n'es pas contente ?

– Pas du tout.

Mon oncle a réfléchi un instant avant de lever de grands yeux vers moi et de décréter d'une voix forte :

– Alors je ne le ferai plus !

Je lui ai souri et le regard qu'il m'a lancé en retour était tellement enfantin, tellement confiant que j'ai eu une violente bouffée de haine pour ma tante Alice.

Oncle Tully s'est dirigé à pas lents vers l'atelier en marmonnant dans sa barbe, son poisson serré contre son cœur, quand soudain, à mi-chemin, il a semblé se rappeler qu'il était dans un endroit d'habitude bondé et il s'est mis à courir à toute vitesse, dérapant dans le virage pour rejoindre la porte verte.

– C'était formidable, mademoiselle Tulman, a affirmé Ben. Je ne saurais vous remercier assez pour cette rencontre. Vraiment passionnant...

– Oui, bien joué, a fait une voix grave dans mon dos, tout bas.

Je me suis sentie rougir. J'étais persuadée que cette voix ne s'adressait pas du tout à la même personne que celle de Ben.

– Je vais essayer de profiter de l'occasion, a poursuivi ce dernier, presque pour lui-même. On n'est pas samedi, mais peut-être que M. Tully m'autorisera à venir quand même...

Et il s'est lancé aux trousses de mon oncle, sans cesser de parler tout seul, perdu dans ses rêves de mécanique.

Je me suis tournée vers Lane, qui souriait au garçon trempé à côté de lui.

– Tu es un vrai héros, maintenant, Davy ! Je pense que tu as bien mérité une récompense. Ça te dirait d'aller faire du patin ?

La fossette est réapparue.

– Alors va te sécher et on se retrouve là-bas.

Davy a ramassé Bertram dans l'herbe et est parti en trottinant vers le village. J'ai levé les yeux vers Lane, son regard gris était déjà posé sur moi, en train de me jauger. Il a fourré les mains dans ses poches.

– Vous possédez des talents insoupçonnés, mademoiselle Tulman. Je me demande quelle en est l'étendue exacte.

J'ai haussé un sourcil.

– Je suis tout à fait certaine d'être au niveau de vos espérances, quoi que vous ayez en tête, monsieur Moreau.

Il m'a adressé un sourire que je n'ai su interpréter. Il n'était pas approbateur, ni encourageant, ni même particulièrement chaleureux. Plutôt malicieux, aurais-je dit.

– Eh bien, joignez-vous donc à nous, mademoiselle Tulman.

Je me suis redressée et je l'ai suivi, avec l'étrange impression d'avoir accepté de participer à une sorte de revanche.

Je me suis retrouvée avec Lane dans la pénombre de l'aile est du manoir, une aile qui suivait les jardins en terrasse et les contours du terrain jusqu'au pied d'une colline. Nous attendions au pied de trois volées de marches consécutives, devant deux portes massives et fermées. La haute fenêtre envahie par les plantes ne laissait filtrer qu'un filet de lumière. Le silence commençait à devenir plus que pesant.

– Davy va bientôt arriver, a assuré Lane. Patientez un peu.

Je l'ai contemplé dans l'ombre. Je ne m'étais pas plainte de l'attente.

– Vous vous balancez d'avant en arrière quand vous êtes impatiente, a-t-il expliqué.

J'ai continué à tanguer sur mes pieds, mal à l'aise, et j'ai détourné les yeux, en me demandant quels autres détails gênants Lane avait bien pu noter, de façon à me les ressortir le moment voulu. J'étais convaincue qu'il m'avait emmenée ici pour me faire peur ou m'humilier d'une façon ou d'une autre, mais il n'avait rien fait d'étrange, tout du moins pour l'instant. Je me suis efforcée de meubler le silence.

– Vous êtes né en Angleterre, monsieur Moreau ?

La question me taraudait depuis qu'il m'avait parlé de ses origines familiales et, bien sûr, depuis ma conversation avec Ben Aldridge.

– Oui, ici même, à Darkwind. Je ne suis jamais sorti du domaine, en fait.

– C'est vrai ? me suis-je écriée, surprise.

– Parfois je vais de l'autre côté du tunnel ou je me promène assez loin, le long de la rivière. Ce n'est pas sur le domaine, j'avoue.

Il a ôté sa casquette rouge, l'a tordue entre ses mains.

« Et vous, voilà ce que vous faites quand vous êtes gêné », ai-je pensé.

– Mon père est venu en Angleterre lorsque la France a perdu la guerre et que Napoléon a été exilé. À la maison, on a parlé français jusqu'à sa mort, mais je n'y suis jamais allé. En France, je veux dire.

Je me suis demandé où il avait bien pu voir un loup, alors, pour arriver à le représenter avec un tel réalisme.

– Vous n'avez jamais eu envie de partir, de voir du pays ?

Il a réfléchi. La casquette rouge s'est figée.

– J'aimerais voir la mer, mais je voudrais toujours pouvoir revenir ici, je pense, comme port d'attache.

Je n'avais rien à répondre à cela. Nous sommes restés une minute ou deux ainsi, puis le silence est redevenu trop pesant.

– Vous n'avez pas du tout l'air français, monsieur Moreau, ai-je remarqué.

Il a haussé les épaules.

– Je peux, si je veux. Mon père y a veillé. Il ne voulait pas que j'aie l'air d'un Anglais si j'y retournais, je suppose.

– En France, vous voulez dire ? Pourquoi votre père aurait-il voulu vous renvoyer en France ?

– Eh bien, pour défendre la cause des Bonaparte, mademoiselle Tulman. Je ne vois pas d'autre raison.

J'ai distingué son sourire malicieux dans la pénombre, il guettait ma réaction, mais je me suis contentée de dire :

– Votre père est resté fidèle à Napoléon, alors ?

– Quand il a appris que le nouveau président de la République française n'était autre que le neveu de Napoléon Bonaparte, il a passé la nuit à crier « Vive Napoléon le Grand » en se soûlant au vin de contrebande français jusqu'à s'écrouler par terre. Alors oui, mademoiselle Tulman, je dirais donc que oui.

Je me suis absorbée dans la contemplation de ma robe, en essayant d'imaginer ce que cela avait dû être d'être élevé par un père qui s'était battu du mauvais côté à Waterloo, mais soudain Davy est apparu sous mes yeux, accompagné de Bertram. J'ai sursauté.

– D'où diable sors-tu ? me suis-je exclamée.

Lane riait, Davy se contentait d'exhiber sa fossette.

– Davy connaît mieux la maison que moi, a expliqué Lane. C'est un véritable monde en soi, n'est-ce pas, gamin ?

Il a ébouriffé ses cheveux mouillés, puis est allé tirer l'une des portes. Davy a posé son lapin par terre et s'est chargé du deuxième battant. Ils se sont écartés en coulissant, pour rentrer à l'intérieur du mur. De l'autre côté brillait une pâle clarté, et une volée de marches de toute la largeur de la porte, environ trois mètres, s'enfonçait dans la pénombre.

– Attendez ici, m'a ordonné Lane.

Et ils ont dévalé l'escalier tous les deux, Bertram sautillant sur leurs talons, avec ses longues oreilles qui flottaient derrière lui.

Tandis que je me balançais sur mes pieds, j'ai entendu siffler le gaz, puis une vive lumière a éclairé l'escalier.

– C'est bon ! m'a crié Lane. Vous pouvez venir.

J'ai descendu trente-deux marches. Une fois en bas, je me suis figée, stupéfiée par ce que je découvrais devant moi. Je me trouvais dans une pièce immense, plus vaste encore que l'atelier ou la chapelle. Les soubassements étaient peints en rose, évidemment, et le haut des murs, couvert de miroirs ornés de volutes d'or. Mais le plus extraordinaire, c'était les lustres – huit lustres répartis sur toute la longueur de la pièce, chacun au moins de la largeur de ma chambre chez tante Alice, brillants et scintillants, illuminés par des centaines de becs de gaz, qui se reflétaient dans les gigantesques miroirs, faisant étinceler le moindre recoin.

Puis j'ai vu Lane venir vers moi de l'autre bout de la pièce, et j'en ai eu le souffle coupé : il ne marchait pas, il glissait, il flottait comme un fantôme, un esprit. Il a posé la main sur la rampe et s'est arrêté auprès de moi.

– Qu'est-ce que c'est que ça ? ai-je murmuré.

– Une salle de bal, presque entièrement en sous-sol. Vous voyez ça, là-haut ?

Il a désigné une coupole de verre et de fer au milieu du plafond.

– Elle se dresse au beau milieu du jardin ! Des roses poussent au-dessus de nos têtes, enfin du moins lorsque quelqu'un en prend soin et, la nuit, quand la lumière est allumée ici, elle éclaire aussi le jardin. C'est M. Tully qui en a eu l'idée, pour qu'on ait une salle de bal, un jardin éclairé, et du travail pour les charpentiers, les ouvriers de l'usine à gaz et de la fonderie. On a fait les lustres nous-mêmes...

– Je voulais dire, qu'est-ce que vous avez aux pieds ? l'ai-je coupé.

Son sourire de défi est revenu sur ses lèvres, le même qu'au bord du canal. Il a tendu le bras, brandissant une paire de semelles de métal munies de petites roues.

– Des patins à roulettes ! Comme pour la glace, mais avec des roues à la place des lames. Avec ça, on roule ! Asseyez-vous sur la marche et donnez-moi vos pieds.

J'ai écarquillé les yeux.

– Vous plaisantez ?

– Une minute... Qu'est-ce qu'elle a dit tout à l'heure, déjà, Davy ?

Le garçon est arrivé à vive allure sur ses patins, Bertram toujours sur l'épaule, comme une poupée de chiffon.

– Ah oui, ça me revient...

Lane a pris une voix plus aiguë pour compléter :

– Je suis certaine d'être au niveau de vos espérances, quoi que vous ayez en tête, monsieur Moreau.

Je me suis laissée tomber sur la marche et j'ai tendu la jambe. Avec une mine encore plus réjouie, il a attaché les lanières de cuir des patins bien serrées autour de mes bottines. Puis il a reculé en glissant sans effort.

– Et voilà !

J'ai essayé de me lever, mais mes pieds se sont dérobés sous moi et je me suis rassise sur la marche, plus lourdement que la première fois. Je comprenais maintenant de quelle manière il comptait prendre sa revanche, mais il n'était pas question que je me laisse faire. Davy est passé en trombe, le bruit de tonnerre de ses roulettes sur le parquet résonnant dans toute la salle.

– Tenez-vous à la rampe pour vous relever et trouver votre équilibre et, une fois que c'est fait, glissez un pied après l'autre, légèrement, sur le côté. Vous allez voir, c'est facile.

Je me suis mise debout à grand-peine, flageolant sur mes jambes. Puis, avec précaution, j'ai tendu un pied sur le côté. Le patin s'est mis à rouler, rouler, et en trois secondes je me suis retrouvée par terre, emmêlée dans mes innombrables jupons. Et j'y suis restée. Les patins de Lane sont venus se planter juste sous mon nez.

– Vous voulez arrêter ?

– Non, ai-je répliqué entre mes dents serrées.

– Tant mieux, parce que vous n'avez pas encore vraiment essayé. Allez !

Il m'a aidée à me remettre debout. Je titubais à la manière d'un bébé qui apprend à marcher, cramponnée à lui. Il dégageait une douce chaleur, comme sur le quai. Je sentais ses muscles fermes sous mes doigts.

– Recommencez en suivant mes conseils de tout à l'heure, mais faites de tout petits pas, et ramenez votre pied vers vous à chaque fois. Montre-lui, Davy.

Le jeune garçon a fait demi-tour et est reparti dans l'autre sens, ralentissant pour que je puisse voir le mouvement rythmé de chaque pied – glisser, ramener. Je l'ai observé attentivement et, quand j'ai relevé la tête, je me suis retrouvée face au sourire moqueur de Lane. J'ai serré les mâchoires et poussé un pied, ramené, poussé l'autre, ramené et ainsi de suite, agrippant ses bras d'une main de fer. Nous avons parcouru quelques mètres ainsi avant que je ne trébuche si brusquement que j'ai failli l'entraîner dans ma chute.

– Je ne comprends pas ce qui ne va pas, ai-je grommelé, cramoisie de honte.

– Moi non plus. Je ne vois pas vos pieds avec tout ça. Tentez un mouvement de balancier, écoutez le rythme des patins sur le sol.

J'ai recommencé, un pied, puis l'autre – franchement, qu'avais-je donc fait pour me retrouver dans ce pétrin ? –, un pied puis l'autre – je flottais, je volais juste au-dessus des patins – en avant, en arrière, d'un côté de l'autre...

– Levez la tête, a ordonné Lane.

J'ai détaché les yeux de mes pieds. J'étais au milieu de la salle de bal.

– J'ai réussi, alors ?

– Oui, vous avez l'air un peu ridicule, mais vous avez réussi.

J'étais ravie.

– Allez, je veux essayer toute seule !

Il m'a lâchée, a décrit un demi-tour parfait, et a avancé tout en me regardant de biais. Je me suis élancée... et je suis tombée aussitôt ! J'ai atterri à quatre pattes, position idéale pour contempler le reflet des lustres sur le parquet ciré. Davy est passé juste à côté de moi, en courant d'air.

– Ma jupe s'est prise dans les roues, c'est tout, ai-je affirmé en repoussant la main de Lane.

Je me suis remise debout et j'ai écarté les bras, peinant à reprendre mon équilibre, puis je me suis lancée à nouveau. Un, deux, trois, quatre pas... j'ai pris de la vitesse. Je sentais le vent sur mon visage, les vibrations des roulettes remontaient dans mes jambes tandis que je filais à travers la salle de bal.

– Je roule ! ai-je crié. Regardez ! Je roule !

J'ai tordu le cou pour vérifier si Lane et Davy me regardaient, mais je ne les ai pas vus... et, tout à coup, j'ai percuté un obstacle, à la fois rigide et moelleux, qui sentait le métal et la peinture, et je me suis affalée par terre. J'avais foncé droit dans Lane qui s'était mis là pour m'éviter de rentrer dans un mur couvert de miroirs.

– Ouille ! a-t-il gémi doucement.

Il m'a une fois de plus aidée à me relever et m'a tenu les mains jusqu'à ce que je me stabilise.

– Peut-être devriez-vous réduire un peu la vitesse, mademoiselle, tant que vous ne savez pas vous arrêter, non ?

– Je veux recommencer, ai-je décrété, hors d'haleine.

J'ai croisé son sourire, qui n'était plus moqueur mais réjoui. Plus haut, les yeux gris avaient changé aussi : calmes, doux, ni tempête ni pierre, une mer transparente, tels que je les avais imaginés en découvrant la figurine de faucon. Et, aussi surprenant que cela puisse paraître, ils étaient posés sur moi.

Une vive chaleur s'est épanouie dans ma poitrine comme une fleur dans une serre. Je me suis détournée, corps et regard. Où avais-je la tête ? À Londres, l'incongruité de la situation m'aurait coûté ma réputation. Mais, ici, cette pensée ne m'avait même pas effleurée. Darkwind était un endroit à part, qui obéissait à ses propres règles, différentes de celles du reste du monde. Le rouge m'est monté aux joues tandis que j'imaginais ce que ma tante et Mme Hardcastle auraient eu à dire sur le sujet. Et soudain j'ai senti qu'on tirait sur ma jupe.

Davy me tendait une épingle à cheveux. J'ai porté la main à ma tête. Mes boucles s'étaient échappées, et cascadaient librement sur mes épaules. Je me suis empressée de saisir l'épingle et de remettre de l'ordre dans ma coiffure.

– Pas la peine, a commenté Lane, ça va retomber tout de suite.

Son regard insondable était maintenant posé sur ma chevelure.

– Accrochez-vous à moi. Je vais vous apprendre à vous arrêter.

Nous avons traversé la salle de bal encore et encore. Je filais chaque fois plus vite, les cheveux au vent, les étoiles des lampes à gaz dans les yeux. Parfois même, je les fermais pour mieux sentir l'air sur mes joues.

XI

La première fois que j'ai ouvert les yeux, j'ai entendu la voix de Mary, mais c'était tante Alice qui se penchait sur moi, son épaisse frange bouclée au fer dansant au-dessus de son visage aux traits changeants comme la flamme d'une bougie. J'ai regardé son visage bouillonner et fondre, fascinée, jusqu'à ce qu'elle m'agrippe le bras. J'ai essayé de me dégager mais ses ongles se cramponnaient à moi comme des griffes. Elle a tendu ma main à quelqu'un d'autre... J'ai reconnu maître Babcock. Il arborait une perruque de juge, blanche et frisée, et un sourire de prédateur, portant ma main à ses lèvres comme s'il allait y déposer un baiser.

– Non ! ai-je crié. Arrêtez !

Mais il ne s'est pas arrêté. Il m'a mordu, ses dents se sont lentement enfoncées dans ma main pendant que tante

Alice y plantait ses griffes. J'ai fermé les yeux, luttant contre la douleur.

Quand je les ai rouverts, la chambre de Marianna était illuminée, toutes chandelles allumées, j'entendais des voix qui bourdonnaient sans parvenir à distinguer ce qu'elles disaient. Mais mon instinct m'ordonnait de fuir, de m'échapper tant qu'il en était encore temps. Mais je ne pouvais pas me lever, je ne pouvais même pas bouger, mes bras étaient prisonniers. Je me suis débattue en hurlant, terrifiée. Je me contorsionnais, en pleine panique, mais des mains glacées m'ont plaquée au sol. J'ai crié à nouveau et les voix ont changé de ton.

Puis je me suis éloignée, calme et tranquille, ma frayeur oubliée. J'ai filé dans les couloirs sombres, désormais habituée aux crissements et aux grincements des lames de parquet, j'ai traversé la cuisine déserte et je suis sortie dans le jardin. Je sentais le gravier du chemin s'enfoncer légèrement dans la plante de mes pieds nus. Je portais la robe bleue de Marianna et, dedans, j'étais libre de mes mouvements. J'ai volé, j'ai flotté tel un fantôme à travers les prés jusqu'au village d'en bas. Dans la nuit, il y régnait le plus profond silence, un silence de mort. La boue s'insinuait entre mes orteils. Telle une ombre, j'ai poussé la porte verte, traversé le salon et je suis entrée dans l'atelier et, là, j'ai compris. La boue avait pénétré ici aussi. J'ai levé l'immense levier, les becs de gaz ont sifflé et j'ai découvert le désastre. Des bras de porcelaine arrachés, des jambes brisées, des têtes fêlées, des rouages, des engrenages, tout avait été emporté par une marée de vase. Tout était cassé, fichu, irréparable. Je me suis laissée tomber à genoux sur un tas de déchets, au milieu de ce gigantesque enterrement qui avait mal tourné, et j'ai pleuré comme si c'était moi qui étais cassée, moi qui étais fichue. Mes sanglots résonnaient dans l'atelier désert tandis que je serrais la tête trempée de ma grand-mère contre mon cœur.

Quand je me suis réveillée, quelqu'un chantait, tout bas, fredonnant doucement entre ses dents. Le soleil de fin de matinée déployait ses rayons dorés sur le tapis de Marianna. Les couvertures me semblaient si lourdes, j'avais l'impression d'être clouée au matelas. J'ai soupiré. Une femme que je ne connaissais pas s'est penchée sur moi.

– Ça y est ? Vous êtes réveillée ?

J'ai cligné les yeux.

– Je suis... malade ? ai-je chuchoté d'une voix rauque.

– Si vous appelez avoir la gueule de bois être malade, alors p'têt bien.

J'ai froncé les sourcils sans comprendre. La porte de la salle de bains s'est ouverte et Mary a fait son apparition, un pichet d'eau à la main.

– Oh, mam'zelle ! Comment vous vous sentez ?

– Elle doit avoir la tête comme une citrouille.

– Mais je n'ai pas...

– Maman ! s'est écriée Mary. C'est pas parce qu'elle s'est soûlée une fois qu'elle a recommencé. Elle est malade, c'est tout, ça crève les yeux ! Tenez, mademoiselle, un peu d'eau.

Je me suis redressée et j'ai pris le verre avec gratitude, j'en ai bu deux gorgées puis je me suis laissée retomber sur mon oreiller. J'avais la main bandée et des taches rouges apparaissaient par transparence sous le pansement. Je l'ai effleuré, en me remémorant le sourire carnassier et les dents acérées.

– Maître Babcock m'a mordue, ai-je murmuré.

– Ne dites pas de bêtises ! m'a houspillée la mère de Mary. Vous étiez tellement soûle que vous vous êtes mordue toute seule !

– Maman ! a protesté sa fille. Ma dame était malade, je te dis ! Elle a rien fait de pareil la dernière fois qu'elle était pompette !

– Mary, ai-je commencé d'une voix tremblante, je... je n'ai pas bu d'alcool depuis que je suis à Darkwind. Pas même un verre de vin.

Mme Brown a soufflé par le nez, signifiant clairement qu'elle n'en croyait pas un mot, tandis que Mary s'asseyait au bout de mon lit, plissant ses taches de rousseur.

– Vous êtes sûre, mam'zelle ? J'aurais pourtant juré sur la Bible de mon papa que, l'autre fois, vous...

– Pas un verre, Mary. Je vous le jure. Racontez-moi ce qui s'est passé. S'il vous plaît.

Elle m'a dévisagée d'un œil suspicieux, puis a soupiré :

– Eh bien, juste après minuit...

– Attendez... commencez avant.

En réalité, je n'avais pratiquement aucun souvenir de la soirée de la veille.

– Vous êtes rentrée un peu plus tard que d'habitude, mam'zelle, vous vous rappelez ? Vous étiez toute décoiffée, les joues rouges, et gaie comme un pinson...

Mes cheveux détachés. Le bras de Lane. Les patins à roulettes dans la salle de bal. Ça, je m'en souvenais.

– ... et quand je vous ai demandé ce que vous aviez fait, vous m'avez répondu que je ne le croirais pas si vous me le disiez...

Nouveau reniflement réprobateur venu du fond de la pièce.

– J'avais préparé votre souper. Vous vous êtes déshabillée, vous avez dîné, puis on a causé un peu avant que vous vous couchiez, comme tous les soirs.

Mary se tourna vers sa mère.

– Ma dame me demande toujours conseil...

– Mary..., l'ai-je coupée en m'efforçant de maîtriser le tremblement de ma voix.

Je ne me rappelais rien de tout cela. Même pas le moment où j'avais quitté Lane.

– Que s'est-il passé ensuite ?

– Eh bien, je suis allée dans ma chambre, pour coudre votre robe...

Je lui avais demandé de me faire une robe ? Je n'en avais aucun souvenir.

– ... et puis j'ai entendu des cris provenant de votre chambre. Fort. Des cris de joie, comme une fête. Alors je suis vite venue et je vous ai trouvée, mam'zelle, en train de danser toute seule, en chemise de nuit. Et, quand je vous ai demandé ce que vous faisiez, vous m'avez répondu : « Je suis un poisson qui vole, Mary ! », puis soudain vous vous êtes tue et... vous avez eu comme une crise... Vous fixiez le miroir et puis vous avez levé la main en vous débattant contre je ne sais quoi et vous vous êtes mordue à pleines dents en hurlant des choses affreuses. C'est là que je vous ai attachée au lit et que j'ai filé chercher ma mère. Parce qu'elle sait soigner tout un tas de choses.

Des images éparses me revenaient en mémoire, incongrues et invraisemblables, mais qui pourtant me semblaient bien réelles. J'avais encore dans le nez l'odeur rance de la vase, je sentais le crissement des éclats de porcelaine sous mes doigts. J'ai revu le pasteur clignant ses yeux fêlés et, pour la première fois de ma vie, j'ai eu vraiment peur, non de ce qui pourrait rôder autour de moi, mais de ce qui était tapi au fond de mon crâne.

– Vous avez craché vos tripes vers quatre heures du matin, mam'zelle, puis ensuite vous avez paru vous calmer...

– Mary, est intervenue sa mère, va me chercher de l'eau bouillante, je vais lui préparer ma tisane spéciale. Une vraie dame de compagnie y aurait déjà pensé.

Mary s'est levée d'un bond et s'est ruée hors de la chambre.

– Une bonne fille, a commenté Mme Brown, mais elle manque un peu de jugeote.

Elle s'est approchée en me toisant, les poings sur les hanches.

– C'est entre vous et moi, mademoiselle Tulman... et je peux vous assurer que, contrairement à ma fille aînée, je sais tenir ma langue. Alors allez-y, avouez. Qu'est-ce que vous buvez? J'ai fouillé la chambre... et diable je me demande bien pourquoi une dame garderait tous ces cheveux au fond d'un tiroir, mais la bouteille, je ne l'ai pas trouvée. Je dois reconnaître que vous êtes plus maligne que moi. Il vaut mieux s'en débarrasser, mademoiselle. J'imagine que vous n'avez pas apprécié votre petite crise. Ça n'a pas l'air bien agréable.

– L'armoire était ouverte ? me suis-je étonnée bêtement.

Je croyais pourtant l'avoir verrouillée et avoir caché la clé sous le napperon de ma table de chevet. Mais je ne savais plus ce que je faisais vraiment ou pas ces derniers temps. C'était un sentiment fort déplaisant.

– Allez, mademoiselle. Que ce soit réglé avant que Mary revienne.

– Madame Brown, je vous jure que je n'ai pas bu une seule goutte d'alcool depuis que je suis arrivée à Darkwind. Je ne bois que de l'eau et du thé.

Pour ma plus grande gêne, les larmes me sont montées aux yeux. Je me suis recroquevillée, prostrée dans mon lit.

Mme Brown a soupiré.

– Très bien, comme vous voudrez. Mais...

Elle s'est penchée vers moi.

– Que ce soit clair. Si vous me dites la vérité, ma jeune demoiselle, alors il y a quelque chose qui cloche vraiment. Et ça dépasse les pouvoirs de mes tisanes et de mes herbes. J'ai laissé Mary venir dans cette maison de fous parce qu'elle est idiote et que c'est toujours bien de savoir ce que complote l'ennemi. Elle ne pourrait pas tenir sa langue, même si je la suppliais. Mais, d'une façon ou d'une autre, vous êtes intoxiquée, jeune demoiselle, et je ne veux pas que ma Mary soit mêlée à ça. C'est ma fille et je...

Mary est alors revenue avec l'eau pour le thé. Mme Brown s'est redressée, bras croisés sur son imposant giron, et n'a plus dit un mot.

Mme Jefferies m'a apporté un plateau dans la soirée. J'étais habillée, les cheveux bien tirés, assise au coin du feu à contempler les flammes. Je pensais aux autres filles de mon âge, à celles que je voyais se pavaner au parc, insouciantes, avec leurs ombrelles en organdi et leurs pères aimants. Pourquoi la destinée m'avait-elle choisie, moi parmi toutes, pour cette vie de solitude, de corvées... et pour être l'instrument du malheur d'autrui ? Mon unique chance, ma seule échappatoire, avait toujours été mon propre esprit, où j'étais libre, où je pouvais faire ce que bon me semblait, sans ingérence. Et voilà qu'on m'en privait également. J'avais vu le pasteur cligner les yeux, je pouvais bien l'avouer désormais. Ce n'était pas possible, mais je l'avais vu quand même. Tout comme mes fantasmes de la nuit dernière, tout comme le calme revenu dans une paire d'yeux gris-bleu. Et j'avais la marque de mes propres dents sur la main. J'avais vérifié, ôtant le bandage pour regarder dans le miroir, comparer la forme. Peut-être que, finalement, oncle Tully et moi, nous n'étions pas si différents que ça.

– Allez ! s'est écriée Mme Jefferies en posant le plateau sans ménagement, faisant cliqueter les couverts. C'est pas la fin du monde. Vous êtes pas morte.

J'ai failli sourire. Dans sa bouche, c'était une gentillesse. Elle s'est reculée et adossée contre le mur, avec l'intention de me regarder manger pour surveiller sa précieuse vaisselle, sans doute. J'ai jeté un coup d'œil au repas. Du pain, du thé et une soupe sombre et fumante, qui sentait le poulet et les oignons. C'est alors que j'ai remarqué l'enveloppe blanche posée à côté du bol.

– Oh, oui, c'est pour vous, a annoncé la cuisinière en suivant mon regard. Arrivé par le bateau de midi.

Je ne connaissais que trop bien cette écriture. Convaincue que je ne pourrais pas tomber plus bas, j'ai ouvert l'enveloppe à l'aide du couteau à beurre.

Ma très chère Katharine,

Votre silence dans ces circonstances malheureuses me surprend et m'inquiète, étant donné que je vous avais spécifié de façon très claire de m'écrire rapidement. Je suppose que votre missive a dû s'égarer, car je n'ose imaginer que vous ayez pu sciemment vous soustraire à mes exigences.

Donnez-moi des nouvelles de votre oncle par retour de courrier, que je puisse régler cette triste affaire au plus vite. La saison est chargée cette année, je vais être fort occupée et plusieurs tâches requièrent votre présence à la maison.

Affectueusement,

Mme George Tulman

J'entendais sa voix geignarde à travers l'encre. Je me suis redressée brusquement, la lettre à la main. Mme Jefferies avait beau être pénible et me détester, elle venait de m'ouvrir les yeux en proférant quelques minutes plus tôt une vérité que je n'avais pas su voir jusque-là. Je n'étais pas morte et, à cet instant tout du moins, j'étais encore en pleine possession de mes moyens. Et je ne retournerais pas chez tante Alice avant plus de trois semaines. Vingt-deux jours hors de prison. Il n'y avait aucune raison que je gâche ce temps précieux. Je pouvais faire ce que je voulais ici. La cuisinière me dévisageait, stupéfaite. Je me suis renfoncée dans ma chaise, roulant la lettre de tante Alice en boule avant de la jeter au feu.

XII

Le lendemain matin, j'étais déjà dans la cuisine, un tablier épinglé sur ma robe de flanelle, quand Mme Jefferies a fait entrer la fraîcheur du jardin en poussant la porte. J'ai ignoré son air stupéfait – yeux écarquillés et bouche bée – et lancé un joyeux :

– Bonjour, madame Jefferies. J'espère que vous avez passé une bonne nuit.

Elle a refermé la bouche et serré contre sa poitrine son paquet, de la viande, à en juger par les taches sur le papier d'emballage. Puis elle a froncé les sourcils en voyant que je m'affairais autour de la table.

– J'ai préparé du porridge que j'ai gardé au chaud. Est-ce que Davy a déjà...

– Qu'est-ce que vous fabriquez ? m'a-t-elle coupée.

J'ai relevé la tête, feignant la surprise.

– Je coupe des concombres, madame Jefferies.

– Et d'où les sortez-vous ?

– Les concombres ? De votre jardin, évidemment.

J'ai fait glisser mes tranches dans un saladier.

– Vous reste-t-il de la crème, madame Jefferies ? Ah oui, je la vois. Et du citron ? J'ai un faible pour les concombres à l'aneth et au citron.

Et c'était d'ailleurs pour cette raison précise que tante Alice avait interdit qu'on en serve à sa table. Je me suis séché les mains, en prenant garde de salir mon bandage, et j'ai saupoudré de sel mes crudités. J'avais la ferme intention de manger des concombres à l'aneth tous les jours jusqu'à la fin de mon séjour à Darkwind.

– Ne vous en faites pas, ai-je repris à l'adresse de la cuisinière silencieuse. Je ferai venir des citrons par le prochain bateau. Une livre ou deux, peut-être ? Deux, ce serait mieux. Ce sera délicieux dans le thé.

J'ai posé un torchon sur le saladier avant de le mettre à reposer dans le garde-manger. Puis, sous le regard hébété de Mme Jefferies, j'ai essuyé le couteau, détaché mon tablier, que j'ai pendu à un crochet dans un coin, et j'ai passé la main dans mes cheveux pour remettre en place les mèches rebelles.

– Bon ! ai-je fait d'un ton guilleret. N'oubliez pas le porridge, madame Jefferies. Je pense qu'il est encore tiède.

L'après-midi, à l'atelier, j'ai demandé :

– Comptez-vous les années, oncle Tully ?

C'était la récréation et je contemplais mon oncle depuis mon nuage de flanelle grise, assise par terre sur un coussin.

Lane était debout devant son établi, ombre mince à la lumière des becs de gaz, et peignait en silence les dernières écailles de dragon avec l'éponge que je lui avais apportée. Je la lui avais tendue, un peu gênée, sans oser croiser son regard. J'avais préféré m'absorber dans la contemplation de mes bottines tout en lui expliquant mon idée : employer une éponge pour peindre sans laisser de traces. Il m'avait remerciée de sa voix grave, très poliment. Le Lane de la salle de bal avait disparu, tout comme l'atelier dévasté, que j'avais également touché et vu de mes propres yeux. Ce n'était pas surprenant.

– Si je compte les années, petite nièce ? a finalement répondu mon oncle.

Il était en train de joindre deux morceaux de cuivre à l'aide de métal fondu et d'un fer à souder.

– Oh non, pas les années. Je préfère compter les secondes. Il faut attendre trop longtemps entre une année et la suivante.

Je lui ai souri.

– Eh bien, moi, j'aime compter les années, mon oncle. Mes années, en tout cas. Bientôt, j'achèverai ma dix-huitième année sur cette terre.

– Deux fois neuf, trois fois six, ou neuf fois deux ou six fois trois, a-t-il répliqué.

– Tout à fait. Et mon anniversaire tombe le 18 juillet 1852. Ça fait trois dix-huit, oncle Tully.

– Trois fois dix-huit, cinquante-quatre.

Des volutes de fumée noire se sont échappées avec un léger sifflement tandis qu'il reposait le fer à souder dans le petit brasier qui permettait de le chauffer. Pour la première fois de la journée, les yeux gris m'ont lancé un regard interrogateur allant tour à tour de mon visage à ma main bandée.

– Voilà pourquoi je vais faire une fête, oncle Tully. En l'honneur du dix-huit. Vous aimeriez venir à ma fête ?

Il a haussé ses sourcils blancs et pincé les lèvres, comme je m'y attendais. Je me suis empressée de réciter mon petit discours sans lui laisser le temps de faire une crise :

– Je vais tout vous expliquer. Il y aura M. Moreau...

Je lui ai jeté un coup d'œil plein d'espoir, mais il avait toujours les yeux baissés et le front plissé.

– ... et Mme Jefferies, M. Aldridge, Davy, Mary Brown et moi. On va bien s'amuser...

Les plaques de cuivre que mon oncle était en train de souder sont tombées avec fracas.

– Mary Brown ? a-t-il répété. Je ne connais pas Mary Brown. Je ne connais pas...

J'avais complètement oublié qu'il n'avait jamais été présenté à Mary. Il secouait frénétiquement la tête et, étrangement, Lane l'imitait, me faisant signe d'abandonner. Mais je n'ai pas voulu m'arrêter là.

– Je suis désolée, mon oncle. J'avais oublié. Mary Brown ne pourra pas venir. Elle doit aller ailleurs. Il y aura donc M. Moreau, M. Aldridge, Davy, Mme Jefferies et moi. Et j'ai pensé qu'on pourrait faire notre petite fête dans les appartements de Mme Marianna.

Sur le visage de mon oncle, j'ai vu la panique céder la place à l'indécision. Il a ramassé son assemblage de cuivre.

– Vous aimez bien cet endroit, n'est-ce pas, mon oncle ? Vous pourriez jouer, si vous voulez, et on serait tous contents.

Il a levé les yeux vers moi, soudain très alerte.

– Tu serais contente, petite nièce ?

– Bien sûr !

Il a ouvert grand les yeux pour me dévisager avant de déclarer, un tout petit peu trop fort :

– Alors c'est décidé, on le fera, en l'honneur du dix-huit !

J'ai savouré son sourire qui me réchauffait le cœur. Je m'étais figuré qu'il faudrait longtemps pour le convaincre de s'écarter de son train-train habituel, de ce qui le rassurait comme sa couverture bien bordée. J'étais prête à l'amadouer, le flatter, le persuader à force de cajoleries, ou même le soudoyer, s'il le fallait. Je n'avais pas un instant imaginé qu'il accepterait simplement pour me faire plaisir.

– Mon oncle, je suis vraiment contente ! me suis-je exclamée dans un élan soudain.

Et je me suis penchée pour déposer un baiser sur son front.

Il s'est raidi, laissant à nouveau tomber son jouet sur le sol.

– La récréation est finie ! s'est-il écrié.

Il s'est levé d'un bond et a filé hors de la pièce, claquant la porte derrière lui.

– Vous savez vraiment vous y prendre avec lui, a dit Lane dans le silence qui a suivi.

Il avait un ton amusé ; pourtant, le visage toujours fermé, il contemplait les taches de peinture verte sur ses mains.

– La récréation est finie, alors ? a soufflé une voix dans mon dos.

Je me suis retournée pour découvrir Ben Aldridge. Il s'était introduit sans bruit dans l'atelier, comme un voleur.

– J'ai cru entendre la porte claquer.

– Une soudaine démonstration d'affection a fait fuir M. Tully, a expliqué Lane en s'absorbant à nouveau dans sa peinture.

– C'est vrai ?

Ben m'a considérée, intrigué.

– Voudriez-vous venir vous promener jusqu'au village d'en haut, mademoiselle Tulman ? a-t-il proposé. Je crois que vous n'y êtes encore jamais allée, et je connais les lieux comme ma poche, si je puis dire.

Il a souri.

– Oh, ai-je fait, embarrassée par l'intérêt inhabituel qu'il me témoignait. C'est très gentil à vous, monsieur Aldrige, mais je crois que ce n'est pas... recommandé.

Vu l'opinion que les gens avaient de moi, toute visite ne manquerait pas d'être pour le moins déplaisante.

– Sottises ! a-t-il répliqué d'un ton léger. Venez, mademoiselle Tulman. Je vous montrerai le cadre de mes meilleurs souvenirs d'enfance.

– Eh bien...

Lane est intervenu :

– J'aurais cru que vous profiteriez de l'atelier tant que vous pouvez y accéder, Ben.

Il a levé sa dernière écaille de dragon pour examiner la peinture parfaitement uniforme à la lumière.

– On ne peut pas travailler sans cesse, a répliqué Ben avant de se tourner vers moi. Avez-vous besoin de votre chapeau, mademoiselle Tulman ?

– Je fermerai en partant, a annoncé Lane.

– Très bien, faites donc, a répondu Ben avec enjouement.

Je les ai dévisagés tour à tour, l'un orageux, l'autre radieux. La tension palpable entre eux me mettait mal à l'aise. J'ai rassemblé mes jupes pour me remettre debout en lançant :

– Je vous attends dans l'entrée, monsieur Aldridge.

Puis je me suis éclipsée de l'atelier avant qu'ils aient pu réagir, laissant la porte se refermer doucement derrière moi.

La voix de Lane a filtré au travers, basse et furieuse. Ben a rétorqué d'un ton sec. Je ne comprenais pas les raisons de cette animosité. C'est alors qu'un léger couinement a attiré mon attention à l'autre bout du couloir. La porte de Lane s'est entrouverte, lentement, et j'ai vu apparaître un chignon grisonnant et des épaules vêtues de cotonnade. Mme Jefferies sortait de la pièce sur la pointe des pieds, à reculons. Elle a retenu le battant pour éviter qu'il ne claque, puis s'est retournée et a sursauté en me voyant.

Nous nous sommes toisées, chacune laissant à l'autre l'initiative de prendre la parole. Sa large figure s'est empourprée tandis qu'elle glissait un petit objet caché au creux de sa paume au fond de la poche de son tablier. Puis elle a lissé sa robe du plat de la main.

– La récréation est finie ? a-t-elle fini par demander, tout en évitant soigneusement de croiser mon regard.

– Mon oncle s'est retiré dans son petit salon, ai-je expliqué.

En entendant les éclats de voix de Lane dans l'atelier, Mme Jefferies s'est raidie. Je gardais volontairement les yeux rivés sur la porte, derrière elle.

– Les chaussettes, a-t-elle balbutié soudainement, à repriser.

Et sur ces mots elle a filé, cheveux au vent, et s'est engouffrée dans l'escalier qui menait au souterrain.

Je suis restée un long moment dans l'entrée, à attendre la fin de la dispute, bercée par le vrombissement régulier des moteurs qui se propageait à travers le sol. Je me demandais ce qui pouvait bien opposer Lane et Ben. Je me demandais si Lane avait confiance en sa tante. En tout cas, pas moi.

*
* *

Ben est enfin ressorti de l'atelier, d'humeur toujours aussi radieuse. Il m'a fait traverser le couloir et la salle des machines. La chaleur intense m'a saisie dès qu'il a ouvert la porte ; quant au bruit, ce n'était plus un simple vrombissement, mais un vacarme qui couvrait tout autre son. Cinq ouvriers chargeaient les deux vastes fours à grandes pelletées de charbon, dans une lueur rougeoyante. Leurs dos nus se voûtaient et se redressaient au rythme de leur tâche. Ils étaient sans visage, dissimulés par des masques improvisés dans des sacs en toile de jute.

Ben m'a pris le bras pour me guider à travers la pièce et, comme précédemment, le travail s'est aussitôt interrompu à mon arrivée. Des yeux cernés de suie, entraperçus par les ouvertures des sacs, me fixaient. Privés de visage, les ouvriers paraissaient grotesques, presque inhumains, comme des condamnés avant la pendaison. L'un d'eux a ôté sa casquette sale sur mon passage. Je ne pouvais pas voir son expression. La sueur dégoulinait en rivières noires sur son torse nu.

Lorsqu'un sifflement aigu a retenti et qu'un épais nuage de vapeur blanche a jailli des valves au-dessus de nos têtes, les hommes se sont vite remis au travail. Ben m'a pressée à travers le brouillard jusqu'à la double porte. Une fois à l'air libre, j'ai contemplé le canal qui coulait placidement vers la rivière.

– Toutes mes excuses pour cette épreuve, mademoiselle. Mais c'est le chemin le plus rapide pour rejoindre le canal, et ça évite de déranger votre oncle en traversant son salon.

– Je comprends, ai-je murmuré.

J'entendais des cris excités et le raclement des pelles sur le sol dans mon dos, derrière la grande porte.

– C'est à cause de la chaleur, vous savez.

Je l'ai regardé sans comprendre.

– Les masques... Sinon la chaleur grillerait leurs favoris. Et les miens, sans doute.

J'ai souri distraitement à sa plaisanterie. Ces hommes sans visage m'avaient rappelé mon cauchemar. Ben m'a tendu le bras et nous nous sommes engagés sur le sentier. Il dégageait une odeur particulière, un peu âcre.

– À quelle distance se trouve le village d'en haut, monsieur Aldridge ? ai-je voulu savoir.

– Un peu moins d'un kilomètre, je pense.

Il m'a dévisagée, l'air soudain préoccupé.

– Vous sentez-vous capable de marcher jusque là-bas, mademoiselle Tulman ? Sinon je pourrais demander qu'on nous prête une charrette.

J'ai souri.

– Je doute que quiconque accepte de me prêter quoi que ce soit, monsieur Aldridge.

– Vous pourriez découvrir que vous vous trompez, mademoiselle. Les habitants des deux villages ont eu vent de votre « accord des trente jours ». Et comme vous n'avez toujours pas quitté le domaine ni envoyé de courrier à une certaine Alice Tulman...

Des rides de sourire sont apparues au coin de ses yeux.

– Ne prenez pas cet air surpris. C'est tout petit, ici, en réalité... Le moindre de vos faits et gestes suscite l'intérêt. Dorénavant, on va préférer la douceur du miel à l'aigreur du vinaigre, mademoiselle Tulman, afin d'influencer votre décision. Si vous souhaitez toujours rencontrer les comités qui gèrent la vie des villages...

J'ai secoué la tête. Les détails techniques de l'affaire ne m'intéressaient plus tant que ça. J'étais convaincue que, si j'insistais, maître Babcock me donnerait tous les chiffres. Qu'il ait ou non voulu m'effrayer, en tout cas, il n'était pas du côté de ma tante et il m'avait prouvé, en traversant l'Angleterre à cheval au beau milieu de la nuit, qu'il restait bien de l'argent dans les caisses. Mais je n'avais aucune envie de penser à cela. Et je pouvais encore ne pas y penser pendant vingt et un jours.

– Parlez-moi du village d'en haut, monsieur Aldridge. Si j'ai bien compris, on y produit de la porcelaine.

Ben a volontiers enchaîné sur les carrières d'argile et les fours tandis que nous cheminions et que je lui jetais des regards en biais. Eussions-nous marché dans les rues de Londres, j'aurais considéré cette promenade comme un signe à interpréter. Ben n'était pas riche, il n'avait pas de relations, mais il était cultivé, sympathique, d'une beauté convenable et capable d'assurer un revenu respectable. Ses moindres faits et gestes auraient été disséqués par Mme Hardcastle et les autres dames conviées à prendre le thé tous les mercredis chez ma tante. Il aurait été étudié scientifiquement, avec le même sérieux qu'il avait mis à étudier le poisson d'oncle Tully. Enfin tout cela, bien sûr, si j'avais été une de ces jeunes femmes vêtues d'organdi qui se pavanaient au parc. Mais n'étant que moi, Katharine Tulman, eussions-nous été dans les rues de Londres que cette promenade n'aurait jamais eu lieu. Ben Aldridge ne me l'aurait jamais proposée et, même dans ce cas, tante Alice ne m'y aurait jamais autorisée. Quant à ce qu'elle aurait pensé de mes exploits avec l'un des domestiques dans la salle de bal... je n'osais même pas l'imaginer.

Après avoir longé le mur de pierre qui bordait le canal coulant au-dessus de nos têtes, dépassé l'usine à gaz, puis l'endroit où le canal rejoignait la rivière, nous sommes enfin arrivés au village d'en haut. Il était propre et net, bien plus spacieux et mieux aménagé que celui d'en bas. Les bâtiments en brique et pierre s'alignaient dans les ruelles qui partaient de la grande rue comme un réseau de veines. Elles étaient bordées de lampadaires à gaz ornés d'un grand D en fer forgé. Au loin, on apercevait la fumée des fours de potiers.

J'étais stupéfaite de voir les hommes me saluer en levant leur chapeau et les femmes s'incliner. Une fillette a même surgi de chez elle pour me porter un petit pain tout chaud garni de raisins secs, enveloppé dans un torchon.

– Du miel, a chuchoté Ben en pouffant devant mon expression éberluée.

Mme Brown, un panier de plantes médicinales au bras, m'a adressé un signe de tête. Nous sommes passés devant une église flanquée de son cimetière, un petit marché et une place équipée d'une pompe à eau où les enfants faisaient la queue avec leurs seaux. Tout en me figurant ces lieux une fois que tante Alice serait arrivée à ses fins, vides, déserts, envahis de mauvaises herbes, privés de toutes couleurs et de toute vie, j'ai remonté la grande rue en silence, avec l'impression d'être un ange destructeur.

– Et voici le dispensaire, mademoiselle Tulman, a annoncé Ben en désignant un bâtiment flambant neuf en pierre, coiffé d'un toit d'ardoise. Pour les malades, les jeunes mères... Ah, monsieur Cooper ! Bonjour ! Puis-je vous présenter Mlle Katharine Tulman ?

Un petit homme sec vêtu d'un manteau noir poussiéreux a descendu le perron du dispensaire. Il m'a jaugée d'un air las, rajustant les trois épais volumes reliés de cuir qu'il tenait sous le bras, a porté la main à son haut-de-forme défraîchi avant de s'éloigner à grands pas, comme une araignée faucheuse. Je l'ai suivi du regard.

– Enfin, le miel ou presque, mademoiselle, a soupiré Ben. M. Cooper est à la fois notre interne en chirurgie et le président du comité du village. On raconte que maître Babcock l'a sorti d'un hospice de travailleurs en payant ses dettes de jeu. Mais il fallait un médecin. Si un cas dépasse ses capacités, on envoie un bateau à Milton pour chercher le docteur, un ami de maître Babcock. Les instituteurs sont arrivés ici dans les mêmes circonstances que M. Cooper et il y a même un pasteur qui...

Une main chaude s'est glissée dans ma paume bandée. Davy se tenait à mes côtés, Bertram sur l'épaule. Je lui ai souri, mais il s'est pendu à mon bras, tentant de m'entraîner dans la direction opposée.

– David ! Lâche tout de suite Mlle Tulman ! a ordonné Ben d'un ton sec.

Mais Davy se cramponnait toujours à ma main blessée, en me regardant avec ses grands yeux sombres.

Je me suis penchée pour chuchoter :

– Qu'est-ce qui se passe, Davy ? Qu'est-ce qui ne va pas ?

Il a plongé ses yeux dans les miens, essayant semblait-il de me communiquer quelque chose par la pensée. Je me suis redressée, indécise. Davy a remis son lapin bien au milieu de son épaule avant de recommencer à me tirer sur le bras. Étouffant un cri de douleur, j'ai regardé Ben. Son visage d'ordinaire si souriant exprimait la plus grande réprobation. Je me suis penchée à nouveau.

– Davy, j'aimerais finir ma promenade avec M. Aldridge. Pourquoi tu ne viendrais pas avec moi ? Tu veux bien ?

Davy ne m'a pas lâchée, mais, au lieu de tirer, il s'est figé, baissant les yeux vers ses pieds nus et sales.

– Allez, viens, ai-je tenté en me remettant en marche pour voir s'il m'emboîterait le pas.

Il a suivi. Nous avons remonté la rue ensemble lentement et j'ai découvert avec surprise le plaisir de marcher main dans la main avec un enfant.

– Vous étiez en train de me parler du pasteur, il me semble, monsieur Aldridge, ai-je lancé par-dessus mon épaule.

Ben était juste derrière.

– Oui, j'allais dire que le pasteur faisait des sermons intelligibles maintenant que sa soif permanente ne peut plus être étanchée.

– Et pourquoi donc sa soif ne peut être étanchée ? me suis-je étonnée, rajustant la main de Davy dans la mienne.

Il transpirait énormément.

– Vous n'êtes pas au courant, mademoiselle ? L'alcool est interdit, et ce dans les deux villages. Même si, bien sûr, on voit parfois passer une bouteille ou deux.

Comme je croisais son regard, il s'est empressé de détourner les yeux.

– Mais les habitants sont très respectueux du règlement. Ils tiennent trop à leur vie ici. Si bien que les petits excès qui pourraient se produire ici ou là ne sont pas... encouragés...

Il a laissé sa phrase en suspens, les yeux délibérément fixés sur le trottoir d'en face, m'imposant une humiliation aussi inattendue que le bonheur dont je venais de faire l'expérience.

Il semblait convaincu que j'avais enfreint l'interdiction de consommer de l'alcool. Qu'est-ce que Mary et sa mère avaient bien pu raconter au sujet de mes « petits excès » ? J'ai répliqué la première chose qui me passait par la tête pour masquer ma confusion.

– Je me demandais, monsieur Aldridge, si vous aviez eu l'occasion de croiser mon père à Darkwind ?

Il a plissé le front.

– Je ne pense pas, mademoiselle Tulman. Pardonnez-moi mais... rappelez-moi quand est mort M. Tulman ?

– Quatorze mois après ma naissance. En mer.

La rue était de moins en moins fréquentée, bordée maintenant de maisonnettes, de petites étables et de jardins. Davy effleurait de sa joue le lapin couché sur son épaule. Mis à part la pression de sa main dans la mienne, il se faisait on ne peut plus discret.

– Votre père était donc dans la marine, mademoiselle Tulman ?

– Oh non, il était dans le commerce. Son bateau a sombré au cours d'une tempête.

– Mon père est mort en mer également, nous avons cela en commun.

Ben s'est tourné pour ouvrir un petit portail blanc. Un sentier menait au vingt-cinquième bâtiment sur la gauche depuis que nous étions entrés dans la grand-rue.

– Voici mon cottage, a-t-il annoncé en balayant les environs d'un geste circulaire. Ou plutôt celui de ma tante Daniels, paix à son âme. Je retrouve la maison de mon enfance. Jusqu'à ce que je prenne mes fonctions de professeur en septembre.

J'ai examiné la modeste maisonnette au bout du sentier, avec ses murs blanchis à la chaux et son toit de chaume, bien plus ancienne que la plupart des bâtiments du village. Un jardin sauvage, qui ne semblait guère entretenu, mêlait ses hautes herbes aux haies. L'une des fenêtres était entrouverte, bloquée avec une chaussure. Je me demandais si cet endroit me ferait entrevoir l'âme de Ben, comme la chambre de Lane me l'avait permis pour lui.

– Que diriez-vous de prendre une tasse de thé dans le jardin, mademoiselle Tulman ? a-t-il proposé. Les fleurs ont continué à pousser, malgré le manque de soins et c'est assez...

– Davy... ?

Il me tirait à nouveau la main, pour m'entraîner en arrière, en fixant sur moi ce regard vide que je détestais tant. J'ai trébuché, Bertram a failli glisser et, d'un seul coup, Davy m'a lâchée et a détalé, traversant la grand-rue pour filer dans un petit bois qui devait sans doute ramener au centre. Je l'ai suivi du regard, en me massant la main, tandis qu'il s'engouffrait entre les arbres.

– Ce gamin exagère, a décrété Ben.

Je lui ai lancé un regard interrogateur.

– Vous allez me juger sévère, mademoiselle, mais Davy est un garçon très intelligent. Il sait parfaitement ce qu'il fait.

– Il est muet, monsieur Aldridge.

Ben a haussé les épaules.

– Ils ont fait venir le médecin pour l'examiner, vous savez, et il n'a pu déceler aucune malformation ni aucun traumatisme physique qui pourrait empêcher David de parler. Et pourtant on le laisse faire ce qu'il veut, sans limite.

Ben a secoué la tête tandis que j'époussetais la terre que Davy avait laissée sur ma main. Certains traumatismes en ce monde n'avaient rien de physique.

– Venez m'aider à mettre l'eau à bouillir, mademoiselle Tulman. Puis nous prendrons le thé dans le jardin, d'accord ?

J'ai jeté un regard vers les bois. Le comportement de Davy me perturbait, et ce pour des raisons différentes de Ben. Je ne l'avais trouvé ni manipulateur ni malpoli, il m'avait plutôt paru terrifié.

– Merci beaucoup, monsieur Aldridge, mais il vaut mieux que je tente de le rattraper. Ou tout du moins que je parle de son comportement à M. Moreau ou à Mme Jefferies. Néanmoins j'ai grandement apprécié la visite du village.

Ben a incliné la tête, mais je ne suis pas partie tout de suite.

– Monsieur Aldridge, voudriez-vous...

Je me suis interrompue.

Comment procédait-on pour inviter un jeune homme à une fête ? Certainement pas de cette manière. J'ai pris une inspiration avant de me lancer :

– J'aimerais vous convier à une petite fête que j'organise... pour mon anniversaire. Dans un peu moins de deux semaines. Serez-vous encore là ?

Ben a haussé légèrement les sourcils. Était-il surpris ou gêné ? Je n'aurais su le dire.

– Eh bien... oui, avec plaisir, mademoiselle Tulman. J'en serais ravi.

Soulagée, je lui ai fait signe en m'éloignant à pas pressés. Quand je me suis retournée, il me fixait toujours. Mais il n'avait pas de petites rides de sourire au coin des yeux.

XIII

Je suis restée perchée un instant sur la dernière colline de la lande avant de redescendre vers le manoir. J'ai pivoté sur moi-même afin de scruter les environs, protégeant mes yeux du soleil couchant, à la recherche de Davy. Je suis ensuite allée inspecter le potager, la serre, la cuisine, j'ai même jeté un coup d'œil dans la pénombre de la chapelle, croisant le regard du pasteur au sourire permanent. Mais je n'ai pas trouvé le petit garçon, pas plus que Mme Jefferies. Mary avait préparé du poulet avec des pommes de terre nouvelles et des concombres qu'elle m'a servis dans ma chambre, accompagnés d'une bonne dose de bavardages, mais je ne l'écoutais pas, perdue dans mes pensées. Soudain, j'ai pris une gorgée de thé et j'ai tressailli.

– Tu as oublié le sucre, Mary ! me suis-je exclamée en la coupant dans son récit des mésaventures d'une de ses amies du village.

– Non, mam'zelle, mais vous m'avez pas écoutée ? Je vous ai dit qu'il avait tourné et que j'avais dû le jeter. J'ai...

– Le sucre ne tourne pas, Mary. Vous voulez dire qu'il y avait... de la vermine dedans ?

– Des bêtes, mam'zelle ?

Mary s'est mise à astiquer un chandelier avec frénésie.

– Parce que si vous voulez dire des bêtes, mam'zelle, je ne sais pas pour quel genre de bonne vous me prenez ! Comme si j'allais laisser des bêtes grouiller dans le sucre de ma dame. Je suis sûre qu'aucune bestiole au monde n'oserait se faufiler dans le sucrier de ma dame de peur d'être écrabouillée. Je voulais aller emprunter du sucre à ma mère, mais j'avais tellement de choses à penser avec cette histoire de fête et...

– Mary, est-ce qu'on a du sucre ?

– ... sauf que, d'après ma mère, je ne devrais pas dire « fête » mais « réception ».

Ses mains se sont figées sur le chandelier et elle a relevé la tête brusquement, en se rendant compte que je venais de parler.

– Quoi, mam'zelle ?

– Mary..., ai-je repris lentement.

L'entendre parler de sa mère m'avait rappelé un détail.

– Je voulais vous dire quelque chose, et je tiens à ce que cela soit bien clair entre nous. Vous ne devez jamais, sous aucun prétexte, révéler aucun détail de l'intimité de votre maîtresse, même à votre mère. Il est essentiel pour une dame d'avoir... d'avoir l'assurance que ses affaires ne seront pas débattues sur la place du village. C'est compris ?

Sa bouche formait un cercle parfait.

– Oh… mais, mam'zelle, j'ai jamais fait ça ! Je vous le jure !

J'ai esquissé une grimace. Visiblement, elle n'était même pas consciente de ses agissements.

– Je suis sûre que vous n'aviez aucune mauvaise intention, Mary, mais…

– Mais je n'ai jamais dit que ma dame avait été pompette ! Ça n'a pas franchi mes lèvres ! Pas une seule fois ! Pour qui vous me prenez, mam'zelle ?

Ses taches de rousseur se fondaient dans le rouge de ses joues.

– Que ça ne se reproduise pas, Mary.

J'ai guetté sa réponse, mais elle s'est remise à frotter le chandelier comme si elle voulait le faire disparaître.

– Est-ce qu'on a du sucre ? ai-je repris.

Mary a froncé les sourcils en contemplant son propre reflet dans le chandelier.

– Bon, tant pis, ai-je murmuré. Alors je vais descendre en chercher dans la cuisine.

– C'est la seule solution, mam'zelle, si vous y tenez tellement.

Elle a empoigné le chandelier suivant.

– Dieu sait que, moi, j'ai bien assez à faire.

Avec un soupir, j'ai allumé une bougie, en prenant soin de choisir un chandelier qu'elle n'avait pas encore poli, puis je me suis éclipsée.

Le couloir était plongé dans l'obscurité et ma chandelle ne jetait qu'une faible lueur circulaire sur le tapis. Apercevant le portrait de mon ange gardien, j'ai levé la bougie pour mieux la regarder. Je ne sais pas vraiment pourquoi je la considérais comme mon ange gardien, mais sa présence devant ma porte était réconfortante. Peut-être simplement son visage me semblait-il exprimer la quintessence de la raison. Je m'étais remise en route, en me disant qu'il faudrait que je demande de qui il s'agissait, quand j'ai entendu des pas, légers et vifs, s'éloigner de moi, filer vers l'escalier et le bout du couloir.

Je me suis figée, frissonnant de peur, tandis que les pas descendaient doucement les marches. Le rire qui avait résonné dans la chapelle m'est revenu à l'esprit, mais je me suis redressée de toute ma taille. Quelqu'un s'amusait à arpenter la demeure incognito et je voulais savoir qui. Je me suis avancée dans le couloir sur la pointe des pieds, contente de ne pas avoir mis mes bottines, et j'ai essayé de jeter un coup d'œil dans la cage d'escalier, mais, au-delà du cercle de ma chandelle, tout était noir. J'ai hésité un instant avant de la souffler.

L'obscurité s'est abattue sur moi comme une couverture. J'ai cherché la rampe à tâtons, puis entrepris de descendre l'escalier. J'ai pris soin de poser le pied tout contre le mur sur la neuvième marche, pour éviter qu'elle ne grince, réalisant que celui ou celle qui m'avait précédée avait fait de même. J'ai tourné à gauche sur le palier et j'ai tendu l'oreille.

Pas un bruissement de tissu, pas un souffle. En revanche, mes yeux commençaient à s'accoutumer à l'obscurité et je distinguais une porte légèrement entrouverte au milieu du couloir, une porte qui reliait cette aile du manoir au corps de logis. Je me suis engouffrée dans le couloir à pas pressés, sans me soucier du parquet qui gémissait, en me demandant ce qui m'attendait à l'autre bout, qui me regardait approcher. Un courant d'air a écarté la porte, je l'ai franchie.

Je me suis retrouvée sur un vaste palier entouré d'une balustrade, presque circulaire, surplombant une volée de marches en pierre, qui donnait accès aux appartements privés de la demeure – sorte de perron qui devait autrefois être dehors. La pierre rugueuse affleurait sous le plâtre écaillé, et il n'y avait pas d'éclairage. En revanche, la pièce plus récente – le petit salon aux meubles couverts de housses –, au bas de l'escalier, disposait d'une applique au gaz, qui jetait une faible lueur.

Dans leurs bas, mes pieds ne firent pas un bruit sur la pierre tandis que je descendais les marches, traversais le petit salon et filais dans le couloir menant à la cuisine. Le feu était éteint, mais, dans le coin, une clarté d'une teinte différente filtrait autour de la porte, une lueur dansante, jaune orangé. J'ai collé l'oreille tout contre avant de l'ouvrir.

Les chandelles étaient allumées, mais non les lampes à gaz, et leurs flammes se reflétaient sur tout le bric-à-brac entassé là pêle-mêle : assiettes en porcelaine, chandeliers d'argent, verres en cristal, statues de bronze, un paravent peint et d'autres bibelots que je n'aurais su identifier. Deux fauteuils de brocart jaune scintillant se faisaient face, la pièce était propre, d'une propreté immaculée, même. Sous l'odeur de bois et de fumée, je distinguais celle du détergent et de la cire.

Je me suis promenée entre les tables, les quelques chaises disposées ici et là, et un banc à l'assise en marbre, avant de m'approcher de la cheminée. Deux chaises capitonnées encadraient le petit feu avec, au milieu, un guéridon où patientait un alléchant dîner de pain, carottes et volaille. Les assiettes étaient encore fumantes. J'ai scruté la pièce déserte. Dans l'angle, j'ai repéré une petite porte en bois munie d'une fenêtre, qui donnait probablement sur le jardin et aurait eu besoin d'un bon coup de peinture. J'ai alors remarqué que les murs étaient nus, sans moulures ni ornements, et que, sous l'épais tapis de laine, le sol était dallé de pierre. Je me trouvais donc dans une pièce de service, peut-être même une laiterie. Les meubles, le tapis et les objets décoratifs avaient dû être récupérés dans différentes parties du manoir. J'ai considéré à nouveau le repas servi au coin du feu, avant de m'asseoir sur un fauteuil pour attendre.

J'ai compté les statues, les classant dans ma tête en femmes, hommes et animaux, dénombrant les lampes à gaz éteintes, tandis que les plats refroidissaient. Il y avait au moins une douzaine de manières de pénétrer dans la demeure pour qui le souhaitait. Peut-être des habitants du village avaient-ils pris possession des lieux pour leur propre usage, mais Mme Jefferies aurait dû être au courant, tout de même...

Alors que le feu jetait une lueur de braise orangée, je me suis levée, j'ai allumé ma bougie et j'ai éteint les autres une à une. Je suis repartie aussi discrètement que j'étais venue, j'ai descendu les quelques marches qui menaient au hall, puis je me suis arrêtée et j'ai fait demi-tour. Je suis retournée dans la pièce aux bibelots. Sur une petite table, près de la porte, était posé un livre à la luxueuse reliure dorée, dont la couverture représentait un paysage de jungle avec un serpent et un félin menaçant. *Voyages en Amérique du Sud*, annonçait le titre. Juste à côté, j'ai alors remarqué un loup en argent, montrant les dents, identique à celui que j'avais vu dans la chambre de Lane. J'ai secoué la tête et glissé le livre sous mon bras avant d'aller chercher mon sucre. Puis je suis remontée sans bruit dans la chambre de Marianna, sans rien voir à part la poussière omniprésente ni rien entendre d'autre que le froufrou de ma jupe.

*
* *

Le lendemain matin, avant même que le soleil ne surgisse au-dessus des collines, j'étais dehors, assise sur un petit tabouret entre la serre et le carré de choux. Cette fois, je savais ce que j'attendais et je n'ai pas eu longtemps à patienter avant de l'apercevoir : une veste bleue élimée, des boucles châtains et un bout de fourrure fauve, qui se faufilaient tel un fantôme par la porte du jardin. Je l'ai laissé approcher avant de prendre la parole.

– Davy, ai-je fait tout doucement.

Il a sursauté comme si j'avais hurlé et a voulu prendre la fuite.

– Attends...

J'ai radouci ma voix :

– Attends, j'ai quelque chose pour toi.

Il a ralenti et s'est retourné, intrigué, fixant ce que je brandissais. C'était le petit pain aux raisins de la veille.

– Et j'ai quelque chose à te montrer pendant que tu le manges.

Tenant toujours la brioche, j'ai tiré le livre du sac qui était à mes pieds.

Je suis restée un moment ainsi tenant le pain et le livre à bout de bras jusqu'à en avoir des crampes, tandis que Davy les considérait tour à tour, indécis. Puis il a rajusté Bertram sur son épaule et il s'est avancé vers moi, ses pieds nus ne laissant aucune trace dans l'herbe et les feuillages. Il m'a tirée par le bras en regardant la porte du jardin.

– Tu voudrais le manger ailleurs ? ai-je supposé.

Mais il n'a ni hoché ni secoué la tête, continuant à tirer sur ma manche. J'ai pris mon sac et je l'ai suivi. Nous avons franchi la porte, quitté le sentier pour nous enfoncer dans la lande au milieu des fleurs sauvages qui frôlaient ma large jupe et des oiseaux qui sautillaient en pépiant.

– Où on va ? ai-je chuchoté.

J'ignore pourquoi j'ai chuchoté, j'ignore pourquoi j'ai même posé la question, étant donné qu'il ne risquait pas de me répondre. Sur ses pas, j'ai monté et descendu de douces pentes, trébuchant parfois sur un tertre, jusqu'à ce que nous arrivions en haut d'une petite colline. Celle-ci n'avait pas de sommet, elle était creusée d'une sorte de cuvette, tapissée d'herbe jaunie par la sécheresse, avec une grande roche plate qui se dressait en son centre, comme un doigt. La végétation était assez haute et, lorsque Davy s'est assis au pied de la pierre, Bertram sur les genoux, j'ai constaté que les seules créatures au monde capables de le voir ici étaient les oiseaux dans le ciel. Je me suis installée à côté de lui. Le lapin a bondi dans l'herbe pour grignoter.

– C'est ton endroit à toi, Davy ? ai-je demandé, plus pour meubler le silence que pour connaître la réponse.

Je lui ai tendu le petit pain, dans lequel il a mordu avec appétit.

– C'est un endroit secret ? Je ne dois pas le répéter ?

Ses grands yeux m'ont fixée, par-dessus la brioche, immenses et sérieux, et j'y ai plongé les miens. Il avait des yeux très expressifs, telles des fenêtres sur un ciel nocturne, et ils m'ont fait comprendre que je ne devais pas le répéter.

– Très bien, je ne le répéterai pas, alors, ai-je dit, comme s'il avait parlé. À moins que tu me le demandes. Marché conclu ?

Il a repris une bouchée du petit pain, puis a baissé les yeux vers le livre que j'avais toujours à la main. Je l'ai posé sur ses genoux et il a tourné les pages lentement tout en mangeant, s'arrêtant souvent pour contempler les illustrations, si vivantes : des oiseaux tropicaux aux couleurs extraordinaires, des singes, un crocodile à la gueule grande ouverte, avec de l'eau qui dégoulinait de ses dents acérées. Il est resté longtemps sur celle-là.

Une fois qu'il a eu englouti la brioche, j'ai dit :

– Tu avais très peur, hier, Davy, et je ne sais pas pourquoi.

Il a levé les yeux, tout de suite paniqué.

– Tu n'es pas obligé de me le dire, ai-je aussitôt précisé, mais j'aimerais comprendre. Voudrais-tu apprendre à lire et à écrire, afin de pouvoir dire aux gens ce que tu veux ?

Il a replongé le nez dans le livre, le doigt sur l'image du crocodile.

– En plus, si tu savais lire, tu découvrirais ce que raconte ce livre, ai-je insisté pour lui donner envie. Tu vois ce mot ?

J'ai placé son doigt dessus.

– Il signifie « crocodile » et les autres mots expliquent ce que mange le crocodile et comment il se comporte. Tu aimerais pouvoir lire ça ?

Je ne voyais que le sommet de son crâne, ses boucles brunes entremêlées de petits bouts de feuilles.

Je suis revenue à la charge :

– Regarde, j'ai apporté du papier, une plume et de l'encre.

Je les ai sortis de mon sac.

– Je vais te montrer.

J'ai ouvert un petit carnet à une page blanche et j'ai débouché l'encrier, avant de le poser près de la pierre. J'y ai trempé la plume, puis j'ai tracé un grand D.

– Voici la première lettre de ton nom. Il y en a vingt-cinq autres dans l'alphabet et, quand tu les connaîtras, tu pourras les assembler pour écrire tous les mots que tu veux. Et, quand tu connaîtras les mots, tu pourras les copier toi-même et écrire ce que tu veux dire, et tout ça, sans parler. Regarde.

Je lui ai mis la plume entre les doigts, je l'ai guidé pour la tremper dans l'encrier avant de la pointer sur la page.

– Essaie de copier la lettre D.

Autour de nous, la brise chuchotait. Le soleil devenu une grosse boule jaune dans le ciel chauffait les hautes herbes. Et Davy restait figé, la main au-dessus du carnet, si bien que l'encre a fini par sécher. Je l'ai aidé à tremper la plume à nouveau.

– Ce n'est pas grave si le résultat n'est pas parfait. Essaie quand même.

Seulement il n'osait pas approcher la plume de la feuille. J'ai posé ma main sur la sienne pour le guider, mais il l'a ôtée brutalement comme si mon contact lui brûlait la peau, envoyant la plume voler dans les airs et manquant de renverser l'encrier. Il s'est levé précipitamment, prenant Bertram dans ses bras, tandis qu'une voix grave disait dans mon dos :

– Qu'est-ce que vous fabriquez ?

J'ai fait volte-face. Lane se tenait derrière moi, sa casquette rouge sur la tête, un fusil dans une main et une poignée de faisans morts dans l'autre. Il a posé gibier et arme dans l'herbe pour descendre dans notre petite cuvette tandis que je me retournais, me sentant vaguement coupable sans savoir pourquoi. Lane a plié ses longues jambes pour s'allonger par terre, adossé à la pierre. Une fois de plus, il me faisait penser à un félin, sombre et élancé.

– Alors ? a-t-il insisté.

J'ai redressé le menton.

– Je me suis dit que Davy pourrait apprendre à lire et à écrire pour... enfin... pour qu'il puisse...

J'ai laissé ma phrase en suspens.

– Je vois, a fait Lane en ramassant le livre sur l'Amérique du Sud.

Davy, toute peur évaporée, est revenu s'asseoir à côté de lui. Il essayait d'imiter sa pose décontractée contre la pierre, une tâche impossible et presque comique pour un petit garçon rondouillard avec un lapin sur les genoux. J'ai découvert les yeux gris rivés sur moi, durs et accusateurs.

– Qu'est-ce qu'il y a de drôle ?

– Rien, ai-je répondu, retrouvant instantanément mon sérieux.

Lane a considéré l'ouvrage un moment, sourcils froncés, puis s'est penché vers Davy.

– Tu vois le crocodile, là ? Tu sais ce qu'il te ferait si tu essayais de le toucher ?

Tandis que Davy le dévisageait, sa fossette s'est creusée, il a tendu un doigt vers l'illustration.

– Il te mangerait ! s'est écrié Lane en lui refermant le livre sur le doigt comme s'il le mordait.

Davy a ôté vivement sa main, tout sourire, tandis que Lane éclatait de rire. J'ai levé les yeux au ciel. Les hommes étaient décidément d'étranges créatures !

Ils s'amusaient follement à prétendre que le livre leur dévorait un doigt, une main ou un pied, lorsque je suis intervenue :

– Je me demandais... Mme Jefferies, elle dort chez elle, dans son cottage, la nuit ?

Les sourcils de Lane se sont froncés à nouveau.

– Tante Jeff ? Oui, bien sûr. Et Davy avec elle.

La fossette du petit garçon a disparu, il s'est remis à caresser son lapin.

– Je me posais la question parce que, la nuit dernière, j'ai entendu des pas dans le couloir et... quelqu'un avait allumé un feu et préparé le dîner dans un petit salon du rez-de-chaussée, juste à côté de la cuisine. La pièce a été nettoyée, aménagée avec des meubles et des bibelots récupérés aux quatre coins de la maison. Je me suis dit que votre tante était sans doute au courant...

Je n'ai pas mentionné le loup en argent, bien entendu, mais j'ai guetté la réaction de Lane à cette révélation. En vain, car il n'a pas réagi.

– Tante Jeff avait la migraine, elle s'est couchée tôt hier soir, a-t-il expliqué.

Bertram a sauté dans l'herbe, Davy s'est levé pour lui emboîter le pas. Lane les suivait du regard, sourcils toujours froncés.

– Et ce n'est pas la première fois..., ai-je repris.

À contrecœur, je me suis forcée à poursuivre :

– Le jour où je suis arrivée, il y avait quelqu'un dans la chapelle. Quelqu'un qui a ri. Je pensais que, peut-être, des gens du village auraient...

– Vous êtes sûre d'avoir vraiment entendu tout ça ?

Les yeux gris me fixaient à nouveau, froids, sans merci.

Avais-je vraiment entendu quelqu'un rire ? En étais-je bien certaine maintenant ? Il y avait tant de choses que je croyais avoir vues... et qui n'étaient en réalité que le fruit de mon imagination. Détournant les yeux, j'ai enfoui ma main bandée dans les plis de ma robe. Je ne pouvais pas répondre.

– C'était dans quelle pièce que vous avez vu ça ? m'a-t-il finalement demandé.

– Trois portes après la cuisine, en tournant dans le couloir.

Je regrettais de ne pas y être retournée ce matin, pour vérifier. Je m'en voulais de ne pas y avoir pensé. J'ai regardé

Davy offrir un bouquet d'oignons sauvages à son lapin tandis qu'une brise soudaine faisait ondoyer les hautes herbes.

– Qu'est-ce que vous manigancez, mademoiselle Tulman ?

J'ai levé les yeux vers Lane, toujours adossé à la pierre. Si sa pose n'avait pas changé, je sentais que son humeur, oui. Il était tendu, sur le qui-vive, prêt à bondir.

– Qu'est-ce que vous voulez dire ?

– Vous savez très bien ce que je veux dire. Qu'est-ce que vous faites dans l'atelier avec M. Tully, à remonter les horloges, à peindre les jouets ? Et qu'est-ce que vous faites ici, avec Davy ? Qu'est-ce que vous espérez obtenir ?

J'ai baissé les yeux vers ma jupe.

– Vous allez quand même nous dénoncer, n'est-ce pas ? Inutile de le nier.

J'ai gardé le silence. Que pouvais-je répondre ?

– Vous allez nous dénoncer. Je me moque de ce que Mary Brown raconte dans tout le village, vous allez tous nous jeter à la rue. Et vous allez nous prendre M. Tully aussi, et vous savez que ça le tuera. Vous le savez parfaitement. Vous le savez aussi bien que moi. Vous êtes sans doute la seule personne au monde qui le sache aussi bien que moi.

Il parlait à voix basse. Les mots, soigneusement pesés, me faisaient l'effet de coups de poing dans un gant de velours. J'en ai fermé les yeux de douleur.

– Vous le savez, et pourtant vous souriez, vous l'embrassez et vous organisez une fête. Une fête, bon sang ! Et qu'est-ce que vous fabriquez à vous promener au bras de Ben Aldridge en laissant les fillettes vous offrir des cadeaux ? D'ailleurs, qu'est-ce que vous êtes venue faire ici, hein ?

J'ai retenu mon souffle, ravalant mes larmes. J'avais envie de répondre que je n'avais pas choisi de venir. Que j'organisais une fête parce que je n'avais jamais fêté mon anniversaire et que ça m'aidait à oublier ce que j'étais venue faire ici, justement. Que j'avais négocié avec ma tante Alice la vie de mon oncle contre une misère – peut-être même moins qu'une misère –, mais que, si c'était la seule existence qu'il m'était donné d'avoir, alors je m'en contenterais, quelles qu'en soient les conséquences. De toute façon, le résultat serait le même pour oncle Tully.

Mais bien sûr je n'ai rien dit de tout ça. J'ai pris une profonde inspiration, j'ai rouvert les yeux, toute chamboulée à l'intérieur, et fixé ma main cramponnée à la flanelle grise de ma robe. Davy était assis au bord du vallon, Bertram sur les genoux, tandis que Lane frottait nerveusement ses mâchoires dans un mouvement de scie.

– Tante Jeff dit que M. George a laissé une petite fortune à sa femme, a-t-il soudain repris, et que vous vivez dans une belle demeure à Londres. Qu'il y a des boutiques, des musées et des théâtres, avec partout des gens serrés comme des sardines, tant de choses à visiter qu'on n'en voit jamais le bout.

Il attendait que je confirme ou infirme. Je me suis contentée de murmurer :

– Je ne suis jamais allée au théâtre, et je n'ai jamais... visité Londres.

– Vous voulez me faire croire que vous courez après les fantômes la nuit dans tout Darkwind, mais que vous n'êtes jamais sortie de chez vous à Londres ?

C'était la stricte vérité. Je me suis mordu les lèvres sans rien répondre.

– Très bien, alors qu'est-ce que vous faites de vos journées là-bas ?

J'aurais pu expliquer que je tenais les comptes de tante Alice. Que j'écrivais des lettres à ses débiteurs, que je ravivais le feu et que j'ôtais les poils de chien de sa robe. Que je surveillais les allées et venues des femmes de chambre et que j'allais au marché quand on devait se priver de la cuisinière parce que ses gages avaient été dépensés en babioles pour mon insatiable cousin. Que j'avais passé tellement d'heures enfermée dans ce petit salon rouge avec une femme qui me méprisait que ce n'était guère étonnant si je devenais folle maintenant. Mais je n'ai rien dit de tout cela non plus. Néanmoins la voix grave de Lane m'a répondu « Je vois » comme si je venais de le faire.

Quand j'ai levé les yeux, je me suis aperçue que Davy était parti.

– On a déjà essayé de lui apprendre à lire et écrire, figurez-vous, a repris Lane. Il n'a pas réussi. Je pense qu'il en est capable, mais j'ai l'impression qu'il ne veut pas qu'on puisse savoir ce qu'il pense. Tante Jeff le devine quand même, sans qu'il ait besoin de le dire.

Il est vrai que les yeux de Davy étaient particulièrement expressifs. Peut-être qu'avec un peu d'entraînement, je pourrais faire comme Mme Jefferies.

Le vent m'a ébouriffé les cheveux.

– S'il vous plaît, mentez pour nous, m'a-t-il suppliée. Juste quelque temps.

La douceur de sa requête – une requête que je ne pouvais hélas pas satisfaire – m'a blessée encore plus profondément que sa colère. Une fois de plus, j'ai retenu mon souffle. Toutefois son ton avait changé.

– Qu'est-ce qui est arrivé à votre main ?

Je l'ai à nouveau dissimulée dans les replis de ma jupe, mais Lane s'est penché pour la prendre dans la sienne.

– Défaites le pansement, a-t-il ordonné.

J'ai eu beau secouer la tête, il a tiré sur le nœud pour défaire le bandage. Ma gorge se serrait à mesure qu'il le déroulait. Enfin, l'affreuse cicatrice est apparue, les marques des dents formant un demi-ovale bien rouge sur ma peau. Il a retourné ma main, contemplant l'autre moitié de la morsure.

– Vous vous êtes fait ça toute seule, pas vrai ?

J'ai secoué à nouveau la tête, en vain. Il a laissé tomber ma main sur mes genoux avant de se lever.

– Si vous avez encore une once de bonté dans le cœur, faites-en usage pour vous-même, mademoiselle Tulman. Et vite, avant de vous causer plus de mal, un mal qu'un bandage ne suffira pas à soigner.

Il a ramassé son fusil et ses faisans, puis il a disparu de l'autre côté du vallon, m'abandonnant avec mon carnet dont les pages volaient au vent sur mes genoux. J'ai laissé mes larmes couler. C'était affreux de passer pour une ivrogne, mais la vérité était tellement pire que j'aurais sans doute dû m'estimer heureuse. Mais ce n'était pas le cas.

J'ai pleuré tout mon soûl, puis j'ai fini par me calmer, la respiration encore saccadée. J'ai petit à petit repris conscience du bruissement des ailes des oiseaux, du souffle chaud du vent sur ma peau, et, quand j'ai rouvert les yeux, Davy était assis au bord du vallon, le menton sur les genoux. Il s'est approché en silence, a pris le livre sur l'Amérique du Sud et s'est installé en tailleur devant moi. Il a contemplé l'ouvrage avec une intense concentration. Son regard allait et venait d'une illustration à l'autre, puis s'est arrêté. Avant que je réalise ce qui se passait, Davy a saisi la plume, l'a trempée dans l'encre et l'a pointée sur le papier. Puis il a tout laissé tomber et a décampé, disparaissant de l'autre côté du vallon.

Navrée de voir un si bel ouvrage abîmé, j'ai ramassé le livre dans l'herbe. Il était ouvert à la page de titre, qui indiquait qu'un certain M. David Woolsey avait créé les illustrations... Seulement, désormais, le prénom David était souligné.

J'ai refermé le livre avec précaution, contemplant le vallon désert. Davy savait lire. Ben et Lane avaient vu juste. Le garçon était tout à fait capable de partager ses pensées, il n'en avait simplement pas envie. Et ce n'était pas moi qui allais changer cela. Ni quoi que ce soit d'autre, d'ailleurs. J'ai rassemblé mes affaires avant de quitter le vallon en toute hâte.

XIV

Une fois de retour dans la chambre de Marianna, j'ai fermé toutes les portes, refusant de sortir malgré les prières insistantes de Mary. J'ai prétexté que je ne me sentais pas bien, que je n'avais pas faim, que je voulais juste dormir. Il a fallu un long moment pour la convaincre d'abandonner et de me laisser tranquille. Seulement, je n'ai pas dormi. Je suis restée assise dans cette pièce étouffante, à regarder le soleil descendre inexorablement sur le papier peint, jusqu'à disparaître et me plonger dans la pénombre. Quelle bêtise d'avoir cru que je pouvais profiter de mon temps à Darkwind, et oublier ce qui m'y avait amenée. Ben m'aurait peut-être laissée faire, Mary aussi ; quant à oncle Tully, il ne se serait sans doute rendu compte de rien, mais Lane et sa tante ne le supporteraient pas. Et comment pourrais-je leur en vouloir ? Comment aurais-je réagi si une fille au comportement incohérent avait fait irruption dans ma vie pour me prendre tout ce que j'aimais ?

J'ai fini par m'endormir, néanmoins, et quand je me suis réveillée, le lendemain, le soleil brillait haut dans le ciel. Il ne devait pas être loin de midi. Je me suis affairée en silence dans la chambre, pas franchement prête à affronter les questions de Mary, puis je me suis assise devant ma coiffeuse. Comme j'avais dormi sans les détacher, mes cheveux étaient tout emmêlés, des cernes noirs transparaissaient sous mes yeux.

J'ai ouvert le tiroir pour y prendre ma brosse, mais il était vide. Mary avait changé mes affaires de tiroir. Je me suis démêlé les cheveux et je les ai attachés en chignon avant de remettre brosse et épingles à leur place. J'avais dormi tout habillée et cela se voyait, mais ça m'était égal. J'ai ouvert la porte donnant sur le couloir et, lentement, je me suis dirigée vers la cuisine.

C'était incroyable, pensais-je une vingtaine de minutes plus tard, comme un morceau de pain beurré et un peu de lait pouvaient vous ragaillardir. J'ai filé à travers le dédale de couloirs et d'escaliers, puis j'ai jeté mon coup d'œil habituel à mon ange gardien avant de tourner la poignée et de rentrer dans la chambre de Marianna.

Sauf que je ne me trouvais pas dans la chambre de Marianna, mais dans la bibliothèque, toute festonnée de toiles d'araignées. Je suis restée plantée là, refermant la porte derrière moi, sans comprendre. J'en avais la tête qui tournait. J'ai attendu un instant que le vertige se calme, puis j'ai traversé la pièce poussiéreuse à pas prudents. Il n'était pas question que je retourne dans le couloir vérifier la position du portrait de mon ange gardien. Cela n'avait aucune importance. J'ai essayé d'ouvrir la porte qui communiquait avec la petite chambre de Mary, mais elle était fermée. J'ai frappé doucement.

– Mary ?

La porte s'est ouverte à la volée.

– Seigneur, vous m'avez flanqué une de ces frousses ! Qu'est-ce qui vous prend de passer par ici, mam'zelle ? Je laisse cette porte fermée parce qu'on ne sait jamais qui pourrait entrer par là. Sauf que, de toute façon, ce n'est pas un verrou qui va nous préserver des choses qui me causent du tracas, mam'zelle, si vous voyez ce que je veux dire. Je ne pense pas que...

– Je voulais juste jeter un coup d'œil à la bibliothèque, voilà tout. Vous avez joliment arrangé votre chambre, dites-moi, Mary.

Ses taches de rousseur se sont étirées de plaisir. Elle avait astiqué le petit poêle, désormais rutilant, pendu des rideaux neufs aux fenêtres et étendu une courtepointe sur le lit. Rien de tout cela n'était rose.

– J'avais envie de changer un peu, mam'zelle, vous voyez. Tout de la même couleur, ça finit par porter sur les nerfs. Maintenant qu'est-ce qui vous arrive donc, Dieu du ciel ?

– Je...

– Je veux dire : comment voulez-vous que je fasse correctement mon travail de femme de chambre si vous fermez toutes les portes à clé ? C'est un obstacle à ma mission, je vais vous dire. Parce que, si y en a qui veulent faire une fête et tout, y en a d'autres qui doivent se mettre au boulot. Et puis...

– Mary! ai-je fait d'un ton assez ferme pour interrompre le flot de ses paroles. J'ai décidé que ce n'était peut-être pas une bonne idée. C'était... idiot de ma part de penser que...

– Qu'est-ce que vous racontez, mam'zelle? Voilà bien une occupation de jeune dame, d'après ma mère, et puis, si vous ne le faites pas, personne ne le fera à votre place.

– Mary...

– Je sais ce que vous allez répondre, mam'zelle, parce que j'y ai bien réfléchi et, à moins que vous pensiez inviter toutes les filles d'en bas et d'en haut, ce qui ne serait pas vraiment...

– Mary, ai-je soupiré.

– ... ou à moins que vous pensiez préparer la fête toute seule avec Mme Jefferies, je ne vois pas trop comment vous allez faire. Les choses étant ce qu'elles sont, ma mère n'a pas trop confiance en vous, désolée de vous le dire, et je ne peux quand même pas lui raconter que vous allez inviter de jeunes hommes à faire la fête dans votre chambre.

Les sourcils effarés de Mary s'étaient perchés à la lisière de ses cheveux. J'étais piquée au vif.

– Mais... c'est... c'est juste à cause d'oncle Tully! me suis-je justifiée. La chambre de sa mère est le seul endroit où... enfin, je ne voulais pas qu'il... C'est un peu compliqué, mais peu importe parce que...

– Je sais, mam'zelle, je sais! C'est pour ça que j'ai pensé à la bibliothèque, celle-là même que vous venez juste de traverser. Ça fait partie de la chambre de l'ancienne maîtresse du domaine et, au moins, c'est plus convenable...

Elle s'est interrompue brusquement, penchant la tête sur le côté. On entendait frapper doucement. Nous avons collé l'oreille au mur, pour entendre frapper à nouveau à la porte de la chambre de Marianna. Mary a joint les mains.

– De la visite ! a-t-elle sifflé, une étincelle dans le regard. Vite, mam'zelle, venez par là !

Elle a tiré sur mes manches pour les rajuster, puis m'a poussée vers la cheminée. Le temps que je retrouve mon équilibre, elle avait vite passé la main dans ses cheveux et ouvert la porte de la chambre.

– Bonjour, monsieur Moreau !

J'ai écarquillé les yeux, surprise par le nom qu'elle venait d'annoncer et la façon dont elle l'avait prononcé. Mary imitait mon accent à la perfection. Lorsque je me suis avancée, Lane se tenait sur le seuil de la chambre, sa casquette ratatinée dans les mains, l'air pour le moins perplexe. J'ai aperçu le portrait de mon ange gardien juste derrière lui.

J'ai pivoté face à la cheminée.

– Je... me demandais si... Mlle Tulman aimerait venir faire du patin, l'ai-je entendu demander. Dans la salle de bal.

Je me suis raidie, stupéfaite. J'ai levé la tête, en prenant bien soin d'éviter le portrait, et j'ai croisé le regard gris déjà fixé sur moi, indéchiffrable, me laissant décider. Mary s'est tournée vers moi, les yeux ronds. J'étais absorbée par la contemplation d'un trou dans le tapis. Je n'étais pas sûre de vouloir avoir une nouvelle conversation avec Lane, je n'avais pas encore digéré la dernière. Mais il avait lancé une simple proposition, pas une requête, et depuis la dernière fois je me demandais toujours si notre petite expédition dans la salle de bal avait bien eu lieu... ou si j'avais rêvé.

– Très bien...

J'ai raffermi ma voix.

– Vous pouvez lui dire que oui, je...

Mary me regardait avec des yeux encore plus ronds, son cou s'est tordu sur le côté comme si elle était prise d'une sorte de crampe.

– ... que je veux bien et...

Les yeux de Mary se sont encore arrondis. Son tic a recommencé.

– ... et bien entendu, Mary...

L'intéressée a donné un nouveau coup de tête en direction de Lane.

– ... vous nous accompagnerez.

Avec un soupir de soulagement, elle a claqué la porte au nez de Lane, puis m'a prise par le bras et m'a forcée à m'asseoir devant la coiffeuse.

– Recoiffez-vous vite ! m'a-t-elle chuchoté. Je m'occupe de votre robe.

– Juste une minute ! ai-je crié à travers la porte.

Puis, j'ai repris à voix basse :

– Mary, mes cheveux sont très bien comme ça, ne paniquez pas, il veut juste...

En fait, je n'avais aucune idée de ce qu'il voulait.

– Soyez pas bête, mam'zelle. J'ai jamais vu Lane Moreau frapper à la porte d'une fille et je vous assure qu'il y en a plein que ça ne dérangerait pas, même si leurs pères trouveraient à redire qu'un Français...

Elle s'est interrompue avant de se reprendre :

– Ou alors c'est justement parce que leurs pères y trouveraient à redire... Enfin, bref, s'il venait frapper à leur porte, elles se brosseraient les cheveux plutôt deux fois qu'une.

Mary a filé comme un diable chercher de l'eau et un chiffon si bien que j'ai capitulé. J'ai ouvert le tiroir de droite de ma coiffeuse. Mes affaires ne s'y trouvaient pas.

– Mary, vous avez déplacé la brosse ?

– Non, mam'zelle, c'est vous. Vous vous rappelez, elle est à gauche maintenant.

Elle a plongé le chiffon dans la cuvette, puis s'est mise à tamponner frénétiquement ma robe pour la défroisser. J'ai ouvert le tiroir de gauche sans faire de commentaire, et j'en ai sorti ma brosse pour essayer de me recoiffer. Mary a soufflé par le nez, exaspérée, en me donnant une tape sur la main.

– Ne les tirez pas en arrière comme ça. Qu'est-ce qui vous prend, mam'zelle ?

Elle a dégagé une mèche, une de ces boucles qui m'agaçaient tant et, sous mes yeux horrifiés, elle l'a coupée à la hauteur de ma joue, avec une paire de ciseaux. J'en suis restée bouche bée.

– Chut ! a-t-elle ordonné pour faire taire mes protestations.

Elle a recommencé l'opération cinq fois de suite et, quand elle a eu fini, la coiffeuse était couverte de cheveux, similaires à ceux du tiroir de l'armoire, et mon visage était encadré de bouclettes.

– Et maintenant, ouste ! a-t-elle ordonné en me chassant du banc.

J'ai laissé mes nouvelles bouclettes voler au vent tandis que nous filions à travers la salle de bal. Il m'a fallu quelques minutes pour retrouver mon équilibre sur les patins, mais très vite mes pieds se sont remémoré le mouvement et m'ont entraînée gaiement. Mary était assise au pied des marches. Elle avait refusé les patins que lui proposait Lane, arguant que se mettre des roulettes sous les pieds, c'était « une invention diabolique ». Le menton dans les mains, elle se contentait donc d'admirer les lumières scintillantes. Lane m'a montré comment pivoter, de manière que je puisse faire le tour de la salle sans avoir besoin de m'arrêter pour changer de sens. Mais, à part ça, nous n'avons pas échangé un mot.

Nous en étions au septième tour et je savourais la sensation grisante de vitesse quand Lane m'a fait remarquer :

– Vous n'êtes pas allée remonter les horloges.

Je lui ai jeté un regard en biais. Je me doutais qu'il m'avait fait venir pour une raison bien précise, qu'il avait quelque chose à me dire, mais je ne m'attendais pas à cela.

– M. Tully était contrarié, a-t-il poursuivi. Puis vous n'êtes pas venue à l'atelier et ça l'a contrarié encore plus. Il n'a pas voulu jouer à la récréation.

– C'est vrai ?

– Oui.

Les mains dans les poches, Lane regardait droit devant lui tout en patinant, ses cheveux noirs ébouriffés comme en pleine tempête.

– M. Tully n'a pas annulé une seule récréation depuis la mort de sa mère, d'après tante Jeff. Je lui ai dit que vous

vous reposiez, que vous ne vous sentiez pas bien. Alors il a eu peur que vous « partiez » avant d'avoir pu compter vos années. Il a fait une crise. J'ai dû l'emmailloter dans sa couverture pour qu'il arrive à dormir.

Je ne savais que répondre à cela, aussi ai-je gardé le silence. Nous avons entamé notre neuvième tour. Le grondement des roues résonnait fort dans la salle de bal.

– Je n'aurais pas dû vous dire aussi franchement ce que je pensais, a repris Lane. Je m'emporte trop facilement, ça causera ma perte.

– Ce n'est pas grave, ai-je assuré en prenant un peu de vitesse.

Je n'avais pas envie de l'entendre s'excuser. Comment aurais-je pu espérer qu'il pense autrement ? Il m'a rattrapée sans peine.

– Revenez à l'atelier. Organisez votre fête. M. Tully tient à tout ça, désormais, même si... enfin peu importe ce qui arrive... ensuite.

Je me suis mordu la lèvre. Maintenant, lui aussi voulait que je fasse semblant. Jusque-là, ça ne m'avait pas réussi. Mais pour mon oncle...

– Vous reviendrez ?

J'ai aperçu notre reflet dans les miroirs. Lane me regardait, guettant ma réponse, mâchoires serrées, grinçant des dents, encore et encore. J'ai acquiescé d'un signe de tête, sans croiser son regard. Il a remis les mains dans ses poches. Nous avons parcouru un douzième tour en silence, passant devant Mary qui s'était allongée confortablement sur la marche, les yeux clos, les mains derrière la tête.

– J'imagine, a finalement repris Lane, que vous trouvez ça mal... de mentir à votre tante...

Comme je soufflais par le nez, désabusée, il m'a saisi les poignets, m'arrêtant dans mon élan, et m'a tournée face à lui.

– Alors pourquoi ne mentez-vous pas ? Pourquoi ? Vous le comprenez ! Peut-être même mieux que moi alors que je m'occupe de lui depuis que je suis gamin. Si vous ne le faites pas pour nous, alors, bon Dieu, faites-le pour lui !

Sa voix se répercutait sur le bois, le verre, les dorures. J'ai attendu que l'écho se taise avant de prendre la parole.

– Ma tante finira par découvrir la vérité et faire enfermer oncle Tully quoi que je lui dise. Et elle s'emparera de Darkwind aussi. Et, si elle apprend que je lui ai menti... quand elle apprendra que je lui ai menti, elle me jettera à la rue sans le moindre remords.

Je me suis dégagée de son étreinte.

– Je ne peux pas l'empêcher d'envoyer oncle Tully à l'asile et les habitants du village à l'hospice. La seule personne que je puisse éventuellement sauver, c'est moi.

J'ai donné un coup de patin pour m'éloigner de lui. Je n'étais pas Jeanne d'Arc. Sa voix a résonné dans mon dos.

– Vous n'êtes pas obligée de passer votre vie avec votre tante.

– C'est ma tutrice, elle tiendra les cordons de ma bourse jusqu'à sa mort.

– Vous n'avez aucune fortune, à vous ? Aucun héritage ?

J'ai secoué la tête. Il a poussé un juron entre ses dents tandis que nous entamions notre quatorzième tour.

– Alors il faut vous marier.

À nouveau, j'ai secoué la tête. J'avais pu constater au fil des années que rien en moi n'était susceptible d'attirer l'attention d'un homme. Même ici, il en était ainsi. Lane m'avait invitée à patiner pour obtenir quelque chose de moi. Il avait dû en arriver à la même conclusion que les habitants du village : le miel était plus efficace que le vinaigre. Il a tendu le bras pour m'arrêter à nouveau, plus doucement cette fois. J'ai détourné la tête.

– Mentez pour lui. Je vous en prie, Katharine.

Je ne pouvais pas répondre, il n'y avait pas de réponse à cela. De toute façon, j'avais le souffle coupé. Il avait prononcé mon prénom de façon tellement naturelle, sans y penser, et pourtant jamais je ne l'avais entendu prononcé ainsi. Dans sa bouche, mon prénom était presque... beau. J'ai senti mon regard aimanté vers le haut, j'ai relevé la tête, lentement, et je me suis noyée dans ses yeux, qui m'enveloppaient comme une mer calme et grise, un regard que je ne lui avais vu qu'une seule fois et que je croyais avoir imaginé.

– Dites-moi juste que vous allez y réfléchir, et nous n'en parlerons plus. Mais promettez que vous y réfléchirez et que vous reviendrez à l'atelier. Pour M. Tully.

J'ai acquiescé, encore sous le charme. Lorsqu'il a pris mes deux mains dans les siennes pour m'entraîner au centre de la salle de bal, je n'ai pas résisté.

– Je vais vous apprendre à tournoyer, a-t-il annoncé. Davy m'a montré...

Mais soudain il a relâché son emprise sur ma main droite que je ne m'étais pas donné la peine de panser à nouveau.

– Je vous ai fait mal ?

J'ai baissé les yeux vers ma paume marquée de rouge, si pâle comparée à sa peau mate.

– Non, ai-je murmuré, c'est guéri.

– Bien, alors tournoyons...

– Je ne vais pas y arriver.

– C'est plus facile que d'autres choses que vous réussissez très bien. Contentez-vous de me tenir les mains.

L'ombre d'un sourire s'est dessinée au coin de ses lèvres.

– Attention, accrochez-vous bien. Tournez les pieds comme ça, les bras croisés. Et ne lâchez pas, surtout !

Comme ses longs doigts enserraient mes poignets, je sentais mon pouls battre contre eux, leur chaleur s'insinuer en moi. Je me suis cramponnée tandis qu'il partait sur le côté, prenait de la vitesse... et soudain j'ai relevé la tête en criant :

– Non, attendez ! Stop !

Il a ralenti instantanément, le front plissé.

– Vous allez dans le mauvais sens, ai-je protesté.

Il s'est détendu, retrouvant le sourire, avant de repartir dans l'autre direction, pour me faire tourner dans le sens des aiguilles d'une montre. Et bientôt nous avons tournoyé ensemble, de plus en plus vite. Les lumières se brouillaient devant mes yeux. Je sentais que je ne pouvais plus tenir et que j'allais valser à travers la salle de bal. J'ai crié, Lane a ralenti et Mary s'est redressée en sursaut.

– On recommence ? a-t-il proposé.

J'ai hoché la tête, gagnée par son sourire, tandis qu'il resserrait son étreinte sur mes poignets. J'étais fascinée par le contraste de ses yeux sur sa peau mate. Plus rien n'avait d'importance : qu'il fasse semblant, que je sois en train de me ridiculiser, qu'il soit l'un des domestiques de mon oncle, que rien de tout cela ne soit sincère. Ça me plaisait quand même.

– Comment pouvez-vous faire ça avec Davy ? me suis-je étonnée. Il ne peut pas résister, impossible. Vous êtes trop lourd.

– Oh, avec Davy, ce n'est pas pareil, pour sûr !

Il s'est penché pour murmurer à mon oreille :

– Davy, lui, il s'envole !

J'ai écarquillé les yeux, riant, en tentant de lui échapper, mais il me tenait fort.

– Vous n'avez pas intérêt..., ai-je menacé.

– Prête ? a-t-il demandé, à la fois sombre, moqueur et séduisant. Si j'étais vous, je me cramponnerais !

Et il m'a fait tournoyer à nouveau, sans pourtant que mes pieds quittent le sol.

Ce soir-là, dans la chambre de Marianna, Mary était en train de me démêler les cheveux quand elle m'a demandé :

– Vous parlez français, mam'zelle ?

– Français ? Un petit peu.

Vraiment un tout petit peu.

– Assez pour écrire une lettre, mam'zelle ?

J'ai serré les dents tandis qu'elle passait la brosse dans un nœud.

– Ciel, non ! Je n'ai jamais écrit en français de ma vie. Pourquoi ?

– Parce que quelqu'un envoie du courrier en français. Je leur ai dit que ce n'était pas vous et j'avais raison, vous voyez.

Je voyais très bien, en effet. Ben m'avait prévenue que l'on surveillait le courrier de près. J'aurais fait de même si j'avais vécu au village.

– M. Moreau parle français, Mary. C'est peut-être lui.

– Ah oui, et d'où vous tenez ça, mam'zelle ?

J'ai aperçu son air satisfait dans le miroir avant qu'elle se penche à mon oreille.

– Je vous trouve bien futée de lui faire des mystères, comme ça.

Comme je me retournais vivement vers elle, elle a écarquillé les yeux, tout innocente.

– Vous voyez ce que je veux dire ! Ne pas lui avouer immédiatement que vous n'allez pas raconter tout ce qui se passe à Darkwind ! Le laisser se poser des questions. Ça me donne une leçon sur l'art de mener les jeunes hommes par le bout du nez...

– Mary...

Je me suis retournée complètement sur la banquette, elle s'est arrêtée de me brosser, attendant que je poursuive. Visiblement, elle n'avait pas fait la sieste sur la marche.

– Écoutez-moi bien. M. Moreau veut juste...

– Je sais, mam'zelle, il...

Comme je levais la main, elle a fermé la bouche.

– Il veut obtenir quelque chose de moi, c'est pour ça qu'il m'a emmenée patiner aujourd'hui, voilà tout.

Lane m'avait un jour dit qu'il ferait n'importe quoi pour oncle Tully, et j'étais convaincue que c'était vrai. Il essayait vraisemblablement de me manipuler, et en réalité il me haïssait sans doute. Mais pour le moment j'avais le droit au miel, et j'étais incapable d'y résister. Toutefois, quand j'ai regardé le visage constellé de taches de rousseur de Mary, sa main plaquée sur la bouche pour s'empêcher de parler, ma conscience m'a chatouillée. C'était une chose de jouer le jeu avec Lane, qui était consentant, c'en était une autre de mentir à quelqu'un qui ne se doutait de rien.

– Mary, vous êtes bien consciente que tout ce que j'ai dit à M. Moreau n'est que la stricte vérité ?

Mary a marmonné dans sa main :

– Non, pas du tout.

J'ai mis un instant à répliquer, car sa réponse m'avait prise au dépourvu.

– Comment ça ?

Elle a ôté sa main.

– Vous ne lui avez pas dit la vérité. Vous ne lui avez pas dit une seule fois que vous alliez mentir à votre tante.

– Oh, Mary ! ai-je soupiré.

Sa confiance était un coup que je n'avais pas vu venir.

– Quand je retournerai chez ma tante, je serai obligée de lui révéler la vérité.

– Non, pas du tout.

J'ai attendu en vain qu'elle poursuive avant de reprendre :

– Si, Mary, je serai obligée.

– Pas du tout, j'ai dit à ma mère que vous lui mentiriez, à cette vieille sorcière, sûr de chez sûr.

– Mary, vous ne pouvez pas imaginer à quel point je suis désolée, mais ma décision est prise. Je n'ai pas le choix.

– Non, pas du tout, c'est moi qui vous le dis.

– Mary...

J'ai hésité.

– Quand mon séjour à Darkwind prendra fin, vous... vous comprenez bien que je ne vous emmènerai pas avec moi ?

– Non, a-t-elle dit placidement. Je ne comprends pas. Vous ne quitterez pas Darkwind.

Devant son visage où on ne lisait pas l'ombre d'un doute, j'ai senti un frisson me parcourir. Il devait y avoir un courant d'air. J'ai fait volte-face sans répondre et j'ai entendu une tasse tinter dans sa soucoupe sur ma coiffeuse.

– Buvez votre thé, mam'zelle, a-t-elle lancé gaiement. Et dormez bien.

Et, sur ces mots, Mary s'est éclipsée dans sa chambre, claquant joyeusement la porte.

Je me suis dévisagée dans le miroir tout en buvant mon thé. Si Mary pouvait vivre dans le mensonge, alors moi aussi. Apparemment, c'est la solution que tout le monde avait choisie. J'ai vidé ma tasse. Il me restait dix-neuf jours.

XV

Quand j'ai ouvert les yeux, j'ai cru que je volais. Ma chemise de nuit dansait autour de mes genoux alors que les couloirs de Darkwind défilaient sous mes yeux, sombres et poussiéreux pour certains, propres et éclairés au gaz pour d'autres. J'ai écarté les bras afin de sentir l'air les effleurer, riant aux éclats, submergée de joie. J'ai volé entre les horloges, en écoutant leurs mille tic-tac joyeux, puis je me suis engouffrée à travers une porte et j'ai décollé, survolant un escalier qui tournicotait. Je me suis alors retrouvée plongée dans une obscurité chatoyante, nacrée, et j'ai distingué les dalles de pierre de la chapelle, très loin au-dessous de moi, sans rien qui m'en séparait que l'air frais.

Le pasteur était là. Il allait rire en me voyant flotter ainsi. On rirait tous les deux. J'ai tendu les bras vers le sol de pierre, pour sentir le vent sur ma peau. Impossible. J'ai froncé les sourcils, agitant les mains, mais quelque chose me retenait, le sol s'éloignait de moi, de plus en plus. J'ai résisté, je me suis débattue. Je voyais de moins en moins bien. L'obscurité scintillante s'est réduite à une simple tête d'épingle, puis je me suis retrouvée dans le noir complet, un long moment. Peu à peu, d'étranges taches de couleur se sont insinuées tels des insectes dans mon esprit, se recouvrant les unes les autres.

Lorsque je me suis réveillée, j'étais glacée, endolorie, couchée sur une surface dure dont la froideur me transperçait, frissonnant sous ma chemise de nuit collée à mon torse en sueur. J'étais sur le dos, dans une flaque, mais je n'avais aucune idée de l'endroit où je me trouvais. À mesure que ma vision s'éclaircissait, j'ai distingué des ombres au plafond, mes cheveux mouillés contre mon front, l'odeur de vieille pierre et d'eau stagnante ainsi qu'un murmure qui résonnait tout bas entre les murs.

– Ma petite nièce est réveillée ?

Je me suis assise. Je me trouvais dans la galerie de la chapelle, au pied de la balustrade surplombant la nef, et mon oncle était assis en tailleur à côté de moi. Il se balançait sur place, agrippant dans ses poings serrés l'étoffe de sa redingote. Un sourire a étiré sa barbe blanche avant de s'évanouir.

– J'avais peur que tu ne te réveilles pas, petite de Simon. Tu n'es pas partie, hein ?

– Non, mon oncle, ai-je murmuré.

– Parfait. Tant mieux. Les gens ne devraient partir que quand ils sont trop trop fatigués. Ce serait mieux. Tu n'es pas trop fatiguée ?

– Je ne pense pas.

En revanche, j'avais l'esprit très confus.

– Si tu étais partie, tu n'aurais pas pu compter tes années, pas vrai, petite nièce ? Ça n'aurait pas été amusant.

– Non.

Je me suis redressée, tremblant sous ma liquette trempée – même si je n'étais pas vraiment sûre que c'était le froid qui me faisait trembler.

– Mon oncle, vous pouvez m'expliquer..., ai-je demandé lentement, ce que je fais là ?

Oncle Tully a froncé les sourcils.

– Tu avais l'esprit un peu embrouillé, petite nièce. Ça arrive parfois. Les gens ont des absences. Ils se trompent. Toi, tu as oublié qu'il y avait un escalier.

Je me suis recroquevillée, dans un vain effort pour faire cesser ce tremblement.

– J'ai oublié... l'escalier ?

– Oui !

Les yeux de mon oncle formaient deux points bleus dans la pénombre.

– Tu voulais descendre, mais tu as oublié l'escalier. Et tu ne voulais pas te le rappeler. Ensuite tu t'es endormie, et tu ne voulais pas te réveiller. Tu étais tout embrouillée.

Il s'est penché en arrière, pour se balancer à nouveau.

– Ça arrive parfois. C'est ce que disait Marianna.

Les souvenirs commençaient à me revenir, des images du sol de la chapelle. Je me suis levée pour regarder par-dessus la balustrade.

– N'oublie pas, cette fois, ma petite nièce !

Le clair de lune entrait à flots par les fenêtres sales, si bien que je distinguais les sinistres dalles de pierre grise en contrebas, mais elles étaient plus proches que dans mon souvenir. J'ai contemplé la rambarde de marbre sous ma main – ça me rappelait la sensation de pierre fraîche sous mes pieds, avant de flotter, de voler jusqu'au sol. J'ai reculé, les yeux rivés sur la balustrade, et je me suis assise sur une marche, où autrefois devaient se dresser les bancs de prière. M'étais-je tenue debout, perchée ici ?

– Et, quand je t'ai fait descendre, tu t'es endormie tout de suite, petite de Simon, et j'ai dû aller chercher de l'eau de pluie. Ça réveille, l'eau froide. Sauf que, cette fois, ça n'a pas marché et j'ai cru que tu étais partie. Mais j'ai attendu, pour vérifier.

– De l'eau de pluie ? me suis-je étonnée.

Mon esprit fonctionnait au ralenti. Je n'arrivais pas à chasser de ma mémoire l'image de ce sol si lointain, si bas, et la conviction que je pouvais m'y poser en flottant.

– L'eau du seau où on récupère les gouttes qui tombent du plafond, a expliqué mon oncle.

J'ai regardé la flaque à mes pieds, effleuré ma chemise de nuit trempée, puis j'ai senti mes mains. Cette eau devait être là depuis un petit moment.

– Merci, mon oncle, ai-je dit.

– Tu t'es embrouillée, a-t-il répété.

– Mais, oncle Tully... qu'est-ce que vous faites ici ? Il n'est pas tard ?

– Non, non. Il n'est pas tard. Il est tôt, très tôt, si tôt qu'il était tard il n'y a pas plus de treize minutes.

Il était donc minuit douze. La sonnerie des multiples horloges ne m'avait pas réveillée. Je m'étais couchée aux alentours de neuf heures, neuf heures et demie, je ne m'en souvenais plus précisément. Qu'avais-je fabriqué entre-temps ? Peut-être valait-il mieux que je l'ignore.

– Mais que faisiez-vous dans la chapelle, mon oncle ?

L'ironie de la question ne m'a pas échappé, étant donné que je ne savais pas moi-même ce qui m'avait amenée ici.

– Je viens pour les horloges. J'adore leur tic-tac. On peut prévoir leur petit bruit, sauf quand on a oublié de les remonter. C'est facile de prévoir la réaction d'une horloge. Et puis, ça donne des informations importantes, comme... Tu es triste, petite nièce ?

Je venais de réaliser l'effroyable vérité : si oncle Tully n'avait pas été là, à écouter ce que lui chuchotaient ses horloges, mon cadavre démantibulé reposerait sur les dalles de la chapelle. Et cela uniquement par ma faute. Un vide glacé a chassé toute autre pensée de mon esprit. Je pense que c'était du désespoir. Je me suis essuyé les yeux.

– C'est juste que... je n'aime pas être embrouillée, oncle Tully. Et en plus... j'ai très froid.

Mon oncle s'est levé pour me rejoindre, puis a agité sa redingote sous mes yeux. Je l'ai drapée autour de mes épaules. Elle était chaude. Il s'est assis à côté de moi, pas trop près, puis m'a tapoté brièvement le bras avant de glisser les mains sous ses fesses. Il portait une longue liquette qui lui arrivait sous les genoux et il était pieds nus.

– J'ai bien envie de lui dire un secret, a-t-il marmonné dans sa barbe. Je peux ? Oui ? Non ? Oui, je crois que je peux !

Cette dernière exclamation a résonné dans la chapelle, puis il a baissé la voix sur le ton de la confidence :

– Ça m'arrive aussi d'avoir l'esprit embrouillé, parfois.

Je n'ai pu m'empêcher de sourire.

– Merci de me le dire, mon oncle.

Mais mon sourire s'est évanoui, car une autre idée venait de me traverser.

– Peut-être... peut-être vaudrait-il mieux n'en parler à personne, non ? Ne pas dire aux autres que je me suis un peu embrouillée ?

Oncle Tully s'est balancé d'avant en arrière.

– Je ne sais pas, je ne sais pas, petite de Simon. À qui il ne faut pas le dire ? Mme Jefferies apporte le thé et Lane sait ce qui est bien comme il faut. Je pourrais demander à Lane...

– Inutile, l'ai-je coupé.

Je me sentais plus alerte, maintenant, et j'ai compris qu'il valait mieux ne pas le contrarier. Moins il repenserait à cet épisode, moins il risquerait d'en parler.

– Mais puis-je vous demander autre chose, mon oncle ? Quelque chose de très important ?

Il s'est à nouveau penché en avant, ses yeux bleus brillant d'un éclat intense.

– Pourriez-vous m'accompagner... jusqu'à la chambre de Marianna ? Vous connaissez le chemin, n'est-ce pas ? Je ne voudrais pas... me perdre, ou...

J'ai baissé les yeux, ravalant mes larmes. Ça m'était difficile d'admettre ce genre de chose, même devant mon oncle.

– Je ne voudrais pas avoir d'autres ennuis en route.

– Oh oui ! Oui, oui ! Très bien. Allons ensemble jusqu'à la chambre de Marianna. Allons-y ! Allez !

J'ai donc suivi mon oncle, avec sa liquette qui battait ses mollets maigrelets tandis qu'il trottait d'un pas confiant, à travers escaliers et couloirs. Lorsque nous sommes arrivés devant la porte de Marianna, il s'est arrêté, sans cesser pour autant de sautiller sur place sur ses pieds nus.

– Tu vois ! a-t-il soufflé, tout content. On ne s'est pas perdus. Aucun ennui en chemin !

– Non, mon oncle, ai-je confirmé.

En ouvrant la porte, j'ai vu la clé dans la serrure, à l'intérieur. « C'est sûrement moi qui l'ai mise là », ai-je pensé bien que je n'en eusse aucun souvenir.

Oncle Tully est entré dans la chambre de sa mère en se tordant les mains. Il s'est mis à tourner en rond, encore et encore, dans le bon sens, évidemment, comme moi lorsque j'étais à la recherche de Davy. Le feu était presque éteint, pourtant il jetait une lueur douce sur l'armoire et les murs.

– Tu l'as bien arrangée, a-t-il dit dans un murmure appuyé. C'est merveilleux. C'est juste bien comme il faut.

Soudain son visage a pris une expression contrariée.

– Mais tu n'es pas assise. Ce n'est pas bien ! Ce n'est pas bien...

Je me suis laissée tomber en hâte sur mon fauteuil au coin de l'âtre, où je m'installais le soir avec mon thé, avant d'aller me coucher. J'étais navrée de tremper mon coin préféré mais désireuse avant tout de ne pas perturber l'équilibre délicat du bonheur de mon oncle.

– Oui, a-t-il confirmé, c'est bien l'endroit où vous vous asseyez, où vous vous asseyez toutes les deux. C'est votre place, bien comme il faut.

Mon oncle arborait un sourire radieux. Lorsque j'ai soudain compris que c'était Marianna qu'il voyait assise sur ce fauteuil, ça m'a vrillé le cœur. Marianna ne l'aurait jamais trahi.

– Oncle Tully, ai-je chuchoté, puis-je vous embrasser pour vous dire bonne nuit ? J'avais oublié de vous le demander... la dernière fois.

Mon oncle a froncé les sourcils et a empoigné l'ourlet de sa liquette pour le tordre. Puis il s'est approché de moi et a brusquement tendu le cou, les yeux fermés, comme s'il redoutait une vision d'horreur. J'ai juste eu le temps de déposer un baiser sur sa joue, à la limite de sa barbe naissante, avant qu'il ne file au pas de course. Puis il est revenu passer la tête dans l'entrebâillement de la porte.

– N'oublie pas la récréation, petite de Simon !

Tandis que ses pas s'éloignaient, j'ai fermé la porte à clé, pendu son manteau sur le dossier d'une chaise pour le faire sécher, puis j'ai pris le seau en fer de la cheminée et je l'ai rempli de braises rougeoyantes. Ensuite je suis allée dans la salle de bains, les mettre dans le petit poêle orné de roses, sous le chauffe-eau, en prenant soin de verrouiller la porte qui donnait sur la chambre de Mary – bien qu'il y ait peu de risques que je la réveille étant donné qu'elle dormait comme une souche. J'ai essoré ma chemise de nuit dans le lavabo, puis je l'ai étalée sur un fauteuil devant le feu, à côté du manteau d'oncle Tully. Enfin, je me suis assise par terre, nue sous ma robe de chambre, en attendant que l'eau chauffe, à regarder les braises restantes jeter leurs derniers feux.

Une fois l'eau à bonne température, j'ai rempli la baignoire et je me suis glissée à l'intérieur, laissant la douce chaleur dissiper le froid qui s'était insinué en moi. J'ai détaché mes cheveux pour les laver, frotté le moindre centimètre carré de peau, avant de me sécher tout aussi soigneusement. J'ai passé une chemise de nuit propre et ôté la ceinture de ma robe de chambre pour l'attacher au poteau de mon lit à baldaquin. Il était moelleux, douillet, mais j'ai préféré ne pas m'allonger. J'avais pris une décision. Si je devais vivre dans le mensonge, je n'étais pas la seule concernée. Il restait dix-huit jours, qui risquaient bien d'être les derniers à Darkwind pour oncle Tully, alors je m'étais promis qu'ils soient les plus heureux possible, même si c'était douloureux pour les autres, y compris pour moi. Le trouillovent sifflait sous mes fenêtres, une plainte douce qui aurait pu me bercer. J'ai noué l'autre extrémité de la ceinture à mon poignet afin de m'attacher au lit.

*

* *

Le lendemain matin, en frôlant le mur poussiéreux de la bibliothèque du bout du doigt, j'ai découvert un pan de papier peint rose. J'ai emprunté l'une des vieilles robes de Mary – avec sa permission cette fois –, nous avons couvert nos cheveux, attaché nos tabliers, ouvert les fenêtres, et nous nous sommes attelées au ménage.

– Seigneur ! a pouffé Mary. Dans quel état vous êtes, mam'zelle !

Je l'imaginais facilement, car ses taches de rousseur avaient disparu sous la poussière qui s'élevait des coussins, des tapis et des rideaux que nous battions de toutes nos forces. L'heure de la récréation approchant, j'ai laissé Mary terminer seule. J'ai ôté fichu et tablier et, les cheveux bouffants, j'ai traversé la lande jusqu'au village d'en bas, un panier au creux d'un bras et le manteau de mon oncle sur l'autre.

En chemin, je me suis écartée du sentier pour monter et descendre les douces collines jusqu'au vallon secret de Davy. Il n'y avait personne, mais, au pied du rocher, j'ai posé le livre sur l'Amérique du Sud, enveloppé dans un torchon, avec un petit message glissé à l'intérieur, ainsi qu'une carotte subtilisée dans le potager de Mme Jefferies. D'autres créatures risquaient de la découvrir les premières, mais peut-être pas. J'ai regagné le sentier, que j'ai suivi jusqu'au village. J'étais en nage lorsque je suis arrivée et, à ma grande surprise, j'ai trouvé les portes et volets fermés, le quai désert. J'ai sonné à la petite porte verte, intriguée.

Au bout de quelques minutes, Lane a ouvert la porte à la volée et est retourné à l'intérieur. Il était en sueur, ses cheveux noirs collés à son front.

– J'ai laissé... j'ai laissé quelque chose sur le feu ! m'a-t-il lancé par-dessus son épaule.

Je suis entrée et j'ai refermé la porte derrière moi, puis j'ai accroché la redingote d'oncle Tully au portemanteau. Lane devait être en train de fondre de l'argent, ai-je pensé. J'aurais aimé pouvoir le regarder, mais je doutais qu'il soit d'accord. J'étais en train de vider mon panier quand il est revenu, tout en s'essuyant les mains sur un chiffon graisseux. Elles étaient presque noires.

– C'est fait ! a-t-il déclaré avec satisfaction avant d'apercevoir ce que j'avais posé sur la table.

C'était une vieille bouteille de sherry, close. Il a froncé les sourcils.

– Est-ce que mon oncle aime la limonade ? me suis-je empressée de demander. Les citrons sont arrivés par le bateau d'hier, alors je me suis dit que ce serait agréable par cette chaleur. Mais je n'avais que cette vieille bouteille pour la mettre. Je l'ai trouvée au fond du garde-manger. Vide. J'ai aussi apporté du gâteau.

Je me suis affairée à plier les couvertures qui gisaient sur le petit lit de mon oncle, en faisant mine de ne pas remarquer l'air soulagé de Lane devant le contenu innocent de ma bouteille.

– Où sont passés les gens ? Il n'y a presque personne dans les rues.

Lane a hésité un instant, puis a fermé avec précaution la porte du couloir pour ne pas faire de bruit.

– Il y a eu un mort au village d'en haut, m'a-t-il annoncé. M. Turner était malade, au dispensaire. Un vieil homme qui n'en avait plus pour longtemps de toute façon, mais il a été retrouvé étendu par terre ce matin, avec un coup sur la tête. Les comités vont se réunir pour discuter de ce qu'il convient de faire et, comme n'importe qui peut assister à ces réunions, je crois que tout le monde y est allé. Mais il vaut mieux ne pas mettre M. Tully au courant.

J'ai jeté un coup d'œil vers la porte.

– Il est à l'atelier ?

Lane a acquiescé, puis il s'est penché pour prendre la bouteille avant de saisir un verre sur l'étagère. Je me rappelais M. Turner. Il n'avait pas apprécié de me croiser, l'autre jour, quand je me promenais au bord du canal avec Ben Aldridge.

– Mais il a simplement dû tomber, s'il était vieux et malade, ai-je supposé.

– Probablement. Sauf que certaines choses ont disparu et qu'une fenêtre du dispensaire a été brisée. L'affaire est grave. Il n'y a jamais eu de vol dans nos villages. La plupart des habitants peuvent se procurer ce dont ils ont besoin sans voler. Il va falloir mener l'enquête.

Il s'est interrompu, remuant la limonade dans son verre.

– Et, au fait, j'ai mené quelques recherches... vous savez, pour ce que vous m'avez raconté, la pièce du rez-de-chaussée avec les bougies, les bibelots et tout ça, et... je... je pense que vous n'aurez plus à vous en soucier.

– Ah oui ?

J'ai relevé la tête.

Appuyé à la table, Lane gardait les yeux rivés sur son verre de limonade, rougissant sous son hâle.

Je me suis approchée sous prétexte de reboucher la bouteille, alors qu'en réalité je voulais juste mieux le voir, m'assurer qu'il était gêné. J'ignorais ce qui pouvait causer sa confusion, mais j'appréciais bien trop ce petit jeu pour risquer de poser la question. Je me suis donc contentée de répondre :

– Bien. Si vous dites que tout est réglé, alors tant mieux.

Avec ce qui s'était passé depuis, je n'avais pas repensé à cette étrange pièce ni à son dîner fumant, de toute façon. La plus grande menace qui pesait sur moi à Darkwind, c'était moi, je l'avais appris à mes dépens.

– Mais vous, vous n'y allez pas, à cette réunion ?

– Non, a-t-il répondu, il faut bien que quelqu'un reste avec M. Tully.

Il parlait toujours doucement, de sa voix si grave, et je me suis alors rendu compte qu'il était tout près de moi et que la porte donnant sur le couloir était fermée.

– J'aurais pu m'occuper de mon oncle, ai-je affirmé.

– Oui, sans doute.

Il a eu un léger sourire. Néanmoins aucun de nous n'a bougé.

– C'est le jour où on tourne les clés aujourd'hui. Ça va vous plaire, a-t-il assuré.

– Vous croyez ?

– Oh que oui.

Il y a eu un silence. Je me tenais bien droite, les mains sur mon panier, tout près de Lane.

– Je croyais que c'était le jeudi, ai-je répondu.

– Le jeudi, on remonte les horloges, mais aujourd'hui c'est différent : on remonte les mécaniques.

Puis il a ajouté :

– Vous êtes sale ou vous commencez à bronzer ?

J'ai levé la tête pour croiser ses yeux gris scrutant mon visage, qui lui arrivait à peine à l'épaule.

– J'ai aidé Mary à nettoyer la bibliothèque de Marianna. Pour la fête.

– Mm, je vois.

– Et je ne retrouve plus mon chapeau, ai-je murmuré.

Ses cils étaient si noirs, il fixait mon nez avec une telle intensité que je m'attendais presque à ce qu'il tende un doigt pour le toucher. J'ai inspiré profondément. Ça sentait la transpiration, la fumée, le métal et... Lane. Si c'était son idée du miel, alors c'était vraiment un moyen déloyal de m'influencer.

Il souriait à nouveau lorsque la porte du couloir s'est ouverte. J'ai baissé les yeux vers mon panier, le cœur battant, avec l'impression d'être prise en faute sans savoir pourquoi. Lane est resté immobile, les bras croisés.

– Bonjour !

C'était la voix de Ben Aldridge. Je me suis tournée vers lui.

– Bonjour, monsieur Aldridge.

– Bien le bonjour à vous.

Il est entré dans la pièce, et a refermé la porte derrière lui. Il était un peu échevelé, sans doute à cause du vent, et – je l'ai remarqué car c'était inhabituel chez lui – pas rasé.

– Vous avez l'air très en forme aujourd'hui, mademoiselle Tulman. J'ai l'impression que l'air de Darkwind vous est profitable.

Puis il a posé les yeux sur Lane.

– M. Cooper a examiné le corps. Il pense qu'il s'agit d'un accident. De plus, les flacons manquants ont été retrouvés. Ils n'avaient pas été volés, simplement mal rangés. Inutile de faire venir maître Babcock, donc. L'enterrement a lieu ce soir.

Il m'a regardée en souriant.

– C'est bientôt l'heure de la récréation, n'est-ce pas ? Et j'ai doublement de la chance. Non seulement c'est le jour où on tourne les clés, mais en plus vous êtes là pour y assister. Puis-je, mademoiselle Tulman ?

Il m'a offert le bras, je n'avais pas d'autre choix que de le prendre. J'ai laissé Lane, son beau sourire évanoui, nous suivre dans l'atelier.

XVI

Une fois par mois, ai-je découvert, mon oncle passait la journée à remonter un à un ses jouets afin de vérifier s'ils fonctionnaient tous parfaitement. Oncle Tully marchait d'un pas sautillant, ravi de ma présence, me présentant chaque jouet de façon fort détaillée, bien qu'un peu décousue. Ben nous accompagnait, et semblait plutôt satisfait, même si mon oncle l'ignorait. Quant à Lane, il nous suivait de près, en silence, telle une ombre protectrice. Cependant, l'ombre s'éclairait peu à peu et arborait même un petit sourire semblable à celui de mon oncle.

Durant notre tournée, je m'étais efforcée de ne pas poser les mauvaises questions et de ne rien toucher par inadvertance, quand soudain, à ma plus grande surprise et à ma plus grande joie, oncle Tully m'a proposé de faire fonctionner le dragon. Je me suis exécutée avec enthousiasme – en prenant cependant garde à ne pas générer un nouveau tas d'écailles à repeindre – sous les yeux de mon oncle, qui alternativement se cramponnait avec angoisse à sa redingote ou battait des mains. Lorsque Lane a eu tourné la roue qui stoppait le flux de vapeur, alors que je reprenais mon souffle, en me tamponnant le cou avec la manche de la robe de Mary, j'ai remarqué que Ben était pensif. Il se caressait le menton, attendant que le vrombissement du dragon s'éteigne.

– Vous n'avez pas l'air satisfait, monsieur Aldridge, ai-je noté.

J'étais pour ma part écarlate et ravie.

– Oh si, je vous assure, mademoiselle Tulman ! Il est fantastique, ce dragon, n'est-ce pas ? Mais je me disais que le mécanisme qui lui permet de flotter dans les airs, parallèlement à la terre, pourrait éventuellement stabiliser un autre objet, comme le poisson, par exemple...

Je l'ai laissé à ses élucubrations pour regarder le paon déployer sa queue turquoise et violette, scintillant à la lueur des becs de gaz. J'ai souri au garçonnet blond – sans lien avec mon père finalement –, occupé à faire tournoyer une toupie qui ne quittait jamais vraiment sa main.

L'automate représentant Simon Tulman était un petit homme aux cheveux poivre et sel et à l'épaisse moustache, assis de travers dans un fauteuil, les jambes croisées. Je ne l'avais pas remarqué auparavant ; il ne ressemblait ni à oncle Tully ni à l'automate d'oncle George. Il agitait la jambe de temps à autre – un tic nerveux qui me rappelait ma propre tendance à me balancer d'avant en arrière – et portait une pipe bien usée à ses lèvres. J'ai retenu ma respiration, faisant apparaître sur le visage de mon oncle un sourire radieux, lorsque Simon a soufflé de la fumée par la bouche. Il avait un regard grave, ai-je décidé, peut-être même triste. J'ai demandé à oncle Tully de le remonter encore une fois et, pendant qu'il s'en chargeait, j'ai chuchoté à Lane, tout bas pour que mon oncle ne puisse pas m'entendre :

– Comment fait-il... pour la tête ?

Lane a jeté un coup d'œil à oncle Tully, qui parlait tout seul en remontant l'automate.

– Celles en porcelaine sont cuites dans les fours des potiers qui fabriquent les statuettes pour la vente.

– Mais... il ressemblait vraiment à ça ?

J'avais du mal à détacher les yeux du visage de mon père.

– Vous n'avez jamais vu son portrait ?

J'ai secoué la tête.

– Il y en a un au manoir. Je vous le montrerai. On se sert des tableaux pour les sculptures, et M. Tully s'assure que je capture bien l'expression de chaque personnage sans la moindre erreur. Il a une très bonne mémoire pour ce genre de détails.

Je me suis alors rappelé à quel point les petites figurines en argent de sa chambre semblaient pleines de vie.

– Vous les sculptez d'après un portrait pour faire le moule et ensuite vous les peignez ?

– Et voilà, ma petite nièce ! a annoncé mon oncle. Regarde, regarde !

La pipe s'est élevée jusqu'aux lèvres de mon père.

– Simon réfléchit avant d'agir. Il fait toujours très attention. Et toi aussi, tu devrais faire attention, ma petite nièce, car qui sait quand il va pleuvoir à nouveau !

– Qu'est-ce qu'il raconte ? a murmuré Lane.

– Aucune idée, ai-je répliqué, les yeux rivés sur mon père, tandis que mes pensées me ramenaient à un seau d'eau stagnante dans la galerie de la chapelle.

– Lane ! a crié mon oncle. Lane ! J'ai entendu un cliquetis, un cliquetis au mauvais moment ! Lane...

Toujours prêt à parer à toute éventualité, Lane lui a tendu une pipette d'huile. Mon oncle s'en est emparé et est reparti au petit trot relever la jambe de pantalon de mon père pour graisser les rouages.

– Le lundi, mon oncle essaie de nouvelles choses, ai-je dit à voix basse, aussi ai-je pensé que peut-être...

J'ai dû détourner les yeux, fronçant le nez. C'était ridicule de s'émouvoir ainsi, mais, avec l'huile qui coulait et la manière dont mon oncle triturait les articulations de mon père, j'avais l'impression de voir un chirurgien opérer au scalpel. J'ai senti le regard de Lane peser sur moi, amusé.

– J'ai pensé que peut-être, ai-je repris, je pourrais emmener mon oncle et Davy au vieux château, près de l'écluse, au départ du canal. D'après Mary, ce n'est qu'un tas de ruines mais j'aimerais bien le voir avant mon...

Je me suis interrompue. Mon départ était un sujet tabou.

– Vous voudriez nous accompagner ? J'aimerais partir avec eux en excursion pour la journée, mais s'il arrivait quelque chose, si mon oncle...

À nouveau, j'ai laissé ma phrase en suspens, néanmoins Lane savait parfaitement ce que j'avais eu l'intention de dire, les deux fois.

Il a répondu :

– Vous voulez emmener M. Tully se promener au château ?

– Oui, pourquoi ? Ce n'est pas possible ?

– Si, si, tout à fait.

Oncle Tully a reculé d'un pas, rayonnant de satisfaction sous sa barbe. Le problème de mon père était visiblement résolu.

– Oh, j'ai failli oublier ! a repris Lane en plongeant la main dans sa poche. C'est à vous ?

J'ai examiné la bande de satin blanc au creux de sa paume noircie. C'était le ruban dont je me servais pour nouer ma natte, la nuit.

– Vous ne portez pas de ruban, d'habitude, il me semble. Mais je ne vois pas à qui d'autre ça pourrait être. Je l'ai trouvé par terre, dans la chapelle.

– Non, ce n'est pas à moi, ai-je menti.

– Vous avez testé le poisson, monsieur Tully ? a soudain demandé Ben.

La question semblait lui avoir échappé. J'ai sursauté. J'avais presque oublié sa présence.

– Je voulais savoir si le nouveau capot que j'avais suggéré évite les fuites d'air...

Mon oncle s'est dirigé d'un pas décidé vers l'abreuvoir, avec Ben sur les talons, tandis que je regardais les mouvements de mon père ralentir petit à petit.

Lane a repris :

– L'écluse est assez loin, vous savez. Il y a beaucoup de collines et de passages marécageux sur le chemin, si la boue n'a pas encore séché. Davy et moi, on a nos petites habitudes et on aime bien s'amuser là-haut près du château. Enfin, tout ça pour dire qu'on risque de rentrer un peu sales. Mais ça ne vous dérange pas trop, pas vrai ?

– Pas du tout, ai-je répondu en relevant le menton.

La dernière fois que j'avais employé ce ton avec Lane je l'avais regretté. Mais la règle du jeu avait changé. La seule chose qui comptait dorénavant, c'était le bonheur de mon oncle.

J'ai détaché mon poignet à l'aube le lundi matin, trop excitée pour dormir. Et, le temps que le soleil pointe ses rayons au-dessus des collines, j'avais déjà revêtu la vieille robe de Mary, laissant mon corset au fond de ma malle. Je suis vite descendue à la cuisine prendre le panier de pique-nique que j'avais préparé la veille. Il était un peu plus lourd que je ne l'avais prévu. J'ai donc décidé que Lane le porterait jusqu'au château, puis j'ai tourné le dos à la porte du jardin et, à la place, je suis passée par l'intérieur du manoir pour gagner la chapelle. J'ai poussé la porte secrète, ignorant les yeux de verre d'oncle George qui me fixaient. L'écho des horloges m'est parvenu à travers les murs. Elles égrenaient leurs six coups du matin tandis que je descendais l'escalier pour me rendre à l'atelier par le souterrain, ce qui était beaucoup plus rapide et direct.

J'avançais lentement, le panier était encombrant et, pour dire vrai, j'avais ralenti le pas, craignant soudain, dans ma hâte, d'arriver beaucoup trop tôt et de trouver Lane et mon oncle encore endormis. Davy était sans doute déjà là-bas, car c'était un lève-tôt – si toutefois il avait compris le message que je lui avais laissé, mais à mon avis il n'avait eu aucune difficulté. Sa présence – ou son absence – me confirmerait qu'il savait lire – ou pas.

J'étais en train de réfléchir à tout ça en tournant dans le seul virage du tunnel, quand j'ai aperçu un homme, une petite silhouette menue avec un manteau flottant, qui arrivait de l'atelier. Je me suis immédiatement rencognée dans l'ombre, stupéfaite. J'ignorais s'il m'avait vue, mais en tout cas je ne le connaissais pas. Ses pas claquaient légèrement sur la pierre mouillée, tandis que j'essayais de trouver ce que j'allais bien pouvoir dire lorsqu'il surgirait au tournant.

Les pas se sont rapprochés, de plus en plus pressés, indiquant qu'il courait... mais il n'est jamais arrivé à mon niveau. Le tunnel est redevenu silencieux et, quand j'ai osé jeter un coup d'œil, j'ai constaté qu'il était désert. Je ne voyais que le reflet des becs de gaz dans les petites flaques sur les dalles de pierre. Je me suis adossée au mur, le cœur battant à tout rompre. Peut-être n'y avait-il jamais eu personne dans ce souterrain ? Peut-être cet homme était-il sorti tout droit de mon imagination ? J'ai posé le panier par terre, furieuse de ne pas pouvoir me fier à mes propres yeux, puis je me suis avancée vers l'endroit où j'avais cru voir le petit homme.

À mi-chemin, j'ai repéré quelque chose que je n'avais jamais remarqué avant. Une bande sombre entre deux appliques à gaz. Ce n'était pas une paroi de pierre, mais une ouverture, une bifurcation dans une nouvelle branche du souterrain, beaucoup plus étroite et sans lumière. Je m'y suis engouffrée, avançant dans l'obscurité, une main contre la paroi humide, le pied léger pour ne pas faire de bruit.

Ce n'était pas vraiment la peine, car ici le sol était de terre battue et non de pierre.

Au bout d'un moment, j'ai entendu un grincement résonner dans le tunnel, puis le cliquetis d'un verrou. J'ai pressé le pas, les bras tendus en avant, sachant maintenant que ce couloir se terminait par une porte. J'ai cherché à tâtons une poignée, un bouton, stupéfaite de ne plus craindre cet homme. Tout ce que je voulais, c'était le voir. Trouver la preuve que mon esprit ne m'avait pas à nouveau trompée. Je le voulais si fort que j'ai entrouvert légèrement la porte, glissant un œil par l'entrebâillement.

Et ce que j'ai aperçu, sous le choc, c'était la salle de bal. Les lustres n'étaient pas allumés, mais une lueur grisâtre filtrait par la coupole, là-haut. Et, effectivement, il y avait bien un homme qui traversait la pièce. J'ai étouffé un soupir de soulagement tout en réalisant qu'il ne s'agissait pas d'un étranger finalement. J'avais reconnu son pas boiteux. C'était M. Cooper, l'interne en chirurgie. Un panneau de miroir a alors pivoté et la silhouette massive de Mme Jefferies est apparue dans l'ouverture. M. Cooper s'y est tant bien que mal frayé un passage, puis elle a refermé en hâte derrière eux.

J'ai attendu quelques instants avant de pénétrer dans la salle de bal déserte afin d'examiner la porte par où je venais d'entrer. Ce n'était pas vraiment une porte secrète, ai-je constaté : la poignée était bien visible, juste sous le miroir. Elle était juste... discrète, comme celle qui menait à la cuisine et que je n'avais jamais remarquée non plus. Mais pour quelle raison Mme Jefferies recevait-elle M. Cooper ?

Un problème d'ordre médical, probablement, ou une affaire en rapport avec le village d'en haut. Ou bien une relation amoureuse ? J'ai secoué la tête. Quelle que soit la raison de leur rendez-vous, cela ne me concernait pas. Je doutais que Lane ou mon oncle eussent été heureux d'apprendre que M. Cooper se faufilait en cachette dans les tunnels, mais je ne voyais pas non plus pourquoi je le leur aurais dit. J'ai refermé la porte sans bruit et je suis retournée chercher mon panier.

– Allez, mon oncle ! On va compter les pas !

Une fois de plus, le soleil montait dans le ciel, jaune et brûlant. Une légère brise promettait cependant de rafraîchir l'atmosphère. Jamais je n'avais vécu une aussi longue période sans pluie, mais aujourd'hui je m'en réjouissais. Le ciel formait un dôme bleu au-dessus de nos têtes. Davy marchait à côté de moi, sa main chaude dans la mienne. Lane venait derrière, pas vraiment ravi de porter le panier. À ma gauche, mon oncle soufflait et haletait, peinant dès la première colline, et il m'a fallu user de tout mon pouvoir de persuasion pour le convaincre qu'il s'amusait bien. Moi, en tout cas, je m'amusais.

– Non, non, non ! a protesté mon oncle, de sa voix essoufflée. C'est le jour des choses nouvelles, petite de Simon ! *Nouvelles !* Une promenade au château, ce n'est pas nouveau !

– Mais vous n'êtes jamais allé au château avec moi, mon oncle, ai-je répondu sereinement. C'est ça qui est nouveau.

Ça l'a fait réfléchir. Aussi, avant qu'il ne se perde dans ses pensées, me suis-je mise à compter nos pas à pleins poumons :

– Sept, huit, neuf, dix...

– Non, non ! a-t-il hoqueté. Pas les pas, petite nièce. C'est trop tard pour les pas ! Tu n'as pas compté les cent huit premiers. Comptons les collines ! Dix-neuf collines par le chemin le plus court, vingt-huit par le plus long. Et, si on prend le plus court, il y en a douze petites et sept grandes, ce qui fait bien un total de dix-neuf, et...

– Une ! ai-je crié alors que nous amorcions la descente. Et combien de pauses doit-on faire, mon oncle ?

Oncle Tully a dévalé la colline en trottinant, les pans de sa redingote flottant comme toujours derrière lui.

– Trois pauses sur le chemin le plus court, a-t-il haleté, cinq sur le plus long, même si Marianna préférait en faire six. Marianna aimait faire six pauses quand on prenait le chemin le plus...

– Deux ! ai-je annoncé en faisant gaiement balancer la main de Davy alors que nous entamions la montée suivante, enchantée de faire quelque chose que ma grand-mère avait fait avant moi.

J'ai tout de même lancé un regard interrogateur à Lane par-dessus mon épaule.

– Nous sommes sur le chemin le plus court, a-t-il affirmé avec un soupir.

Quand nous sommes arrivés au pied de la dix-neuvième colline, mon oncle s'est assis avec précaution sur la couverture que j'avais étalée pour lui pendant que Lane s'affalait dans l'herbe. Davy a continué à courir, Bertram tressautant patiemment sur son épaule. J'ai retiré mes bottines afin d'en ôter la gadoue – certains petits vallons étaient boueux –, avant de les jeter dans l'herbe, pour scruter les environs, la main en visière.

Le « château » n'était en réalité qu'un pan de mur entouré de pierres éparses, dressé au sommet d'une colline plus haute que les autres, avec l'eau dansant à ses pieds. En regardant dans la direction par où nous étions arrivés, je distinguais l'endroit où la rivière donnait naissance au canal. Il y avait une construction en pierre qui devait faire partie de l'écluse, ce mécanisme qui pouvait stopper le flux de l'eau. Au-delà, des collines s'étendaient à perte de vue, se fondant avec le ciel dans le lointain. Je ne voyais ni Darkwind ni les villages.

Un doux murmure m'a fait retourner. Mon oncle était assis en tailleur, exactement comme dans l'atelier, agençant sans relâche des pièces de métal découpé qu'il avait dû cacher dans sa poche. Lane était couché dans l'herbe, les bras derrière la tête, les yeux clos ; sa casquette rouge gisait à ses côtés.

Le discours étouffé de mon oncle a fait monter un sourire à ses lèvres, vite remplacé par l'habituel froncement de sourcils, exprimant une humeur plus maussade.

Durant exactement trente secondes, je me suis autorisée à imaginer ce qui pourrait se passer en cet instant si je n'étais pas Katharine Tulman, ni même l'une de ces créatures vêtues d'organdi dans le parc. Si j'étais une simple fille, comme celles dont me parlait Mary – celles que les Français faisaient glousser et qui n'avaient d'autres responsabilités que d'entretenir le feu dans la cheminée de leur maison. Serais-je allée m'asseoir dans l'herbe à côté de Lane ? Ou me serais-je étendue près de lui, chauffant mon visage au soleil, la tête calée au creux de son épaule ? Si aujourd'hui n'avait été qu'un tic-tac dans une pièce pleine d'horloges, égrenant les secondes régulièrement, sans se presser, m'aurait-il laissée le faire rire, passer ma main dans ses cheveux, chasser la mélancolie persistante qui teintait ses moindres pensées ?

Comme Lane remuait dans l'herbe, j'ai vite tourné les yeux ailleurs, n'importe où, redevenant instantanément moi-même. Katharine Tulman n'était pas ce genre de fille. Katharine Tulman était une horloge, une horloge qui avait perdu sa clé, marquant son décompte dans le noir, une mécanique qui tournait à vide dans l'obscurité. Le temps qui lui était imparti touchait à sa fin, et elle avait intérêt à en profiter au maximum. Quand j'ai relevé les yeux, Davy était au sommet de la colline du château, il tirait une grande chose ronde et plate de derrière le mur en ruine. Bertram avait disparu.

– Pas tout de suite, a protesté Lane.

Il s'était redressé sur un coude, les yeux rivés sur la colline. Je me suis retournée juste à temps pour voir Davy s'accroupir sur l'objet en question, prendre son élan d'un coup de pied et dévaler la pente, en glissant sur l'herbe. Dans le bas, elle s'adoucissait juste à temps pour que l'on ne termine pas sa course tête la première contre un rocher. Mon oncle a applaudi.

J'ai dévisagé Lane en haussant un sourcil.

– Dites-moi que ce n'est pas ainsi que vous avez l'habitude de vous « amuser » ?

Mais le sourire qui s'est dessiné lentement sur ses lèvres m'a confirmé que si.

Environ un quart d'heure avant le thé, le soleil commençait à baisser et nous nous sommes remis en route, bien plus lentement cette fois, en comptant de nouveau les collines jusqu'au manoir, où mon oncle emprunterait le souterrain jusqu'à l'atelier pour éviter l'épreuve de traverser le village. Je ne comptais plus les bleus et les bosses que j'avais récoltés, néanmoins mon oncle m'a informée que j'avais dévalé vingt-huit fois la colline à l'aide de l'étrange engin et que je m'étais étalée à plat ventre à vingt-deux reprises. Visiblement, manœuvrer un disque de cuivre poli en glissant à pleine vitesse sur une pente herbeuse n'était pas dans mes cordes. Cependant jamais je ne m'étais autant amusée.

– Trois, mon oncle ! ai-je compté en imprimant un mouvement de balancier à sa main et à celle de Davy.

« Il doit être vraiment fatigué pour me laisser lui prendre la main », ai-je pensé.

– Voudrez-vous du miel dans votre thé ce soir ?

Mon oncle s'est embarqué dans une explication complexe sur la vitesse, les roues et les mouvements de rotation – qui n'avaient rien à voir avec le miel – pendant que Lane, le panier presque vide sur l'épaule, tenait une brassée de fleurs que j'avais cueillies pour ma chambre, tout en faisant danser mes bottines crottées au bout de leurs lacets. J'éprouvais une sensation des plus curieuses, bien plus intense que ma petite rêverie au sommet de la colline, et tout à fait opposée aux sentiments qui m'avaient habitée à mon arrivée à Darkwind. Au lieu de remonter le temps, j'avais l'impression d'avoir avancé, jusqu'à un espace à moi, où tout était exactement comme il faut. J'ai inspiré profondément pour m'emplir de toutes les sensations de ce chaud après-midi, marchant pieds nus dans l'herbe, savourant la moindre seconde.

J'ai laissé mon oncle bien en sécurité dans son petit salon avec son thé et ses tartines, puis je me suis dépêchée de rentrer au manoir, avec une seule idée en tête : un bon bain et au lit. Je traversais la grande salle mal éclairée en fredonnant quand quelqu'un s'est levé d'un fauteuil, dans un coin d'ombre.

– Monsieur Aldridge ! ai-je soufflé, surprise.

Il s'est incliné. Sa redingote bien nette et ses favoris bien peignés me donnaient l'impression de ne pas être à ma place, avec mon chignon défait et ma vieille robe tachée d'herbe, même au milieu d'un salon poussiéreux, aux meubles bâchés de draps – alors que quelques secondes plus tôt je me sentais parfaitement à l'aise.

– Pardonnez-moi, mademoiselle Tulman. J'espérais que vous passeriez par ici. Je me demandais si vous pourriez m'accorder un instant.

J'ai haussé légèrement les sourcils. Mais je suis venue m'asseoir sur le fauteuil qu'il me désignait, avec autant de dignité que possible, posant mes bottines sur le drap le plus proche, cachant mes pieds nus sous ma jupe, mes fleurs sur les genoux. Ben s'est raclé la gorge et a rajusté sa veste avant de se rasseoir face à moi, puis il s'est raclé la gorge à nouveau, sans prendre la parole. Il avait piqué ma curiosité, je l'avoue.

– Mademoiselle Tulman, a-t-il fini par dire, j'espère que vous savez que vous m'inspirez une amitié sincère.

J'attendais la suite, bien droite dans mon fauteuil.

– J'aimerais vous entretenir des... relations que vous semblez avoir tissées avec certains domestiques.

Désormais, mes sourcils étaient à leur plus haut point. J'ai attendu encore un moment, mais il semblait considérer que c'était à mon tour de parler.

– Je ne suis pas sûre de bien comprendre où vous voulez en venir, monsieur Aldridge.

Ben a soupiré.

– Oh, voyons, mademoiselle Tulman. Tout le monde est au courant que vous avez patiné sur ces diaboliques engins à roulettes au bras de Lane Moreau. C'est excusable, peut-être même innocent. Mais passer la journée entière en galante compagnie ? Voilà qui est on ne peut plus... déplacé.

En galante compagnie ? Soudain, mon allure échevelée prenait une tout autre signification, et le rouge m'est monté aux joues. J'ai remis une bouclette égarée en place, en m'efforçant de trouver comment me justifier. Mais, avant que j'aie pu répondre, Ben a tiré un bout de papier de sa poche et me l'a tendu. Je l'ai déplié et, penchée sous l'applique à gaz, j'ai lu :

Rendez-vous à l'atelier après le petit déjeuner lundi,
nous passerons la journée à nous amuser sur la lande.
Katharine

Interpréter de manière aussi biaisée le message que j'avais laissé à Davy était tellement ridicule que j'aurais trouvé ça drôle si l'expression de Ben n'avait été aussi grave. J'ai ouvert la bouche pour le détromper, mais je l'ai refermée aussitôt. Cette note ne comportait pas le nom du destinataire et personne d'autre que moi n'était au courant que Davy savait lire. J'ai hésité. Je me demandais si cette rumeur avait un lien avec la visite de M. Cooper à Mme Jefferies, la tante de Lane. Je suis devenue encore plus écarlate, consciente que Ben avait remarqué que j'étais rouge et hésitante. J'ai relevé la tête.

– Monsieur Aldridge, je suis désolée de vous avoir causé tant de tracas et d'inquiétude, mais la sortie mentionnée dans ce mot incluait mon oncle, et son but était de le distraire.

Tandis que je prononçais ces mots, la gêne et l'amusement que j'avais pu ressentir ont cédé la place à la colère. En quoi cela le regardait-il, de toute manière ?

– Où avez-vous trouvé ce message ?

Ben n'a pas répondu. Il s'est penché en avant dans son fauteuil.

– Une sortie avec M. Tully, dites-vous ? Vous prétendez avoir emmené M. Tully sur la lande ?

– Tout à fait.

Ça ne me semblait pas si incroyable, mais visiblement ça l'était aux yeux des autres.

– Avec Davy. Et M. Moreau. Nous avons fait... une belle promenade.

Hors de question que je lui raconte mes glissades à flanc de colline.

Ben s'est relevé et approché de la cheminée éteinte, où il s'est plongé dans la contemplation des taches de suie.

– Mademoiselle Tulman, je vous demande de bien vouloir me pardonner à nouveau si vous me trouvez un peu direct, mais… vos intentions sont-elles toujours les mêmes ?

J'ai rassemblé ma brassée de fleurs et je me suis levée, froissant la note destinée à Davy dans mon poing.

– Je ne saisis pas le sens de votre question, monsieur Aldridge.

J'avais parfaitement compris, bien entendu. Il voulait savoir si j'étais toujours décidée à envoyer mon oncle à l'asile de fous et à priver de moyen de subsistance plus de neuf cents hommes, femmes et enfants, dont Lane et Davy.

– J'ai l'intention de passer une soirée tranquille dans ma chambre et de faire une fête pour mon anniversaire dans treize jours. J'espère que vous viendrez. Quant aux… aux intentions auxquelles vous semblez faire référence…

Je me suis raidie.

– … comme je n'ai jamais eu le moindre pouvoir de décision quant à leur exécution ou à leur mise en œuvre, il ne me semble pas exact de les qualifier de miennes. Cependant soyez assuré, monsieur Aldridge, que j'agirai toujours avec prudence afin de préserver mon existence future. Bonne nuit.

J'ai repris mes bottes et je me suis éclipsée, filant à travers la pièce puis les escaliers pour ne m'arrêter que dans la chambre de Marianna, une fois la porte fermée à clé derrière moi.

J'ai posé les fleurs sur la coiffeuse et je me suis assise sur la banquette capitonnée afin de contempler mon reflet dans le miroir, penchant la tête d'un côté, puis de l'autre. J'avais une ou deux nouvelles taches de rousseur, mais à part ça, et mes cheveux en bataille, j'étais toujours la fille banale que j'avais été à Londres.

Cependant il ne m'avait pas échappé que Ben Aldridge avait employé l'expression « galante compagnie », ce qui sous-entendait que j'étais pour lui le genre de fille susceptible d'avoir un prétendant. Lorsque j'ai été remise de l'humiliation qu'il m'avait fait subir, sa naïveté m'a fait sourire. J'ai ajouté ce mensonge plaisant sur la liste de mes rêveries. Au matin, il me resterait douze jours.

XVII

J'ai passé mes douze derniers jours non seulement à vivre dans le mensonge, mais à m'en délecter. Ben ne me tenait visiblement pas rigueur de notre petit différend, puisqu'il m'attendait dans le jardin le lendemain matin, prêt à m'escorter jusqu'à l'atelier, et le soir à nouveau pour me raccompagner. J'étais polie, comme toujours, et même sympathique, me plaisant à imaginer ce que tante Alice ou Mme Hardcastle auraient dit si j'avais été la nièce ou la fille d'une de leurs bonnes amies. Comment elles auraient soupesé les qualités et les défauts de Ben, lèvres pincées, tout en maniant leur cuillère à sucre, jaugeant s'il ferait un bon parti.

Je me suis levée assez tard, réfléchissant aux plats qui pourraient être festifs sans toutefois dépasser les compétences culinaires de Mme Jefferies. Puis Mary s'est chargée de porter ma liste d'ingrédients au bateau. À l'atelier, j'ai aidé oncle Tully à construire un petit train à vapeur, miniature de l'engin qu'il souhaitait mettre en service pour relier les villages de Darkwind.

« Petit poisson deviendra grand », me répétait-il sans cesse. Le jeudi, nous remontions les horloges, mécaniquement, en rythme, et, comme je m'efforçais de lui tirer un sourire, je me suis aperçue que c'était plus souvent l'inverse qui se produisait.

Avec l'aide de Mary, j'ai nettoyé, récuré, essuyé, chassé la moindre poussière de la bibliothèque de Marianna. Lane et Ben sont venus tous les deux pour nous aider à déplacer les meubles les plus lourds et juger des aménagements nécessaires pour en faire un cadre acceptable pour mon oncle. Cependant ma grand-mère avait veillé à tout cela des années auparavant, de la couleur des murs au coffre à jouets que nous avons retrouvé dans un coin, rempli d'engrenages, de roues et autres joujoux en métal divers et variés. J'ai passé plusieurs soirées à les nettoyer un à un, ôtant la graisse et l'huile dans la baignoire de Marianna pendant que Mary recollait la tapisserie de la bibliothèque.

Le jour où j'ai terminé le dernier jouet, un bateau en fer désormais rutilant, je me suis aventurée au grenier à la recherche de chaises supplémentaires et, à la place, j'ai retrouvé mon chapeau perdu. Il était trois étages plus haut, derrière une fenêtre qui ne s'ouvrait pas, attaché par ses rubans à un poteau accessible uniquement sur le toit, au bout d'un étroit parapet. Je suis revenue pour casser la vitre aussi discrètement que possible juste avant l'aube et je l'ai attrapé avec un manche à balai, préférant ne pas essayer de comprendre comment je m'y étais prise pour l'attacher là-haut. Deux fois dans la semaine, Mary avait voulu me plonger dans un bain froid pour me « dessoûler », disait-elle, et je m'étais laissé faire, penaude, alors que je me sentais simplement guillerette, sans me douter un seul instant que j'avais un comportement étrange.

Et, qu'importait le qu'en-dira-t-on, j'allais patiner avec Lane dans la salle de bal, en me disant qu'il était venu me chercher dans la chambre de Marianna parce qu'il appréciait ma compagnie ; que je m'accrochais à lui pour qu'il me fasse tourner de plus en plus vite sous la lumière théâtrale des lustres simplement parce que j'aimais la vitesse, et non le contact de ses mains sur les miennes. Et, lorsque je voyais une ombre passer sur son visage, je faisais semblant de croire que c'était parce que j'allais lui manquer et non à cause du mal irréparable que j'allais lui causer, leur causer à tous, quand je partirais. J'avais reçu deux lettres de tante Alice que j'avais jetées au feu sans les lire.

La veille de la fête, j'avais fait des biscuits et des scones avec Mme Jefferies – tâche qu'elle avait acceptée à contrecœur et uniquement, je le supposais, sur l'insistance de Lane. Mais son regard mauvais ne pouvait altérer ma bonne humeur. Elle avait remis sa robe de chambre – visiblement sa tenue habituelle pour supporter la chaleur de la cuisson – et, alors que nous venions de sortir la dernière fournée de scones, Lane a passé la tête dans la cuisine avec un baquet en bois à la main. J'ai souri.

– De la part de Sam Jones du village d'en haut, a-t-il annoncé en me le tendant. Ou de sa mère plutôt. « Pour l'anniversaire de la demoiselle. »

J'ai regardé dedans. Il était rempli de myrtilles.

– Comme c'est gentil, mais...

J'ai relevé les yeux, inquiète.

– ... qui est avec mon oncle en ce moment ?

– Je l'ai laissé dans son petit salon. Ben est à l'atelier, au cas où, mais M. Tully nous a souhaité bonne nuit, alors je ne pense pas qu'il aille vagabonder.

Puis il a poursuivi beaucoup plus bas, si bien que j'ai dû me pencher pour entendre :

– Vous voulez lancer une nouvelle mode, mademoiselle Tulman ?

J'ai scruté son regard gris sans comprendre.

– Ce maquillage à la farine est franchement ravissant, je suis sûr que toutes les jeunes filles du village vont l'adopter !

J'ai ri, tentant de m'essuyer d'un revers de manche. Comme j'aimais ce petit jeu auquel nous jouions ! J'ai désigné les myrtilles.

– À votre avis, que dois-je en faire ?

Lane a haussé les épaules.

– Aucune idée. Qu'est-ce que tu en dis, tante Jeff ?

Mme Jefferies a levé la tête de la jatte qu'elle était en train de nettoyer, ses cheveux frisottés tout ébouriffés, pour nous toiser tous les deux avec le baquet entre nous, et elle a marmonné quelques mots inintelligibles.

– Quoi, tante Jeff ?

– J'ai dit « traînée ».

Alors que Lane haussait les sourcils, sous le choc, j'ai gardé le sourire, choisissant d'interpréter sa réponse comme une référence à la trace de farine que j'avais sûrement encore sur le front et non à ma personne. De toute façon, peu m'importait. J'ai passé une main sur mon visage avant de décréter :

– On va en faire une tourte !

J'ai poussé le baquet vers Lane.

– Mais, avant, il faudrait qu'un gentleman me les lave.

Il s'est assis, croisant d'un air de défi ses longues jambes sur la table.

– Un gentleman ne ferait jamais une telle chose. Il y a une expression française que répétait souvent mon vieux père : « *Honneur aux dames*[1] ».

J'ai jeté un regard à Mme Jefferies – elle a levé les yeux au ciel –, puis à Lane qui arborait un petit air satisfait.

– Très bien, ai-je soupiré, qu'est-ce que ça veut dire ?

– Ça signifie que la politesse veut qu'on laisse la main aux dames.

Il a fourré une myrtille dans sa bouche, ce à quoi j'ai répliqué en époussetant mes mains pleines de farine juste sous son nez. Il a éternué dans un nuage blanc et nous avons continué à plaisanter jusqu'à ce que les baies que j'avais pu sauver soient dans la tourte et non dans son estomac. À la fin, nous étions tous les deux en aussi piteux état que la cuisine.

Je suis allée me passer de l'eau sur le visage tandis que Lane filait dans le jardin secouer ses vêtements et ses cheveux. Je fredonnais en riant encore sous cape devant l'évier quand Mme Jefferies a soudain lancé :

---

1. En français dans le texte (NDT).

– Vous vous souvenez, je vous avais dit que je ne vous faciliterais pas les choses.

Je me suis tournée vers elle, les mains trempées. Elle s'était faite aussi discrète qu'une petite souris tandis que nous chahutions. Elle n'avait pas participé, bien entendu, mais ne nous avait pas interrompus non plus. Maintenant elle nettoyait le couteau dont je m'étais servie pour couper les myrtilles les plus grosses, l'astiquant lentement avec un torchon. Je me suis alors aperçue qu'elle m'avait laissée toucher ses ustensiles, et même les couvrir de farine, sans émettre la moindre objection. Distraite par Lane, je ne l'avais pas remarqué sur le coup.

– Vous étiez assise ici à ma table, a-t-elle poursuivi sans relever les yeux, raide comme la justice, et je vous ai promis de vous compliquer la vie autant que possible. Sauf que ça n'a pas été la peine, finalement, n'est-ce pas, mademoiselle ? Vous vous en êtes très bien chargée vous-même.

Elle faisait aller et venir son torchon sur la lame du couteau. Une, deux, trois, quatre fois...

– Comment vous pourrez continuer à vivre après, ça me dépasse. Je ne pense pas que vous en serez capable, si vous voulez mon avis.

Je me suis séché les mains en me répétant qu'elle parlait pour ne rien dire – rien que du venin, rien, rien que du venin, je me le répétais encore et encore, comme si j'apprenais une leçon pour l'école. Je doutais qu'il y ait dans toute l'Angleterre quelqu'un d'aussi doué que moi pour ne pas regarder la réalité en face.

– Et c'est quoi, ça, alors ? a-t-elle repris en pointant son couteau.

J'ai baissé les yeux pour m'apercevoir que ma manche était relevée, découvrant les lignes vertes et violacées qui striaient mon poignet comme des bracelets – causées par la ceinture de mon peignoir.

– Oh, ça ! me suis-je exclamée en m'empressant de rabattre ma manche. Je me suis coincé le bras dans la porte, c'est tout.

Le torchon allait et venait.

– Coincé le bras ?

– Oui, quelle idiote, n'est-ce pas ? Eh bien, merci beaucoup pour votre aide, madame Jefferies. Je vais remonter.

Je l'ai laissée astiquer son couteau, un petit sourire aux lèvres, tandis que j'enfouissais ses mots au fin fond de mon esprit pour ne pas avoir à les interpréter.

Mary m'attendait dans la chambre de Marianna, mais, quand je me suis assise devant ma coiffeuse pour défaire mon chignon, c'est son visage, et non le mien, qui a attiré mon attention dans le miroir. Elle avait le front plissé, les yeux baissés et les lèvres serrées.

– Je suis toute retournée, mam'zelle, a-t-elle inutilement commenté.

Ça ne pouvait pas être à cause de la fête. Mary avait accepté de bonne grâce de ne pas être invitée, s'indignant que j'aie pu seulement l'envisager. Une jeune femme « dans sa position », avait-elle affirmé, ne pouvait pas assister à l'anniversaire de sa maîtresse. Elle avait raison, évidemment, cependant il était difficile de savoir quand les règles du reste du monde s'appliquaient ou non à Darkwind. Mais, là, son silence inhabituel était signe que quelque chose clochait sérieusement.

– Pourquoi ne me dites-vous pas simplement ce qui ne va pas, Mary ?

Elle a croisé les bras, les lèvres encore plus serrées.

– Eh bien, puisque vous me demandez d'être franche, je vais être franche alors. C'est votre robe, mam'zelle, elle est hideuse.

Ma mâchoire s'est légèrement entrouverte.

– Je peux pas vous mentir. C'est une honte que vous portiez ça après tout le mal que vous vous êtes donné pour organiser cette fête. N'importe quelle bonne femme de chambre vous en aurait fait une nouvelle, alors j'ai essayé, mam'zelle, vraiment, mais... je crois qu'il vaut mieux pas que je vous la montre. Ces vieux chiffons, c'est pas...

– Mary, l'ai-je coupée patiemment, quand une dame veut une robe, elle s'adresse à un tailleur ou tout du moins à une couturière. Un ouvrage aussi important ne fait pas partie des attributions d'une femme de chambre.

J'ai vu sur son visage sérieux qu'elle mémorisait cette information vitale.

– Vous ne m'avez donc lésée en aucune façon...

– Ça veut dire que c'est pas ma faute, mam'zelle ? Parce que, dans ce cas, je...

– Oui, c'est ce que ça signifie. Et, en plus, vous savez parfaitement que j'en garde une en soie grise dans le fond de ma malle pour les grandes occasions.

– Mais, mam'zelle !...

J'ai bien cru qu'elle allait taper du pied.

– Elle est encore plus affreuse que l'autre, je le jure sur la tombe de saint Michel ! Je préférerais encore que vous cousiez des fleurs sur celle que vous portez que de vous laisser mettre cette horreur. En plus, elle ne vous va pas. Même vous, vous le savez qu'elle ne vous va pas !

– Hum...

Je me suis mordu la lèvre.

Une idée m'avait traversé l'esprit quelques jours auparavant, mais j'avais préféré ne pas m'y attarder.

– J'avais bien pensé... mais je ne sais pas si j'oserais. Elle n'est pas à la mode... et pas convenable non plus...

Les poings sur les hanches, Mary a ordonné :

– Montrez-moi.

J'ai réfléchi un instant avant de glisser la main derrière le miroir de la coiffeuse pour en tirer la clé de l'armoire. Je me sentais un devoir de protéger les robes de Marianna. Elles étaient restées si longtemps rangées dans ce placard. Et puis, leur présence me donnait l'impression que ma grand-mère demeurait un peu avec moi. Mais, quand j'ai glissé la clé dans la serrure et que je l'ai tournée, il ne s'est rien passé. Elle n'était pas fermée.

J'ai froncé les sourcils. Je m'étais assurée de bien la verrouiller après la nuit de ma crise, et j'avais trouvé une nouvelle cachette pour la clé. Mary avait pu tomber dessus, ce n'était pas impossible, mais je préférais ne pas lui poser la question parce que je craignais que la réponse soit non. J'ai ouvert les portes à la volée, inspirant le parfum de lys et de cannelle, quand elle a surgi à mes côtés, l'air déterminée.

– On peut les retravailler, mam'zelle ? Pour les mettre à votre taille ? Vous savez coudre ?

Saisissant une robe en soie rose, elle s'est attaquée aux boutons de mon corsage de flanelle grise avant que j'aie pu répondre.

– Je pense qu'elles me vont déjà toutes pour la plupart, Mary. Mais elles doivent avoir trente ans, peut-être même plus. Si je sortais vêtue ainsi à Londres...

Elle m'a ôté ma défroque de flanelle grise sans ménagement.

– Sauf qu'on est au manoir de Darkwind, mam'zelle, au cas où vous n'auriez pas remarqué. Qu'est-ce qu'on en a à faire, de Londres ?

Elle m'a passé la robe en soie par-dessus la tête et m'a contemplée d'un œil critique.

Au bout d'à peine une demi-heure, des robes de toutes les couleurs étaient étalées aux quatre coins de la pièce, véritable explosion printanière dans ce décor sinistre, et j'avais déjà été habillée et déshabillée une bonne dizaine de fois. Mary a tiré de sa housse la robe bleu turquoise, qui s'est déroulée en cascade jusqu'au sol, scintillant à la lueur des bougies. Elle me l'a enfilée en un clin d'œil. Nous l'avons admirée toutes les deux dans le miroir, mais j'hésitais, mal à l'aise.

– Je ne sais pas. Ça fait un peu bête, non ?

La robe était encore plus belle que dans mon souvenir ; j'étais encore plus belle que dans mon souvenir. Cependant ma gorge se serrait à l'idée d'être la seule sur mon trente et un. Mary a claqué la langue.

– Ce qui serait bête, ce serait d'en porter une autre, mam'zelle. Si vous vous avisez de mettre la grise, je la jette au feu. Essayez voir, tiens ! Qu'est-ce qu'on a d'autre là-dedans ?

– Des ballerines dans le tiroir, ai-je expliqué, secrètement ravie de son soutien. Et puis des gants et des...

Mary avait carrément grimpé dans l'armoire pour voir ce qui se trouvait sur les étagères du haut – ignorant volontairement ou non l'existence de la petite échelle – quand elle s'est écriée :

– Y a pas de fond, mam'zelle ! Y a pas de fond du tout.

Je me suis tournée légèrement, jetant un regard par-dessus mon épaule.

– Qu'est-ce que vous racontez ?

Mary a sauté à terre et pointé le doigt vers les profondeurs du placard tout en me faisant signe d'approcher une chandelle. J'ai obtempéré et je l'ai levée pour éclairer l'intérieur d'une faible lueur. Dans le fond de l'armoire, il manquait trois ou quatre planches pour fermer le meuble. À la place, j'ai découvert les battants d'une porte, de la même couleur que le reste du meuble, pratiquement invisibles dans l'obscurité.

– Voilà l'autre porte latérale, ai-je soufflé, stupéfaite. L'armoire était devant...

J'ai grimpé à l'intérieur, le chandelier à la main.

Une poignée en cuivre luisait dans la pénombre.

Je me suis retournée vers Mary.

– On y va ?

Elle m'a jeté un regard mi-apitoyé mi-dégoûté.

– Non, mam'zelle. Je pense qu'on devrait se mettre en chemise de nuit et aller se coucher sans plus y penser. Ben, enfin, allez-y !

Comme elle me poussait en avant, j'ai tourné la poignée. La porte s'est ouverte sans un bruit. Mary m'a rejointe dans l'armoire, m'a pris la main et nous nous sommes aventurées ensemble dans l'autre pièce.

– Oh là là, là là ! a-t-elle soufflé en se cramponnant à mon bras.

Nous nous trouvions dans une nursery, aussi froide, humide et poussiéreuse que ma chambre à mon arrivée, et encore plus sinistre. Trois petits lits étaient alignés le long d'un mur, avec leurs matelas moisis. Un grand écran en métal grillagé se dressait devant une cheminée qui ne servait plus depuis bien longtemps. J'ai contemplé les lits en me demandant lequel occupait mon père autrefois. Mary s'est remise à roucouler :

– Oh là là ! Si j'étais le fantôme d'un enfant mort, je choisirais de revenir hanter cette pièce-là. Vous trouvez pas, mam'zelle ?

– Chut, Mary ! ai-je soufflé.

J'avais cru distinguer un bruissement à notre arrivée, mais je ne l'entendais plus. Sans doute des souris regagnant leur trou en toute hâte. J'ai fait quelques pas dans la pièce, Mary cramponnée à moi comme un bras supplémentaire, orientant la lueur de la chandelle ici et là, sur une table, des jouets cassés, une commode et un rocking-chair. J'ai baissé la bougie. Ce que j'ai découvert m'a figée dans mon élan. Alors que la couche de poussière était épaisse et régulière dans la chambre de Marianna, ici, certaines zones du sol en étaient presque vierges. Mary a fini par me lâcher pour aller fouiller dans les tiroirs de la commode pendant que j'examinais le cheval à bascule juste à côté, passant les doigts dans son toupet en crin véritable. Soudain, dans un coin, j'ai aperçu quelque chose que j'ai cru reconnaître. Je suis tombée à genoux.

– Seigneur, mam'zelle, faites attention à votre robe ! a sifflé Mary. Elle est pas restée propre pendant tout ce temps pour que vous la salissiez maintenant, quand même !

Je me suis relevée. Ce que j'avais vu était trop gros pour provenir d'une souris, et même, je l'espérais, d'un rat. Des crottes de lapin.

– Est-ce que Davy est venu dans nos appartements, Mary ?

– Pas que je sache, mam'zelle. Je...

– Et la porte entre votre chambre et la bibliothèque, vous la fermez à clé ?

– Bien sûr, mam'zelle, je vous ai dit que je...

– Et la porte principale de ma chambre aussi ?

– Je pense bien. Qu'est-ce que... Ciel ! C'est... des choses de lapin ?

– Je crois. Seulement... comment a-t-il pu venir jusqu'ici, ça m'échappe.

Nous avons scruté la pièce, cependant il n'y avait pas d'autre porte que celle qui donnait dans l'armoire.

J'ai soupiré :

– Il n'y met sans doute aucune malice, mais je ne veux pas qu'il traverse nos appartements sans qu'on soit au courant. Il est très doué pour se cacher.

– Ça, c'est sûr, mam'zelle. Il avait plutôt intérêt, à l'hospice, si vous voyez ce que je veux dire.

J'étais revenue à pas prudents vers la porte en tenant d'une main la chandelle et de l'autre ma robe. Je me suis arrêtée pour regarder Mary.

– Non, je ne vois pas ce que vous voulez dire. Vous étiez dans le même hospice ?

– Eh oui. Vous saviez pas, mam'zelle ? Pauvre p'tit bout qu'essayait de se faire tout riquiqui pour pas qu'on le remarque. Parce qu'ils le battaient, mam'zelle, quand il faisait pas ce qu'ils voulaient, qu'il répondait pas ou qu'il refusait de dire son nom.

J'ai fermé les yeux. Si Mary avait neuf ans quand elle était à Saint-Léonard, Davy ne devait pas en avoir plus de quatre. Je me suis remise en marche.

– Maman a essayé de l'aider, mais comme elle pouvait rien tirer de lui, elle l'a montré à maître Babcock et lui, il l'a sorti de là tout de suite et il l'a amené ici, à Mme Jefferies. Il s'est accroché à elle comme une moule à son rocher – Davy, pas maître Babcock – et il l'a pas lâchée depuis. C'est elle qu'a décidé de l'appeler Davy, je crois. Et on jurerait qu'elle sait ce qu'il pense. C'est troublant, comme elle dit, ma mère.

Nous avons traversé l'armoire pour retourner dans la chambre de Marianna, qui semblait un havre de paix comparée à la nursery abandonnée.

– Bien, il faudra s'assurer de verrouiller les portes, même quand on descend juste une minute dans le hall. Ce n'est pas un endroit pour laisser jouer un enfant.

Mary a solennellement approuvé et, quand elle a eu fini de me préparer pour la nuit, puis de ranger la chambre à son goût, elle a filé se mettre au lit. En chemise de nuit, j'ai fermé l'armoire à clé, puis cherché un endroit où dissimuler le trousseau, une cachette à laquelle un petit garçon ne penserait jamais. Après mûre réflexion, j'ai glissé la clé au milieu d'une chemise de corps, que j'ai roulée en boule, et j'ai fourré le tout au fond de ma malle, sous mon corset et mes bas, pensant que la vue de mes sous-vêtements agirait comme un repoussoir. Je me suis attachée au poteau du lit et je me suis endormie, rêvant prudemment de ma robe turquoise, de tourtes à la myrtille, de cheveux poudrés de farine et de rien d'autre. Le trouillovent a chanté à pleins poumons cette nuit-là.

XVIII

Le matin de mon dix-huitième anniversaire, c'est le tonnerre qui m'a réveillée. Je me suis détachée, j'ai bondi hors du lit et écarté les rideaux. À la place du dôme bleu que j'avais vu depuis mon arrivée à Darkwind, un plafond de nuages s'était amoncelé au-dessus de la lande, épais et bas. Les hautes herbes, d'un vert changeant dans cette lumière faible, ondoyaient sous un vent qui soufflait dans la mauvaise direction. J'ai souri, satisfaite. C'était un jour spécial.

Ce n'est qu'après avoir relevé mes cheveux en chignon, alors que je laçais mes bottes, que j'ai remarqué que l'une des portes de l'armoire ressortait plus que l'autre. Je me suis approchée lentement et j'ai tiré sur la poignée. Elle a pivoté sans bruit sur ses gonds, découvrant l'espace vide qui se trouvait derrière. Je me suis ruée sur ma malle, j'ai soulevé le couvercle, j'ai jeté la robe en soie grise, une pile de mouchoirs et quelques travaux d'aiguille que j'avais oubliés avant de trouver ma chemise de corps, roulée comme un parchemin sous mes bas et mon corset. Quand je l'ai secouée, la clé de l'armoire est tombée avec un bruit sourd sur une rose du tapis de Marianna.

Hélas, je n'avais pas le temps de m'interroger sur les activités nocturnes de Davy. J'avais bien trop de choses à faire. Comment s'y prenaient-elles, ces femmes qui comme Mme Hardcastle organisaient régulièrement des soirées réunissant une centaine d'invités ? Moi, j'en attendais cinq en tout et pour tout, pourtant je n'avais pas une minute à moi – mettre une dernière touche aux plats en cuisine, allumer les cheminées, aller chercher les tasses rayées de mon oncle, faire des bouquets de fleurs et remettre en place un pan de tapisserie qui avait résisté à la colle de Mary… Mais j'étais ravie de m'absorber dans ces préparatifs, excitée par la moindre petite tâche. J'aurais voulu que cela dure éternellement, que la fête n'ait jamais lieu, que demain ne vienne pas.

Néanmoins j'ai accompli chaque tâche l'une après l'autre et, à six heures et demie, le feu brûlait gaiement dans la bibliothèque, les biscuits, scones, entremets, tourtes, fruits confits, mes concombres à l'aneth et un pichet de jus de fruit étaient disposés sur une table, le long du mur. Et partout fleurissaient des bouquets de pâquerettes, jacinthes et roses. J'avais revêtu la robe turquoise avec les ballerines assorties et Mary était en train de me coiffer tandis que la pluie, après avoir menacé toute la journée, s'était enfin décidée à tomber, cinglant les carreaux comme un fouet. Je me dandinais sur la banquette capitonnée, nerveuse, regrettant désespérément mes choix vestimentaires. Mary m'a donné un petit coup sur la tête.

– Tenez-vous tranquille, mam'zelle, ou je vais devoir tout recommencer !

Je me suis agitée davantage encore. Cette robe bleue était tellement légère, souple. J'avais la désagréable impression que j'allais assister à cette fête en chemise de nuit.

– Mary, je devrais peut-être...

– Non ! m'a-t-elle coupée en levant les yeux au ciel.

Elle m'a planté une dernière épingle avant de me tendre un petit miroir.

– Et voilà. Dites-moi ce que vous pensez de ça.

Je me suis tournée de sorte à voir l'arrière de ma tête dans la glace de la coiffeuse. Mary avait pris seulement une mèche de chaque côté de mon visage pour l'attacher assez lâche à la base de mon crâne, en y mêlant des rubans assortis à la robe, laissant les autres boucles libres. Elle avait accroché aux multiples rubans des brillants qui illuminaient ma chevelure auburn. J'en ai effleuré un du bout du doigt. C'était une breloque en cristal.

– Oh, Mary ! Où les avez-vous trouvées ?

– Je les ai fabriquées, tiens donc.

J'ai frôlé à nouveau le cristal avant de poser le petit miroir sur mes genoux.

– Mary, ça vient du lustre, n'est-ce pas ?

Elle a écarquillé les yeux innocemment.

– D'un lustre ? Bien sûr que non, mam'zelle ! Comment j'aurais pu faire ça ?

Tandis qu'elle s'affairait à ranger les ustensiles de coiffure, elle a croisé mon regard dans le miroir.

– Bon, d'accord... Si vous voulez tout savoir, je les ai récupérées sur une lampe, elles étaient en train de tomber. Mais ça rend beaucoup mieux sur vous, je vous assure.

Je suis restée un moment assise là, à écouter le tonnerre gronder doucement, puis, soudain, j'ai pris la main de Mary dans la mienne pour la presser contre ma joue.

– Seigneur, mam'zelle ! a-t-elle protesté en se dégageant. Vous ne savez vraiment pas vous tenir, pour une jeune dame.

Mais je voyais bien, à la manière dont ses taches de rousseur s'étiraient sur ses joues, qu'elle était ravie.

– Et puis, de toute façon, c'est votre anniversaire.

C'était tout à fait juste. J'avais dix-huit ans, un jour qui, pour de multiples raisons, était unique. J'allais profiter de ma fête sans penser une seule fois à demain. Je lui ai souri et je suis allée attiser le feu avant l'arrivée des invités.

Mais, quand je suis entrée dans la bibliothèque, Lane était déjà là, fixant les flammes, sourcils froncés, vêtu d'une chemise blanche et propre, sans tache de suie, de peinture ou de sueur. Cependant je devinais à sa posture que quelque chose clochait. Il était tendu, sur la défensive. Il a levé les yeux à mon arrivée, comme s'il allait dire quelque chose, mais nous avons gardé le silence. Nous nous sommes contentés de regarder le feu, et j'ai senti à cet instant que le temps m'avait rattrapée. C'était le vingt-neuvième jour et notre petit jeu de faux-semblants était terminé. Je l'ai compris aussi clairement que si les mots avaient été prononcés tout haut. Le vide glacé qui s'est propagé dans ma poitrine ressemblait à l'idée que je m'étais toujours faite de la mort. Il m'a contemplée un long moment, ma robe, ma gorge dénudée, les cristaux dans mes cheveux. Puis il a replongé les yeux dans les flammes, en faisant grincer ses mâchoires l'une contre l'autre.

Finalement, il a pris la parole :

– Je vais vous amener M. Tully, mais je ne resterai pas. Je reviendrai quand vous serez partie.

J'ai acquiescé, il a soutenu mon regard.

– Vous n'êtes pas en colère ?

J'ai secoué la tête. Comment aurais-je pu être en colère ? J'aurais préféré qu'il attende le lendemain pour cesser de jouer le jeu. Juste un jour de plus, pour mon anniversaire... Mais je ne pouvais pas lui en vouloir. Jamais je ne pourrais.

– Tenez.

Il a tendu le bras. Au creux de sa main se trouvait un petit paquet. Je me suis approchée de la cheminée pour le prendre, j'ai maladroitement tiré sur la ficelle et, lorsque le papier d'emballage est tombé, j'ai aperçu un éclat argenté à la lueur du feu. Un cygne au plumage chatoyant s'était posé au creux de ma paume. Il avait les ailes déployées, comme s'il prenait son envol, et dans ma tête je voyais presque les rides qu'il provoquait à la surface de l'eau, l'onde silencieuse qui se répercutait en cercles de plus en plus grands jusqu'au rivage.

– Vous n'auriez pas dû, ai-je dit sans quitter la figurine des yeux.

– Pourquoi donc ?

– Parce qu'il est trop beau. C'est du gâchis.

– Du gâchis ?

Il fronçait à nouveau les sourcils. Je le sentais sans le voir.

– Oui, pour... rien.

Il y a eu un silence, puis sa voix grave a répliqué :

– C'est ce que vous appelez rien, Katharine ?

Je l'avais déjà entendu prononcer mon nom, dans la salle de bal, et cela m'avait déjà transpercée. Exactement comme la dernière fois, mon regard a été attiré presque contre ma volonté. Je l'ai plongé dans ses yeux gris, je m'y suis noyée, et, aussi clairement que j'avais compris, quelques minutes plus tôt, que le jeu était fini, j'ai su que Lane n'avait jamais joué. Il n'avait jamais fait semblant et, le ciel m'en soit témoin, moi non plus. On n'entendait que les craquements du feu et nos souffles, tandis que le monde se dérobait sous mes pieds. Et, soudain, il a tourné les talons et s'en est allé.

Je suis restée dix minutes seule dans la bibliothèque, dix rudes minutes durant lesquelles, privée brusquement des illusions dont je me berçais, je me suis enfin vue telle que j'étais, pour la première fois depuis que ma malle avait été jetée dans l'allée envahie de mauvaises herbes de Darkwind. J'ai fermé les yeux, calme dans mon désespoir, et j'ai serré le cygne d'argent dans ma main, sentant sa chaleur irradier en moi. J'étais en train de perdre tout ce qui m'était le plus cher, des choses que jusqu'à maintenant j'ignorais posséder. J'avais toujours eu en tête de sauver ma peau, mais de tous mes mensonges ridicules émergeait une seule vérité : en quittant Darkwind, en détruisant Darkwind, c'était moi que j'allais détruire. Personne ne serait épargné.

Lorsqu'on a frappé à la porte de la bibliothèque, je me suis levée pour déposer le cygne avec précaution sur le manteau de la cheminée, puis je me suis redressée, bien droite. Je pouvais tout du moins faire en sorte que mon oncle passe une bonne soirée, même si c'était devenu un véritable cauchemar pour moi. Cependant, quand j'ai ouvert la porte, ce n'était ni Lane ni oncle Tully, mais Ben Aldridge, toujours aussi aimable, avec un bouquet et une bouteille à la main. J'ai accroché un sourire à mes lèvres. Je commençais à être douée pour faire semblant.

– Bon anniversaire, mademoiselle Tulman, a-t-il lancé. Puis-je ajouter que vous êtes très en beauté ce soir ?

Quelque temps plus tôt, j'aurais été soulagée au-delà du raisonnable par ce compliment, surtout parce qu'il me rassurait sur mon choix vestimentaire – quant à la remarque sur ma beauté, je ne m'y serais pas arrêtée. Mais désormais, bizarrement, l'idée que Ben me trouve belle me semblait beaucoup plus facile à croire. J'ai esquissé une petite révérence, comme si j'étais l'un des jouets de mon oncle.

– Merci, monsieur Aldridge. Entrez, je vous en prie.

Lorsqu'il a franchi le seuil, ôtant un chapeau constellé de gouttes de pluie, j'ai aperçu Davy dans la pénombre du couloir, les yeux baissés, le menton enfoui dans la fourrure de son lapin. Voilà quelqu'un d'autre que je pouvais rendre heureux ce soir, même si ce n'était que pour un court moment. Je lui ai tendu la main.

– Viens, Davy, entre. Tu n'as rien à craindre. J'ai quelque chose pour toi.

Il m'a suivie à contrecœur et je l'ai conduit derrière le canapé pour lui montrer le cheval à bascule que Mary et moi, à la dernière minute et non sans mal, nous avions traîné par le passage secret de l'armoire, nettoyé et installé dans la bibliothèque. Cette robe me laissait une telle liberté de mouvement que j'ai pu aisément me pencher à l'oreille de Davy pour murmurer :

– Et tu peux revenir jouer avec quand tu voudras. Pas la peine de traverser ma chambre la nuit. Ce sera notre petit secret si tu veux, comme le livre, et le vallon.

Je croyais lui faire plaisir, je voulais tellement lui faire plaisir. Mais il se tenait tout raide, la main crispée.

– N'aie pas peur, Davy. Sincèrement. Je ne suis pas en colère...

Puis j'ai regardé de plus près sa main dans la mienne. Une tache écarlate apparaissait juste sous le poignet de sa chemise, avec de petites cloques sur sa peau sombre.

– Tu t'es brûlé ! me suis-je exclamée en me penchant à nouveau pour l'examiner. Tu t'es approché trop près du poêle ? Tu as montré ça à Mme Jefferies ?

Mais son visage avait repris une expression impassible, comme un moule vide.

– Vous avez dû vous donner beaucoup de mal pour rendre cette partie de la maison aussi confortable, mademoiselle Tulman ! s'est exclamé Ben Aldridge.

Il admirait une aquarelle de la lande à la lueur des bougies, sa bouteille et son bouquet toujours à la main.

– Excusez-moi, monsieur Aldridge, j'ai oublié de vous débarrasser.

J'ai laissé Davy fixer le cheval à bascule et je suis retournée de l'autre côté du canapé pour prendre le chapeau de Ben. Il m'a tendu son bouquet, j'ai reconnu la beauté sauvage des fleurs de son jardin.

– Elles sont pour vous, bien entendu. Cependant, je constate que vous n'étiez pas en manque.

Il a souri en contemplant un vase où s'épanouissait l'un des arrangements floraux de Mary.

– En revanche, je suis presque sûr que vous n'avez rien qui ressemble à ça.

Il a brandi sa bouteille.

– Bordeaux, 1802.

– Du vin français, ai-je remarqué en déchiffrant l'étiquette. D'où vient-il ?

Le sourire de Ben s'est élargi.

– Je l'ai trouvé caché dans une alcôve secrète au fond du cottage de ma chère vieille tante.

Il m'a adressé un clin d'œil.

– On l'ouvre ? C'est l'occasion rêvée...

J'allais répondre quand un coup frappé à la porte m'a arrêtée. J'ai posé les fleurs sur la table, le satin bleu de ma robe bruissant tandis que je traversais la pièce. Dès que j'ai entrouvert la porte, oncle Tully s'est faufilé à l'intérieur, manquant de me renverser tant il avait hâte de se réfugier dans cette pièce familière. Lane est apparu sur le seuil, mais je n'ai pas pu soutenir son regard. Il avait tenu parole. Et maintenant il allait repartir et je ne le reverrais plus jamais. Je me demandais si mon oncle pouvait entendre les rouages de mon cœur se briser et si, comme pour l'automate représentant mon père, il saurait les réparer.

– Lane ! Lane ! s'est-il écrié.

Il tournait en rond, dans le sens des aiguilles d'une montre, en contemplant la bibliothèque.

– Viens voir ! C'est merveilleux, n'est-ce pas ? Regarde le...

Et là, soudain, ses yeux pétillants se sont posés sur moi. Il s'est figé, puis s'est remis à marcher, à pas lents, sur le tapis couvert de roses pour venir se poster devant moi, un soupçon trop près. Il s'est penché sur le côté, a pris une profonde inspiration et, l'espace d'un instant, j'ai cru qu'il allait m'embrasser sur la joue.

– Lane ! a-t-il soudain hurlé, à proximité de mon oreille.

J'ai sursauté.

– Elle sent juste comme il faut. Pas l'huile de moteur, mais juste comme il faut !

Ben pouffait et mon oncle souriait, quand, tout à coup, Mme Jefferies a écarté Lane pour se frayer un passage à l'intérieur de la pièce, hors d'haleine, dégoulinante et visiblement fort mécontente. Mais je n'avais d'yeux que pour son neveu. La tension était palpable dans sa posture, comme s'il était prêt à bondir. Son regard est tombé sur la bouteille que Ben avait à la main.

– Dieu du ciel ! a pesté Mme Jefferies. On peut savoir à quoi vous jouez ?

J'ai détaché les yeux de Lane pour la voir qui me fixait, les mains sur les hanches ; son bonnet de dentelle trempé pendait dans son dos. Elle n'était pas juste mouillée, mais ruisselante de pluie. Elle a brusquement tourné la tête vers le canapé, comme si on l'avait appelée, et sur son visage la fureur a instantanément cédé la place au soulagement. Elle s'est ruée sur le pauvre Davy pour l'écraser contre sa poitrine trempée tandis que mon oncle fondait avec une détermination comparable sur le coffre à jouets posé dans un coin de la pièce. Je suis restée plantée là, perplexe, jusqu'à ce que la voix de Lane résonne dans mon dos.

– Laissez-moi vous expliquer. Tante Jeff a fouillé tout le jardin, paniquée, parce qu'elle ne trouvait pas Davy. Elle dit qu'il a arrêté de lui parler. Elle va faire sa poule furieuse toute la soirée, en donnant des coups de bec à quiconque osera l'approcher. Par ailleurs, vous ressemblez tellement à votre grand-mère, là, au beau milieu de cette pièce, que c'est un choc pour tous ceux qui l'ont connue. Et apparemment vous dégagez également la même odeur, qui n'a rien à voir avec celle de l'huile de moteur.

– C'est la robe, me suis-je empressée de répliquer. Mais vous, comment pouvez-vous savoir quelle allure avait ma grand-mère ?

Je relançais la conversation de peur qu'il ne parte.

– Parce que je l'ai sculptée, vous vous souvenez ? Je connais les moindres courbes de son visage. Elle était enfant, mais ça ne change rien.

J'ai détourné les yeux. Cela signifiait-il qu'il connaissait aussi les moindres courbes de mon visage ? Oncle Tully avait sorti le petit bateau du coffre à jouets et le triturait avec un tournevis, les yeux brillants d'excitation, comme lorsqu'il avait disserté sur le chiffre dix-huit. Ben s'est accroupi auprès de lui, papillon de nuit attiré par la flamme. Pendant ce temps, Mme Jefferies scrutait le regard vide de Davy en lui murmurant des mots que je n'entendais pas. Je me suis tournée vers le feu, le souffle court. Il y avait tant de choses à dire et si peu de temps pour les dire. Le cygne en argent trônait sur la cheminée, les ailes déployées, comme s'il voulait prendre son envol. J'ai caressé ses plumes étincelantes du bout du doigt.

– Vous avez dû passer du temps à le faire, ai-je remarqué.

J'ai senti qu'il se fermait à nouveau. Il ignorait que j'avais vu ses créations et je ne pouvais pas lui expliquer comment c'était arrivé. Mais c'était très important à mes yeux qu'avant de partir, il sache que je comprenais.

– Quand je le regarde, j'ai l'impression qu'il aimerait s'envoler.

– Vous aussi, vous aimeriez voler, je pense. C'est pour ça que je vous l'ai donné.

La voix de Mme Jefferies a rompu la douceur de cet instant comme un coup de hache aveugle.

– Alors quand est-ce qu'on mange ? Ça va être froid, je vous préviens. Puis faut entretenir le feu. Et vous ne voyez pas que cet enfant meurt de faim ?

Je me suis détournée du cygne, trop engourdie de douleur pour m'emporter. Je pleurerais plus tard.

– C'est un buffet froid, madame Jefferies. Évidemment, Davy peut se servir. Et vous aussi, bien sûr.

Le petit garçon avait vraiment l'air misérable. Je me suis approchée de la table pour lui remplir une assiette, mais la cuisinière me l'a arrachée des mains.

– Je m'en occupe !

– Si on ouvrait le vin ? a proposé Ben.

Mon oncle était toujours absorbé par le petit bateau. J'ai souri, ravie de la distraction.

– Volontiers, monsieur Aldridge.

Je me suis adressée à Davy :

– Où est passé Bertram ?

Le garçon s'est empressé de scruter les environs, mais le lapin n'était qu'à quelques pas, en train de ronger paisiblement le pied d'une chaise. J'ai soulevé la serviette qui couvrait une assiette de laitue et de légumes verts avant de la tendre à Davy, qui m'a gratifiée de la première esquisse de fossette de la journée avant de se pencher pour la poser par terre.

– Puis-je vous servir un verre ? a proposé Ben à Mme Jefferies en débouchant la bouteille.

– Non, je touche pas à ça, a-t-elle répliqué en remplissant son assiette.

– Monsieur Moreau ? a-t-il lancé par-dessus son épaule.

– Non, a répondu la voix grave.

Ben a tourné le dos au reste de la pièce.

– Alors ce sera juste pour nous deux, mademoiselle Tulman.

Tandis qu'il versait le bordeaux, je l'ai observé, intriguée, avec son costume marron, son visage enfantin encadré de favoris. Ben Aldridge était décidément un gentleman. Un gentleman qui m'avait escortée jusqu'au village et retour, ainsi qu'à l'atelier, et qui était jaloux – oui, vraiment jaloux, ai-je décidé – que je passe du temps avec un autre jeune homme. J'ai secoué la tête. Quelle idiote. Je venais seulement d'ouvrir les yeux. Si je l'avais correctement encouragé, Ben aurait pu me sauver de tante Alice. Et ça ne m'aurait peut-être pas dérangée. Pas trop, en tout cas. Mais j'avais également laissé filer cette chance. Désormais, s'il me sauvait, ce ne serait pour moi qu'une autre servitude. Il ne pourrait jamais rivaliser avec ce que j'aurais voulu avoir. J'ai jeté un regard à la silhouette sombre et longiligne qui nous observait, adossée à la cheminée, immobile, les muscles tendus, tel un félin prêt à bondir, tandis que Ben me tendait le verre de vin.

Si je devenais l'épouse de Ben Aldridge, je pourrais mentir à tante Alice sans en craindre les conséquences. Je ne risquerais plus de mourir de faim dans les rues de Londres. Mais je ne pouvais tout de même pas être égoïste au point de faire porter à Ben le fardeau d'une femme qui perdait la raison. Si ? S'il m'était possible de mentir à ma tante, alors Lane et oncle Tully ne seraient pas obligés de partir, pas avant très longtemps. Peut-être même jamais si maître Babcock avait vu juste. Qu'est-ce qui valait la peine d'être sacrifié pour ça ? Pas mal de choses, à mon avis.

– À votre avenir radieux, mademoiselle Tulman ! a lancé Ben en levant son verre.

Je lui ai souri en le regardant par en dessous, battant des cils, vaguement mal à l'aise néanmoins.

– Merci, monsieur Aldridge.

J'ai senti le regard réprobateur de Lane sur moi, mais j'ai pris soin de ne pas le croiser tout en sirotant mon vin. Je n'avais jamais bu de bordeaux, et je n'en appréciais pas particulièrement le goût, mais Ben n'avait pas besoin de le savoir. J'en ai pris une autre grande gorgée.

– Puis-je vous préparer une assiette, monsieur Aldridge ? ai-je proposé.

Le fait de se restaurer a légèrement détendu l'atmosphère. Au moins, bouches et mains étaient occupées. J'ai apporté à mon oncle son habituel thé accompagné d'une tartine. Comme je revenais vers lui, Ben m'a tendu une assiette de concombres, puis nous nous sommes assis côte à côte sur le canapé. Mon plus beau sourire forcé aux lèvres, j'ai dégusté mes crudités en l'écoutant parler, feignant de m'intéresser à son nouveau poste à Londres et à la maison qu'il espérait y acquérir.

J'ai penché la tête en arrière pour vider mon verre, faisant tinter les cristaux de mes cheveux, tandis que Ben allait s'asseoir par terre avec mon oncle, pour le regarder jouer avec son bateau. Il faisait chaud, étouffant même, mais en m'épongeant les tempes à l'aide d'une serviette, je souriais. Mon oncle avait l'air heureux, et le voir si content me ravissait. Lane se tenait toujours immobile devant la cheminée, sans manger ni boire, à me regarder, statue de dieu grec aux yeux gris. Et pendant ce temps la pluie et le vent battaient toujours les carreaux.

Soudain plusieurs choses se sont produites en même temps. Ben s'est levé d'un bond et a fait un pas en arrière, nous surprenant tous. Il contemplait le bateau d'oncle Tully, qui était désormais muni d'un mécanisme à roue en son milieu. Ainsi, il tenait parfaitement en équilibre sur la pointe de sa quille, sans pencher à droite ni à gauche, aussi impossible que cela puisse paraître. Oncle Tully a battu des mains.

– C'est juste comme il faut ! s'est-il écrié. N'est-ce pas ? Juste comme il faut ! Pour dix-huit, et juste comme avant. Tout est juste comme avant...

Sur ce, la porte du couloir s'est ouverte à la volée et Mary Brown a fait son entrée, échevelée, tellement essoufflée qu'elle en avait du mal à parler. Elle a refermé la porte derrière elle aussi doucement que possible et s'y est adossée.

– Des hommes ! a-t-elle lancé dans un murmure. En bas. Deux, mam'zelle. Qui demandent après M. Tully. Et l'un d'eux est juge !

XIX

Il m'a fallu dix secondes pour comprendre ce que Mary venait de dire. Le juge. Oncle Tully. Tante Alice. Les lettres... que j'avais jetées au feu sans les lire. Le moment tant redouté n'était pas dans un futur lointain, il était arrivé. C'était maintenant. Je me suis levée, en sueur, en me tenant d'une main au canapé.

– Je leur ai dit que je ne connaissais pas de M. Tulman et j'ai filé, mais ils m'ont suivie, a haleté Mary. Et je pense qu'ils m'ont entendue monter les escaliers. Si oui, ils seront là d'un instant à l'autre.

– Lane ! a crié Mme Jefferies, mais il s'était déjà rué au côté de mon oncle.

À la vue de Mary, ce dernier s'était tapi contre le mur, agrippant sa redingote. Quant à Ben, il s'était levé, les bras ballants, toujours fasciné par le bateau en équilibre.

– Venez, monsieur Tully, a fait Lane. La récréation est terminée...

– Non ! a protesté mon oncle, pris de panique. Non, NON ! Ce n'est pas l'heure, ce n'est pas...

– Lane ! a supplié Mme Jefferies. S'il te plaît...

Puis elle a pivoté sur elle-même, au désespoir.

– Où est passé Davy ? Où...

J'ai traversé la pièce en courant pour m'agenouiller devant mon oncle, tandis que Lane s'écartait pour me faire de la place.

– Mon oncle, regardez-moi.

J'ai patienté le temps que ses yeux bleus se fixent sur mon visage.

– C'est Mary Brown qui vient d'arriver. Je vous ai déjà parlé d'elle, vous vous rappelez ? Elle aime beaucoup les jouets. N'est-ce pas, Mary ?

Mary a cligné des yeux comme une chouette avant d'acquiescer avec enthousiasme. J'ai attendu que le regard de mon oncle revienne sur moi.

– Emmenez votre bateau dans la chambre de Marianna pour le montrer à Mary et attendez-moi là-bas, je vous rejoins.

Les yeux vifs d'oncle Tully se sont faits graves.

– Je dois attendre ?

– Oui, mon oncle.

– Je crois qu'ils arrivent, mam'zelle ! a sifflé Mary, l'oreille collée à la porte.

Mon oncle lui a jeté un regard anxieux.

– Je dois faire ce que me dit la fille ?

– Oui.

C'était une chance inespérée.

– C'est maintenant que les gens arrivent ? Je dois aller dans le souterrain si cette fille me le dit ?

J'ai scruté son visage sérieux.

– Oui, mon oncle. Mais allez d'abord dans la chambre de Marianna. C'est compris ?

Mon oncle a hoché la tête, ramassé son bateau, dont la roue tournait encore, et a pris docilement le bras de Mary, comme s'il la connaissait depuis toujours. Ils ont filé ensemble par la porte latérale, les pans de la redingote de mon oncle flottant derrière lui.

J'ai entendu Mme Jefferies murmurer :

– Elle l'avait préparé... Ô Seigneur tout-puissant, Mme Marianna l'avait préparé...

« Oui, grand-mère, ai-je pensé, fermant les yeux. Vous l'aviez préparé il y a des années car vous saviez que c'était inévitable. J'espère que vous pourrez me pardonner ce que je dois faire maintenant. »

Le tonnerre a grondé, ébranlant la pièce silencieuse. J'espérais qu'ils pourraient tous me pardonner, un jour, pour ce que je m'apprêtais à faire. J'ai rouvert les yeux avec l'intention de me lever, mais j'ai dû me retenir au dossier d'une chaise pour éviter de tomber. Les roses du tapis étaient toutes floues. J'avais la nausée. Lane a fait un pas vers moi tandis que, dans le couloir, une voix d'homme, la voix d'un inconnu, a prononcé le mot « lumière ». Je me suis redressée, toujours cramponnée à la chaise, la nuque et le front trempés par l'effort. La porte de la bibliothèque s'est ouverte en grinçant.

Deux hommes se tenaient sur le seuil et nous contemplaient, leurs hauts-de-forme et leurs pardessus piquetés par la pluie. L'un des deux était grand et rasé de près, l'autre, beaucoup plus petit avec la barbe blonde la plus broussailleuse et la plus touffue que j'aie jamais vue. Le plus élancé a ôté son chapeau.

– Vous voudrez bien nous pardonner, mais personne n'est venu à la porte et nous avons eu toutes les difficultés du monde à trouver un domestique.

Au début, aucun de nous n'a répondu, puis Ben s'est avancé avec son air cordial.

– Entrez, messieurs. Nous sommes très heureux de vous accueillir. Et nous acceptons vos excuses pour le dérangement. Je suis M. Aldridge. Asseyez-vous au coin du feu.

– Non, merci, monsieur, a répondu l'homme à la barbe en broussaille, d'une voix forte et sèche. Je m'appelle Lockwood, je suis juge en ce comté. Et voici maître Thomas Purdue, avocat à la cour. Veuillez nous mener auprès de M. Frederick Tulman immédiatement, je vous prie. Nous avons une affaire à régler sans délai.

Un silence gêné s'est fait dans la pièce. M. Lockwood a pointé son menton barbu face à chacun de nous pour nous dévisager tour à tour, tandis que maître Purdue semblait s'étonner de la profusion de fleurs.

– Peut-être avons-nous interrompu... ?

– Allez ! a insisté M. Lockwood, ignorant sa question. Nous sommes venus de loin, à travers lande et tempête, et je n'ai pas l'intention de m'être déplacé pour rien. Nous avons un constat de démence à établir.

Son regard perçant s'est posé sur la table où Bertram était maintenant perché, la tête dans un saladier, en train de finir mes concombres. « C'est ainsi qu'ils considèrent mon oncle, ai-je pensé, comme un spécimen dans une vitrine, un animal en cage. » Ça m'a mise en colère.

– Veuillez nous mener auprès de M. Tulman, s'il vous plaît, a repris maître Purdue, plus contrit. Nous pourrons ainsi régler l'affaire sans heurts.

– Et qui donc a déposé la requête, monsieur le juge ? ai-je demandé d'une voix un peu trop forte.

Les yeux surplombant la barbe blonde se sont posés sur moi : voilà que j'étais désormais le spécimen. J'avais la vague impression que quelque chose clochait – un problème de chandelier et d'absence de corset, me semblait-il, mais je ne parvenais pas à déterminer quoi exactement.

– Cette information est confidentielle pour le moment, mademoiselle, a répondu maître Purdue. Ce genre de constat est toujours fait à regret et uniquement pour la sécurité du patient, bien entendu. Le requérant a été assuré que son anonymat serait préservé.

– Oh, allez ! a répété M. Lockwood. Enfin, regardez-les, Thomas. Une bande de voleurs surpris la main dans le sac. Ils savent tous fort bien pourquoi nous sommes là. Sinon, pourquoi cette gamine aurait-elle détalé comme un lapin en nous voyant ? Alors allons-y, maintenant. Nous avons déjà pris un retard considérable et, si nous ne sommes pas partis dans la demi-heure, il n'y aura plus personne pour nous ouvrir chez le Dr Whitby. Et à ce rythme-là…

M. Purdue a répondu, puis Mme Jefferies s'est mise à débiter un charabia sans queue ni tête tandis que la barbe du juge s'agitait fébrilement. Leurs mots se sont mêlés en un chœur incompréhensible. Je me cramponnais au dossier de la chaise comme si je voulais le briser. Je n'étais pas simplement agacée, je tremblais de colère, la rage me consumait. Alice Tulman n'avait même pas le courage d'agir à visage découvert. Et visiblement ces hommes avaient déjà pris leur décision ou bien elle s'était chargée de les convaincre. Parce que mon oncle avait une manière différente de penser, une vision du monde qu'ils ne comprenaient pas, et une fortune que d'autres rêvaient de dépenser. Voilà pourquoi ils allaient l'enfermer dans une cellule sans même l'avoir correctement examiné. Le mettre en cage comme un spécimen.

Et soudain, en dépit de toute logique, et sans même avoir pris le temps d'y réfléchir vraiment, j'ai su que ça n'arriverait pas. Je me moquais de passer le reste de ma vie à mendier au coin d'une rue ou à rouler des cordes dans un hospice de travailleurs, ou même de mourir sous une haie. Pour une fois, l'avidité de tante Alice ne serait pas satisfaite. Quoi qu'il arrive le mois prochain, l'an prochain ou même demain, ce juge ne toucherait pas à un seul cheveu de mon oncle. J'ai levé la voix pour couvrir le brouhaha :

– Excusez-moi, messieurs, mais j'ai peur que vous n'ayez commis une erreur. Personne ici n'a besoin de vos services. Nous n'avons pas de fou dans cette maison.

Le vacarme s'est tu. Nul n'osait dire un mot, mais je voyais du coin de l'œil la bouche entrouverte de Mme Jefferies. Je me suis agrippée plus fort à la chaise, malgré les échardes qui s'enfonçaient sous mes ongles.

– Peut-être n'êtes-vous pas à la bonne adresse ? Si vous êtes pressés, je vous en prie, ne vous attardez pas davantage pour nous. Puis-je demander qu'on vous raccompagne à la sortie ?

Tremblant, bouillant toujours de rage, je sentais la présence de Lane dans mon dos. Comme je fixais les deux hommes à l'autre bout de la pièce, j'ai eu l'impression de voir le visage de maître Purdue se transformer.

M. Lockwood a détaché les yeux de ma personne pour s'adresser à Ben, qu'il semblait considérer en charge de cette étrange affaire.

– Monsieur, si vous voulez bien nous indiquer aimablement où se trouve M. Tulman, je serai...

– Frederick Tulman est un gentleman fort respectable, ai-je déclaré d'un ton posé pour bien me faire comprendre. On raconte même qu'il serait en passe d'être anobli.

– Tout à fait, a confirmé Mme Jefferies.

– Cela devrait sans doute se faire sous un an ou deux, mais en attendant...

– Katharine...

La voix grave et basse qui susurrait dans mon dos m'a fait perdre mes moyens.

– Katharine, redressez-vous...

– ... mais en attendant... M. Tulman est aussi... sain d'esprit que moi... quoi qu'en dise... ma tante Alice...

– Seriez-vous, par hasard, Mlle Katharine Tulman, jeune dame ? m'a demandé M. Lockwood.

Comme je le regardais en clignant des yeux, il a repris :

– Humpf, c'est bien ce que je pensais.

Il a soupiré avant de se tourner vers Ben.

– Inutile de jouer au plus fin, monsieur Aldridge. Si M. Tulman est en ces lieux, allons le voir et finissons-en au plus vite. Un médecin très compétent nous attend à...

– Mais elle vient de vous le dire ! est intervenue Mme Jefferies. Y a rien qui cloche chez M. Tully... euh... M. Tulman.

– Oncle... M. Tulman n'est pas présent, ai-je déclaré lentement.

J'avais la tête qui tournait. Il faisait tellement chaud, je n'arrivais plus à respirer.

– M. Tulman est parti en voyage, un très long voyage...

Un bras s'est enroulé autour de ma taille, j'ai senti quelqu'un dans mon dos, un soutien dans cette pièce mouvante.

– J'ai l'impression qu'il y a confusion..., a commencé maître Purdue.

– Rien ne me semble confus, à moi, jeune homme, a répliqué Mme Jefferies. Et à vous ?

Je sentais les cauchemars qui cherchaient à s'insinuer dans mon esprit, j'avais les doigts qui brûlaient, ils étaient en feu ! Ça me faisait si mal que je dégoulinais de sueur. Je me suis agrippée au bras qui me maintenait.

– Nous souhaitons voir M. Tulman pour un constat de démence...

– Redressez-vous, murmurait la voix à mon oreille. Bon Dieu, Katharine, redressez-vous...

– ... pas sur sa personne, bien entendu. L'accusation de démence concerne...

J'avais le feu aux jambes également, il léchait les mollets de sa langue brûlante.

– ... sa nièce, Katharine Tulman.

Accusée de démence. Sa nièce Katharine Tulman. Mais oui, je me souvenais. Katharine voyait des choses qui n'existaient pas. Le bras m'a serrée plus fort.

– Ciel, John ! s'est écrié M. Purdue. La voilà qui délire maintenant...

– Elle est soûle, a répondu la voix grave.

Je voulais éteindre le feu. Ça faisait mal comme des milliers d'insectes qui me piquaient...

– Elle délire, ça se voit.

On essayait de me prendre la main, mais il fallait que je repousse ces insectes. Ils me faisaient mal, ils grimpaient dans mon cou, ils m'empêchaient de respirer.

– Voyons, a dit M. Lockwood.

Il était tout près.

– Laissez-moi la tenir, fiston, pour éviter qu'elle se blesse...

– Non ! ai-je hurlé alors que je pouvais à peine respirer. Laissez-moi... empêchez-les de...

Quand j'ai ouvert à nouveau la bouche, je n'avais plus d'air. J'ai tendu le bras et un tremblement de terre a ébranlé mon corps. Je frissonnais violemment et, malgré le bras qui me soutenait, je suis tombée brutalement au sol, claquant des dents sans pouvoir m'arrêter. J'avais un goût de sang dans la gorge, j'entendais mon nom, des voix. Quelqu'un a crié :

– Docteur !

J'ai ouvert les yeux et, dans mon monde chavirant, j'ai aperçu Bertram sur la table au milieu des tourtes et des fruits confits. Ses pattes arrière tressautaient bizarrement, une mousse blanche s'échappait de sa gueule comme s'il avait mangé de la crème. Un pistolet a surgi de la veste de M. Lockwood et une brève flammèche en a jailli, je l'ai vue fendre les airs bien avant d'entendre l'explosion. Et quand elle a retenti, elle m'a semblé très lointaine. J'ai fermé les paupières avec l'impression de sombrer au fond d'un trou.

XX

J'étais enfermée dans une caisse, paralysée, si bien que je ne pouvais ni bouger, ni voir, ni entendre. Je n'étais capable que de penser, et même ma réflexion était vague et désordonnée. Un poids pesait sur ma poitrine, je n'avais pas d'air, une douleur terrible me déchirait les entrailles, ça me brûlait, ça me lançait, et je ne pouvais rien faire, pas même gémir ni replier les genoux contre moi. Je ne pouvais que sentir sa présence, et l'endurer. Quand la souffrance silencieuse n'a plus été supportable, la lourde boîte qui m'entourait a été tournée en tous sens par une force étrangère à moi. Je me suis dit que j'étais peut-être en train de vomir, mais c'était également hors de mon contrôle. La douleur a diminué, ma poitrine s'est dégagée, j'ai plongé dans un silence profond, lourd, plus rien n'existait à part l'obscurité, moi et ma caisse. Je gisais allongée, immobile, dans le fond.

Au bout d'un moment, j'ai entendu quelque chose, des bruits me parvenaient, le grincement d'une lame de parquet, une porte, de l'eau dans un verre. J'ai entendu la voix rauque de Mme Brown et celle d'un inconnu qui lui répondait. J'ai entendu mon nom à maintes reprises, répété tout bas à mon oreille. Ma respiration s'est faite plus calme, plus ample et, tout doucement, j'ai glissé dans le sommeil.

À mon réveil, un jour gris baignait la chambre de Marianna, la lumière d'un après-midi chargé de nuages. Seules une ou deux chandelles l'éclairaient, mais pour le reste, la pièce était plongée dans la pénombre. J'ai scruté un moment le baldaquin de tissu rose tendu au-dessus de ma tête. Après l'avoir examiné consciencieusement, j'ai déplacé mon regard et j'ai aperçu Mary, les yeux rougis.

– Que s'est-il passé ? ai-je voulu demander.

Mais j'étais plus faible que je ne le croyais. L'air soucieuse, Mary s'est penchée vers moi. Je me suis efforcée de parler plus fort :

– Qu'est-ce qui m'est arrivé ?

– Vous avez fait une crise, mam'zelle, a-t-elle chuchoté. Dans la bibliothèque, sous les yeux du juge et de l'avocat. Ils allaient vous emmener, quand vous êtes tombée raide par terre, en tremblant, et puis le lapin a eu la même chose. Puis vous vous êtes figée et on a cru que vous étiez morte, mais il vous a forcée à prendre un liquide noir qui vous a fait vomir et... vous ne bougiez plus du tout...

Elle m'a pris la main et l'a tapotée.

– On a envoyé chercher le docteur à Milton, mais il pleut tellement qu'il n'est pas encore arrivé.

J'ai tenté de mettre en relation le récit de Mary avec les images incohérentes dont j'avais le souvenir, mais j'étais tellement épuisée que j'ai fermé les yeux.

– Vous rendormez pas, mam'zelle ! Vous ne voulez pas parler encore un peu ? Ou boire un peu d'eau ?

Son désarroi m'a fait culpabiliser. J'ai rouvert les paupières et, au prix d'un immense effort, j'ai demandé :

– Qui ça, « il » ?

– Quoi, mam'zelle ?

Ses taches de rousseur se sont froncées, signe qu'elle se concentrait pour essayer de me comprendre.

– Vous avez dit qu'il m'avait... m'avait...

J'espérais qu'elle allait saisir, parce que j'étais à bout de forces.

– Oh !

Son visage s'est éclairé.

– Lui, c'est lui, mam'zelle, a-t-elle affirmé, ajoutant à ma confusion.

J'ai soupiré et j'ai sombré dans le sommeil.

Lorsque je me suis réveillée à nouveau, il faisait noir dehors, et je me suis rendu compte qu'il avait dû pleuvoir, simplement parce que je n'entendais plus la pluie tambouriner. La mère de Mary dormait dans mon fauteuil et ronflait, la bouche grande ouverte, mais, à part ça et le crépitement du feu, la pièce était très silencieuse. J'ai tenté de bouger les bras, soulagée de sentir un peu de vie en moi. Je me suis assise dans mon lit, j'ai attendu que le vertige se dissipe, puis j'ai passé mes deux pieds d'un côté du matelas. J'ai titubé tant bien que mal jusqu'à la salle de bains, notant que je portais toujours la robe de ma grand-mère, maintenant complètement froissée, et j'ai fermé la porte. Quand je suis revenue dans la chambre, Lane était dans l'ombre, assis au bout du lit de Marianna.

Je n'ai pas vérifié si Mme Brown dormait toujours ou pas, ni pensé à mieux m'habiller. J'ignorais combien de temps je pourrais tenir sur mes jambes. Je me suis recouchée dans ma robe de soie et blottie sous la portion d'édredon que Lane ne bloquait pas sous son poids.

– Comment vous sentez-vous ? m'a-t-il demandé.

– Un peu fatiguée, ai-je murmuré.

J'étais épuisée.

Nous sommes restés ainsi quelques minutes, à écouter Mme Brown ronfler. Sans dire un mot, Lane m'a aidée à m'installer sur une pile d'oreillers. Mais c'était mon corps qui était éreinté, pas mon esprit. Mon esprit comptait et recomptait, essayait de classer une série d'évènements confus dans un ordre logique. Lane. La fête. Épouser Ben pour sauver mon oncle. Un juge, un homme au visage changeant, le feu dans mes entrailles, une flamme jaillissant d'un pistolet. La douleur, le calme. Des mots à mon oreille et, je crois, une main dans la mienne. Comme j'aurais aimé pouvoir être sûre que c'était bien réel.

– Je suis malade ? ai-je finalement demandé.

– Vous avez été empoisonnée, a répondu Lane.

J'ai froncé les sourcils, tentant de comprendre.

– M. Cooper le confirme, a-t-il poursuivi, mais nous attendons le Dr Metcalfe, de Milton. Et nous avons envoyé chercher maître Babcock. La pluie a fait déborder la rivière et une partie de la route de la lande est inondée. Mais c'est en train de se calmer.

J'ai acquiescé, sans savoir s'il me voyait dans la pénombre, avec l'édredon remonté jusqu'au menton. J'ai repensé à ce que Mary m'avait dit.

– Est-ce vous qui m'avez fait... rendre ?

– Je vous ai donné de l'ipéca pour vous faire vomir.

– Quel sorte de poison était-ce ?

– M. Cooper l'ignore.

– Mais comment l'ai-je... Dans quoi était-il ?

– Bertram a mangé des concombres et il a été malade aussi.

Je me rappelais le monde qui tremblait, le bruit d'explosion qui avait mis tant de temps à parvenir à mes oreilles.

– Quelqu'un a abattu Bertram ?

– Oui. M. Lockwood a cru qu'il avait la rage.

J'ai fermé les yeux.

– Où est Davy ?

– Tante Jeff ne l'a pas trouvé.

– Elle sait où chercher ?

– Oui, je le lui ai dit.

– Il reviendra, ai-je affirmé même si je n'en étais pas sûre.

En entendant la respiration de Lane, brève, heurtée, j'ai compris que son ton calme masquait sa colère. Sa fureur, même, qu'il parvenait à peine à maîtriser. J'ai sorti un bras de sous les couvertures, et je lui ai pris la main. Il m'a laissée faire, poussant un long soupir saccadé. Sa chaleur familière m'a confirmé que, au moins, certains de mes rêves avaient bien été réels.

– Où est mon oncle ? l'ai-je questionné.

– Caché. Purdue est parti, malgré les difficultés de circulation, mais M. Lockwood est toujours là. Nous l'avons installé au village d'en haut jusqu'à ce qu'il puisse reprendre la route sans risque, néanmoins cela m'étonnerait qu'il s'en aille. Nous lui avons dit que M. Tully était très contrarié par ce qui s'était passé et que vous étiez malade, mais ce n'est pas un imbécile. La pluie l'a empêché de sortir jusque-là, seulement elle s'est arrêtée. Demain il va commencer à fureter partout et à poser des questions. Ben est avec M. Tully à l'atelier et nous avons des hommes qui font le guet. S'ils voient M. Lockwood arriver, Ben emmènera votre oncle dans le souterrain. M. Tully ne... Tante Jeff lui a dit que votre fête d'anniversaire vous avait fatiguée et que les méchants hommes étaient partis. Il n'est pas au courant.

Ben cachait mon oncle. Si je l'épousais, il m'aiderait à continuer à le protéger, j'en étais certaine. J'ai plongé les yeux dans l'obscurité de la nuit, assise au bord du lit. Il le fallait. J'allais le faire. Pour oncle Tully et pour lui. Je me sentais vide à l'intérieur. Lane a posé les pieds sur le lit et s'est adossé contre les oreillers, un bras derrière la tête, sans me lâcher la main.

– Vous avez menti pour nous, a-t-il dit.

– Oui.

J'ai à nouveau fermé les yeux pour mieux savourer sa présence.

– Et qu'est-ce que vous allez devenir maintenant ?

– Ma tante me coupera les vivres quand elle l'apprendra.

– Vous pourriez revenir ici, dans ce cas, non ?

– « Ici » n'existera plus, dans ce cas, ai-je répliqué en écoutant le feu crépiter dans la cheminée.

– Vous étiez ivre à la fête.

– Non, je ne crois pas.

– Avez-vous déjà... été ivre ?

J'ai bien réfléchi avant de répondre.

Si j'étais sincère, alors il serait obligé de se résoudre à la vérité, c'est-à-dire que M. Lockwood avait de bonnes raisons de me faire enfermer.

J'ai pris une profonde inspiration avant d'avouer :

– Non, jamais.

Il a gardé le silence un instant, puis a poursuivi de sa voix grave et basse :

– Et cela vous arrive souvent ?

– Je n'en sais rien.

Mon estomac se nouait d'avoir à admettre tout ça.

– Parfois.

– Pourquoi vous ne me l'avez pas dit ?

– Je préférais que vous me pensiez ivre plutôt que... que...

J'ai laissé ma phrase en suspens.

– Mais il faut qu'ils continuent à le croire. Que j'étais soûle. Ils ne doivent pas savoir... Je ne veux pas qu'ils sachent.

Lane ne répondait rien, pensif, serrant toujours aussi fort ma main dans la sienne.

– Quelqu'un a envoyé ces hommes pour vous faire enfermer, a-t-il déclaré au bout d'un moment. Quelqu'un vous a empoisonnée. Pourquoi donc ?

J'ai rouvert les yeux.

– Je l'ignore. Je ne comprends pas.

Bizarrement, j'avais accueilli toutes ces révélations sur ce qui m'était arrivé sans jamais m'imaginer que quelqu'un, quelqu'un qui me connaissait, en était responsable.

– Vous savez... qui ? ai-je demandé.

– Je comptais sur vous pour me le dire.

Et soudain, comme des engrenages qui s'enclenchent, les faits se sont ordonnés dans mon esprit et j'ai su qui. Il n'y avait qu'une seule personne qui me détestait à ce point et qui était prête à tout, me semblait-il, pour m'empêcher de détruire Darkwind.

– C'est Mme Jefferies.

Lane s'est raidi.

– Qu'est-ce que vous racontez ?

Je me rappelais la haine pure qui brillait dans ses yeux, la veille de mon anniversaire, lorsqu'elle avait décrété que je ne voudrais plus continuer à vivre après ça. Et elle savait que j'allais manger ces concombres.

– C'est elle. Elle m'a empoisonnée.

– Vous vous trompez.

– Qui d'autre, alors ? Vous ? Mon oncle ? Ben Aldridge ?

– Il faut qu'on parle de Ben Aldridge.

– Oui, en effet, ai-je répliqué.

Surpris par le ton de ma voix, il a roulé sur le côté pour mieux me voir, ses yeux gris baissés vers nos mains jointes.

– Parce que...

J'ai détourné la tête.

– Parce que je crois avoir trouvé un moyen... de tout arranger, ai-je assuré.

– Ah bon ? Vous en avez mis, du temps !

– Qu'est-ce que vous voulez dire par là ?

– Je veux dire que Ben Aldridge épouserait n'importe qui, même ma tante Jeff, si ça pouvait le rapprocher de M. Tully.

Et j'épouserais Ben Aldridge sur-le-champ pour assurer la sécurité de Lane et de mon oncle à Darkwind. Ça me ravissait et me révulsait tout à la fois. J'avais la possibilité de sauver quelqu'un, même si ce n'était pas moi, finalement. Quand j'ai trouvé le courage de relever la tête, ça a été pour retrouver une expression que je ne connaissais que trop bien : sombre, ombrageuse, comme l'orage qui couve, un regard que j'avais croisé si souvent au début de mon séjour à Darkwind. Je me suis raidie, sur la défensive.

– Vous croyez vraiment, m'a-t-il dit, que, si vous filiez à Londres épouser Ben Aldridge, tout rentrerait dans l'ordre comme par miracle ?

Je n'ai pas répondu.

– Ben Aldridge protégerait éventuellement M. Tully par intérêt pour ses jouets, mais espérez-vous franchement qu'il prendrait soin de vous ? Croyez-vous vraiment...

Sa voix enflait comme le vent.

– ... Croyez-vous vraiment que, si vous partiez d'ici maintenant, rien ne changerait ? Que la vie reprendrait son cours, comme avant ?

Je n'avais rien à répondre. C'était tout ce que j'espérais : garder Darkwind en l'état. Mais je voyais les nuages s'amonceler dans son regard.

– Eh bien, non, rien ne sera plus jamais pareil, Katharine. En tout cas, pas pour nous tous. Pas pour moi.

Je me tenais parfaitement immobile. Ses mots me fissuraient de l'intérieur, comme les fêlures balafrant la tête du petit pasteur. Mon oncle serait libre, et Lane conserverait son toit, ainsi que les habitants des villages. Je pouvais leur assurer cela, même si Lane n'y croyait pas, ce serait beaucoup mieux que de leur offrir mon esprit en miettes.

– Vous n'allez tout de même pas faire ça, si ?

– Si, ai-je murmuré.

J'avais honte, même si j'agissais ainsi pour lui et pour oncle Tully. Mais rien n'aurait pu me préparer à la violence, à l'intensité de la tempête. Lane a repoussé vivement ma main ; il était debout avant que j'aie pu reprendre ma respiration.

Il a pris appui sur le lit, enfonçant les poings dans le matelas.

– Alors très bien, allez-y, faites donc, mademoiselle Tulman ! Je ne vous en empêcherai pas. Comme vous me l'avez dit vous-même un jour, il n'y a rien ici à Darkwind qui m'appartienne. Quant à vous, profitez bien de votre jolie maison de Londres en attendant de rendre votre dernier souffle pourri !

J'étais blessée, épuisée, le cœur brisé, les entrailles pleines de poison... mais en même temps furieuse. J'ai craché en réponse :

– Si vous avez tellement hâte de me voir mourir dans d'atroces souffrances, monsieur Moreau, adressez-vous donc à votre tante ! Elle sera sûrement de bon conseil.

Le regard qu'il m'a jeté m'a fait regretter de ne pas être déjà morte. Il s'est redressé, longue ombre à peine visible, et s'est fondu dans le décor. Puis la porte de la chambre a claqué, ébranlant murs et tableaux. J'ai enfoui la tête dans mon oreiller.

– Eh bien... Rien n'est vraiment simple depuis que vous êtes arrivée ici, mademoiselle, ça, c'est sûr. Mais, selon moi, avoir du caractère, ça a du bon. On ne meurt pas quand on a le sang chaud.

J'ai tourné mon visage ravagé de larmes vers la cheminée, où les yeux pétillants de Mme Brown me fixaient, pas ensommeillés pour un sou. J'ai essayé de me remémorer quand je l'avais entendue ronfler pour la dernière fois, mais j'en étais incapable.

– Si j'ai un conseil à vous donner, mademoiselle... Un et un, ça ne fait pas toujours deux, quoi qu'on y fasse. Et, si j'étais vous, je ne mangerais pas la moindre rondelle de concombre ou quoi que ce soit d'autre, à moins que ça ne vienne de ma Mary. Tenez. Ça vous fait deux conseils pour le prix d'un.

Je me suis retournée contre l'oreiller trempé. Mme Brown se tenait maintenant près du lit.

– Allez, mademoiselle. Mangez un peu de soupe. Vous êtes pâle comme un linge.

J'ai levé les yeux vers le bol qu'elle me tendait en secouant la tête.

– Non...

Elle a souri.

– Vous m'excuserez, mais c'est la première chose sensée que j'entends sortir de votre bouche.

Elle s'est assise au bord du lit, un bol et une cuillère à la main.

– Néanmoins je peux vous jurer que personne n'a touché à cette soupe à part ma propre fille, et elle vient droit de notre cottage. On l'a gardée au chaud pour vous. Il faut que vous avaliez quelque chose, mademoiselle.

Scrutant son visage rond et franc, j'ai décidé que, si Mme Brown était un assassin, alors ça ne valait pas la peine de continuer à vivre sur cette terre, de toute façon. Alors je l'ai laissée me donner à manger.

XXI

Quand j'ai ouvert les yeux, le trouillovent mugissait avec une étrange douceur, et Davy se tenait à mon chevet. Le feu était éteint, la chambre, plongée dans l'obscurité, et je ne distinguais que son visage, éclairé par une lueur vacillante qui faisait ondoyer ses traits. Les fenêtres de ses yeux étaient closes, ne me communiquant aucune information, mais il me tendait la main. Je l'ai prise sans une question ni une hésitation. Nous nous sommes mis en marche en silence, pieds nus sur le tapis, dans la tache dansante de la lanterne que Davy tenait de l'autre main, celle qui était brûlée. Mary Brown dormait au coin du feu et la porte de l'armoire était ouverte. Sans lâcher ma main, Davy a grimpé à l'intérieur, puis s'est tourné vers moi, attendant que je l'imite. J'ai levé la jambe et je suis entrée dans l'armoire.

Nous avons franchi le seuil, puis traversé la nursery abandonnée, dispersant sur notre passage les souris qui filaient dans l'ombre. À l'autre bout de la pièce, j'ai repéré une ouverture. Je me suis aperçue qu'il s'agissait d'une porte secrète, ornée de boiseries et de tapisseries pour se fondre dans le reste du décor, de la même manière que celle de la salle de bal. Il m'a entraînée dans une autre chambre, zigzaguant parmi les gravats tombés du plafond rongé d'humidité, puis nous avons débouché dans la galerie des portraits. La lanterne a effleuré de ses rayons celui de mon ange gardien au passage, tandis que Davy me conduisait, tel un fantôme, descendant les marches vers le rez-de-chaussée.

Nous avons traversé la cuisine puis la pièce aux bibelots – où il n'y avait pas de feu, cette fois –, nous sommes sortis et il m'a guidée jusqu'à un coin sauvage du jardin que le clair de lune et le brouillard nimbaient d'une lueur irréelle. La porte métallique de la serre a grincé, j'ai senti sous mes pieds des tessons de pots et des feuilles sèches. Lorsque Davy a posé la lanterne pour tirer un gros anneau de fer scellé dans le sol, quelques éclats de verre ont étincelé. Une trappe s'est ouverte, il a repris la lanterne et s'est engouffré dans l'escalier de pierre qui s'enfonçait en sous-sol. Comme je résistais tout à coup, il m'a lancé un regard suppliant. Je me suis alors aperçue que les joues rondes et les longs cils que j'avais contemplés si souvent n'étaient pas vraiment ceux d'un enfant. Ce n'était qu'un masque ; à l'intérieur, Davy était un vieil homme. Je lui ai repris la main et je l'ai suivi.

Le souterrain était étroit, bas de plafond et humide, creusé dans le sol avec, ici et là, des renforts de bois et de pierre. Il s'en dégageait une forte odeur de terre. J'avançais voûtée, mes cheveux détachés frôlant à la fois le plafond et les murs. J'ai pris conscience de ma faiblesse physique pour la première fois depuis le début de cet étrange trajet. Je tremblais déjà sur mes jambes lorsque nous sommes arrivés à un autre escalier. Il menait à un trou dans le sol. Davy a écarté un rideau de plantes et de lianes pour que je m'en extirpe, hors d'haleine, contente de pouvoir enfin me tenir debout. Nous avons débouché dans un jardin, non loin des murs blancs d'un cottage aux fenêtres éclairées.

Il m'a laissée me reposer un instant parmi les fleurs qui se balançaient au bout de leurs longues tiges, puis il a serré ma main plus fort, et m'a tirée sans un bruit vers la porte. Nous sommes entrés dans une chaumière ordinaire, pas très bien rangée, où flottait une odeur étrange, sucrée, mais avec une pointe d'amertume sous-jacente. Des vêtements gisaient çà et là, le foyer de la cheminée aurait eu besoin d'un bon coup de balai et de la vaisselle sale traînait sur la table. Quand j'ai remarqué qu'une des fenêtres était entrouverte, coincée avec une bottine, j'ai tout de suite su où j'étais. C'était le cottage de la vieille Mme Daniels, le cottage de Ben.

– Davy, ai-je soufflé, ouvrant enfin la bouche, mais il s'est contenté de me tirer par le bras jusqu'au poêle.

L'odeur douce-amère était encore plus forte par là. Il a posé la lanterne, a pris mes deux mains et les a plaquées sur une casserole toute poisseuse d'une sorte de résine marron. Comme je protestais, il m'a fait lever les mains pour que je flaire la même odeur entêtante, celle qui flottait déjà dans la pièce.

Puis il a ouvert un placard, tremblant dans sa hâte, et en a sorti de petites fioles vides, dont il a ôté les bouchons avant de me passer les goulots sous le nez pour que je constate qu'elles avaient la même odeur.

– Qu'est-ce que c'est? ai-je demandé.

Il a tourné le flacon de sorte que je puisse lire l'étiquette.

LAUDANUM.

Il a ensuite saisi mes doigts tendus, les a trempés dans une soucoupe de sucre brun et les a portés à mon nez, puis contre mes lèvres. Goûtant le sucre, j'y ai retrouvé l'odeur que je venais de renifler. Vaguement familière. Celle du thé de Darkwind.

– Je ne comprends pas, ai-je murmuré.

Il a alors repris sa lanterne et m'a entraînée dans le fond du cottage, où une autre porte menait sous terre, par un escalier de bois, cette fois, et non de pierre. La cave était baignée d'une odeur différente, âcre et déplaisante, que j'avais déjà détectée sur Ben Aldridge, mais beaucoup plus forte ici. Je me suis bouché le nez. Au bas des marches, nous nous sommes retrouvés dans un petit atelier, nettement plus rudimentaire que celui de mon oncle – même moi, je pouvais le constater. Il y avait quelques tables, des fioles, des outils et, à ma plus grande stupeur, j'ai aperçu le bateau avec lequel mon oncle avait joué à ma fête, échoué sur le côté, avec une roue toute neuve au milieu.

Alors que je scrutais la pièce, j'ai repéré au centre un établi où se dressait, sur un support en métal, la réplique du poisson de mon oncle. Elle était plus grande que l'original et privée de l'aspect réaliste que donnait la peinture de Lane. Un panneau s'ouvrait dans son flanc, découvrant son mécanisme interne.

Davy m'a attirée devant, puis levant la lanterne avec précaution, à bonne distance du poisson, il a posé ma main sur ses écailles métalliques. Il m'a fait tâter le corps de l'automate, jusqu'à sa tête, et j'ai repéré la différence : il y avait une soudure, absente sur le poisson de mon oncle ; la tête du poisson formait un compartiment distinct.

J'ai voulu approcher la lanterne pour mieux voir, mais il l'a éloignée et a placé mes doigts sur un petit tas de coton pelucheux. Il m'en a fait prendre un morceau pour que je le porte à mes narines, mais j'ai reculé. Ça sentait mauvais, comme cette cave. J'ai dévisagé Davy, l'interrogeant silencieusement, à sa manière. Il m'a entraînée, le coton toujours à la main, dans un coin, brandissant si prudemment la lanterne que j'ai dû me pencher pour voir.

Dans le sol de terre battue était creusé un trou d'environ vingt centimètres de profondeur sur soixante de large. J'ai effleuré du doigt la pierre noircie des murs. Les yeux graves, Davy m'a pris la main, la guidant pour que je pose le coton au milieu du trou. Puis il a tourné le bras afin de me montrer sa brûlure au poignet. Après m'avoir laissé un instant de réflexion, il m'a ramenée vers l'établi, m'a posé la main sur la tête du poisson, puis sur le coton, et à nouveau sur le poisson.

J'ai plissé le front. Je savais que Ben s'intéressait grandement au mécanisme du poisson de mon oncle et, en particulier, au système qui lui permettait de rester à une profondeur stable. Mais pourquoi l'avoir muni d'un compartiment supplémentaire ? Et si Davy essayait de me montrer que le coton avait causé le trou dans le sol et sa brûlure au poignet... alors s'agissait-il d'une sorte d'explosif? Comme de la poudre à canon? J'ai levé les yeux vers la lanterne, paniquée, quand soudain nous avons entendu une porte se fermer au-dessus de nous dans le cottage.

Des pas ont résonné, faisant pleuvoir sur nos têtes une fine poussière, venue du plafond qui se trouvait être le sol de la maison. Davy a ôté sa main de la mienne pour vite s'accroupir sous l'établi. Une seconde plus tard, il a éteint la lanterne, devenant invisible, et je me suis retrouvée plantée là, dans le noir.

Les pas étaient pressés. J'ai entendu un bruit d'eau qui coule, puis un cliquetis, comme si Ben était en train de faire la vaisselle. Je ne tenais plus sur mes jambes, aussi me suis-je laissée glisser à terre. Cette horrible odeur me donnait un mauvais goût dans la bouche, me brûlait les poumons. Je me suis demandé si j'aurais le courage de remonter au rez-de-chaussée et, dans ce cas, de quelle manière je pourrais expliquer ma présence sans pour autant impliquer Davy. Ou bien valait-il mieux que je le rejoigne sous l'établi?... À moins que Ben finisse par quitter le cottage sans venir au sous-sol...

Hélas, la porte s'est ouverte, déversant un flot de lumière dans la cave. J'ai jeté un coup d'œil à l'établi, constatant avec soulagement qu'il restait dans l'ombre. Mais quand j'ai relevé la tête, clignant les yeux, Ben Aldridge descendait les marches, sa lanterne à la main et son éternel sourire aux lèvres.

– Mademoiselle Tulman! s'est-il exclamé. Que me vaut l'honneur de votre visite? Je vous croyais pourtant clouée au lit.

Il traînait derrière lui une grande caisse en bois. J'ai ouvert la bouche, sans trouver quoi répondre. J'ai pris appui sur une table qui se trouvait derrière moi pour me relever.

– Je vous en prie, ne vous gênez pas pour moi.

Il a jeté la caisse à terre et posé la lanterne sur un autre établi, à bonne distance du coton.

– Excusez-moi pour l'odeur. C'est affreux, je sais... Mais, à part ça, comment trouvez-vous mon petit atelier ? Rien à voir avec celui de votre oncle, évidemment.

– C'est très bien, ai-je répondu lentement.

– Et ça ? m'a-t-il questionnée en caressant l'arête dorsale du poisson. Bien sûr, il n'est pas aussi esthétique que son modèle, mais il sera beaucoup plus fonctionnel du point de vue mécanique, à n'en pas douter.

– À quoi sert-il ?

Il a plissé les yeux, hissant sa caisse sur l'établi. Elle était remplie de sciure.

– Dites-moi, mademoiselle Tulman, comment vous sentez-vous ? Des effets secondaires suite à votre fête ?

– Je suis... un peu lasse.

– Mais pas trop fatiguée pour une excursion dans mon cottage au beau milieu de la nuit ? Non que ça me dérange, mademoiselle Tulman. Et non que j'ignore qui vous a amenée ici.

J'avais complètement oublié qu'il faisait nuit, effectivement. J'avais effectué le trajet depuis ma chambre comme dans un rêve. Ces derniers temps, ma vie entière avait à tel point l'apparence d'un rêve, ou plutôt d'un cauchemar, que ce n'est qu'à cet instant précis que j'ai pleinement pris conscience que tout cela était bien réel.

– Cependant, pour être honnête, mademoiselle Tulman, rien ne justifie votre présence ici ! m'a-t-il houspillée. Je me demande ce que penserait M. Lockwood d'un tel comportement. En tant qu'ami, je vous conseille d'éviter toute autre bizarrerie. Cet homme est prêt à vous faire enfermer !

J'ai froncé les sourcils.

– Mais j'ai été empoisonnée, je ne suis pas... M. Lockwood sait bien que je ne suis pas...

Je ne pouvais me résoudre à prononcer le mot.

– M. Cooper le lui aura forcément dit.

– Certes, mais que penser de vos autres escapades ?

Ben a contourné l'établi pour se poster devant moi, son visage enfantin à quelques centimètres seulement du mien. J'ai détourné les yeux.

– De vos errances nocturnes, des blessures que vous vous infligez, et d'un certain numéro d'équilibriste dans la chapelle ?

Cette fois, j'ai levé les yeux vers lui, horrifiée.

– Ce ne sont pas là les agissements d'une personne capable de prendre soin d'elle-même, mademoiselle Tulman. Et j'ai le regret de vous informer qu'un document l'atteste, signé de la main de notre chirurgien, M. Cooper. Il constate que, même si vous avez de longues périodes de lucidité, ce genre de comportement, tout comme la crise malheureuse dont vous avez souffert sous les yeux de M. Lockwood, est symptomatique d'une affection mentale chronique, qui fait de vous un danger pour vous-même et pour les autres. Il ne mentionne en aucun cas un empoisonnement, hélas.

J'étais parfaitement réveillée, mais saisie de la même peur panique que j'associais désormais à mes cauchemars. M. Cooper n'avait pas fait mention du poison. Bien sûr que non. Car, dans son esprit, j'étais celle qui risquait de le jeter à la rue.

– Pouvez-vous nier être l'auteur de tels actes, mademoiselle Tulman ?

Je ne pouvais le nier et, j'ignore par quel biais, Ben le savait.

– Ils lui diront que c'est faux, ai-je rétorqué.

– Qui donc ?

Son visage était tout près du mien.

– Mary, et...

– Je ne suis pas convaincu que son opinion ait beaucoup de poids. Et, si vous comptez invoquer un certain jeune homme, il me semble qu'un domestique envers lequel vous avez eu un comportement... licencieux préférerait mentir que perdre vos faveurs, ne croyez-vous pas ?

J'ai scruté les rides qui encadraient ses yeux pétillants.

– Le document fait référence à cela également ?

– Évidemment.

– Mais Mme Jefferies, les habitants du village...

– ... ne prendront bien entendu pas le parti de la personne qui risque de les chasser de chez eux.

– Et vous, vous ne leur direz pas que ce n'est pas vrai ?

– Non.

Mon regard s'est fixé sur le poisson, dans son dos. Ben n'allait pas m'aider. Il n'en avait jamais eu l'intention. Comme je me remémorais les histoires d'asiles de fous que m'avait racontées tante Alice, mon pouls s'est emballé. Je n'avais aucun moyen de me défendre. Ce juge allait m'envoyer à l'asile. C'est alors que j'ai aperçu Davy qui rampait comme un serpent, sans un bruit, vers l'escalier. J'ai redressé le menton, de sorte que le regard de Ben demeure rivé sur moi.

– C'est vous qui avez écrit au juge.

Il a souri.

– Il faut vous expliquer longtemps, mais vous comprenez vite.

Davy avait déjà gravi trois marches. Ben Aldridge allait me faire interner. Glacée de désespoir, j'ai frissonné. Sept marches. Mais dans quel but avait-il fait ça ? Douze marches. Davy a filé. Sans faire tomber le moindre grain de poussière du plafond. J'étais seule.

– Pourquoi me haïssez-vous ?

Le sourire de Ben s'est évanoui.

– Voyons, ma chère, je ne vous hais point. Vous êtes une petite créature pleine de surprises. Malheureusement, vous vous dressez entre moi et ce que je veux obtenir.

Il a secoué la tête.

– Je vous ai laissé votre chance, vous savez. Et pas qu'une fois. À de multiples reprises, je vous ai demandé si vous iriez trouver votre tante. Mais vous vous êtes montrée tellement... inflexible. Je ne pouvais pas vous laisser m'arracher ce dont j'avais si cruellement besoin et qui, malencontreusement, se trouve logé dans l'esprit de votre oncle. C'est assez ironique d'ailleurs, car, en définitive, j'ai obtenu ce que je voulais inopinément, sans passer par ce stratagème.

– Ce que vous vouliez ?

– Oui, mais il est trop tard pour revenir en arrière maintenant.

Il a soupiré.

– Je suis navré pour vous.

Puis il s'est approché de l'établi et de sa caisse.

– Ce gamin, en revanche, ce gamin n'est pas digne de confiance. Il est désobéissant et il va le payer.

Il s'est retourné pour m'adresser un sourire.

– Je n'aime pas qu'on me contrarie, mademoiselle Tulman. Je suis certain que vous avez eu l'occasion de le constater.

Il a déposé avec précaution son poisson dans la caisse.

– Il est conçu pour exploser ? ai-je demandé, dans un effort pour détourner son attention de Davy.

Son visage a exprimé un tel ravissement que j'en ai été choquée.

– Eh bien, vous êtes maligne, mademoiselle Tulman ! s'est-il esclaffé. Oui, il devrait exploser, à moins que tous mes calculs soient faux. Vous avez vu le résultat de mon essai, là-bas, dans le coin ? Une toute petite quantité dans un flacon de médicament pour un résultat... très gratifiant. L'humidité est, je pense, la clé de la sécurité. Enfin... espérons.

Je l'ai regardé tirer un récipient en bois du grand tonneau plein d'eau où il trempait et le remplir de son espèce de coton duveteux. Il a déposé le récipient dégoulinant dans la caisse, puis s'est saisi du bateau en métal de mon oncle. Croisant mon regard, il a fait tourner la petite roue.

– Un gyroscope, mademoiselle Tulman. Une invention toute simple, mais exploitée pour une nouvelle application. C'est ça, le véritable génie.

Il a rangé le bateau dans la caisse à côté du récipient et du poisson.

– Je vous ai bien dit que nous vivions une époque fantastique, non ? Une ère où plus rien ne nous résistera et où les bonnes idées pourront rapporter gros. Mais je suis en retard. Il me faut donc vous faire mes adieux, très chère.

Il a ri tout seul à sa petite blague, puis a traversé la pièce à grands pas, m'a saisie par les cheveux, à la base du cou, et m'a plaqué un baiser sur la bouche sans ménagement.

– Vous l'avez bien mérité, a-t-il commenté en me repoussant, le ton soudain amer. Vous n'auriez pas dû être si jolie à votre anniversaire. Dieu merci, il y en a plein comme vous à Paris.

Il a soulevé sa caisse en prenant bien garde à ne pas la cogner puis il s'est éloigné. Il avait déjà le pied sur la première marche quand il s'est retourné pour me regarder. J'étais restée pétrifiée, sous le choc. Puis je me suis essuyé les lèvres du dos de la main.

– Les comités des deux villages se réuniront en présence de M. Lockwood ce matin, mademoiselle Tulman. Très bientôt, en réalité, car l'aube se lève. Et je pense que votre cas va être réglé aujourd'hui. Je n'ai plus de ces concombres que vous appréciez tant, mais la bouteille de bordeaux est là, juste derrière l'établi. Le dosage m'a donné du fil à retordre et je n'ai pas vraiment réussi à trouver le bon, mais, à en juger par votre réaction, il doit en rester assez pour vous achever. Il y a bien pire que mourir d'une surdose d'opium, mademoiselle Tulman. Je crois que vous préférerez ça aux humiliations que vous réserve l'asile de Bedlam.

Il m'a adressé son sourire enfantin si particulier.

– *Au revoir*[1].

Les marches ont grincé, la porte de la cave a claqué et j'ai entendu une clé tourner dans la serrure.

Je me suis retrouvée à nouveau assise par terre, assaillie par cette odeur immonde et par les nuages de poussière que dégageait le moindre mouvement de Ben au rez-de-chaussée. À la lueur vacillante de la lanterne, j'ai envisagé la mort par opium. Il y avait des fumeries d'opium à Londres, je l'avais lu dans le journal. Des hommes – des marins pour la plupart – ne pouvaient plus se passer de ses plaisirs, même quand leurs délires leur faisaient perdre toute raison. Le laudanum était un dérivé de l'opium et il y en avait des flacons là-haut. Ben était justement en train de les détruire. Ne m'avait-on pas rapporté que des médicaments avaient été volés au dispensaire, la nuit où un vieil homme était mort ? M. Cooper avait affirmé qu'ils avaient été mal rangés, mais c'était également lui qui avait signé un document attestant ma démence. Les flacons de laudanum, le sucre avec cette saveur amère, familière...

Soudain, là, assise à même le sol de terre battue de la cave, dans ma robe en piteux état, j'ai été submergée de joie, une joie intense et sans partage. Katharine Tulman n'était

1. En français dans le texte (NDT).

pas folle, et ne l'avait jamais été. Pas plus qu'elle n'avait été empoisonnée. Katharine Tulman avait été droguée. Ben avait fait bouillir le laudanum, c'est ce qui avait laissé un résidu poisseux et marron au fond de la casserole, facile à mélanger au sucre brun. Davy le savait et il savait également comment pénétrer dans ma chambre en passant par la nursery et l'armoire, sans clé, afin de remplacer le sucre de mon thé du soir.

Je me suis remémoré les pas dans le couloir, mes affaires qui changeaient constamment de place, les portraits qui se déplaçaient, ma capote accrochée sur le toit. Davy qui se mouvait sans bruit, se cachait facilement et connaissait les moindres recoins du manoir. Par quel moyen Ben avait-il réussi à faire pression sur lui ? Je le savais également. Il n'avait eu qu'à le menacer de s'en prendre à son lapin, et Davy s'était cru coincé. Je me rappelais son expression étrange, vide, la manière dont il m'avait tirée par la main pour m'éloigner d'ici lorsque Ben m'avait invitée à prendre le thé. Comme il avait dû se sentir coupable, le pauvre enfant ! Et quels risques il avait pris en me menant jusqu'ici pour me montrer les preuves !

Mais pourquoi avoir contraint Davy à faire tout ça ? Ben voulait m'empêcher de prévenir ma tante pour qu'oncle Tully demeure à Darkwind, mais voilà qu'il partait, maintenant. Tant que M. Lockwood menait l'enquête, mon oncle était toujours en danger. Ben avait affirmé qu'il avait obtenu ce dont il avait besoin. Mais qu'avait-il pu désirer à ce point ?

Je me suis relevée en m'époussetant les mains, et j'ai fouillé l'atelier aussi discrètement que possible, tandis que

Ben continuait à s'affairer en haut. Je n'ai rien trouvé, rien que la bouteille de bordeaux additionnée d'opium, sous le banc, là où il me l'avait indiqué. Il avait emporté tous ses papiers, le poisson, le bateau, l'espèce de coton... Même l'odeur s'était presque évaporée ou, tout du moins, je ne la sentais plus. Je me suis rassise, les yeux clos, et, au lieu d'examiner ce que j'avais sous les yeux, j'ai passé en revue les informations que j'avais en tête.

Ben Aldridge m'avait annoncé qu'il partait pour Paris. Il emportait le petit bateau d'oncle Tully équipé de son nouveau système, le gyroscope, ainsi que le poisson. C'est alors que ça m'est revenu. Le jour où on remontait les mécaniques, Ben avait suggéré que le dragon et le poisson fonctionnaient de la même manière, et maintenant le bateau tenait en équilibre sur sa quille, comme le dragon sur sa tour. Et si le point commun, c'était le gyroscope? Je me rappelais maintenant combien Ben avait paru excité, à ma fête, fasciné par le bateau. S'il avait compris comment fonctionnait le poisson d'oncle Tully, en quoi cela l'aidait-il? Surtout qu'il ne voulait pas seulement un poisson qui avance, mais un poisson qui explose...

J'ai brusquement rouvert les yeux, retenant mon souffle. J'imaginais le poisson qui nageait sous l'eau, comme dans le canal, sa tête évidée maintenant remplie de coton explosif. Silencieux, invisible et insoupçonnable mis à part les quelques fines bulles qui s'en échappaient, il conservait sa trajectoire et fonçait droit devant à une profondeur constante... jusqu'à ce qu'il percute un obstacle, disons, la quille d'un bateau... Oui, j'imaginais sans peine l'explosion qui s'ensuivrait ! Ben avait affirmé que la France produisait de nouveaux vaisseaux en métal, résistant aux tirs de canon, mais qu'avait-il ajouté quelques minutes plus tôt ? Que maintenant plus rien ne nous serait impossible, et qu'il n'allait pas à Londres, mais à Paris, où le neveu de Napoléon était désormais président. Où la technologie permettant de couler jusqu'au dernier vaisseau de la flotte anglaise lui rapporterait sans nul doute très gros.

C'était donc pour cela qu'il était prêt à briser ma vie ? J'ai levé les yeux vers le plafond, désormais silencieux. Ben était parti. J'ai eu une pensée pour mon père, prisonnier d'un navire qui s'enfonçait dans les profondeurs, avec la mer qui se refermait au-dessus de lui. Et Davy ? Il avait trahi Ben, et celui-ci le savait. Qu'allait-il lui faire ? Il était capable de tout.

Je me suis levée d'un bond, je me suis emparée d'une boîte à outils et j'ai renversé son contenu sur l'établi, dans un vacarme assourdissant. J'ai brandi la lanterne, scrutant ce que j'avais à ma disposition et, en un instant, j'ai trouvé ce qu'il me fallait. Un petit burin, tout fin.

XXII

J'ai mis un peu plus de temps que prévu pour ôter les vis qui maintenaient les gonds. Mais ensuite la porte de la cave s'est désengagée du loquet, et des bouts de bois que j'avais utilisés comme cales, pour s'affaler par terre. J'ai traversé le cottage en courant, pieds nus et boueux, dans ma robe turquoise toute sale, et j'ai filé par la porte dans l'allée tachetée de soleil. Il fallait que je trouve Davy.

J'ai franchi le petit portail blanc et fait irruption dans la grand-rue, où une main s'est abattue presque aussitôt sur mon bras. J'ai poussé un cri perçant avant de m'apercevoir qu'il s'agissait de Lane.

– Où est-il ? ai-je haleté.

– Qui ça ?

Lane a secoué la tête. Ses cheveux étaient emmêlés, tout ébouriffés, son menton pas rasé.

– Peu importe, a-t-il repris. Suivez-moi. Immédiatement.

Il a filé dans la rue, en me traînant d'une main, son fusil dans l'autre.

– J'aurais dû me douter que vous iriez là-bas, a-t-il marmonné. J'aurais dû savoir...

Il avait l'air à la fois furieux et triste. Je ne comprenais pas un mot de ce qu'il racontait. Brusquement, je me suis arrachée à son emprise en faisant un pas en arrière.

– Où est Davy ? Et où est Ben Aldridge ?

Lane s'est retourné, levant les mains, avec son fusil, dans un geste d'apaisement. Il avait la même expression que lorsqu'il s'adressait à mon oncle, pour éviter qu'il fasse une crise.

– Calmez-vous, a-t-il repris avec beaucoup plus de douceur. Venez avec...

J'ai reculé à nouveau.

– Où sont-ils ? Vous les avez vus ?

– Il faut que vous veniez avec moi, tout de suite. Je vous en prie...

Ses yeux gris scrutaient les environs. J'ai alors réalisé que, pour un milieu de matinée, les rues étaient étrangement désertes. Puis je me suis souvenue que les comités se réunissaient en présence du juge. J'ai fait un autre pas en arrière, portant la main à ma gorge.

– Ils vont venir me chercher ?

– Oui, M. Lockwood s'est déjà présenté, mais... mais Dieu merci vous n'étiez pas là. Passons par le souterrain, je prendrai soin de vous. Je vous ferai sortir d'ici tous les deux, vous et M. Tully, je vous le promets.

Il m'a tendu la main.

– Mais suivez-moi, s'il vous plaît.

– Je ne suis pas folle.

– Katharine...

– Pas du tout ! ai-je crié. J'ai tout compris. C'était l'opium, à cause du poisson...

J'ai lu sur son visage que mon discours avait l'effet inverse de celui que je cherchais ; j'étais en train de passer pour ce que je me défendais d'être : une folle. Seulement le temps m'était compté.

– Je ne peux pas partir tant que je ne sais pas où ils sont.

– Si je vous le dis, vous me suivrez ?

Je l'ai dévisagé d'un œil méfiant.

– Oui.

– Je les ai croisés il y a moins d'un quart d'heure sur la route du village d'en bas, avec un chariot plein d'affaires pour M. Tully. Ben va tenir Davy à l'écart en attendant que tout soit...

Je n'ai pas entendu la suite. J'ai filé, aussi vive qu'un chevreuil, vers le village d'en bas.

*

* *

Le temps qu'il me rattrape, j'étais arrivée au mur du canal. J'avais tellement peur pour Davy que ça me donnait des ailes. Lane a passé le bras autour de ma taille et m'a soulevée de terre.

– Chuut ! a-t-il soufflé à mon oreille tandis que je me débattais en lui donnant des coups de pied, bien moins efficaces, hélas, que si j'avais été chaussée de mes bottines. Arrêtez ! Je veux vous aider...

C'est alors que j'ai vu un bateau descendre le canal.

– Regardez !

Lane devait l'avoir repéré également, car il a relâché son étreinte.

On voyait pratiquement le bateau dans son entier, preuve que la pluie était tombée dru ces derniers jours – le canal devait monter presque en haut du mur. Le moteur à vapeur le propulsait à pleine vitesse, soufflant dans les airs une colonne de fumée blanche. Ben se tenait à la poupe, une main sur le gouvernail, l'autre sur la nuque de Davy, qui était prostré sur la caisse venue de la cave. En nous voyant, Ben a lâché le gouvernail pour nous faire signe, un large sourire aux lèvres. Il a baissé les yeux vers Davy avant de reposer son regard sur nous. Avant que j'aie pu comprendre à quoi j'assistais, il a saisi l'enfant à deux mains et l'a jeté par-dessus bord. Son petit corps a décrit une lente courbe dans les airs.

J'ai entendu Lane étouffer un cri dans mon dos alors que Davy touchait l'eau. Puis j'ai entendu crier. C'était moi qui hurlais :

– Il sait nager ?

Mais Lane avait déjà lâché son fusil pour dévaler la pente menant au canal et escalader le mur.

Ben arborait toujours son sourire angélique en me toisant de haut. Moi qui bouillais de rage quelques minutes plus tôt, j'étais maintenant saisie d'une colère froide. Les yeux rivés sur Ben, j'ai ramassé l'arme. Je n'avais jamais manié un tel engin, j'ignorais même s'il était chargé, mais je savais qu'il fallait tirer le chien. Il s'est mis en place avec un déclic. J'ai levé le canon, visant le bateau qui s'approchait de plus en plus du mur. Je voyais parfaitement Ben et la caisse de matériel qu'il jugeait plus précieuse que ma vie ou celle de Davy. Son sourire s'est évanoui, cédant la place à une moue de stupéfaction, avec peut-être même une pointe de curiosité. J'ai pressé la détente.

Le fusil a reculé, me projetant en arrière et, presque au même instant, à ma plus grande surprise, le bateau a explosé et des planches de bois ont volé en tous sens. L'onde de choc m'a frappée tandis qu'une boule de feu s'élevait dans les airs. Puis ce qui restait du bateau est retombé sur le mur du canal, ébranlant le sol sous mes pieds.

J'ai lâché le fusil, et tenté de me mettre debout, un peu sonnée. J'avais les oreilles qui sifflaient. Eau et débris mêlés retombaient en pluie. Lane, que la détonation avait également jeté à terre, s'est relevé et a entrepris à nouveau d'escalader le mur. Je l'ai rejoint en courant. Quand je suis arrivée, il était déjà dans l'eau, plongeant sous les planches en feu et les morceaux de l'épave qui flottaient à la surface. Mais il n'y avait aucun signe de Ben. Ni de Davy.

Au bout d'un long moment, Lane est ressorti du canal, dégoulinant et bredouille. Il a passé une main dans ses cheveux pour les essorer. Nous n'avons pas échangé un mot. Nous nous sommes contentés de marcher, titubant, sur la rive, côte à côte. Mon esprit était vide, incapable d'assembler deux idées. Nous nous sommes arrêtés à l'endroit où gisait le fusil de Lane, au bord du sentier. Il l'a regardé, avant de lever les yeux vers le haut du mur.

– Poudre à canon ? a-t-il suggéré.

– Non, il avait une sorte de coton... qui selon lui était explosif. Mais je ne... je ne pensais pas...

J'ai laissé ma phrase en suspens. Qu'avais-je donc fait ?

– Mais pourquoi ? Et Davy ? Pourquoi ?

Je connaissais la réponse à ses questions, mais j'étais sans voix. J'ai sondé ses yeux gris, impassibles, qui scrutaient le canal avec une intense concentration. J'ai alors suivi son regard. Des traces d'humidité étaient apparues sur le mur et se propageaient, formant des lignes noires sur la pierre. Vers le haut, d'où elles partaient, le ciment était fissuré, et l'eau s'y infiltrait rapidement.

– Katharine, a commencé Lane d'une voix lente, je pense que M. Tully est dans le souterrain. Filez le retrouver et emmenez-le à la chapelle. Si vous entendez Lockwood ou les hommes arriver, retournez dans le souterrain et fermez la porte. Mais attendez-moi là, ne retournez pas à l'atelier, d'accord ?

Il s'est tourné vers moi.

– Cachez-vous et occupez-vous de lui le temps que je vous rejoigne. Il faut que je ferme l'écluse et que je vide le canal, au cas où. Vous avez compris ? Vous vous en sentez capable ?

J'ai acquiescé.

– Alors allez-y, a-t-il dit en me poussant doucement vers l'atelier.

Il m'a suivie un instant des yeux avant de ramasser le fusil et de courir vers l'écluse. J'ai filé sur le sentier. Si seulement cela pouvait lui prouver que je n'étais pas folle.

*
* *

J'étais encore loin de la porte verte quand j'ai vu une petite silhouette se faufiler à l'intérieur. Accélérant, j'ai repéré des empreintes de pieds mouillés, des pieds d'enfant sur les pavés. J'ai ouvert la porte à la volée et fait irruption dans le petit salon de mon oncle.

– Davy ! Davy ?

Mes pas résonnaient doucement dans le couloir, mais la lumière n'était pas allumée dans l'atelier. La collection d'automates formait un groupe de silhouettes étranges et sombres dans l'obscurité. J'ai vérifié à nouveau dans l'entrée et entrouvert la chambre de Lane.

– Davy, où es-tu ?

La chaufferie et la fonderie étaient également désertes, ça ne sentait pas la fumée de charbon, aucun des moteurs n'était en route. Je suis revenue dans l'entrée, j'ai poussé la porte du souterrain et dévalé les marches de pierre.

– Davy ? Oncle Tully ? Où êtes-vous ?

Ma voix résonnait sous les parois voûtées tandis que je les appelais, encore et encore, à pleins poumons. Haletante, je me suis engouffrée dans le tunnel. J'avais peur que mes jambes ne se dérobent sous mon poids, je luttais contre la nausée... quand soudain je me suis arrêtée net. Dans la lueur des becs de gaz, j'avais aperçu une silhouette menue au détour du souterrain, pétrifiée sur place et toute dégoulinante.

– Davy ! me suis-je exclamée, puis je me suis rendu compte qu'il risquait de filer si je m'approchais.

J'ai donc ralenti.

– Ça va ? ai-je demandé en m'efforçant de paraître calme alors que j'étais à bout de souffle, au bord des larmes, et l'estomac retourné. On ne te trouvait plus. Dieu merci, tu sais nager !

Il gardait ses grands yeux baissés. Alors je me suis immobilisée à bonne distance et je me suis agenouillée pour lui montrer que je n'allais pas le poursuivre, et pour me reposer un peu...

– J'ai... des choses à te dire, Davy. Tu veux bien m'écouter ?

J'ai attendu. Les secondes s'égrenaient une à une, dans le sifflement des becs de gaz. Le garçon a fait quelques pas hésitants, puis s'est arrêté, hors de ma portée. Il semblait si seul, si fragile, debout là, sans son lapin, tout perdu, avec sa joue balafrée.

– Je voulais te dire, ai-je commencé lentement, que j'ai compris ce que tu as essayé de m'expliquer dans le cottage. Tu... t'es très bien débrouillé. Tu m'as montré tout ce dont j'avais besoin.

Il a levé les yeux à ce moment-là et je l'ai enfin vu clairement, de ses cheveux sombres et trempés à sa chemise et son pantalon boueux. Ses yeux étaient deux mares, profondes et expressives. J'y ai vu du remords, de la peur, une peine qui m'a serré la gorge, et également de la haine, pas contre moi, mais contre celui qui l'avait utilisé pour nuire à des gens à qui il ne voulait aucun mal.

– Je sais, ai-je murmuré, et je suis désolée. Je ne suis pas en colère, pas contre toi.

Je lui ai tendu la main.

– Je ne t'en veux pas. Tu comprends ? Ce n'est pas ta faute.

Il a fait un pas en avant, puis s'est arrêté. Un grondement sourd a ébranlé le souterrain. Nous avons levé les yeux vers le plafond voûté. Au début, j'ai cru qu'il s'agissait du tonnerre, mais le bruit s'est rapproché, s'est renforcé petit à petit. Je me suis levée. Je sentais le sol vibrer sous mes pieds.

Une voix a résonné dans le tunnel.

– Vite, fuyez !

J'ai tourné la tête, scrutant la pénombre. Le grondement s'amplifiait. Avais-je vraiment entendu cette voix ou était-ce le fruit de mon imagination ?

– Courez ! a ordonné la voix aiguë et flûtée, nouée par la peur.

J'ai regardé Davy dans les yeux mais, juste à ce moment-là, l'éclairage au gaz a vacillé, avant de s'éteindre. Un craquement sinistre, comme du bois qui cède, a retenti dans le tunnel, puis le rugissement assourdissant du vent. Je me suis mise à courir dans le noir, tendant la main pour prendre celle de Davy. Je venais à peine d'effleurer le col de sa chemise que j'ai été violemment frappée par derrière, et je me suis écroulée. J'ai tournoyé dans une obscurité chaotique, sans savoir si j'avais heurté le sol, le mur ou le plafond. Il n'y avait plus d'air, je ne pouvais plus respirer, je ne contrôlais plus rien.

Soudain, j'ai heurté un obstacle, et c'était encore pire. J'avais de l'eau dans le nez, les poumons me brûlaient, j'étais plaquée contre une surface dure, un poids me compressait de plus en plus fort, m'étouffant complètement.

Au moment où je croyais mon heure arrivée, le poids qui m'écrasait s'est allégé. Puis, projetée dans une flaque, j'ai roulé dans la vase et, en ralentissant, j'ai trouvé un appui sous mes pieds. Lorsque je me suis redressée, j'ai enfin pu sortir la tête de l'eau, crachant, toussant, inspirant voracement l'air précieux. La lumière du jour filtrait par une coupole de métal et de verre au-dessus de moi. Un grondement assourdissant résonnait à mes oreilles.

Je me trouvais dans la salle de bal, plongée jusqu'aux cuisses dans un lac boueux, jonché de débris. Le grand escalier était changé en cascade. En tournant la tête, j'ai aperçu la porte secrète du souterrain qui flottait : de l'eau marron jaillissait à flots du tunnel transformé en canalisation géante.

– Davy ! ai-je hurlé, entre deux quintes de toux, mais j'étais seule et le vacarme de l'eau couvrait mes cris.

J'ai pivoté sur moi-même, empêtrée dans ma robe trempée, essayant de comprendre. La fissure dans le ciment avait dû s'agrandir, la digue avait sans doute rompu. Et, si Lane n'avait pas pu fermer l'écluse, alors non seulement le canal mais peut-être la rivière entière allaient se déverser dans la vallée où étaient nichés le village d'en bas et la partie inférieure du domaine de Darkwind. Je me suis mise en mouvement, luttant contre le courant pour atteindre l'autre porte, celle que Mme Jefferies avait ouverte, mais je n'ai pas été bien loin. L'eau montait maintenant à la moitié de la porte, plus haut que ma taille. Jamais je ne pourrais l'ouvrir. Complètement paniquée, j'ai fait volte-face pour chercher une issue, en vain. Je ne savais pas nager.

J'ai tenté de saisir la porte arrachée du souterrain, pour m'en servir de radeau. Hélas, le courant l'a emportée loin de moi. En voulant courir après, je me suis pris les pieds dans ma robe, je ne tenais plus debout. Juste au moment où je perdais pied, je me suis raccrochée à une caisse en bois qui passait par là. Je m'y suis cramponnée, le souffle court, terrorisée. En me passant la langue sur les lèvres, j'ai senti un goût amer. Ce n'était ni l'eau du canal ni celle de la rivière, mais sans doute mon propre sang.

Je battais des jambes, m'efforçant de garder la caisse en surface, d'éviter qu'elle ne se remplisse, malgré les courants tourbillonnants. L'escalier était toujours une cascade, mais beaucoup plus petite désormais, car l'eau arrivait presque en haut. J'espérais que Davy avait été emporté vers la chapelle, d'où il pourrait s'échapper. Quant à mon oncle... j'ai prié pour qu'il n'ait pas été dans le souterrain à ce moment-là.

Je dérivais dans la salle de bal, ses somptueux lustres étaient à portée de main désormais, et aux murs les miroirs reflétaient une scène de cauchemar. J'étais tellement fatiguée, j'avais mal à la tête, non parce que j'étais blessée, mais à cause de la pression de l'eau dans mes oreilles. J'ai serré les dents, en m'accrochant au lustre le plus proche pour me placer juste au-dessous de la coupole. C'était étrange, ai-je remarqué avec un certain détachement, de se donner tant de mal pour les quelques minutes de vie supplémentaires que pouvait m'accorder ce dôme de verre. J'allais mourir noyée, comme mon père, mais en regardant les roses ondoyer sous la brise à travers une vitre. Au prix d'un nouvel effort, j'ai réussi à agripper la moulure joignant le plafond et la coupole pour me rapprocher, avec ma caisse. Ça me donnait un ou deux mètres de plus.

Mais la douleur dans mes tympans, dans ma tête était si intense que je me suis mise à hurler. J'ai donné un coup de pied dans le verre, mais je ne pouvais pas frapper fort sans risquer de perdre l'équilibre. Du sang chaud coulait de mon nez. J'envisageais d'abandonner, de laisser l'eau emplir mes poumons pour que la souffrance s'arrête quand, soudain, j'ai eu une idée. J'ai soulevé le couvercle de la caisse pour fouiller à tâtons à l'intérieur. J'y ai trouvé les patins à roulettes – miraculeusement secs. J'en ai brandi un pour frapper la vitre avec.

Sans résultat. J'avais tellement mal à la tête, c'était insoutenable. J'ai cogné, cogné, cogné, de plus en plus fort, encore et encore, mue par l'énergie du désespoir. Un éclat de verre s'est détaché, et la vitre s'est fêlée. Le coup suivant a suffi à la briser. L'air s'est engouffré à l'intérieur de la salle de bal, au-dessus de ma tête. Aussitôt mes tympans m'ont fait moins souffrir. L'eau a jailli du trou pour se répandre dans le jardin. J'ai lâché la caisse, empoignant la structure métallique de la coupole, indifférente aux éclats de verre qui s'enfonçaient dans ma paume, et j'ai cassé le reste de la vitre. Je me suis extirpée par le trou, aidée par le flot qui se déversait dans le jardin, et je me suis affalée, soulagée, dans les buissons de roses et la boue.

Quelques minutes plus tard, je me suis hissée jusqu'à la terrasse du dessus pour m'étendre sur la terre plus sèche et reprendre mon souffle. Le jardin d'où je venais était maintenant complètement inondé par l'eau jaillissant de la coupole brisée. Je sentais l'herbe couchée par la pluie sous ma joue, et la terre en dessous, savourant chaque respiration tandis que le soleil commençait à sécher doucement ma peau. Puis je me suis relevée tant bien que mal, et j'ai gravi chacune des terrasses jusqu'à l'allée menant au manoir.

J'ai ouvert la porte d'entrée, de plus en plus pressée, laissant une trace mouillée sur le chemin que j'avais emprunté à mon arrivée à Darkwind. J'ai traversé la salle des horloges en appelant Davy et ouvert d'une main tremblante la porte donnant sur la chapelle. Puis j'ai couru à l'autre bout et je suis tombée à genoux. L'eau s'insinuait autour de la porte secrète, et coulait sur les dalles de pierre. Hélas, cette porte s'ouvrait vers le souterrain et non dans l'autre sens – ce qui signifiait qu'elle était maintenant condamnée par la pression de l'eau.

C'est Mme Jefferies qui m'a trouvée là, j'ignore au bout de combien de temps, prostrée sur le sol de la chapelle, toute maculée de boue et de sang séché. Lorsque je lui ai expliqué ce qui se trouvait derrière la porte dérobée et ce que je savais, elle a fondu en larmes et je l'ai imitée, notre chagrin commun résonnant sous la voûte. Puis, quand nous avons eu pleuré tout notre soûl, elle a pris ma tête sur ses genoux, assise au milieu des flaques, et a caressé mes cheveux pleins de vase de sa main potelée. Entre deux sanglots, je lui ai parlé de Ben Aldridge, de l'opium et de Davy, je lui ai raconté que j'avais tiré au fusil et brisé la coupole, je lui ai même avoué que je l'avais soupçonnée, hébétée par l'épuisement et la tristesse. Sans cesse, je ressassais les mêmes questions :

– Mais où est mon oncle ? Où est Lane ?

– Je ne sais pas, je ne sais pas, mon petit canard, a-t-elle soufflé en me tapotant le dos.

Alors que je sombrais dans le sommeil, elle m'a aidée à me relever pour m'accompagner dans la chambre de Marianna. J'avais retrouvé mon calme, l'éreintement ayant chassé la moindre pensée de mon esprit. Et voilà que, dans le lit de Marianna, nous avons trouvé oncle Tully, couché tout habillé avec sa redingote noire, l'édredon remonté jusqu'au menton. Il ne s'est pas réveillé, même quand je me suis assise à son chevet.

– Laissons-le dormir, a conseillé Mme Jefferies d'une voix rauque. Il a de la chance d'être dans l'ignorance.

Puis, tout doucement, elle m'a pris le patin à roulettes que j'avais gardé à la main, sans m'en rendre compte.

Il m'a fallu deux bains pour chasser la boue et l'odeur de vase de ma peau, de mes cheveux. Mme Jefferies me frottait doucement, pleurant parfois sans bruit, et ça me consolait de savoir que je n'étais pas seule dans mon malheur.

Elle a étalé du baume sur les plaies de mon visage et de mes mains, avant de me passer ma chemise de nuit et de me coucher dans le lit de Mary. J'ignorais également où se trouvait celle-ci et, au fond, tout au fond de moi, la petite partie encore consciente était saisie d'une nouvelle angoisse.

Je me suis endormie alors que le soleil de la fin d'après-midi brillait derrière les rideaux, la main de Mme Jefferies sur mon front, l'eau et la boue ruisselant sur mon corps – sans doute dans mon imagination.

XXIII

Quand je me suis assise dans le lit de Mary, un soleil plutôt matinal entrait à flots par la fenêtre. Toute la nuit, mes rêves avaient résonné du grondement de l'eau, de la détonation de la boule de feu, de la petite voix flûtée me suppliant de courir. Je me suis levée sans bruit, vacillant légèrement sur mes jambes. J'ai enfilé une robe de Mary, je me suis fait des tresses, et j'ai noué un foulard autour de ma tête. Je me suis assise un instant sur le lit, faible, lasse, puis je me suis regardée dans le petit miroir que Mary y avait suspendu. J'avais le front et la main tailladés, l'épaule endolorie, allant du bleu vert au violacé. J'étais couverte d'hématomes, j'avais mal partout, autant à l'extérieur qu'à l'intérieur, mais, surtout, mon cœur était lourd, chargé d'un fardeau qui ne me quitterait pas de si tôt. Et je ne pouvais m'en prendre qu'à moi. C'était moi qui avais tiré ce coup de feu, fait exploser le bateau et rompre la digue. Si Davy était mort et Darkwind englouti, c'était uniquement ma faute.

Sur la pointe des pieds, je me suis rendue dans la chambre de Marianna. Les lourds rideaux voilaient le soleil, mais, même dans la pénombre, la première chose que j'ai remarquée, c'est la porcelaine brisée, les mille et un éclats couvrant la coiffeuse, toutes les tasses que Mary m'avait montées de la cuisine. J'ai effleuré un tesson granuleux du bout du doigt.

– Elles étaient poisseuses, m'a expliqué Mme Jefferies depuis son fauteuil au coin du feu. Toutes poisseuses à l'intérieur, sauf que ça ne se voyait pas, à moins de savoir où regarder.

Alors ce n'était pas seulement dans le sucre, même mes tasses en étaient enduites.

– Donc vous les avez cassées, ai-je remarqué.

Mme Jefferies a joint les mains.

– Je le revois avec la tasse à rayure verte, le démon. Le premier jour, quand vous avez pris le thé avec M. Tully dans l'atelier. Je l'ai laissé reposer la tasse sur le chariot. Il était si serviable et si poli que je n'ai rien remarqué... J'ai aussi jeté votre sucre.

J'ai abandonné les tasses brisées pour aller contempler mon oncle, encore endormi. Mme Jefferies a poursuivi :

– Lane est venu tard hier soir, mais je lui ai dit que vous dormiez. On a discuté et j'ai mis deux ou trois choses au clair avec lui avant qu'il reparte. Mary est passée aussi, puis elle a vite filé. On l'attendait chez elle, faut croire.

– Tout le village d'en bas est inondé, madame Jefferies ?

– Oui, mademoiselle.

– Alors Mary n'a plus de « chez elle ».

Elle a soupiré :

– Faut croire que non.

L'édredon rose se soulevait au rythme de la respiration de mon oncle. Son atelier était détruit. Mon cauchemar m'est revenu en mémoire, le rêve de destruction que l'opium m'avait donné, la nuit où je m'étais mordu la main. Et c'était moi qui avais fait de ce cauchemar une réalité. J'ai bordé mon oncle, avant de me ressaisir. Si ce désastre était mon œuvre, alors c'était à moi d'y remédier.

– Madame Jefferies, je dois me rendre au village d'en haut.

– Comme vous voudrez, mon petit canard.

Elle a peiné à se relever pour venir se planter devant moi.

– Mais faut que vous mangiez avant, sinon le vent va vous emporter.

– Mon oncle dort profondément. Il ne risque pas de paniquer en se réveillant ?

– Non, je pense qu'il va rester tranquille ici, mademoiselle. Je pense qu'il ne quittera pas la pièce.

J'ai remarqué ses paupières rouges et gonflées.

– Vous n'avez pas réussi à fermer l'œil ?

Elle s'est contentée de passer le bras autour de ma taille, les lèvres serrées, et j'ai posé mon menton sur ses cheveux frisottés, en murmurant :

– Merci, madame Jefferies.

*

* *

Côte à côte sur le sentier, en haut de la dernière colline avant le village d'en bas, nous dominions une petite mer. Le canal n'existait plus et, mis à part le clocher de l'église et le pignon d'un toit de chaume çà et là, nous contemplions un monde entièrement aquatique. L'atelier avait disparu, ainsi que les cheminées. Des barques arrachées à leurs mouillages voguaient sereinement à travers les rues, parfois retournées. J'ai aperçu la dépouille noire et blanche d'une vache. J'ai imaginé les automates représentant mon père et ma grand-mère, emportés par les eaux, et je me suis demandé pourquoi tout ce que je touchais finissait par être détruit.

– Allons-y, madame Jefferies.

Il était temps de réparer mes fautes.

Le village d'en haut était en pleine panique, comme on pouvait s'en douter, mais je n'avais pas oublié que ses habitants avaient été prêts à m'envoyer à l'asile. J'ai redressé le menton, saluant d'un signe de tête tous ceux dont le regard s'attardait sur moi. La puissante odeur de vase me rappelait la salle de bal où j'avais failli périr noyée et faisait monter une terreur intense du fond de mes entrailles. Mme Jefferies m'a accompagnée jusqu'à l'église, tandis qu'une petite troupe de curieux s'amassait derrière nous. Là-bas régnait le plus grand désordre. Je me suis frayé un chemin parmi des hommes vociférants ; leurs conversations échauffées menaçaient visiblement de tourner à la bagarre.

– Excusez-moi, messieurs. Excusez-moi, murmurais-je sans grand effet.

– La ferme ! a hurlé Mme Jefferies.

Surpris, les hommes se sont retournés et le silence s'est fait petit à petit. J'ai aperçu Lane dans la foule. Ses yeux perçants se sont posés sur moi. Il y avait également M. Cooper et, à côté de lui, M. Lockwood, en manches de chemise, de la boue jusqu'aux cuisses. J'ai traversé lentement l'assemblée aux yeux écarquillés, pour monter sur l'estrade et m'asseoir à la place du pasteur, surplombant le public.

– Je vois que le chef du comité d'en haut, M. Cooper, est bien présent, mais qui est à la tête du comité d'en bas ?

Un homme à la chemise maculée de boue, que je n'avais jamais vu, s'est avancé vers moi. J'ai réussi à leur sourire à tous les deux – non que M. Cooper ait pu s'en apercevoir, car il évitait soigneusement de croiser mon regard.

– Si je pouvais avoir un instant le pasteur auprès de moi, ainsi que vous, monsieur Moreau, je vous en saurais gré. Quant à vous autres, messieurs, si vous voulez bien attendre dix minutes, j'espère avoir quelques instructions à vous donner d'ici là.

Le silence a laissé place à un murmure excité tandis que les personnes que j'avais convoquées s'approchaient. M. Lockwood les a imitées et s'est posté non loin, lèvres serrées, bras croisés. Je m'efforçais de ne pas le regarder. Lane restait un peu à l'écart, nous contemplant tour à tour, le juge et moi-même. Il s'était à nouveau renfermé, je le voyais bien. Sans doute parce qu'il ignorait ce que j'allais déclarer. Quel suspense !

– Messieurs, ai-je commencé, j'aimerais savoir ce qui a été mis en place pour les sans-logis ainsi que pour les blessés.

Je me suis tournée vers M. Cooper.

– Il y a combien de blessés ?

Il a bafouillé, mal à l'aise :

– Je ne... je ne...

– Pas beaucoup, mademoiselle Tulman, est intervenu Lane. Quelques égratignures, un bras cassé, et hélas trois morts. La plupart des habitants étaient...

Il s'est interrompu.

– Dans cette chapelle, en train de discuter de mon cas, ai-je complété. Oui, j'ai bien compris, monsieur Moreau. C'est une chance, en fin de compte, n'est-ce pas ?

Les gens se sont agités. J'ai vu M. Lockwood froncer les sourcils tandis que le pasteur prenait la parole :

– Il restait quelques personnes au village d'en bas au moment de l'inondation, mademoiselle, mais elles ont réussi à se hisser sur les toits et ont été évacuées par bateau.

– Très bien. Merci.

Je me suis retournée vers M. Cooper.

– Et qui est mort ?

Comme il bredouillait des mots inintelligibles, le pasteur est venu à son secours.

– M. Bell, qui travaillait à l'usine à gaz.

– Il était d'en haut ou d'en bas ?

– D'en haut, mademoiselle.

– Alors sa famille n'est pas sans logis ?

– Il n'avait ni femme ni enfant, mademoiselle.

– Et puis il y a aussi Ben Aldridge, a ajouté Lane. Il était sur l'un des bateaux. Et puis un enfant.

– Oui, ai-je répondu posément. Merci, monsieur Moreau.

J'ai pris une profonde inspiration avant de reprendre à l'adresse de M. Cooper :

– Le dispensaire n'est donc pas surchargé. Combien compte-t-il de lits ?

– Vingt, a-t-il réussi à articuler.

– Parfait. Ils vont tous nous servir. Et, d'ici ce soir, nous devrions pouvoir installer une quinzaine de familles au manoir. J'y veillerai. N'oublions pas que le cottage de M. Aldridge est maintenant inoccupé. On peut y mettre au moins deux grandes familles. Mme Brown est-elle dans les parages ? Ou bien sa fille ?

– Elles sont toutes les deux sur la place, en train de chercher où reloger les sans-abri, a répondu Lane.

– Parfait. Mme Brown se chargera de placer des familles chez des gens qui peuvent les accueillir. Je vais le lui dire. Révérend, je souhaiterais avoir une liste des familles qui ont perdu leur toit, avec leur nom et le nombre de leurs membres. D'accord ? Apportez-la-moi au manoir dès que ce sera fait.

– Oui, très bien.

Je me suis tournée vers le chef du village d'en bas.

– Je suis désolée, monsieur, mais j'ignore votre nom.

– Waycroft, mademoiselle.

– L'inondation a-t-elle détruit une grande quantité de nos réserves ?

– Tout ce qui était en bas, mademoiselle. Mais, par chance, le plus gros est stocké au village d'en haut.

– Combien de bateaux en état de fonctionnement avons-nous ?

– Quelques-uns, mais pas tous.

– Alors c'est une priorité. Constituez une équipe chargée de réparer les bateaux afin que les livraisons ne soient pas interrompues. Peut-on remonter la rivière avec ?

Comme il hochait la tête, je me suis adressée à l'assemblée :

– Le niveau de l'eau est-il toujours en train de monter, messieurs ?

Personne n'a répondu.

– Il est descendu d'environ un mètre par rapport à hier, mademoiselle Tulman, m'a informée Lane, mais depuis il ne bouge plus.

– Je vois. A-t-on un moyen de vider l'eau du village d'en bas ? Les souterrains doivent être vidangés au plus vite...

Je me suis interrompue, contemplant les visages perplexes qui me faisaient face. Le souvenir des tunnels inondés était trop pénible pour moi. M. Waycroft a pris la parole :

– Ce canal a été conçu de sorte qu'on puisse le vider pour l'entretenir et le réparer. À mon avis, mademoiselle Tulman, si on le vidait et qu'on y drainait l'inondation, en creusant des tranchées, on pourrait faire baisser le niveau de l'eau.

Je lui ai souri.

– Monsieur Waycroft, vous voudrez bien en discuter avec les autres afin de voir s'ils partagent votre avis ou si l'un d'eux aurait une quelconque compétence en la matière. Si vous arrivez à un consensus, alors vous avez ma permission pour vous mettre au travail immédiatement.

Il a acquiescé.

– Bien, y a-t-il un sujet que j'aurais omis d'aborder, messieurs, ou qui requière mon attention immédiatement ?

Ils ont tous secoué la tête dans un bel ensemble, sauf M. Lockwood, dont l'attitude n'avait pas changé. Son regard me transperçait. Je me suis détournée et levée.

– Très bien, je vais donc aller voir Mme Brown et m'atteler à la tâche. Révérend, voudriez-vous communiquer mes instructions à ceux qui attendent dans l'église ?

– Volontiers, mademoiselle Tulman, a-t-il répondu avec un grand sourire. Je m'en occupe de suite.

– Merci, révérend.

Je me suis inclinée légèrement, avant de fendre à nouveau la foule, tête haute, Mme Jefferies sur les talons. J'espérais seulement que personne n'avait remarqué que mes genoux flageolaient.

*

* *

Et ils n'ont cessé de trembler de toute la matinée, tout comme mes mains, d'ailleurs. Pourtant je n'avais ni peur ni froid, c'était incompréhensible. Cachant mes doigts fébriles dans les plis de la jupe de Mary, je me suis installée au dispensaire avec Mme Brown. Ensemble, nous avons échafaudé un plan pour fournir le gîte et le couvert à chacun, et remettre les choses en ordre au plus vite. Lorsque Mary nous a rejointes, elle m'a serrée contre elle à m'étouffer. Puis nous nous sommes rendues au manoir avec Mme Jefferies afin de sélectionner les pièces pouvant servir d'hébergement de fortune.

L'aile basse était partiellement inondée, en particulier le couloir menant à la salle de bal, et je ne voulais personne à proximité des appartements de Marianna, pour la tranquillité de mon oncle, ni aux abords de la chapelle, qui était pour moi un tombeau. Au final, j'ai fait prévenir Mme Brown que vingt familles pourraient être accueillies au manoir. La plupart des pièces étaient aménagées de façon très spartiate, mais au moins les villageois seraient à l'abri et au chaud.

Nous avons passé le reste de la journée à préparer des litres et des litres de soupe, dont j'aurais été bien incapable d'avaler une seule cuillerée. Tandis que la quatrième marmite mijotait, j'ai été brusquement prise de spasmes qui me secouaient tout le corps. Je me suis excusée auprès de Mme Jefferies et j'ai quitté la cuisine discrètement afin de me réfugier dans la pièce aux bibelots, où j'ai pu m'allonger sur le canapé jaune le temps que ça se passe. Près d'un quart d'heure s'est écoulé avant que la peur panique de replonger dans mes cauchemars ne se dissipe. J'ai fermé les yeux, pour tenter de me reposer un peu. C'est alors que je me suis remémoré notre voisin, à Londres, un homme pris de tremblements irrépressibles lorsqu'il était privé de sa dose de whisky et de bière. Mon corps réclamait sans doute les ingrédients mystérieux qui avaient été ajoutés à mon thé et qui brusquement lui manquaient. Ou bien c'était la culpabilité et le chagrin qui me rendaient malade.

Il faisait nuit noire lorsque, après avoir retourné la dernière marmite récurée sur le torchon, j'ai ouvert la porte de la cuisine pour sortir, complètement éreintée. Tout en faisant la vaisselle, j'avais réfléchi à ce qui m'attendait les jours suivants. Ce que je devais faire me fendait le cœur, une plaie ouverte qui ne me laisserait pas de repos, quel que soit mon état de fatigue. Au clair de lune, le jardin semblait peuplé d'ombres et de murmures. Je me suis aperçue que l'une de ces ombres n'était autre que Lane en entendant ses pas crisser sur le gravier. J'ai vu ses bottines boueuses s'arrêter devant les miennes, mais je suis restée immobile, les yeux baissés, redoutant la prochaine épreuve.

Au bout d'un moment, il a fini par dire :

– Hier soir, on m'a fait comprendre, sans équivoque, que, si je disais un mot de travers à votre sujet, le diable sortirait de terre, m'attraperait par les chevilles et me traînerait aux enfers avec lui.

J'ai souri malgré moi.

– Votre tante est très... entière dans ses sympathies et ses haines, ai-je murmuré.

– Pas qu'un peu.

– Elle vous a... tout raconté ?

– Oui.

Le vent tourbillonnait dans le jardin, agitant herbes et feuillages. Lane a attendu que la bourrasque se calme avant de reprendre :

– De l'opium, alors ?

J'ai acquiescé.

– Et à la fête, vous en avez trop pris ?

– Oui, je suppose.

Je n'osais toujours pas le regarder dans les yeux. Il a fourré les mains dans ses poches en soupirant.

– Vous vous en êtes bien sortie, aujourd'hui, au village. Après votre départ, Lockwood a coincé M. Cooper dans un coin en agitant sous son nez le constat signé de sa main. Le pauvre homme tremblait comme une feuille.

Il a marqué une pause.

– Nous avons retrouvé M. Bell, de l'usine à gaz, mais... c'est tout. Vu le courant, le corps de Ben a pu être emporté vers la rivière, avant que le mur ne rompe. Je ne l'ai pas vu quand j'ai plongé, mais l'eau était trouble.

Il poussait un petit caillou du bout du pied.

– Tante Jeff m'a dit que... vous étiez avec lui.

Il parlait de Davy. Sa voix était lourde de chagrin, ce qui décuplait le mien. J'ai acquiescé à nouveau, sans un mot. Nous fixions les choux dans le noir.

– Je suis allé dans la roseraie, j'ai vu le verre brisé.

Je n'ai pas répondu.

– Vous vous êtes blessée, a-t-il dit en tentant de me prendre la main.

– Ce n'est rien.

J'ai croisé les bras en m'empressant d'ajouter :

– Je voulais que vous sachiez que ce n'était pas sa faute. À Davy, pour l'opium, je veux dire. Il ne voulait pas. C'est... c'est Ben qui l'a forcé.

Lane a remis les mains dans ses poches en soufflant lentement par le nez. C'était comme si sa colère se propageait à l'atmosphère autour de lui. Je la sentais sur ma peau. Mais il s'est contenté de dire :

– Vous êtes sûre qu'il avait l'intention de faire exploser ce poisson et qu'il l'emmenait à Paris ?

– Oui, avec une sorte de coton non filé. Il avait même fait un trou dans le sol de la cave. Et il en avait emporté une quantité sur le bateau. Je suppose que c'est ce qui a... Une fois, Ben m'a raconté que la France fabriquait des vaisseaux en métal blindé, ne craignant pas les tirs de canon.

Lane a passé la main dans ses cheveux, en pensant peut-être, comme moi, à la chaudière du bateau à vapeur, projetée dans les airs.

– Mon père parlait souvent de la guerre, m'a-t-il confié, des batailles navales entre les Britanniques et les Français. Si la France avait possédé des vaisseaux que l'Angleterre n'avait pu couler ou s'ils avaient pu couler tous ceux de l'Angleterre, alors...

Alors ce jardin se serait trouvé en France. La Grande-Bretagne entière aurait été française, et l'Europe également. J'en étais parfaitement consciente. Je me rappelais la mine réjouie de Ben lorsqu'il avait affirmé que les bonnes idées pouvaient rapporter gros.

– Je pense qu'il espérait devenir très riche, ai-je chuchoté.

J'ai frissonné. Une autre image m'était revenue soudainement : son air satisfait lorsqu'il m'avait embrassée de force, juste avant de me conseiller amicalement de me suicider. Dans l'ombre, la colère de Lane était presque palpable.

– Il vous a fait mal ?

J'ai secoué la tête. Il s'est approché jusqu'à ce que je puisse sentir l'eau de la rivière, la vase et... l'odeur si particulière de Lane. À nouveau, il a voulu me prendre la main et, malgré moi, j'ai reculé d'un pas. Il s'est figé en murmurant :

– Je vois.

J'ai fermé les yeux. J'aurais voulu n'être jamais venue au manoir de Darkwind. Mme Jefferies avait raison. C'était moi qui m'étais compliqué la vie. Je m'étais mise en pièces et, même en un siècle, tante Alice n'aurait pas pu me faire autant de mal. Désormais, mon destin était tout tracé.

– Quand maître Babcock arrivera, il s'occupera de lancer les travaux de réparation.

Je sentais les yeux gris sur mes paupières closes.

– Et ensuite vous partirez.

– Oui, je ferai ce qu'il m'a demandé depuis le début. Je retournerai auprès de ma tante pour lui débiter autant de mensonges que je pourrai en inventer. Je ferai durer autant que possible, mais pas longtemps, hélas.

– Katharine, a fait sa voix grave.

J'ai rouvert les yeux. Je n'ai pas pu m'en empêcher. Le vent s'enroulait autour de moi.

– J'aurais pris soin de vous. De vous deux.

J'ai contemplé son visage, ses sourcils sombres, son menton pas rasé, et j'ai su, avec la même certitude inébranlable que le soir de mon anniversaire, qu'il me disait la vérité. Il aurait pris soin de nous tant que nous aurions eu besoin de lui, et pas seulement par obligation envers mon oncle. Il l'aurait aussi fait pour moi.

– Je sais, ai-je murmuré. Je sais. Mais maintenant laissez-moi m'occuper de vous et d'oncle Tully. Il n'y a rien de plus important que d'empêcher ma tante de venir à Darkwind.

Au lieu de me répondre, il s'est avancé, si près que j'entendais son souffle, si près que j'ai senti la nuit se réchauffer lorsque sa main s'est approchée de ma joue. J'ai fait un pas en arrière, le cœur brisé, puis un autre et encore un autre avant de regagner la cuisine en courant. Quand j'ai posé la main sur la poignée, j'ai entendu ses pas sur le gravier, derrière moi. J'ai vite ouvert la porte. C'était déjà assez dur, je ne voulais pas qu'il en rajoute, je ne voulais pas qu'il me voie pleurer. C'est alors que mon regard s'est arrêté sur Mary. Elle était plaquée contre le mur de la cuisine, les yeux ronds au milieu de ses taches de rousseur, désignant frénétiquement la cheminée du menton. Je me suis tournée dans cette direction et de l'écran de fumée a émergé Alice Tulman.

XXIV

À la vue de ma tante, à cet instant, dans cette cuisine, je suis restée pétrifiée, le souffle coupé, comme si l'on m'avait frappée. Lane, qui m'avait rejointe en courant et saisie par l'épaule pour me forcer à me retourner, a suspendu son geste et laissé retomber sa main. Cependant, je le sentais dans mon dos, immobile et tendu.

– Katharine, a articulé ma tante.

Elle savait donner à ce simple mot de nombreuses significations. Rien qu'avec ces trois petites syllabes, elle était capable de dire tout à la fois: « Ta conduite me choque », « Tu me déçois beaucoup » et « Tu n'es qu'un pitoyable semblant d'être humain ». C'était d'une efficacité redoutable, et le contraste avec la façon dont Lane avait prononcé mon prénom dans le jardin m'a fait grincer des dents. Au moins cela m'a-t-il permis de reprendre mes esprits. Nous avions perdu, tout était perdu. Pourtant il me fallait remettre à plus tard le moment de sombrer dans le désespoir.

– Ma tante ! Quelle surprise de vous voir ici.

– N'est-ce pas ? a-t-elle susurré.

Je suis entrée dans la cuisine en dénouant mon foulard.

– Je vous en prie, ma tante, asseyez-vous. Le voyage a dû être éprouvant.

Après avoir examiné l'état de ma robe, puis Lane, sale et échevelé, dont la silhouette se dressait dans l'ombre sur toute la hauteur de la porte, elle s'est assise. En voyant qu'elle restait au bord de la chaise pour ne pas tacher sa tenue de voyage immaculée, je me suis promis de la maintenir là le plus longtemps possible. J'ai pris plaisir à m'imaginer qu'elle aurait le séant en compote. Lane a fermé la porte, nous isolant des bruits nocturnes du jardin, et s'est campé à mes côtés, les bras croisés.

– Ma tante, je vous présente M. Moreau. Monsieur Moreau, voici ma tante, Mme Tulman. M. Moreau est... l'apprenti de mon oncle.

Lane a incliné légèrement la tête, et tante Alice, de mauvaise grâce, a daigné lui rendre son salut. Mary continuait à me regarder fixement en tendant le menton, cette fois en direction du couloir. De toute évidence, elle voulait me dire quelque chose.

– Et je suppose que vous connaissez déjà Mary Brown, ma femme de chambre. Oh, bonjour, Hannah, je ne vous avais pas vue.

Dans un coin, sur le tabouret de la cheminée, se tenait la pauvre Hannah, la femme de chambre de tante Alice, dont j'avais toujours soupçonné que seul son don pour se faire oublier lui avait permis de rester aussi longtemps au service de ma tante. Elle m'a adressé un faible sourire.

– Ma chère Katharine, a repris ma tante en arrangeant le volant en dentelle de sa manche. Vous semblez vous entendre à merveille avec le petit personnel. Comme c'est charmant ! Mais, mon enfant, je m'alarme de vous trouver si mal en point. Auriez-vous eu un accident ? Quelle délicatesse de votre part de ne pas m'avoir écrit pour m'en informer ! De crainte, très certainement, de me causer du souci.

J'avais oublié mon entaille au front. Je lui ai souri.

– C'est toujours un plaisir pour moi de vous épargner tout désagrément, ma tante. Ainsi, je regrette fort que vous n'ayez pu écrire pour m'avertir de votre venue...

Elle a haussé un sourcil soigneusement épilé.

– ... afin de nous permettre de vous recevoir avec tout le confort requis.

J'ai jeté un nouveau coup d'œil vers Mary, qui continuait ses mimiques au risque de se briser le cou, tandis que le regard attentif de Lane suivait nos échanges.

– Veuillez m'excuser un instant, ma tante. Je dois m'entretenir avec Mary des préparatifs de votre chambre.

Ignorant sa mine outragée, j'ai suivi Mary qui se ruait hors de la pièce, Lane sur mes talons. À peine la porte de la cuisine refermée, elle nous a entraînés dans le couloir.

– Qu'est-ce qu'on va faire, mam'zelle ? Qu'est-ce qu'on va faire ? Je descendais vous chercher, et voilà que j'ai trouvé madame dans la cuisine !

– Je sais, Mary. Tout va bien.

À cet instant, une cavalcade d'enfants du village a fait irruption dans le couloir, déferlant autour de nous comme une vague. Si tante Alice écoutait à la porte, peut-être leur vacarme noierait-il le contenu de notre conversation.

– Je ne vois pas d'autre solution que de lui donner ma chambre, ai-je repris. C'est la seule qui soit convenable dans cette maison et...

– Mais, mam'zelle, c'est M. Tully ! Il...

Je me suis tournée vers Lane.

– Y a-t-il un autre endroit où il pourrait être à son aise ? On ne peut pas l'installer près d'elle...

– Mam'zelle ! m'a coupée Mary en trépignant presque d'impatience. J'essaie de vous dire que M. Tully ne veut plus parler ! Il refuse même de bouger ! Je suis passée le voir ce matin, puis dans l'après-midi, je me suis dit : « Mais c'est qu'il dort longtemps ! » Alors j'y suis retournée. Et il reste couché dans son lit, avec des yeux, des yeux... et... et je crois bien qu'il a souillé ses draps, mam'zelle ! a-t-elle achevé dans un murmure.

J'ai fixé Mary, puis Lane.

– Je pensais qu'il dormait, moi aussi, a-t-il déclaré.

C'était ce que j'avais cru aussi. Ainsi, oncle Tully n'aurait pas quitté son lit de la journée ? Mes pieds se sont mis en marche d'eux-mêmes pour me conduire à sa chambre, mais Lane m'a retenue d'un geste.

– Non. Occupez-vous plutôt d'elle, m'a-t-il suggéré avec un coup d'œil vers la cuisine. Vous seule pouvez vous en charger. Moi, je vais voir M. Tully.

Je me suis mordu la lèvre. Il avait raison.

– Mais qu'est-ce qui lui prend ?

Il a plongé ses yeux gris dans les miens.

– Vous savez bien. Il n'a plus son atelier.

Depuis que mon souhait le plus cher était d'assurer le bonheur de mon oncle, on aurait dit que tout ce que je faisais le détruisait un peu plus.

– Mary, ai-je repris au bout d'un moment, cours chercher Mme Jefferies et explique-lui ce qui se passe. Qu'elle t'aide à trouver le meilleur endroit où installer ma tante. Je veux que ce soit le plus loin possible de mon oncle, et qu'importe s'il y a déjà dix enfants qui couchent dans ce coin-là. Je vais essayer de la retenir dans la cuisine aussi longtemps que je pourrai. Demande aussi à Mme Jefferies de servir le petit déjeuner au petit salon à sept heures précises demain matin. Au petit salon, entends-tu ? Et qu'il y ait du feu dans la cheminée.

– Je m'en chargerai, a proposé Lane.

– Empêchons-la de rôder dans le manoir. Peut-être s'en ira-t-elle après le repas.

Mais je savais qu'il n'en serait rien. Ma tante tenait sa proie à la gorge, elle ne la laisserait pas échapper.

– Évitons de mêler M. Lockwood à tout cela. En dehors de nous trois et de Mme Jefferies, personne ne doit savoir que mon oncle est ici. Tant qu'ils ne le trouvent pas, ils ne peuvent pas l'emmener. Est-ce bien clair ?

Mary a hoché la tête avec des yeux grands comme des soucoupes, et elle est repartie en trottinant.

– Je vous rejoins le plus vite possible, ai-je promis à Lane.

Je n'avais pas fait deux pas vers la cuisine qu'il a pris mon visage entre ses mains. Avant que j'aie pu parler, ou même penser, sa bouche était sur la mienne, et il étreignait mon visage si fort que je n'aurais pu me libérer si je l'avais voulu. Ce qui n'était nullement mon intention. Mes bras se sont pendus à son cou et mes doigts se sont glissés dans ses cheveux. Confusément, j'ai entendu Mary grommeler « Seigneur ! » quelque part au bout du couloir. Puis Lane m'a relâchée doucement, ôtant mes doigts de ses cheveux.

– Va, maintenant, m'a-t-il murmuré.

Ses lèvres ont effleuré mon front. Comme s'il me donnait sa bénédiction, au cas où l'occasion ne se représenterait plus jamais.

La gorge serrée, je l'ai regardé courir vers la chambre de mon oncle jusqu'à ce qu'il ait disparu dans la pénombre du couloir. Lorsque je me suis retournée, ma tante se tenait à la porte de la cuisine. Son petit sourire pincé m'indiquait clairement qu'elle avait tout vu, et qu'elle se ferait une joie de tout m'enlever. J'ai relevé le menton et elle a reculé juste assez pour me laisser rentrer dans la cuisine.

– J'étais en train de dire à ma chère nièce comme je trouvais la vie légère ici, à Darkwind. Tout le monde est si charmant !

Mme Jefferies se trouvait maintenant dans la cuisine, ayant visiblement jugé plus urgent de me protéger de ma tante que d'aider Mary à préparer la chambre. Elle avait accouru comme elle était, en robe de chambre et les cheveux à moitié défaits.

– Mais certainement ! a-t-elle marmonné en s'empressant de ranger les plats hors de portée de ma tante. Il n'y a pas plus chaleureux que notre Katie !

Elle m'a tapoté la joue en passant et j'ai réprimé une grimace. Malgré toutes ses bonnes intentions, elle ne servait pas ma cause. Tante Alice a rivé ses petits yeux sur moi.

– Je vois cela. J'ai hâte d'informer Mme Hardcastle et les autres dames des amitiés que vous avez nouées durant votre séjour ici. Je ne doute pas qu'elles se réjouiront de l'apprendre.

J'ai soutenu posément son regard. Les enfants qui étaient passés plus tôt dans le couloir sautaient maintenant sur le plancher au-dessus de nos têtes. Des fragments de pelures se détachaient des oignons suspendus en tresses au plafond et tombaient sur la tête de tante Alice.

– Prenez-vous toujours deux morceaux de sucre dans votre thé, ma tante ? ai-je demandé en m'emparant de sa tasse.

– Oui, mon enfant.

Je lui en ai servi trois, puis j'ai touillé énergiquement avec la cuillère sans lui laisser le temps de protester. J'espérais que Ben Aldridge y avait ajouté son petit ingrédient secret.

J'ai déposé le thé fumant devant elle.

– Des tartines grillées, ma tante ? Voulez-vous que j'allume le feu ?

Elle transpirait, au point que sa frange de bouclettes lui collait au front.

– Non, merci, très chère. C'est trop aimable.

J'ai contourné la table et, le plus discrètement possible, tendu une tasse à la pauvre Hannah tandis que tante Alice, perchée sur le bord de sa chaise, ôtait méthodiquement les pelures d'oignon de sa jupe. Hannah a siroté son thé à la hâte, avant que sa maîtresse n'ait l'idée de le lui enlever.

– Katharine, m'a brusquement demandé ma tante, où est donc votre oncle ?

Mme Jefferies s'est figée devant l'évier et m'a lancé un regard effaré. Je me suis assise en face de ma tante avec un doux sourire, que j'ai bientôt remplacé par un air affligé.

– Sans doute ignorez-vous qu'une... catastrophe s'est produite à Darkwind. Ce qui, malheureusement, nous empêche de vous recevoir comme il conviendrait. Toute la partie basse du domaine a été inondée. Ses occupants ont dû être relogés.

– Les occupants, relogés ? Voyez-vous cela. C'est vraiment terrible.

– En effet. Certains sont même hébergés temporairement dans ce manoir.

On entendait les enfants piailler à l'étage.

– Combien de domestiques cela concerne-t-il au juste, Katharine ?

– Tous ceux qui vivaient là-bas, ma tante, ai-je répondu en croisant les mains devant moi. Bien entendu, ça a beaucoup perturbé mon oncle, et ses efforts l'ont épuisé. Il... Il en est même tombé malade, en vérité.

– Malade ? Dans ce cas, peut-être devrais-je me rendre à son chevet, pour lui apporter quelque réconfort.

– C'est inutile ! s'est exclamée Mme Jefferies, tandis que je ravalais un soupir.

– Vous êtes toujours si attentionnée, ma tante, ai-je enchaîné. Mais il a surtout besoin de repos, il vaut sûrement mieux ne pas le déranger.

À cet instant, Mary a fait irruption dans la cuisine, hors d'haleine.

– Votre chambre est prête, mam'zelle... je veux dire madame, a-t-elle annoncé, en songeant un peu tard à s'incliner devant elle.

– Merci, Mary, ai-je répondu aussitôt. Ma tante doit être fatiguée, et souhaite certainement se retirer. Nous prendrons le petit déjeuner au salon à... huit heures, ma tante. (Ce qui me ménageait une heure de marge.) J'enverrai Mary vous chercher. Permettez-moi de vous signaler que certaines parties du rez-de-chaussée sont inondées, comme je vous l'ai expliqué, que d'autres sont occupées par les personnes relogées, et que d'autres encore peuvent être... dangereuses. À votre place, je ne m'y aventurerais pas. Et, si cette nuit vous entendez de drôles de bruits – des cris, des grondements, par exemple –, ne vous alarmez pas. Mais fermez bien votre porte, par simple mesure de précaution.

Tante Alice me dévisageait, les yeux écarquillés. Après une petite révérence, j'ai quitté la cuisine et attendu dans l'ombre que Mary se soit éloignée avec ma tante et Hannah. Je ne voulais pas risquer que tante Alice voie le chemin que je prenais pour gagner ma chambre.

À l'étage, mon oncle était couché, les yeux grands ouverts, fixant le baldaquin d'un regard absent.

– Mon oncle, ai-je murmuré. Oncle Tully ?

Il a cligné une fois les paupières. Je lui ai pris la main pour la poser sur ma joue, mais, dès que je l'ai lâchée, elle est retombée comme une pierre. Il portait ma chemise de nuit, et Lane avait réussi à changer les draps. Le linge sale était posé en tas près de la porte.

– Parfois, lorsqu'il est agité, j'arrive à l'apaiser en l'emmaillotant bien serré, m'a dit Lane. Je vais essayer. Mais je ne l'avais jamais vu dans cet état. J'ignore si ça va fonctionner.

J'ai approuvé d'un hochement de tête.

– Demain, je tâcherai de persuader ma tante de repartir, et de me laisser ici. Cependant je doute qu'elle accepte. Le plus probable est que je devrai la suivre et qu'elle lancera les démarches pour s'emparer de Darkwind, si ce n'est déjà fait. Je te laisserai tout l'argent qu'elle m'a donné pour mon séjour ici, et il faudra que tu caches oncle Tully ailleurs avec l'aide de Mme Jefferies.

– Viens avec nous.

– Tant que nous n'aurons pas trouvé de travail, je ne serai qu'une bouche de plus à nourrir, ai-je objecté. Si elle me laisse continuer à tenir la comptabilité, je pourrai trafiquer les chiffres et t'obtenir de l'argent. C'est ce que j'avais prévu de faire pour moi... avant tout cela.

Cet « avant » me semblait remonter à une éternité. Après ce qu'elle avait vu dans le couloir, tante Alice allait chercher de nouvelles manières de me punir. Je devrais donc m'arranger pour lui faire croire que je rechignais à tenir les comptes.

– Reste en contact avec maître Babcock, ai-je repris. Je ferai de même et il te transférera l'argent. Sinon, vous n'aurez aucun moyen de subsistance.

Je savais que l'avocat soutiendrait ceux qui aideraient mon oncle, quels qu'ils soient.

– S'il doit partir d'ici, je ne suis pas sûr qu'il y survive, a observé Lane.

– Il le faut.

Il m'a regardée longuement dans les yeux.

– Et toi, tu vas vivre avec cette... femme.

J'ai pris une profonde inspiration.

– Oui. Il le faut.

XXV

J'ai passé la nuit blottie avec Mary dans son petit lit et, quand le soleil s'est levé, nous l'avons imité, sans avoir dormi ni l'une ni l'autre. Le trouillovent avait soufflé jusqu'à l'aube, plus fort que jamais. J'espérais que ma tante n'avait pas fermé l'œil non plus. Mary m'a aidée en silence à m'habiller, tirant fort sur les lacets de mon corset, avant de glisser ma robe de flanelle par-dessus mes nombreux jupons et de me brosser les cheveux. Aux alentours de sept heures moins le quart, le miroir me renvoyait l'image de la fille que j'étais en arrivant à Darkwind. Sauf que je savais parfaitement que je ne serais plus jamais la même.

– Au revoir, alors, mam'zelle, a chuchoté Mary.

Je l'ai serrée fort dans mes bras avant de partir.

En entrant dans le petit salon, j'ai découvert que tante Alice m'avait précédée. Elle était assise devant l'âtre éteint, une heure plus tôt que prévu, avec M. Lockwood à ses côtés. La lueur pâle du matin filtrait à travers les rideaux roses. En voyant le visage réjoui de ma tante et la mine défaite du juge, j'ai senti mes derniers espoirs s'envoler.

– Ah, Katharine. Bonjour ! Vous connaissez M. Lockwood, je crois.

– Mademoiselle Tulman, m'a-t-il saluée avant de se lever en hâte pour m'offrir une chaise.

Je n'avais aucune idée des conclusions auxquelles il était arrivé sur mon cas ou ma situation actuelle, mais cet homme robuste et professionnel me semblait soudain bien intimidé.

– Merci, monsieur Lockwood, ai-je répondu en m'asseyant face à ma tante.

Nous nous sommes tous regardés longuement. Lane, propre et rasé de près, est arrivé avec une brassée de petit bois. Il s'est arrêté sur le seuil pour nous considérer.

Je me suis tournée vers le juge.

– Je suis soulagée de constater que vous êtes indemne et que vous n'avez pas souffert de cette terrible inondation.

– Oui. Hélas, j'ai appris que vous n'aviez pas eu cette chance, mademoiselle Tulman. Un accident spectaculaire. Je suis content que vous vous en soyez sortie saine et sauve.

Il a mis une certaine emphase sur ces deux derniers mots.

Lane a traversé la pièce pour allumer le feu. Ma tante a pris la parole :

– M. Lockwood était en train de me dire qu'il y avait des centaines de personnes à reloger sur le domaine, Katharine. Je suis surprise qu'ils soient si nombreux. Il va falloir leur trouver un nouvel hébergement au plus vite, n'est-ce pas ?

Une bûche est tombée avec fracas dans la cheminée, ce qui l'a fait sursauter.

– Je pense que la décision revient plutôt à mon oncle Tulman, ma tante.

Le juge avait l'air mal à l'aise.

– M. Lockwood m'a également informée des étranges circonstances qui l'ont amené à Darkwind, ma chère. Oh là là, tu as été très occupée. Pas étonnant qu'elle n'ait pas trouvé le temps de m'écrire, n'est-ce pas, monsieur Lockwood ?

– Eh bien...

Le feu crépitait, mais Lane continuait à s'affairer, rechignant visiblement à quitter les lieux.

– Cependant je trouve ce vieux manoir des plus charmants, a repris Alice en promenant un regard satisfait autour d'elle. Mal entretenu, certes, mais les hommes n'entendent rien à tout ça.

Elle a délicatement posé sa main gantée sur celle de M. Lockwood.

– Rien de tel qu'une touche féminine, n'est-ce pas ?

J'ai écarquillé les yeux. Tante Alice jouait vraiment sur tous les tableaux. Lane n'avait pas besoin d'en entendre ni d'en voir davantage. Il risquait de s'emporter.

– Je vous remercie, monsieur Moreau. Pourriez-vous prévenir Mme Jefferies qu'elle peut servir le petit déjeuner ?

Il a penché la tête, me dévisageant longuement, tandis que je le suppliais du regard de bien vouloir s'en aller. Il a regagné la porte à contrecœur.

– Katharine sait vraiment s'y prendre avec les domestiques, a murmuré ma tante avec une feinte discrétion. Elle obtient d'eux tout ce qu'elle veut.

– Mademoiselle Tulman, est intervenu M. Lockwood en pointant sa barbe broussailleuse vers moi, assez de bavardages. Il va bien falloir que je voie M. Tulman, et nous le savons parfaitement tous les deux.

Lane venait de franchir la porte. Il s'est figé, le dos raide.

– J'ai bien peur que ce ne soit impossible, monsieur Lockwood, ai-je répondu.

– Et pourquoi donc ?

– Parce que mon oncle est malade.

– Malade ou pas, mademoiselle Tulman, je dois le voir.

Ma tante a baissé les yeux, camouflant mal son petit sourire. La silhouette immense de Lane a disparu dans le couloir et j'ai compris qu'il filait à l'étage, prêt à déplacer mon oncle au besoin.

– Je pense sincèrement que ce serait prendre un gros risque que d'approcher mon oncle, monsieur Lockwood, ai-je affirmé. Vous ne préféreriez pas attendre quelques jours, pour plus de sûreté ?

– Plus de sureté par rapport à quoi ?

– À la nature de son affection, enfin. Vous n'êtes peut-être pas au courant, mais notre étudiant en chirurgie craint une épidémie de typhus.

– De typhus ? Je n'ai pourtant rien vu qui...

– Cela arrive souvent après une inondation.

J'ai lissé ma robe du plat de la main.

– Mais vous avez raison, ce n'est sans doute qu'un rhume. Ou bien le choléra.

– Le choléra ? Vous êtes sérieuse, mademoiselle Tulman, je...

Mme Jefferies a alors fait son apparition, avec son bonnet en dentelle et son chariot de thé qui bringuebalait en franchissant les différents tapis. Nous l'avons regardée approcher sans un mot. En plus de la vaisselle qui cliquetait, il y avait un bruit de tonnerre provenant de l'allée. Une voiture s'est arrêtée devant la porte d'entrée, qui s'est ouverte moins de trente secondes plus tard.

– Bonjour ! Bonjour à tous ! Mille excuses pour mon retard !

Maître Babcock a ôté son chapeau en hâte et traversé la pièce d'un pas vif. Il a laissé tomber un sac aux pieds de ma tante avant de se pencher pour me faire le baisemain.

– Mademoiselle Tulman, enchanté, comme toujours. Et madame Tulman.

Il s'est tourné vers ma tante en s'inclinant.

– Vous faites la grimace, à ce que je vois. Et monsieur, vous êtes... ?

– Monsieur Lockwood, je vous présente maître Babcock, l'avocat de la famille Tulman, ai-je annoncé.

Ma tante m'a lancé un regard noir pour me rappeler que ce n'était pas son avocat. Je l'ai ignorée, poursuivant :

– M. Lockwood est le juge du comté, maître Babcock.

– Bien sûr, bien sûr, a fait l'avocat en lui broyant la main. C'est un plaisir, monsieur. Un grand plaisir. Ah, le petit déjeuner !

Il s'est assis plutôt lourdement sur le canapé où était déjà installé le juge et a pris la tasse que lui tendait Mme Jefferies.

– Toujours une force de la nature, ma bonne dame, l'a taquinée maître Babcock.

La cuisinière a posé son plateau sur la table basse au milieu de notre petit groupe. L'avocat sirotait bruyamment son thé avec une satisfaction qui semblait exclure toute autre pensée.

– Juste avant votre arrivée, maître Babcock, ai-je repris, j'étais en train d'informer M. Lockwood et ma tante de l'épidémie qui vient de se déclarer à Darkwind.

– Ah oui, mademoiselle Tulman ?

Ses petits yeux perçants ont plongé dans les miens.

Mme Jefferies a marqué un temps d'arrêt.

– Oui, ai-je confirmé, c'est vraiment regrettable.

– Est-ce le choléra ou le typhus ? s'est enquis maître Babcock.

Ma tante a haussé un sourcil.

– M. Cooper n'en est pas certain, ai-je répondu d'un ton ferme.

– Ma nièce s'inquiète de notre santé, est intervenue tante Alice. Elle pense qu'il ne serait raisonnable ni pour moi ni pour M. Lockwood de pénétrer dans la chambre de M. Tulman.

– Ces médecins de campagne ! a soupiré maître Babcock en prenant un petit pain. Toujours à soupçonner une épidémie ou je ne sais quoi, alors que les malaises ne sont sûrement dus qu'à un bout de viande avarié.

J'ai refermé la bouche en toisant le petit avocat.

–Je pense qu'il serait avisé de suivre les conseils de M. Cooper, maître Babcock.

– Fadaises, jeune fille. Je suis surpris de votre réaction. Je ne vois pas pourquoi M. Lockwood n'irait pas jeter un œil à M. Tulman. De plus, si celui-ci est vraiment malade, il appréciera sûrement d'être entouré par sa famille. Il est dans les appartements de Mme Marianna, n'est-ce pas ?

Sans nul doute aussi accablée que moi par la trahison de maître Babcock, Mme Jefferies a laissé tomber une assiette par terre, qui s'est brisée en mille morceaux. Il venait de livrer mon oncle aux griffes de M. Lockwood. Jamais je n'aurais cru cela possible. J'ai posé violemment ma tasse avant de me lever en toute hâte, sous les regards de ma tante et du juge – triomphal pour l'un et inquiet pour l'autre, tandis que maître Babcock continuait à savourer sa brioche.

–Je vais donc lui dire de se préparer à recevoir de la visite, ai-je déclaré d'un ton glacial. En attendant, je vous en prie, finissez votre petit déjeuner, puis Mme Jefferies vous accompagnera à l'étage. D'accord, madame Jefferies ?

Occupée à ramasser les éclats d'assiette par terre, elle a redressé la tête, les joues ruisselantes de larmes.

– Passez par le salon aux horloges, c'est le chemin le plus court, n'est-ce pas ?

Elle a ouvert la bouche pour objecter quelque chose, puis s'est ravisée, se contentant de répondre :

– Oui, mademoiselle.

J'ai quitté le petit salon d'un pas digne, mais, dès que la porte s'est refermée derrière moi, je me suis mise à courir.

Lorsque j'ai ouvert la porte de la chambre de Marianna, mon oncle était dans la même position qu'auparavant, fixant le baldaquin. Lane a levé les yeux du sac qu'il était en train de remplir.

– Ils arrivent, ai-je annoncé. Dans dix minutes tout au plus. Il a des vêtements de rechange, ici ?

– Tout est à l'atelier.

– Tant pis.

J'ai fourré les draps souillés sous le lit tandis que Lane prenait oncle Tully dans ses bras. C'est le moment qu'a choisi mon oncle pour montrer le premier signe de vie depuis des heures. Il a hurlé comme un possédé en se débattant si soudainement et si violemment que Lane l'a laissé retomber sur le matelas.

– Chut, monsieur Tully. Tout va bien, tout...

Comme il s'agitait en tous sens, l'un de ses bras a frappé Lane au visage. Cependant il ne semblait pas voir ce qui l'entourait.

– Je vais devoir le traîner, a décidé Lane en haussant la voix pour couvrir ses hurlements. Je ne peux pas le porter dans cet état-là.

– Mon oncle ! ai-je crié en m'approchant du lit. Oncle Tully, regardez-moi. Vous vous rappelez ce qu'a dit Marianna ?

Il s'est aussitôt arrêté. Je me suis plantée devant lui pour qu'il puisse bien me voir. Je n'avais aucune idée de ce que ma grand-mère avait bien pu dire, mais j'étais sûre qu'elle avait dû prononcer une petite phrase qui s'appliquait à l'occasion.

– Oui, a-t-il confirmé lentement.

– Ce n'est pas bien de se comporter ainsi, mon oncle, même lorsqu'on a peur. Ce n'est pas comme il faut, pas vrai ?

– Non, a-t-il chuchoté.

Ses lèvres étaient sèches et craquelées.

– Lane et moi, nous allons nous occuper de vous. Nous sommes là pour vous aider, vous comprenez, pas vrai ? Vous devez avoir faim et soif, vous n'avez pas eu votre récréation, ni pris vos tartines et votre thé. Donnez-moi la main, on y va.

Et il a obéi. Il était faible, chancelant, mais il m'a tenu la main assez fermement tandis que Lane le prenait par l'autre bras. Nous avons entrepris de traverser la pièce.

– Combien font vingt-quatre fois douze, oncle Tully ?

– Deux cent quatre-vingt-huit.

Il a fait un pas, puis un autre, ses jambes maigres sortant comme deux bâtons de sous ma chemise de nuit.

– Quatre cent huit fois neuf ?

– Trois mille six cent soixante-douze. Il y avait de l'eau, a-t-il dit d'une voix tremblante. J'ai vu de l'eau...

– Oui, mon oncle.

Nous sommes entrés dans la chambre de Mary, qui n'était pas là.

– Vous allez devoir construire de nouvelles choses. Quatre-vingt-huit fois zéro ?

– Z-zéro. De nouvelles choses, ma petite nièce ?

– Oui, pensez à toutes les jolies choses que vous allez devoir construire... Toutes neuves, tout droit sorties de votre tête.

Le visage de mon oncle s'est éclairé, il a pressé le pas, et même mon angoisse commençait à se dissiper quand nous sommes entrés dans la bibliothèque. Il a alors repéré le coffre à jouets. Il nous a échappé pour se jeter dessus et l'ouvrir.

– Non, mon oncle. Pas maintenant ! D'abord le thé et les tartines, vous vous rappelez ?

– On l'a déjà pris ici, a-t-il répliqué, buté, en fouillant dans le coffre.

– Oui, mais pas cette fois. Cette fois, on...

– Le bateau a disparu ! Il était parfaitement comme il faut et maintenant il...

Alors que Lane chuchotait à l'oreille de mon oncle pour essayer de le faire mettre debout, des voix ont résonné dans le couloir.

– Mon oncle, je vous en prie ! ai-je supplié. Trente-cinq fois quatorze ?

– Disparu ! Il a disparu ! Non ! NON ! a-t-il hurlé, écarlate. Il n'est pas à George, ni à Simon. Il est à moi ! À moi, à moi !

J'ai entendu la voix de maître Babcock :

– Ah, nous y voilà.

Lorsque la porte de la bibliothèque s'est ouverte, j'étais cramponnée à mon oncle.

XXVI

– C'est triste, a murmuré M. Lockwood en s'affalant sur le canapé du petit salon. Très triste.

– Vraiment, a renchéri ma tante. Le déclin d'un grand homme.

Si seulement mes yeux avaient possédé des pouvoirs magiques... D'un seul regard, j'aurais jeté ma tante dans une flaque de boue, ou de bouse, ou même d'huile bouillante. Quant à maître Babcock, j'aurais voulu l'écorcher vif, lui faire subir le supplice de l'écrase-pouces. Mais il était en train de vider paisiblement sa troisième tasse de thé.

– Alors, monsieur Lockwood, a-t-il repris avec ses bajoues tremblantes, pensez-vous que M. Tulman, actuellement à la tête du domaine, devrait être déclaré incapable ?

– Je ne vois pas comment il pourrait en être autrement, a répondu le juge en fixant ses mains.

Au moins, lui n'avait pas l'air de se réjouir. J'aurais presque pu lui pardonner d'avoir abattu Bertram.

– M. Tulman n'est pas apte à prendre les décisions financières qui s'imposent ni même à pourvoir à ses propres besoins. D'après moi, il devrait être mis en institution pour sa propre sécurité.

– Ah ! s'est exclamé maître Babcock, c'est très judicieux de votre part, très prudent, mais cette décision revient à la personne qui lui succédera à la tête du domaine, n'est-ce pas ? Si M. Tulman est déclaré incapable, alors la propriété revient à ses descendants.

Tout sourire, maître Babcock s'est tourné vers ma tante.

Elle a hoché sa tête frisottée, son large sourire menaçait de lui déchirer le visage.

– Mais, comme l'héritier de Darkwind n'est pas encore majeur, maître Babcock, j'assurerai bien sûr la gérance entre-temps.

Elle s'est penchée vers M. Lockwood.

– C'est un très lourd fardeau, j'en suis tout à fait consciente, soyez-en certain.

Ses petits yeux durs se sont alors posés sur moi et sans un mot elle m'a fait comprendre qu'elle ne me verserait plus un seul penny de toute mon existence. J'ai plongé le nez dans ma tasse en commençant à rédiger mentalement une annonce :

« Jeune femme, de bonne éducation... »

Non, peut-être plutôt « d'éducation correcte ».

« ... cherche poste de... »

Je n'avais aucune idée du poste que je pourrais bien occuper. Je me suis alors rendu compte que maître Babcock avait repris la parole.

– ... il est extrêmement rare d'avoir affaire à quelqu'un qui s'exprime avec une telle sincérité, ma chère. Je suis impressionné ! Mais c'est un fardeau effectivement, et j'ai le plaisir de vous annoncer que vous n'aurez pas à le porter.

J'ai relevé la tête, surprise. Le sourire de ma tante était toujours aussi radieux.

– Vous ignorez sans doute, cher maître, que l'héritier de Darkwind n'est encore qu'un enfant. Il n'atteindra pas sa majorité avant plusieurs années.

– Ah, vous m'excuserez de vous contredire, madame, mais l'héritier de Darkwind est bien majeur. Je dois avoir les papiers quelque part par là...

Il s'est mis à fouiller dans sa sacoche sous le regard soupçonneux de ma tante, qui se tordait le cou pour essayer d'apercevoir sa paperasse. M. Lockwood restait enfoncé dans le canapé, les bras croisés, tandis que l'avocat marmonnait dans sa barbe de façon tout à fait horripilante.

Exaspérée, ma tante a fini par s'écrier :

– Maître ! Je suis parfaitement sûre de l'âge de mon fils et, quel que soit le document qui se cache au fond de votre sac, cela n'y changera rien.

– Oh ! s'est exclamé maître Babcock en relevant la tête. Madame Tulman ! Votre fils ! Je... enfin, je suis extrêmement confus, chère madame. Quel regrettable malentendu ! Ne me dites pas que vous vous étiez figuré que Robert Tulman était l'héritier de son oncle ?

Le salon entier s'est figé, comme paralysé. L'écho étouffé de la sonnerie des horloges nous parvenait à travers le mur. J'ai compté les coups. Un...

– Qu'en savez-vous, grotesque personnage ? a sifflé tante Alice.

– Enfin, madame..., a fait maître Babcock en chaussant ses lunettes.

Il a claqué la langue d'un air réprobateur tout en feuilletant ses documents.

– J'en sais plus qu'il n'en faut, en réalité ! Votre fils Robert n'est que le deuxième en ligne pour hériter du domaine.

Deux...

– Mon fils Robert est le *seul* héritier du domaine !

Maître Babcock a gloussé.

– Ça, je ne crois pas, a-t-il répliqué d'un ton amusé, sans lever les yeux des papiers.

Dans le canapé, M. Lockwood a croisé les jambes.

Trois...

– Alors voyons voir... Ah oui ! George Tulman, né le 15 février 1800, troisième fils de Martin Tulman, fils aîné, Robert...

Quatre...

– ... mais avant nous avons Simon Tulman, né en octobre, quand ça déjà ? Oui, le 3 octobre 1798, deuxième fils de Martin Tulman, fille aînée, Katharine...

Cinq...

– ... et enfin nous avons Frederick Tulman, né en janvier 1794, fils aîné, devenu l'héritier légal de ladite propriété des Tulman le 9 novembre 1814, un bien triste jour...

Six…

– … désigne par la présente… oui, oui… et comme Frederick est sans progéniture ni descendance aucune… cela nous amène… logiquement… et en tout état de cause…

Sept…

– Ah ! Cela nous amène à Mlle Katharine Tulman, aînée des petits-enfants de Martin Tulman, qui selon les volontés testamentaires de sa grand-mère a accédé à la majorité le 18 juillet de cette année, et est l'héritière de son oncle et donc la maîtresse du domaine de Darkwind.

J'ai cligné les yeux tandis que maître Babcock me jetait un regard par-dessus ses lunettes. Huit heures du matin. Ma tante s'est levée d'un bond.

– Vous ne connaissez donc pas les règles qui régissent le domaine de Darkwind, sombre imbécile ? Seuls les descendants de sexe masculin peuvent hériter !

Maître Babcock s'est épongé le front avec son mouchoir.

– Diable, madame. Reprenez-vous, votre manque de tenue est affreusement gênant, surtout en présence de M. Lockwood.

Le juge a bu son thé pendant que ma tante se laissait retomber sur sa chaise, avec une expression assassine. L'avocat a tiré une nouvelle liasse de documents de sa besace.

– Pardonnez-moi, j'aurais sans doute dû vous expliquer cela plus tôt, madame Tulman, mais cette réserve sur le domaine de Darkwind a été levée par Frederick Tulman à la demande de Marianna trois jours après la naissance de la fille aînée de Simon.

Il s'est penché en avant d'un air d'excuse.

– Et voilà, j'en ai bien peur, ce qui me contrarie le plus : suite à la négligence d'un misérable clerc, depuis longtemps renvoyé, ce document n'a été remis à la cour que la semaine dernière. Mlle Tulman ayant atteint sa majorité, comme stipulé dans le testament signé par Frederick Tulman en 1835...

La paperasse s'empilait sur les genoux de ma tante.

– ... bien avant, évidemment, qu'il soit déclaré incapable. Elle peut donc entrer en possession de son héritage, bien qu'elle soit de sexe féminin.

Ma tante contemplait le tas de papiers, livide.

– Donc, a repris maître Babcock en se tournant vers moi, puisque vous êtes désormais majeure, ma chère, vous allez épargner à votre tante ce lourd fardeau. Les revenus et les dettes du domaine vous reviennent, ainsi que les délicates décisions concernant l'avenir de votre oncle. En plus de la rente de votre père, bien entendu...

Il s'est à nouveau penché vers sa besace.

– ... comme stipulé dans son testament rédigé en...

– Attendez ! l'ai-je coupé, sortant enfin de ma stupeur. Quelle rente ?

Maître Babcock m'a regardée par-dessus ses lunettes, soudain pris de court. Ce qui, je l'aurais parié, n'arrivait que fort rarement.

– La rente que vous a laissée votre père, mon enfant. Les intérêts de ses revenus commerciaux, fortune dont vous héritez également, puisque vous êtes majeure et sans fratrie.

Je l'ai fixé, les yeux ronds. D'un même mouvement, nous nous sommes tournés vers ma tante, dont les pommettes étaient écarlates.

– Oh, chère madame Tulman, vous êtes aussi négligente que mon clerc, je le crains ! s'est exclamé maître Babcock.

M. Lockwood a souri.

– Veuillez m'excuser, ai-je murmuré.

Je me suis levée et je suis sortie par la grande porte.

Je me suis assise sur le perron pour regarder les herbes ondoyer sous la brise, laissant le soleil me cuire le visage. La voiture, les chevaux et le cocher de maître Babcock patientaient un peu plus loin dans l'allée.

« Il faudrait leur montrer le chemin de l'écurie et leur donner du foin », ai-je pensé.

J'allais demander à Lane ou à Mme Jefferies de le faire, quand, détournant les yeux de la calèche, j'ai aperçu une famille de lapins à flanc de colline, juste au-dessus de l'entrée du tunnel. Si Davy avait été là, on aurait pu lui attraper l'un des petits pour qu'il l'apprivoise.

C'est à cet instant que j'ai pris conscience que ce tunnel était à moi. Les écuries étaient à moi, les lapins, la pelouse aussi. La marche sur laquelle j'étais assise m'appartenait. Mon oncle ne partirait nulle part, finalement. J'ai pris une profonde inspiration, découvrant qu'il m'en fallait une autre et encore une autre. J'ai enfoui mon visage dans mes mains. Je n'arrivais plus à respirer normalement.

La porte s'est ouverte dans mon dos. Maître Babcock m'a rejointe. J'ai reconnu le couinement de ses semelles. Ou bien étaient-ce ses genoux ? Tant bien que mal, il s'est installé à côté de moi.

– Là, là, là... mademoiselle Tulman ! Quelle partie de rigolade ! Vingt ans que j'attends ça ! Un délice !

Il s'est interrompu un instant, puis, comme je ne répondais pas, il a poursuivi :

– J'ai laissé votre tante consulter les quelques documents qui l'ont visiblement contrariée. J'avoue que le langage du droit n'est pas facile d'accès.

Je ne pouvais pas émettre un son. Il a fouillé dans sa poche et m'a tendu son mouchoir.

– Vous n'étiez vraiment pas au courant pour la fortune de votre père, ma chère ? Vous pensiez qu'il vous avait laissée sans rien ?

J'ai acquiescé en me tamponnant les yeux.

– Vous en avez donc conclu que je vous demandais de vivre une vie misérable à la merci de votre abominable tante ! Toutes mes excuses, mademoiselle Tulman. J'étais pressé... J'ai voulu aller trop vite. Que cela me serve de leçon.

Je me suis tournée vers lui, contemplant son crâne dégarni, et j'ai trouvé la force de parler :

– Vous n'avez jamais eu de clerc négligent, ai-je deviné. Vous auriez déchiré ce document en morceaux, et par là même les dernières volontés de ma grand-mère, si je n'avais pas...

« Quelle expression avait-il employée déjà ? »

– ... été favorable à son plan.

Avec un léger sourire, il a haussé les épaules.

– Peut-être. J'ai toujours œuvré selon le désir de votre grand-mère, qui était de faire passer le bien de votre oncle avant tout. Sans vouloir vous offenser, évidemment.

– Mais comment avez-vous... Comment avez-vous su si j'étais favorable à son plan, justement? Je ne vous ai pourtant donné aucun encouragement la dernière fois.

– N'oubliez pas que la justice a des yeux, mademoiselle Tulman, des yeux partout! Il se trouve que je sais dans quel sens souffle le vent.

Ce qui signifiait que Lane et Mme Jefferies lui avaient écrit. Je me suis à nouveau absorbée dans la contemplation des herbes mouvantes.

– Vous deviez beaucoup l'apprécier.

La voix de l'avocat s'est adoucie.

– Elle avait dix ans de plus que moi et elle a disparu depuis encore plus de temps, néanmoins je ne l'ai pas oubliée. J'espère que vous comprenez, jeune héritière, que, quoi qu'il arrive, je serais prêt à tout pour la famille Tulman.

Nous nous sommes retournés en entendant un bruit de verre brisé dans le manoir.

Un nouvel objet fragile venait apparemment d'être réduit en miettes.

– Maître Babcock, je pense avoir besoin de vos conseils très bientôt, sur différents sujets... dont certains me dépassent complètement. Restez-vous ici ce soir? Ainsi nous pourrions discuter demain matin...

– Parfait! Je vais passer plusieurs nuits au domaine, je pense. Nous avons pas mal à éponger, ma chère!

J'ai rendu son mouchoir à maître Babcock avant de me relever.

– Voulez-vous m'accompagner à l'intérieur, maître ? Je vais demander à ma tante de quitter les lieux.

– Je pense que cela vaudrait mieux, ma chère. J'ai l'impression qu'elle passe ses nerfs sur vos bibelots.

XXVII

Congédier Alice Tulman n'a pas été une mince affaire, cependant elle a fini par être escortée de force jusqu'à sa voiture par M. Lockwood, avec une pauvre Hannah apeurée à ses côtés. J'ai pourtant signifié à ma tante qu'il n'était pas dans son intérêt de me contrarier étant donné que ce serait désormais moi qui déciderais de sa rente mensuelle, mais la jalousie et la haine ne sont pas bonnes conseillères. J'ai ordonné à maître Babcock de continuer à lui verser la même somme, en la revalorisant chaque année selon l'augmentation du coût de la vie, et de l'informer que, si elle souhaitait davantage, elle n'avait qu'à me le demander. J'étais bien entendu certaine qu'elle n'en ferait rien et tout aussi certaine que je ne la reverrais plus jamais.

Lorsque maître Babcock et moi, nous sommes montés en haut de la colline pour contempler le village inondé, il ne cessait de marmonner dans sa barbe, de claquer la langue et de se moucher. En regagnant le manoir, nous avons mis au point un projet de reconstruction. La priorité étant l'hébergement, nous avons choisi de doubler la production des fours à poterie afin d'augmenter le rapport de nos statuettes – le temps que la fonderie, les machines à vapeur et l'usine à gaz soient rebâties. Nous condamnerions le canal et d'énormes tranchées seraient creusées pour évacuer l'eau, mais il faudrait des semaines pour que le sol soit vraiment asséché, et des mois pour que chaque famille dispose à nouveau d'un cottage. Nous avons décidé de rapprocher le village du bas de celui du haut, afin qu'il soit au-dessus du niveau du canal, ce qui éviterait tout risque qu'une telle catastrophe se reproduise, et en même temps réunirait les deux villages. J'ai étudié le moindre détail de ces plans, contente de reconstruire ce que j'avais détruit.

J'ai également rapporté à maître Babcock d'autres évènements qui s'étaient produits à Darkwind. La conversation s'est poursuivie jusque tard dans la nuit et – je n'en attendais pas moins de lui – il en a résulté une visite du gouvernement britannique.

M. Wickersham est arrivé par un après-midi de décembre et s'est assis au coin du feu avec moi, dans le petit salon, pièce que je m'étais réservée et qui avait été l'une des premières à bénéficier de la fortune de mon père. Les murs n'étaient ni roses ni rouges, mais vert pâle, et les rideaux, un ton plus foncé. Mme Jefferies avait décoré le manteau de la cheminée d'un bouquet de houx et de sapin pour Noël.

Mary est entrée, tenant à la main un gyroscope que mon oncle venait de fabriquer, elle l'a donné à notre visiteur avec une petite révérence et a quitté la pièce en fronçant le nez, les yeux rivés sur sa petite montre de gousset. Je ne l'avais pas vue dans un tel état depuis que je l'avais trouvée dans la chambre de Marianna en train de jeter ma robe de flanelle au feu.

M. Wickersham a fait tourner le gyroscope, petite roue qui occupait le centre d'une fleur en équilibre au creux de sa paume, regardant ses pétales s'ouvrir et se fermer. Il a écouté mes explications sur le fonctionnement du poisson de mon oncle et sur l'étrange coton qui avait explosé avec une telle puissance que le bateau avait coulé et que la digue de notre canal s'était rompue.

Quand j'ai eu fini, il a déclaré :

– Et vous dites que le poisson d'origine n'a pas été retrouvé dans les décombres de l'atelier de votre oncle ? Il serait vraisemblablement enfoui quelque part dans la boue... ou bien aurait-il été emporté dans le canal ?

J'ai hoché la tête. Il en était de même pour Ben Aldridge, cependant nous ne l'avons pas évoqué. J'ai jeté un coup d'œil au petit homme mince et anonyme qui accompagnait M. Wickersham. Les doigts tachés d'encre, il griffonnait dans son carnet à une allure effrénée. Alors qu'il trempait sa plume, au beau milieu des lignes, j'ai aperçu un croquis de moi, clairement reconnaissable. L'homme a légèrement incliné son calepin pour le dérober à mon regard sans s'interrompre.

M. Wickersham a attendu que le gyroscope s'arrête pour le poser sur la table et se donner une tape sur les genoux.

– Eh bien, je vous remercie, mademoiselle Tulman, de m'avoir accordé de votre temps et d'avoir rendu service à Sa Majesté en...

– Monsieur Wickersham...

Il avait commencé à se lever mais s'est rassis quand je l'ai interrompu.

– Vous allez tout de même me dire si mes soupçons étaient justifiés ?

– Justifiés, mademoiselle ?

– M. Aldridge comptait-il vraiment faire exploser des vaisseaux ?

Il a soupiré, posant les coudes sur ses genoux.

– « Aldridge » n'était même pas son véritable nom, mademoiselle Tulman. L'homme est né Charles Benjamin Arceneaux, fils d'une Française qui s'est fait appeler « Aldridge » durant son séjour en Angleterre – pour éviter la discrimination, j'imagine – et d'un officier de la Marine royale du nom de Daniels. Cependant, nous n'avons retrouvé de diplômé de Cambridge ni d'une quelconque institution sous aucun de ces noms... ni de professeur en poste à Londres, d'ailleurs.

Je contemplais l'épaisse moustache de Wickersham en pensant à ces innombrables mensonges empilés les uns sur les autres, comme des pièces de monnaie.

– Et les bateaux, monsieur Wickersham ? ai-je insisté.

– Oui, oui, mademoiselle Tulman, il avait bien entendu l'intention de faire exploser des vaisseaux ou tout du moins de vendre à l'ennemi le moyen de le faire. Cette menace est maintenant éloignée, et tous les marins de la flotte de Sa Majesté vous en remercient.

– Monsieur Wickersham...

Il s'est immobilisé, presque debout, avant de se rasseoir en soupirant.

– J'aimerais savoir pourquoi Ben Aldridge ne s'est pas... débarrassé de moi.

M. Wickersham m'a dévisagée longuement tandis que la plume grattait le papier.

– Vous me demandez pourquoi vous n'avez pas été assassinée dans votre lit ? Vous auriez trouvé cela plus logique, ma jeune dame ?

– Tout à fait.

Il m'a contemplée encore un instant avant de s'esclaffer :

– On pourrait également se demander pourquoi il n'a pas volé le poisson, mademoiselle Tulman, et filé avant qu'on s'en aperçoive, puis confié l'engin à un expert afin qu'il l'étudie à loisir.

J'ai hoché la tête. Je m'étais posé la question moi aussi.

– Vous n'êtes visiblement pas sotte, aussi vais-je être franc avec vous, mademoiselle Tulman. Je compte sur votre discrétion. Il y a eu des échanges de lettres, si j'ai bien compris. Trois courriers différents, rédigés entièrement en français.

J'ai froncé les sourcils. Mary m'en avait effectivement parlé longtemps auparavant, mais cela m'était sorti de l'esprit.

– Et, bien que M. Moreau soit le seul à parler couramment le français au domaine, il s'avère qu'il n'était pas l'auteur de ces lettres. Elles ont été déposées de façon anonyme, pile à l'heure du départ du bateau, sans que M. Moreau ait pu en lire une seule, hélas.

« Davy », ai-je pensé. Une vague de tristesse m'a distraite un instant de l'exposé de M. Wickersham.

Je me suis reprise.

– Vous pensez donc que M. Aldridge les a rédigées et que, en conséquence, il avait un complice. Un complice français, sans doute.

– Un ou des complices, qui avaient l'intention de venir visiter l'atelier de votre oncle. Si une invention aussi extraordinaire y avait vu le jour, alors pourquoi pas deux, trois ou même quatre ? Il fallait donc impérativement conserver votre oncle et son atelier intacts, coupés du monde comme ils l'avaient toujours été. Et je dois dire que votre cadavre aurait certainement eu tendance à attirer l'attention du monde extérieur plutôt que le contraire, mademoiselle Tulman. En revanche, si vous aviez été déclarée folle... eh bien, dans ce cas, vous n'auriez été qu'une victime malheureuse de la maladie mentale, sans grand intérêt, et toutes les histoires que vous auriez pu raconter au sujet de Darkwind auraient été mises en doute.

J'avais presque cessé d'écouter, affolée à l'idée que d'autres hommes de la trempe de Ben auraient pu envahir le domaine. Je me suis penchée en avant.

– Monsieur Wickersham, mon oncle est-il en sécurité à Darkwind ?

– L'atelier n'existe plus, mademoiselle Tulman. Je suppose donc que ces hommes penseront qu'il n'y a plus de miel dans la ruche. N'oublions pas que M. Aldridge lui-même avait finalement prévu de partir, suite à un changement de circonstances ou à l'arrivée d'un magistrat trop scrupuleux, je l'ignore. Mais, à mon tour, j'aimerais vous poser deux questions. Savez-vous que l'actuel empereur des Français, Louis-Napoléon, n'est autre que le neveu du despote Napoléon Bonaparte ?

– Oui, tout à fait.

– Et êtes-vous tout à fait sûre, mademoiselle Tulman, qu'en juin dernier, M. Aldridge a affirmé devant vous que le prince-président de France possédait des vaisseaux blindés prêts à naviguer ?

– Oui, presque mot pour mot.

– Alors sachez que le 2 décembre dernier, Louis-Napoléon s'est autoproclamé Napoléon III, empereur des Français. La vigilance est donc de mise pour nous tous.

Il s'est levé et incliné brièvement, sans me laisser le temps de reprendre la parole.

– Très bonne journée à vous, et encore tous les remerciements de la Marine royale.

M. Wickersham a quitté la pièce tandis que l'homme sans nom achevait de prendre ses notes, m'adressait un signe de tête et se hâtait à sa suite. Je suis demeurée à contempler les flammes, perdue dans mes pensées.

– Ils sont partis, petite de Simon ?

Je me suis retournée pour voir mon oncle sur le seuil, qui me fixait de ses yeux bleus pétillants.

– Oui, mon oncle. Et vous vous êtes très bien comporté. Vous l'avez laissé toucher votre gyroscope...

Mary a passé la tête dans l'entrebâillement de la porte, brandissant sa montre de gousset.

– Quatre minutes, mademoiselle !

– Quatre minutes, ai-je répété. La dernière fois, vous n'aviez tenu que trois.

– La prochaine, ce sera cinq, a soupiré mon oncle en venant à pas prudents récupérer sa fleur. Petit poisson deviendra grand.

« Ou parfois les plus petits détails cachent de grands complots », ai-je pensé, en référence à ma conversation avec M. Wickersham.

– Vingt-huit ! s'est soudain écrié mon oncle. Vingt-huit minutes avant la récréation. Si tu viens à l'atelier dans vingt-sept minutes, tu seras en avance, petite nièce, et dans vingt-neuf, tu seras en retard !

J'ai souri.

– Je serai là dans vingt-huit minutes précisément, mon oncle.

Ce fut le premier jour où Lane ne vint pas à l'atelier.

La bibliothèque de Marianna avait été transformée en atelier, provisoirement du moins. Elle était encombrée d'outils et d'établis, résonnait de moult tic-tac et cliquetis accompagnant le murmure incessant de mon oncle, et son tapis était brûlé par endroits. Mais je ne pense pas que cela aurait dérangé Marianna. Le mercredi, oncle Tully laissait Mary se joindre à nous. Elle lui apportait des objets rescapés de l'inondation pour qu'il joue à les réparer et à les assembler. C'était d'ailleurs le jour de Mary quand nous nous sommes aperçus que mon oncle travaillait sur un nouveau projet: un bras mécanique d'enfant relié aux engrenages d'un lapin aux longues pattes. Lane a posé le morceau de cire qu'il était en train de sculpter en déclarant:

– Je ne pourrai pas vous faire ce visage, monsieur Tully.

Mon oncle en est resté bouche bée comme si Lane venait d'annoncer une soudaine préférence pour la tasse à rayure verte.

– Non, monsieur Tully.

Je les observais avec attention, aussi, lorsque mon oncle a commencé à montrer des signes d'agitation, suis-je intervenue:

– Vous aimez vous rappeler les choses dans votre tête, pas vrai, mon oncle?

Il a froncé les sourcils.

– Oui, mais...

– Vous ne les écrivez pas pour les regarder, n'est-ce pas?

– Non... je...

– Eh bien, je pense que Lane préfère garder le souvenir de Davy dans sa tête. Sans le regarder.

– Oh!

Le visage de mon oncle s'est éclairé.

– Il préfère s'en souvenir dans sa tête. C'est bien comme il faut, alors. Lane sait toujours ce qui est bien comme il faut.

Il a pris son bras mécanique en fixant les yeux gris de ses yeux bleu vif.

– Mais... et les lapins? a-t-il murmuré assez fort. Les lapins doivent aussi rester dans votre tête?

– Non, ils peuvent sortir, monsieur Tully, a répondu Lane.

Et son sourire s'adressait aussi bien à moi qu'à mon oncle.

Ça m'a fait plaisir. Entre nos occupations – diriger le chantier pour lui, et mener tous les projets pour moi –, le soin de veiller sur mon oncle, le manoir plein à craquer des gens qui attendaient leur nouvelle maison, et le regard aiguisé de Mary qui nous épiait, Lane n'avait pas souvent eu l'occasion de prendre mon visage dans ses mains comme l'autre jour. Mais il avait tout de même réussi. Il était assez ingénieux pour ça. En me brossant les cheveux, le soir, lorsque je contemplais le cygne en argent posé sur ma coiffeuse, je ne le voyais plus prendre son envol. Au contraire, j'avais l'impression qu'il se posait, légèrement. Cependant, ces derniers temps, Lane m'avait paru agité. Parfois, je surprenais son regard scrutateur, comme s'il voyait des choses qui m'échappaient.

Puis, un soir, il a frappé à ma porte pour demander à Mary si je voulais venir patiner. Je ne comprenais pas : le parquet de la salle de bal était toujours couvert de boue. Mais, quand j'ai vu le long et large couloir qui desservait les mansardes avec son plancher fraîchement ciré et les patins, nettoyés et huilés, qui pendaient de sa main au bout de leurs lacets, je n'ai pu dissimuler mon ravissement.

Nous avons fait la course – impossible de savoir ce que les habitants du village ont pu imaginer en entendant ce vacarme au-dessus de leur tête –, pendant que Mary, toujours vigilante, nous surveillait près de l'escalier.

Il ne m'a pas laissée gagner, comme l'aurait fait un gentleman, et s'est contenté de rire quand je m'en suis plainte, répliquant qu'il n'avait jamais prétendu être un gentleman.

Mais j'ai bien senti que quelque chose le tracassait. Lorsque j'ai ralenti, après notre sixième tour, riant et haletant, il s'est tourné vers moi pour annoncer :

– M. Cooper est passé me voir aujourd'hui.

J'attendais la suite, mais il n'y avait plus aucun bruit, hors le crissement des roues sur le sol. C'est alors que je l'ai vu rougir – phénomène dont je n'avais été témoin qu'une seule fois auparavant. J'ai contemplé ses pommettes rosées tandis qu'il continuait à patiner, les mains dans les poches, jusqu'au bout du couloir, loin de Mary.

– M. Cooper est passé me voir aujourd'hui et... il m'a demandé la main de tante Jeff.

J'ai cligné les yeux, stupéfaite. J'avais sympathisé avec Mme Jefferies, mais je ne l'avais jamais considérée comme... bonne à marier. Bien sûr, je n'avais guère réfléchi à la question pour moi-même, en tout cas avant de venir à Darkwind. Mais je n'avais pas oublié que M. Cooper avait signé un document me déclarant folle. J'avais pourtant essayé de le lui pardonner, en me disant qu'il avait agi ainsi par crainte de se retrouver à la rue.

Les yeux gris me fixaient, guettant ma réaction, j'ai donc répliqué :

– Et qu'en pense Mme Jefferies ? N'est-ce pas un peu soudain ?

Il a ralenti, passé une main dans ses cheveux. Fascinée, je l'ai vu rougir encore davantage.

– C'est... c'est bien pour ça que je t'en parle, en fait. Tante Jeff doit venir te voir en personne et...

Il a baissé la voix pour poursuivre :

– En réalité, ça dure depuis un moment. Je l'ignorais jusqu'à ce que tu me parles de la pièce avec les bibelots et tout ça. Je savais qu'elle m'avait emprunté le loup en argent... Enfin, je l'ai su quand elle me l'a avoué, mais...

Il a soupiré.

– Je crois qu'elle voulait l'impressionner. Et il leur fallait un lieu de rendez-vous à l'écart du village, alors...

Il a haussé les épaules.

– Tante Jeff raconte qu'il aime les « choses raffinées ».

J'ai écarquillé les yeux. Brusquement, tout me revenait. M. Cooper qui filait à pas pressés dans le souterrain. Mme Jefferies qui ouvrait la porte de la salle de bal le jour où nous étions tous censés partir en promenade au château en ruine. Le loup en argent sur le guéridon dans la pièce aux bibelots, le dîner fumant devant la cheminée. En repensant à cette soirée, j'ai porté la main à mes lèvres.

– Oh, non...

– Eh si, a-t-il répondu.

– Et moi, j'étais assise sur le canapé, à attendre et attendre...

– Pendant qu'ils te regardaient par la fenêtre et que leur repas refroidissait.

J'ai dévisagé Lane. La situation était tout à la fois comique et pitoyable. Au bout d'un long moment, j'ai éclaté de rire, Lane a souri, et quelques secondes plus tard nos éclats de rire se répercutaient sur les murs nus. Mary a secoué la tête en nous regardant, l'air réprobateur, tandis que Lane prenait ma main pâle dans la sienne et m'entraînait à l'autre bout du couloir sans me laisser reprendre mon souffle.

– Tu vas entendre toute l'histoire de la bouche de tante Jeff demain matin, m'a-t-il avertie. Elle en tremble. Elle a honte, j'imagine, mais... je me suis dit qu'il valait mieux que tu sois prévenue, quand même.

– Eh bien, merci, ai-je dit. Je n'aurais pas voulu lui faire de peine, mais je ne suis pas sûre que j'aurais pu rester de marbre si elle m'avait avoué...

Tout à coup, je me suis arrêtée de patiner et de parler, réalisant brusquement pourquoi Mme Jefferies se sentait aussi coupable. M. Cooper avait signé le document et l'avait remis au juge, non seulement pour sauver sa peau et celle des gens des villages, mais sûrement aussi parce qu'elle l'y avait encouragé. En fait, maintenant que j'y réfléchissais, j'étais certaine que c'était elle qui l'avait poussé à signer ce papier. Lane se tenait immobile, me laissant le temps de comprendre puis de prendre ma décision, comme toujours.

– Bah, c'est de l'histoire ancienne, ai-je décrété. Je le lui dirai moi-même demain matin. Et je lui présenterai mes meilleurs vœux de bonheur.

– Merci, a-t-il murmuré en déposant un baiser sur le dos de ma main. Tu es moins rancunière que moi.

Le lendemain matin, j'ai fait exactement ce que j'avais promis, j'ai embrassé une Mme Jefferies en larmes, tout en me demandant à qui Lane n'arrivait pas à pardonner. L'après-midi même, j'ai noté que c'était la deuxième fois qu'il ne venait pas à l'atelier.

La troisième fois, je n'ai rien dit. Mais la quatrième, j'ai laissé mon oncle en compagnie de Mary pour partir à sa recherche. Il était au creux du petit vallon, assis à côté du tas de terre que formait la tombe de Davy, la pierre levée servant maintenant de stèle. Lane était retourné dans le tunnel pour le chercher lui-même, dès que le niveau de l'eau lui avait permis de s'y aventurer, un jour que je préférais oublier.

Nous étions presque en février, maintenant. Les nuages de la fin d'après-midi étaient bas, il faisait froid et sombre, même si le vallon nous protégeait du vent. Je me suis assise à côté de Lane, emmitouflée dans un châle bleu et vert, à écouter le trouillovent pousser sa plainte tour à tour grave et aiguë, un son étrange et inhumain, que j'avais pourtant fini par aimer. Je n'avais pas entendu son chant depuis longtemps, depuis la venue de tante Alice, juste avant que j'apprenne que Darkwind était à moi.

Je suis restée silencieuse quelques minutes, sondant l'humeur sombre de Lane, avant de déclarer :

– Je pense souvent à Davy, tu sais. Je crois qu'en fait, il parlait. C'est juste qu'il ne voulait pas parler aux gens, seulement à Bertram.

– Qu'est-ce qui te fait dire ça ?

– Parce que, quand il m'a dit de fuir dans le souterrain, sa voix était claire, ni rauque ni enrouée. Et tu te rappelles, le jour où je suis arrivée, j'étais complètement paniquée...

J'étais ravie de voir un léger sourire se peindre sur ses lèvres.

– J'errais dans la chapelle, un peu sur les nerfs, quand un rire a résonné tout autour de moi... et que j'ai vu oncle

George dans le miroir. J'ai poussé un hurlement que vous avez dû entendre jusqu'à l'atelier.

Il a ri doucement.

– À mon avis, c'était simplement Davy qui jouait avec Bertram là-haut dans la galerie. Il pouvait rire lorsqu'il était seul. Ça devait lui arriver ici aussi, j'imagine.

Lane a ôté sa casquette rouge et l'a tordue dans ses mains, encore et encore avec une énergie incroyable.

– Je me demande... si tu sais à quel point je suis en colère.

Je l'ai dévisagé avec attention, ses sourcils sombres, ses yeux gris qui évitaient de croiser les miens. J'étais habituée à ses sautes d'humeur. Comme des explosions de poudre à canon, fortes, puissantes, mais brèves. Mais aujourd'hui, c'était différent. Ce que j'avais pris pour de l'impatience, de la distraction, c'était en réalité les signes de la rage sourde qui le consumait.

– Je suis en colère après cette mer de boue qui recouvre ce qui était ma maison, a-t-il repris. Je suis en colère après ce tas de terre, là, qui ne devrait pas exister. Mais, surtout, je suis en colère contre Ben Aldridge et je suis en colère contre moi-même parce que je ne l'ai pas tué quand j'en avais l'occasion.

J'ai serré le châle autour de moi.

– Ben Aldridge est mort.

– Ce fusil, a-t-il poursuivi comme si je n'avais rien dit, aurait dû être entre mes mains. J'aurais dû l'abattre, de sang-froid. Si je l'avais fait, rien de tout ça ne serait arrivé. Davy savait nager. Un peu.

J'ai posé la main sur son bras, surprise par la tension que je sentais sous mes doigts.

– Tu ne savais même pas qu'il était derrière tout ça à ce moment-là, tu...

– Tante Jeff a quelqu'un qui prend soin d'elle, M. Tully t'a, toi, et Mary. En plus, il s'habitue bien mieux aux choses qu'avant. Tu diriges ce domaine comme si tu avais fait ça toute ta vie et tu es riche, désormais. Tu as mille possibilités...

La casquette se tordait et se tortillait entre ses mains.

– Plus besoin de faire scandale à Londres.

Je le dévisageais, un peu déconcertée. J'étais sans doute au centre de tous les commérages de la capitale, je faisais confiance à ma tante pour cela. Mais qu'est-ce que cela pouvait bien me faire ? La seule personne n'habitant pas Darkwind dont l'opinion m'importait était maître Babcock et il avait toujours dit de Lane que c'était un « brave jeune homme ». Ici, sur le domaine, c'était moi qui fixais les règles. Je lui ai pris le bras.

– Qu'est-ce que tu racontes ?

Au lieu de me répondre, il s'est mis debout et, en trois pas, s'est perché au bord du vallon, face à la bise glaciale, sa casquette dans les mains, à contempler les restes du village d'en bas. Il parlait doucement et j'aurais eu du mal à l'entendre si le vent n'avait porté ses mots jusqu'à moi. Voilà ce qu'il a dit :

– Et je n'ai jamais vu la mer.

Je ne savais que répondre ni que faire, je ne voyais pas ce qui aurait pu éclairer son humeur si sombre. J'ai alors remarqué que son dos était raide, ses épaules, voûtées ; il avait repris cette posture renfermée que je connaissais si bien. Je me suis levée d'un bond.

– Qu'est-ce qui ne va pas ? Tu as vu quelqu'un au loin ?

Il a dévalé la pente pour me rejoindre au milieu du creux.

– Non, tout va bien. Rentre à l'intérieur. Tu vas attraper froid.

– Viens avec moi.

À nouveau j'ai posé la main sur son bras et j'ai senti ses muscles tendus, sans doute presque à lui faire mal.

– Viens, on va prendre un thé.

Il a secoué la tête. Puis il s'est penché, a pris mon visage dans ses mains et a posé ses lèvres sur mon front. Le vent me fouettait le dos comme un mur de glace.

– Tu te débrouilleras très bien, a-t-il affirmé plus pour lui-même que pour moi. Rentre au manoir, maintenant, Katharine. Allez.

Je n'ai pas bougé.

– Tu ne viens pas ?

– Non. Pas tout de suite. Dépêche-toi. M. Tully doit t'attendre.

Mais je ne me suis pas pressée. J'avançais tout doucement, sourcils froncés. Je me suis retournée pour le regarder, perché au bord du vallon, tête nue et bras croisés, toujours prêt à bondir comme un félin.

Plus tard dans la soirée, j'ai entendu une cavalcade dans l'escalier. Mme Jefferies – ou plutôt Mme Cooper, dorénavant – a tambouriné à la porte de la chambre, hurlant comme si le manoir était en feu. J'ai vite ouvert, en chemise de nuit.

– Il est parti, m'a-t-elle annoncé.

Nous étions toutes les deux à l'entrée de la chambre de Lane, une pièce exiguë, à peine plus grande qu'un placard, dans le même couloir que la cuisine. J'avais voulu lui donner mieux, mais il avait refusé, sous prétexte qu'il n'aimait pas avoir trop d'espace. Dans le coin, le lit était fait, la couverture, bien tirée. La table où il sculptait était nettoyée, sans tache de cire ni débris de plâtre. Le portemanteau était nu, la casquette rouge, envolée. Mais son odeur flottait encore : mélange de métal, de peinture et de Lane. J'ai contemplé la pièce vide, bouleversée, aussi choquée que quand j'avais vu le bateau de Ben partir en fumée. Le trouillovent pleurait et Mme Cooper reniflait. Il n'y avait rien d'autre à faire.

Je suis restée tard dans la nuit à écouter le vent en regardant le cygne d'argent étinceler à la lueur des flammes, sous le regard craintif de mon père qui me contemplait depuis le portrait que Lane avait accroché dans ma chambre. J'avais à nouveau fermé la porte à clé, sans donner d'explication à la pauvre Mary, pour savourer mon chagrin en solitaire. Après avoir fouillé mes souvenirs à la recherche de ce que j'avais bien pu faire de mal, je suis arrivée à la conclusion que le problème était plus profond. Le problème, c'était moi. Ce que tante Alice avait toujours insinué à mon propos était vrai. Comment avais-je pu croire un seul instant qu'il en était autrement ? J'étais en plein délire, comme lors de la visite de M. Lockwood.

Je me repassais les mots que nous avions échangés, au creux du vallon, toutes les raisons pour lesquelles Lane avait pu croire que je n'avais pas besoin de lui. Toutes les raisons pour lesquelles il avait pu partir, m'abandonner, sans remords.

C'est alors que j'ai sombré dans la colère, une colère intense et froide, de celles qui m'apaisaient. Quelles qu'aient été mes erreurs, le comportement de Lane était inexcusable. Il aurait dû me parler, je méritais au moins d'être prévenue. Au creux du vallon, il avait affirmé que, s'il avait abattu Ben Aldridge, « rien de tout ça ne serait arrivé ». L'exécution de Ben Aldridge n'aurait pas empêché qu'il soit insatisfait de notre relation ni qu'il ait envie de voyager. Ce n'était pas logique. Et ça ne me plaisait pas.

J'ai enfilé ma robe de chambre, allumé une bougie et essuyé mes joues d'un revers de main. J'allais fouiller sa chambre, ouvrir tous les tiroirs, chercher sous le lit. Et, si ça ne suffisait pas, j'irais voir Mme Cooper, peu importait l'heure. Je me suis ruée hors de la pièce, ruminant mon plan, lorsque j'ai senti un objet froid et dur sous mes pieds nus. J'ai baissé les yeux. À la lueur de la chandelle, au milieu d'une rose du tapis, j'ai vu une clé. Qu'on avait glissée sous ma porte.

Je l'ai ramassée, tournée et retournée dans ma main, effleurant du bout du doigt ses délicats ornements. Visiblement elle servait à remonter une horloge. Était-elle déjà là, tout à l'heure, quand Mme Cooper était venue ? Peut-être, mais nous étions toutes deux dans un tel état... J'ai refermé la chambre de Marianna, jeté un regard à mon ange gardien et j'ai emprunté sans bruit couloirs et escaliers jusqu'à la salle des horloges.

L'éclairage au gaz était allumé. Je n'avais pas besoin de ma bougie. Le tic-tac régulier m'a aussitôt apaisée. J'ai parcouru le labyrinthe d'horloges, caressant du bout des doigts le bois ciré, le verre étincelant, à la recherche d'une horloge sans clé. Je l'ai repérée après le concert assourdissant annonçant la demie, dans un coin, tout au fond de la pièce. Une horloge en noyer avec un cygne aux ailes déployées gravé sur la vitre. Maintenant je savais sur quoi il avait pris modèle, néanmoins mon cygne d'argent me paraissait bien plus vivant.

Je me suis agenouillée pour l'ouvrir avec précaution. Mon cœur résonnait plus fort que le tic-tac des horloges. Au fond, derrière le pendule oscillant, j'ai aperçu un petit bout de papier. Je l'ai délogé en prenant garde à ne pas perturber le rythme de l'horloge. Il ne comportait que cinq lettres tracées à l'encre, de la main de Lane :

PARIS.

Je me suis assise sur mes talons, les larmes aux yeux. Je ne comprenais pas.

Je suis remontée là-haut, peinant à chaque marche. Quand je suis arrivée sur le palier, mon oncle m'attendait dans le couloir, une chandelle à la main. Il regardait le portrait de mon ange gardien, mais il a tourné sa barbe blanche vers moi à mon approche.

– Je n'ai pas sommeil ! a-t-il annoncé à voix haute.

– Moi non plus, mon oncle, ai-je chuchoté. Mais il faut parler moins fort pour ne pas réveiller Mary.

Oncle Tully s'est replongé dans la contemplation du tableau.

– Elle te plaît, cette peinture, mon oncle ?

– Oh oui, a-t-il répondu, le nez presque collé à la toile.

Puis soudain, comme si ça lui revenait brusquement, il a murmuré :

– Oh oui ! Au fait, Lane est parti, petite nièce.

– Je sais, mon oncle.

J'ai fixé les ombres qui s'étalaient à mes pieds.

– Tu veux que je t'apporte une boisson chaude ?

– Oh oui ! Je veux dire, non. Je veux dire, non, il n'est pas parti pour toujours. Oui, c'est ce qu'il m'a dit. Ce n'est pas un départ définitif.

J'ai relevé la tête, tentant de décrypter ses mots.

– C'est Lane qui te l'a dit, oncle Tully ?

J'aurais dû m'en douter. Il était parti sans me prévenir, mais il n'aurait jamais fait ça à mon oncle.

– Oui ! Il a dit que parfois les gens doivent partir parce qu'ils sont obligés, pas parce qu'ils en ont envie. Parce que parfois tout n'est pas comme il faut, tout n'est pas parfait.

« Comme moi », ai-je pensé.

Puis j'ai remarqué que mon oncle tirait sur sa chemise de nuit. Il s'agitait tellement que j'ai tendu la main pour lui prendre sa bougie.

– J'ai un secret à te dire, petite de Simon. Je peux ? Oui ? Non ? Oui, je crois que oui !

Il a chuchoté d'une voix claire en détachant chaque mot :

– L'homme, je l'ai vu.

– Quel homme ?

Oncle Tully m'a souri, radieux.

– L'homme qui a pris mon jouet dans ses mains !

L'image de Ben Aldridge brandissant le poisson de mon oncle m'a traversé l'esprit. J'ai tressailli.

– Quel homme ? Quel jouet ?

– La fleur, petite nièce, la fleur !

J'ai relâché mon souffle.

– Je l'ai vu, mais lui, il ne m'a pas vu et l'autre homme non plus. L'autre n'a pas demandé à prendre la fleur dans ses mains alors je n'ai pas été obligé de compter jusqu'à cinq.

Il avait l'air soulagé.

– Et ils ne voulaient pas que je les voie, alors j'ai attendu, sans bruit, jusqu'à ce que Lane arrive et qu'ils s'en aillent tous ensemble. L'homme se moquait que Lane le voie. L'autre homme aime écrire des choses, mais il n'a pas voulu prendre la fleur dans ses mains.

Les rouages de mon cerveau s'étaient déjà mis en branle, s'emboîtant à la perfection comme un moteur bien huilé. C'était M. Wickersham qui avait pris la fleur dans ses mains. Mon oncle voulait forcément parler de M. Wickersham et du scribouillard anonyme qui lui servait d'assistant. M. Wickersham était donc venu au manoir ce soir chercher Lane.

– Comment avez-vous su qu'ils ne voulaient pas être vus, mon oncle ?

– Parce qu'ils se cachaient, derrière les horloges. Les gens qui se cachent derrière les horloges ne veulent pas être vus.

Ils se cachaient donc dans la salle des horloges, là où Lane m'avait laissé un mot : *Paris.*

Un déclic s'est fait dans ma tête. « J'aurais dû l'abattre, de sang-froid. Si je l'avais fait, rien de tout ça ne serait arrivé. »

Lane n'était pas parti à Paris pour me fuir, il était parti sur les traces de Ben Aldridge.

J'ai porté la main à mes lèvres, le souffle coupé par ce que je venais de comprendre. Évidemment, le gouvernement anglais n'allait pas s'en remettre à ma parole – un cadavre introuvable, une machine disparue... pas quand la sécurité de la flotte royale était en jeu. Ce matin, dans le petit salon, M. Wickersham ne m'avait servi que des fadaises. Et quelle aubaine ! Ils avaient la recrue idéale sous la main. Lane était jeune, célibataire. Il connaissait le poisson de mon oncle ainsi que Ben Aldridge et il parlait français. Mon soupir a fait vaciller la flamme des chandelles que je tenais dans chaque main. Cette explication logique me réconfortait. Aujourd'hui, sur la tombe de Davy, Lane était en colère, bouleversé, blessé au plus profond. Il se sentait coupable de la mort de Davy et voulait réparer cela. Je pouvais le comprendre. N'était-ce pas ce que je tentais de faire depuis six mois ? Mais il était également déchiré... à cause de moi.

J'ai fermé les yeux, tandis que le soulagement d'avoir compris emplissait le vide abyssal de mon désespoir. Pourquoi ne pas m'avoir simplement dit où il allait, ce qu'il projetait de faire ? Même cet après-midi, quand nous étions tous les deux seuls au creux du vallon ? Puis j'ai revu son dos se raidir alors qu'il contemplait les environs. Qu'avait-il vu ou plutôt qui avait-il vu à cet instant ? Son message était froissé entre mes doigts et le chandelier, la clé pesait dans ma poche. Peut-être n'avait-il pas voulu me mettre en danger ? Peut-être m'avait-il transmis l'information de la seule manière possible ? Et il devait se douter qu'oncle Tully me répéterait ce qu'il lui avait dit.

En rouvrant les paupières, je l'ai aperçu qui se penchait vers moi, l'air perplexe.

– Tu es bien silencieuse, petite de Simon. Je n'aime pas le silence. Ça laisse du vide dans ma tête.

– Je suis désolée, mon oncle. Est-ce que Lane a dit autre chose ? À propos de son départ ?

– Oh oui ! s'est-il exclamé.

Il a repris en chuchotant :

– Oh oui, il a dit que parfois les gens s'en vont et parfois ils reviennent.

Lane avait dit que les gens revenaient.

– Ça te fait plaisir aussi, petite de Simon ?

J'ai soutenu son regard bleu vif qui scrutait le mien.

– Oui, mon oncle, très plaisir.

– Parfois, ils reviennent. Lane sait toujours tout.

Il a soupiré en désignant le portrait de mon ange gardien.

– Elle est revenue.

J'avais ma petite idée sur l'identité de cette femme, mais je n'avais jamais osé poser la question, de peur de me tromper.

– C'est vrai, mon oncle ? ai-je murmuré.

– Oh oui, Marianna était très fatiguée, à l'époque. Mais tu es Marianna avant qu'elle soit fatiguée, n'est-ce pas, ma petite nièce ?

Bizarrement, ça me semblait tout à fait logique. J'ai souri.

– Que diriez-vous d'aller écouter les horloges, mon oncle ? Jusqu'à ce qu'on ait sommeil ? Demain, c'est le jour des nouvelles expériences.

– Le tic-tac, c'est très bien. Les horloges doivent toujours faire tic-tac pour nous dire quand.

J'ai soufflé l'une des bougies avant de la poser par terre, puis nous sommes partis ensemble dans le couloir. Je me demandais combien de tic-tac il fallait compter le temps qu'un bateau traverse la Manche et que le vent le ramène vers nos côtes. Je me demandais si je pouvais faire accélérer les horloges et si le temps les imiterait. Cette idée me plaisait tant que j'ai proposé :

– Et si on les remontait, oncle Tully ?

– Les remonter ?

Il a paru choqué.

– Oh non ! Non, non, non ! Ce n'est pas le jour, petite nièce. Pas le bon jour. Il faut attendre le bon jour et les tourner dans le bon sens. Sinon, c'est le mauvais sens. Marianna a dit qu'il fallait attendre et les tourner dans le bon sens, petite de Simon. C'est mieux comme ça.

Je lui ai pris la main.

– Vous avez tout à fait raison, mon oncle.

NOTE DE L'AUTEUR

Le domaine victorien de Darkwind m'a été inspiré par l'abbaye de Welbeck, en Angleterre, où le cinquième duc de Portland vivait reclus. Il avait fait construire un tunnel long de près de deux kilomètres pour sa calèche, ainsi qu'une vaste salle de bal et une bibliothèque, toutes les deux en sous-sol. Dans les années 1870, il possédait sa propre usine à gaz, ses écuries en fer serti de verre, son étable pavée de marbre. Il avait fait peindre toutes les pièces de son immense manoir en rose et encourageait ses domestiques à se déplacer en patins à roulettes. Avec ses projets pharaoniques, il a certes dilapidé la fortune familiale, mais également fourni du travail, le gîte et le couvert à environ mille six cents personnes durant vingt ans – des gens qui sans lui auraient vécu dans la misère avec leur famille. Bonté ou folie ? L'histoire n'a jamais vraiment tranché.

Cet ouvrage a été mis en pages
par DV Arts Graphiques à La Rochelle

Impression réalisée en Italie par
ROTOLITO LOMBARDA SPA